D1622565

DEC   2004

FLORENCE NICOLE

Florence Nicole est née en 1940 à Saint-Gédéon, au Lac-Saint-Jean. Après s'être mariée à l'âge de vingt ans et avoir élevé trois enfants, elle se consacre à l'action bénévole auprès de personnes handicapées et en perte d'autonomie.

En fondant le journal interne du centre d'accueil pour lequel elle travaille, elle découvre l'écriture. Une résidante de cet établissement lui propose de l'assister dans la rédaction de son autobiographie, *De l'orphelinat au centre d'accueil,* qui remportera le premier prix du Concours littéraire du troisième âge.

Le Tour de mon jardin, une biographie de sa mère éditée pour ses proches, fut la seconde expérience de Florence Nicole. En 1994, elle publie son premier roman, *Neige,* suivi, quatre ans plus tard, par *Le Retour des perce-neige.* L'aventure se poursuivra avec *Fleurs de baies sauvages,* en 2000.

Son dernier roman, *À la croisée des cœurs,* raconte la vie de quatre femmes œuvrant dans un centre d'hébergement – milieu familier à l'auteure –, au sein duquel se côtoient des femmes très engagées.

Florence Nicole

Le Retour
des perce-neige

Collection Zénith

Libre Expression
QUEBECOR MEDIA

Catalogage avant publication de la Bibliothèque nationale du Canada

Nicole, Florence, 1940-

Le retour des perce-neige
2ᵉ éd.
(Collection Zénith)
Éd. originale : ©1998.
Suite de : Neige

ISBN 2-7648-0151-3

I. Titre. II. Collection.

PS8577.I358R48 2004   C843'.54   C2004-000000-0
PS9577.I358R48 2004

Maquette de la couverture
FRANCE LAFOND

Infographie et mise en pages
LUC JACQUES

Les Éditions Libre Expression remercient le ministère
du Patrimoine canadien, le Conseil des arts du Canada, la Société
de développement des entreprises culturelles du Québec (SODEC) et
le Programme de crédit d'impôt du Gouvernement du Québec du soutien
accordé à son programme de publication.

Les Éditions Libre Expression
7, chemin Bates
Outremont (Québec) H2V 4V7

Dépôt légal
3ᵉ trimestre 2004

ISBN 2-7648-0151-3

*La vie n'est en somme qu'un long rendez-vous
entre le présent et le passé pour préparer un avenir
qui portera leurs couleurs. À vous que j'aime,
j'offre un coin de mon arc-en-ciel.*

Prologue

Plus de dix années s'étaient écoulées depuis les événements qui avaient perturbé Érik Valcourt. Si des choses avaient changé dans sa vie personnelle, le P.D.G. de la Valross n'avait pas perdu sa fougue et son sens des affaires. Avec Brian Ross, il avait engagé la compagnie dans une remontée fulgurante.

Trois mois après son retour auprès de Marise Brière, Érik avait épousé cette femme qui l'avait attendu avec toute l'énergie que lui inspirait son amour. Le couple avait profité de ce jour merveilleux pour annoncer à leurs amis qu'ils attendaient un enfant.

Durant sa grossesse, Marise avait entretenu le secret désir de donner une fille à Érik. Son souhait fut exaucé lorsque la petite Judith naquit. Celle-là, Érik aurait le bonheur de la voir grandir, de la chérir, s'était alors dit Marise. Elle ferait tout pour qu'il en soit ainsi. Comment pouvait-elle deviner que, des années plus tard, elle allait remettre en question son choix de vie?

D'une extrême discrétion, Yvonne Rivard s'était bâti une vie nouvelle. Pour chacun, elle était une femme au passé secret qui partageait sa vie entre son travail au centre Victor-Paré, ses heures données bénévolement dans ce même établissement de soins prolongés et ses visites à ses amis. Yvonne refusait d'ouvrir son cœur à tout sentiment amoureux, le service était sa joie et sa prison.

Brian Ross avait fini par comprendre que, avec ou sans Érik dans sa vie, Marise Brière ne serait toujours qu'une bonne amie. C'est alors que Fabienne Clément, la jeune réceptionniste de la Valross, avait réussi à se faire remarquer. Deux ans plus tard, ils s'étaient mariés, avec l'espoir de fonder une famille. Cependant, le sort s'acharnant contre le couple, Fabienne mit quatre ans avant de devenir enceinte. Malheureusement, cette grossesse, comme la suivante, s'était terminée par une fausse couche.

Cet été-là marquerait le début d'une série d'événements qui allaient faire basculer la vie de chacune de ces personnes.

1

Une ombre minuscule obscurcit l'astre qui lentement sombrait derrière le mont Royal. Un bruit sec suivit... Sur le balcon d'un immeuble d'habitation ayant vue sur le fleuve Saint-Laurent, des mannes encore vivantes tentaient désespérément de se libérer du bec d'un oiseau agonisant.

Yvonne Rivard leva les yeux. La revue qu'elle feuilletait distraitement glissa sur le tapis. Entre elle et les quatre murs de la pièce, un brouillard s'élevait. Une impulsion la poussa vers la porte-fenêtre. Répugnée par le spectacle qu'elle aperçut, elle enfouit son visage entre ses mains et colla sa tête contre la vitre. Yvonne refusait de regarder l'oiseau battre de l'aile pour la dernière fois. La musique qu'elle écoutait avant l'incident, cette mélodie qui s'harmonisait avec le soir tombant, ne la protégeait plus contre les images qui surgissaient dans sa mémoire.

Le souvenir d'un autre amas de plumes rougissantes réapparaissait dans son esprit. Une voix venant du passé l'interrogeait au sujet d'un bruit identique, d'un fracas assourdi par la double fenêtre de la grande maison du domaine Rivard. Cet après-midi-là, son fils, Cyprien, avait sondé l'inquiétude qui était apparue dans le regard de sa mère. Il s'agissait probablement d'une mésange qui avait donné contre la fenêtre, lui avait-elle expliqué. Les yeux hagards, le souffle court, Cyprien l'avait questionnée davantage. Connaître les causes du geste maladroit de l'oiseau était devenu sa préoccupation.

Leur entretien était encore inscrit dans la mémoire de la femme. La mésange avait été trompée par les reflets du paysage dans la vitre, avait-elle dit, et Cyprien s'était approché de la fenêtre. Un cerne rouge marquait l'endroit du choc. Le gel figeait déjà les particules de duvet collées au givre. Plus bas, une mésange gisait sur la neige modelée en pic.

Les bras mollement abandonnés le long du corps, Cyprien avait déclaré que l'oiseau était mort. Il saigne de la bouche! C'est rouge sur la neige, avait-il précisé. Ce genre d'incident était un présage de malheur pour Yvonne comme pour bien des gens. Elle avait supplié son fils de ne plus regarder l'oiseau et de venir manger.

Mais Cyprien n'avait pas faim; cela faisait des semaines qu'il n'avait plus envie de rien. Pourquoi insister, quand elle non plus n'aurait pu avaler quoi que ce soit après sa conversation avec Érik Valcourt. Cet incident n'avait réussi qu'à la bouleverser davantage.

Le regard fiévreux, Cyprien s'était dirigé vers la salle de séjour et n'y était demeuré qu'un instant; presque aussitôt, elle avait entendu ses pas dans le corridor. Il montait sans attendre qu'elle lui souhaite une bonne nuit.

Yvonne se mordit la lèvre inférieure. Elle n'allait pas se laisser étouffer par les larmes comme jadis. La pensée de ne plus souhaiter quoi que ce soit à Cyprien lui était devenue familière. Cet être auquel elle avait donné la vie était mort. Cette nuit-là, il l'avait laissée seule avec une foule de souvenirs; uniquement avec des souvenirs.

Les bribes d'images qui l'assaillaient ressemblaient à celles qui trop souvent perturbaient son sommeil. Yvonne Rivard revoyait le contenant d'allumettes sur la tablette de la cheminée, cette boîte cartonnée que Cyprien avait emportée dans sa chambre... Elle n'oublierait jamais la suite, qui finissait par la voix de son fils, véritable torche humaine criant du haut de l'escalier : «Maman!»

Si ces souvenirs appartenaient au passé, il n'en était pas de même pour le volatile qui gisait sur le balcon. Lui, il appartenait au présent. Quelqu'un allait devoir le jeter par-dessus la balustrade ou, pire encore, le prendre et le porter ailleurs. Yvonne Rivard savait pertinemment que personne n'allait faire le travail à sa place.

Le temps passa, laissant la femme indifférente à la disparition du jour. Montréal résistait à la nuit qui tombait sur elle. Des millions de jets lumineux dessinaient sa silhouette sur le fond sombre que lui ménageait le mont Royal.

Une sonnerie ramena Yvonne au moment présent. La voix éteinte qu'elle avait en répondant fit supposer à son interlocutrice qu'elle avait fait un mauvais numéro.

– Madame Rivard? s'enquit-elle.

Parmi les connaissances d'Yvonne, personne d'autre que la femme de Brian Ross n'avait ce timbre de voix rauque et cet accent acadien. Elle se réjouit de l'entendre.

– Oui, Fabienne, dit-elle. C'est bien moi.

Même si elle n'avait pas eu à s'identifier pour qu'on la reconnaisse, Fabienne Clément était tout de même gênée d'appeler chez Yvonne, qu'elle craignait d'avoir réveillée. Il y avait des années que les deux femmes se fréquentaient par l'intermédiaire des Valcourt, sans toutefois entretenir des liens intimes, et voilà que Fabienne était obligée de téléphoner chez elle.

– Que me vaut cet appel? s'enquit Yvonne.

– Madame Rivard, est-ce que vous sauriez comment joindre Marise? Il faut que je lui parle.

La même difficulté revenait quand Yvonne devait faire allusion à l'endroit où elle avait vécu pendant de nombreuses années : le domaine Rivard n'existait plus et, pourtant, elle s'apprêtait, encore une fois, à conseiller à Fabienne de téléphoner là-bas si elle tenait à parler à Marise. Elle se reprit à temps.

– Vous n'êtes pas au courant que Marise est à la campagne avec Judith pour la fin de semaine?

– Je sais, mais j'essaie de la joindre là-bas depuis le début de l'après-midi sans arriver à établir la communication. Je suis certaine de faire le bon numéro, mais rien ne fonctionne. J'ai besoin d'elle, madame Rivard.

Le ton de Fabienne portait le poids de sa déception. Yvonne la sentit nerveuse, angoissée même.

– Je peux vous être utile, Fabienne?

– C'est que... C'est que je vous appelle de l'hôpital!

– De l'hôpital? C'est le bébé qui arrive? Mais, Fabienne, il est beaucoup trop tôt!

Ses paroles, tombées comme un couperet, résumaient bien la situation. Il était trop tôt pour que Fabienne accouche. Les contractions avaient débuté aussitôt après le départ de Marise, puis leur rythme avait augmenté rapidement. L'absence de Brian et ses précédentes fausses couches ayant dicté son attitude, elle s'était rendue immédiatement à l'hôpital, et maintenant elle s'y retrouvait seule pour combattre la fatalité.

Yvonne regarda en direction de la porte-fenêtre. L'impression désagréable qu'avait fait naître l'incident de l'oiseau mort lui revint, plus forte, plus amère encore. Elle serra les mâchoires.

– Vous voulez que je vienne ? proposa-t-elle.

L'embarras de Fabienne était évident. Yvonne Rivard n'était pas une étrangère, mais elle n'était pas non plus ce qu'on pourrait appeler une amie. Les rares fois où la vie les avait mises en présence l'une de l'autre, par l'entremise de Marise et d'Érik, leurs conversations s'étaient limitées à des sujets superficiels, à des attitudes de courtoisie. Les circonstances incitaient maintenant Yvonne à agir pour qu'il en soit autrement.

– Soyez franche, Fabienne. Puisque vous n'arrivez pas à joindre Marise, si je me rendais auprès de vous, est-ce que cela pourrait vous rassurer ?

– J'ai tellement peur ! Si vous saviez, madame Rivard ! Il ne faut pas que je perde mon bébé ! Brian ne me le pardonnerait pas. C'est la troisième fois, la troisième !

Son cri provenait du désespoir et de la peur. Il toucha Yvonne, qui, malgré son horreur des discours d'encouragement, se surprit à la réconforter, à lui prêcher le courage et la confiance. Cependant, habitée par une crainte indescriptible, Fabienne ne l'écoutait pas.

Yvonne jeta un regard du côté de la porte-fenêtre, du côté de la tache sombre qui tranchait sur le gris pâle du balcon. Elle rageait contre la vie.

– Attendez-moi, j'arrive, dit-elle.

Yvonne tira le rideau et prit quelques secondes, devant le miroir du vestiaire, pour rajuster son chemisier et replacer une mèche de cheveux. Ses clés en main, elle sortit dans la chaleur exceptionnelle de cette fin de mai.

Le beau temps avait précipité l'éclosion des mannes. Des milliers de ces petits êtres bourdonnaient autour des lampadaires qui dominaient le stationnement. À leur hauteur, prisonniers de la plus haute branche d'un grand pin, deux oisillons se désespéraient. Leurs cris attirèrent l'attention d'Yvonne, qui leva la tête. Dans la pénombre, le nid des orphelins restait introuvable.

La porte de sa voiture claqua et chassa un chat errant, qui s'enfuit dans la ruelle.

En toutes autres circonstances, l'affluence du vendredi sur le pont Champlain aurait incommodé la femme au volant de sa voiture japonaise. L'incident de l'oiseau, suivi de l'appel de Fabienne, la troublait assez pour qu'elle ne respecte pas la limite de vitesse. Yvonne roulait à vive allure sur la voie de gauche. Quand elle entreprit de franchir les deux autres voies pour s'engager dans la bretelle, elle s'agrippa solidement au volant. Ce geste concrétisait les paroles qui montaient à ses lèvres.

– Accroche-toi, Fabienne ! Ton bébé verra le jour !

L'heure des visites venait de se terminer. Les gens se bousculaient aux portes de sortie de l'hôpital. Cette mer humaine venant en sens inverse obstruait le passage. Yvonne se colla au mur en attendant l'occasion de franchir la porte.

À l'intérieur, un type portant un blouson de soie bourgogne s'était arrêté pour regarder cette femme dont l'arrivée tardive étonnait.

– Vous ne voyez pas que vous retardez tout le monde ? fit une voix derrière lui.

Alexandre Leroux avança de bonne grâce, mais, quand vint son tour de sortir, il s'immobilisa pour laisser le passage à Yvonne. Elle se dirigea vers l'ascenseur, tandis que lui, il continuait d'obstruer la moitié de la porte.

À l'étage de l'obstétrique, des hommes traînaient dans les corridors. D'heureux papas affublés de longues chemises bleues s'émerveillaient devant de petits êtres tout rouges et grimaçants, difficiles à quitter. Le bruit sourd qui s'entendait depuis l'ascenseur les indifférait, mais il n'en était pas de même pour Yvonne.

– Vous avez fait très vite, dit Fabienne.

Le sourire de la jeune femme ne la rassura pas tout à fait. Il y avait cet instrument bruyant auquel elle était branchée. Ce moniteur permettant d'entendre les battements du cœur du bébé de Fabienne était-il employé couramment ou exceptionnellement, pour les cas à risques ? Fabienne expliqua que l'appareil servait à suivre l'évolution de la situation. Vaguement rassurée, Yvonne remarqua alors l'évidente tristesse de la future maman.

– Je n'ai jamais été aussi malheureuse de ma vie ! Il faut que mon bébé vive !

Fabienne s'abandonna dans les bras d'Yvonne et, naturellement, sa joue rejoignit la sienne. Toutes deux étaient en proie à de fortes émotions. Se laissant guider par son instinct, la main d'Yvonne allait de la nuque à l'épaule de Fabienne pendant que celle-ci lui expliquait avoir tout fait pour mener cette grossesse à terme.

– J'ai cessé de fumer, j'ai quitté mon travail, et malgré tout le même scénario est en train de se produire. Est-ce possible que j'aie fait tout ça pour me retrouver les bras vides encore une fois? Ce n'est pas juste.

Ses commentaires étaient aussi inutiles qu'une réponse ne l'aurait été. Un tapotement amical la calma davantage. Yvonne s'informa ensuite du diagnostic du médecin. Cette question arriva à point; Fabienne avait l'impression de ne plus être seule à s'interroger, à s'inquiéter.

– Mon médecin ne se prononce pas. Il m'a prescrit le repos complet et la patience. Surtout la patience...

Elle avait parlé en fixant ses draps, dans lesquels elle était condamnée à demeurer allongée, à ne bouger que pour l'essentiel. Si de cela seulement dépendait la survie de son enfant, dit-elle, deux semaines de sa vie n'étaient rien, après tout. On faisait des miracles pour sauver les bébés qui n'auraient eu aucune chance auparavant, ajouta-t-elle, une étincelle d'espoir éclairant son regard.

– Il y aura des gens pour vous seconder, vous aider à passer au travers de cette épreuve, rétorqua Yvonne.

Un maigre sourire apparut sur les lèvres de Fabienne. La visite d'Yvonne lui faisait du bien, l'empêchait de rager contre Marise, d'en vouloir à Brian d'être à Vancouver avec Érik. À présent, elle remerciait la vie d'avoir amené cette personne à son chevet. Cependant, tout n'était pas réglé pour autant; il y avait les autres à prévenir. Si elle avait pu joindre Marise, tout aurait été tellement simple.

Fabienne se demanda s'il ne fallait pas essayer encore. Si Marise ne répondait pas, il restait la possibilité de téléphoner chez les Pérusse, avança Yvonne. John devrait être chez lui. C'était assez pour qu'en

Fabienne l'espoir renaisse. Elle pourrait demander à ce voisin chargé de l'entretien des chevaux et de la maison du bord de l'eau de prévenir Marise. Celle-ci parlerait à Érik le soir même, et Brian serait mis au courant de ce qui arrivait à sa femme.

Fabienne imaginait, et redoutait, la réaction de son mari, qui cessait de penser rationnellement dès qu'il s'agissait de sa grossesse.

Des préoccupations d'un autre ordre habitaient l'esprit d'Yvonne. Elle continuait de s'interroger sur la difficulté de communiquer avec Marise. La ligne était-elle défectueuse ou se passait-il des choses là-bas? La maison du bord de l'eau était très isolée, encore plus que dans le temps. Cette pensée avait éloigné Yvonne de Fabienne et de cette chambre à l'odeur particulière. Le nouveau décor entourant la maison centenaire prenait forme dans son esprit. L'ardeur de la rivière en pleine crue, l'humus de la terre en bordure du champ, la senteur des premières plantes à ouvrir leurs feuilles : que d'émotions tout cela ravivait en elle. Il lui était facile de s'imaginer Marise et Judith là-bas. La campagne dominée de montagnes et coupée de routes étroites plus pittoresques les unes que les autres était d'une beauté rare à cette période de l'année.

Le silence persistait encore quand Fabienne consulta sa montre. Sa dernière contraction remontait à une heure déjà, et les battements de cœur du bébé semblaient d'une vigueur et d'une régularité rassurantes. Elle caressa son ventre.

– Vous croyez que j'ai raison d'espérer? demanda-t-elle.

Fabienne n'attendait rien d'autre qu'une réponse affirmative. Ses appréhensions n'allaient toutefois pas disparaître aussi facilement. De la même façon qu'elle aurait appelé au secours, elle quémanda une cigarette.

– Yvonne, s'il vous plaît !

– Vous n'êtes pas sérieuse ?

La jeune femme s'attaqua au dernier de ses ongles ayant résisté au désastre de sa nervosité. Yvonne avait compris à quel point lui manquait cette petite chose néfaste pour son bébé. Elle lui tendit un verre de jus de fruits.

– Tenez ! Buvez ceci.

Son geste exprimait une telle détermination que Fabienne se rendit.

– Vous êtes gentille, madame Rivard, dit-elle.

– Pourquoi ne pas m'appeler Yvonne, comme tout à l'heure ? J'aime qu'on m'appelle par mon prénom. Parfois je trouve un peu déplacé de porter encore le nom de mon mari. Mais le mien me paraît tellement vide de sens à présent. Il a fini par ne plus me ressembler.

– Yvonne..., commença Fabienne.

La douceur avec laquelle elle avait prononcé ce nom indiquait que des liens se tissaient entre les femmes, qu'elles étaient déjà un peu plus l'une pour l'autre.

– J'ai une confidence à vous faire.

La conversation allait dévier, elle n'allait plus porter sur le problème de Fabienne et de sa grossesse en péril. De toute évidence, la jeune femme réservait une révélation surprenante à Yvonne.

– Quand je vous ai connue, continua-t-elle, j'ai fait le vœu que, si je la retrouvais, ma mère vous ressemble.

L'ombre d'une femme sans nom ni visage planait dans la pièce. Fabienne, qui caressait son ventre arrondi, était envahie par le lien affectif qui existe entre un petit être pleurnichard et celle qui lui donne la vie. Elle faisait un rapprochement entre la femme qui l'avait abandonnée et ce petit qui peut-être en ferait autant.

– Vous conservez toujours l'espoir de retrouver votre mère, n'est-ce pas ?

Fabienne tira si brusquement les draps qu'elle les décrocha de sous le matelas. Le courant d'air frais lui fit replier les jambes jusqu'à son gros ventre, qui se durcit tout à coup. Elle serra les dents.

– J'y pense de plus en plus, mais les démarches s'éternisent. Je me demande pourquoi c'est aussi difficile. Je connais des personnes pour qui tout s'est réglé en quelques semaines.

Maintenant qu'on était dans le vif du sujet, Yvonne se permit d'interroger directement Fabienne au sujet des motifs pouvant expliquer ce retard dans l'enquête. Un haussement d'épaules traduisit son ignorance. Oser émettre une opinion n'équivaudrait qu'à formuler des suppositions gratuites. La seule personne en mesure d'identifier les embûches sur lesquelles se butaient les recherches était Pierre Richard, ce jeune homme à qui on avait confié le cas.

La difficulté de connaître ses origines ne faisait que contribuer à augmenter le besoin le savoir de Fabienne. Son mariage avec Brian Ross avait été l'élément déclencheur de ce désir, mais, après sa première grossesse ratée, l'envie de connaître sa mère naturelle était devenue obsessionnelle. Sa seconde fausse couche et cette grossesse difficile avaient semé un doute dans son esprit.

– Et si tout ce qui m'arrive était lié à mon hérédité ? J'ai peut-être une défaillance...

– Il n'y a aucune raison de croire une chose pareille. Des centaines de femmes avortent avant de donner naissance à un premier enfant, rétorqua Yvonne. Allons, Fabienne, qu'est-ce que vous vous êtes mis en tête?

Parler de ce sujet devenait difficile. Fabienne cherchait un endroit où fixer son regard, un tableau au mur, un appareil quelconque; n'importe quoi pour l'aider à contenir ses larmes.

– Vous avez discuté de vos craintes avec votre médecin?

– Je crois qu'il ne prend pas la chose tellement au sérieux.

À tort ou à raison, Fabienne avait l'impression que cet homme avait une fausse opinion de son cas, mais elle semblait prête à se ranger de son côté, à admettre qu'elle comptait parmi ces femmes comblées qui en demandent toujours plus. Cette attitude révolta Yvonne.

– Au contraire, dit-elle, il faut prendre au sérieux tout ce qui peut vous affecter! Attendez, je pense que Charles...

Pendant qu'elle parlait, une idée était venue à l'esprit d'Yvonne. Son employeur connaissait une personne qui pourrait sans doute faire accélérer les choses. Certains des arguments mentionnés pouvaient peser dans la balance.

Un nouvel espoir s'empara de Fabienne, qui bénissait Yvonne. Cette femme, dont l'intérêt pour les gens malades ou infirmes lui avait toujours paru excessif, avait été mise sur sa route, et voilà qu'elle profitait de son dévouement.

– Pourquoi faites-vous tout cela? demanda-t-elle.

— Tout cela ?

— Je parlais de votre travail. Surtout de votre bénévolat.

Yvonne devina que Marise lui avait parlé d'elle et de ses activités. Était-elle allée jusqu'à lui raconter qu'après l'incendie elle avait vendu ce qui restait de sa propriété à Érik, qui, généreusement, lui en avait donné trois fois sa valeur en plus d'inclure un joli condo sur la Rive-Sud dans la transaction ? Si Fabienne savait tout cela, elle savait aussi que ses revenus de placements lui permettaient de subvenir à ses besoins. La vérité était que son travail à temps partiel dans un établissement de soins prolongés lui procurait une grande satisfaction. Et qu'elle consacrait le reste de son temps au bénévolat parce que cela correspondait au choix de vie qu'elle avait fait le jour de la mort de Cyprien, même si rien ne l'obligeait à tenir une promesse faite sous le coup de l'émotion.

— J'ai beaucoup appris sur la détresse des autres, et de la mienne aussi. Je n'ai pas toujours été la femme que je suis aujourd'hui, vous savez.

— Vous avez beaucoup souffert ?

— Il y a bien sûr ces cicatrices sur mes bras, mais ce sont les autres, celles que personne ne voit, qui m'ont fait comprendre le vrai sens de la vie.

Comment quelqu'un pouvait-il en arriver à accepter ainsi ses malheurs, sans amertume ? L'explosive Fabienne se voyait difficilement accepter la vie de cette manière. Le peu qu'elle savait de la sienne la dépassait.

— Vous êtes une femme mystérieuse.

— Peu de gens connaissent mon passé. Pour tout le monde à mon travail, je suis une veuve dont le fils est décédé accidentellement. J'ai tout perdu dans l'incendie, jusqu'à la dernière photo. On peut penser que je suis mystérieuse, mais je crois que cela m'évite surtout bien des explications.

– Vous parlez avec un tel détachement. Vous ne connaissez donc jamais de moments de révolte?

Il ne fallait pas se fier aux apparences, répondit Yvonne avec une spontanéité qui la surprit elle-même. Elle ne voulait cependant pas se laisser aller aux confidences. Fabienne n'avait que faire de propos si peu réjouissants. Cet entretien lui avait presque fait oublier ses problèmes. Elle souhaitait qu'elles parlent encore, mais l'heure avançait et, comme la situation semblait normale, Yvonne dit qu'elle devait rentrer.

Fabienne la regarda avec tendresse. Oserait-elle lui demander de...?

– Puis-je vous embrasser comme si vous étiez ma mère? demanda-t-elle timidement.

L'émotion gagna Yvonne. Oui, Fabienne pouvait l'embrasser comme on embrasse une mère venue au chevet de sa fille inquiète. Elles pouvaient demeurer dans les bras l'une de l'autre, le temps n'avait pas d'importance.

Yvonne caressait les cheveux de la jeune femme, qui lui tombaient jusqu'au milieu du dos, des cheveux foncés comme ses yeux qu'une frange dissimulait par moments, quand, soudain, Fabienne se dégagea vivement, saisit sa main et la posa à plat sur son ventre.

– Mon bébé aussi est content! dit-elle. Touchez, il bouge.

– Vous avez raison! Ce petit bout d'homme a bougé. On dirait bien qu'il veut nous dire qu'il est heureux, lui aussi.

Yvonne avait-elle deviné le désir de Fabienne de donner naissance à un garçon ? Était-ce une question d'instinct ou un mot lancé au hasard ? Elle avait repris ses affaires et s'apprêtait à partir. Fabienne s'allongea dans son lit. Elle était calme, prête à dormir sitôt la lumière éteinte.

– Si vous joignez Marise, vous lui demanderez de me téléphoner, n'est-ce pas ?

D'un dernier signe de la main, Yvonne confirma avoir compris le message. Ensuite, elle quitta la chambre, la dernière de l'étage à être encore éclairée.

2

Bien qu'elle ait connu de nombreux hivers qui l'avaient coiffée de blanc, la maison du bord de l'eau avait su conserver sa magie. C'est avec une joie nouvelle que cette année-là elle avait salué le printemps et laissé fondre les dernières glaces sous son balcon. Depuis la veille, ses fenêtres étaient ouvertes sur le murmure de la rivière qui s'entendait de l'intérieur.

La vieille demeure respirait de nouveau.

La campagne silencieuse écoutait le gazouillis de l'eau et son appel à la vie. Dès la levée du jour, Marise avait quitté sa douillette de plumes pour mettre le nez dehors. Elle avait laissé la brise matinale la décoiffer, l'imprégner d'une énergie nouvelle.

Judith dormait encore lorsqu'elle revint auprès d'elle. Ainsi abandonnée au monde du sommeil, sa fille n'avait rien de la gamine espiègle et déterminée qui arrivait toujours à ses fins. Sa ressemblance avec son père était indéniable. Marise saisit une mèche de ses cheveux et s'amusa à chatouiller son visage. La fillette bougea les mains comme si elle voulait chasser des insectes indésirables. Ouvrant les yeux, elle vit sa mère, penchée au-dessus d'elle, qui lui souriait.

– Il faut se réveiller. La journée s'annonce très chaude, dit-elle.

La fillette s'étira, se contorsionna et retomba à plat, lourde, plus détendue encore. Fallait-il vraiment se lever?

– C'est rare qu'il fasse aussi beau à la fin de mai. Il faut en profiter. Allons, sors de ce lit! Pense aux gens qui aimeraient être à notre place.

Judith refusait de quitter ces draps brodés par l'autre Judith, la tante de son père dont la photographie se trouvait là-haut. S'y prélasser encore en écoutant sa mère vanter les beautés de la nature, voilà ce qui intéressait Judith Valcourt.

C'était un temps idéal pour planter des fleurs annuelles autour des crocus et des iris qui s'alignaient déjà contre les murs gris de la maison. Peut-être aussi devant les tulipes en bordure de l'allée. Marise Brière comptait sur le moment d'intimité qu'elle allait s'accorder avec la terre riche et généreuse, avec le chant du vent dans les arbres, la senteur sauvage des champs qui ouvraient leurs entrailles, pour se libérer de sa léthargie qui, comme un piège se refermant sur elle, l'enfermait dans un monde inconfortable.

Le petit-déjeuner terminé, Judith demeura à l'intérieur et Marise sortit de nouveau. Elle marcha du bosquet de thuyas jusqu'à la rivière, une distance suffisante pour activer ses poumons. Arrivée à la roche plate qu'assaillaient les flots tapageurs, elle se contenta de regarder l'eau sans oser la gravir. L'impression recherchée ne vint pas, le bien-être habituellement associé à cet endroit se dérobait. Quelque chose lui faisait défaut; quelque chose ou, plutôt, quelqu'un.

En se retournant du côté de la maison, Marise aperçut la silhouette de Judith dessinée dans une des deux fenêtres. À elle aussi Érik manquait énormément, se dit-elle.

Marise n'était jamais venue à leur maison de campagne en l'absence de son mari. Jamais elle n'avait déverrouillé elle-même la porte de bois ni pénétré entre les murs centenaires sans qu'Érik soit à ses côtés. Et si elle l'avait fait cette fois-ci avec enthousiasme, souhaitant jouir d'une fin de semaine agréable, l'impression bizarre qui l'avait saisie dès l'arrivée persistait toujours. Il n'y avait pourtant rien d'anormal ou d'extraordinaire à se retrouver à la campagne avec sa fille, même si elle était bien près de penser le contraire. Cette maison et les terres du domaine Rivard n'appartiendraient-elles encore qu'aux souvenirs d'Érik ? Pourquoi se sentait-elle étrangère à ces lieux ?

La pierre qu'elle lança se retrouva dans la rivière. Faute de jouir du moment, elle revint sur ses pas. Elle s'efforçait de penser à autre chose, mais son cœur, en battant trop vite, l'indisposait, lui commandait de faire escale sur la dernière marche de l'escalier de la galerie. La vision des fleurs à planter allait l'obliger à revenir à ses projets de fin de semaine et à concevoir un nouvel aménagement pour fleurir la cour.

Aucun de ses gestes n'avait échappé à John Pérusse. Cet homme, qui était responsable des lieux en l'absence des propriétaires, avait passé la première partie de la matinée auprès des chevaux. Il avait nettoyé l'enclos et vaqué à ses autres occupations sans adresser la parole à Marise. Toujours aussi discret, il avait préféré l'observer à distance.

Même prévenu de la venue de la femme du patron et de sa fille, John n'avait rien changé à ses habitudes. C'est aussi à distance qu'il les avait attendues, laissant à Marise l'initiative de l'aborder. Ce vendredi-là, leur conversation avait porté essentiellement sur le comportement des bêtes et sur les travaux à exécuter avant l'agrandissement des bâtiments. Ensuite, Marise n'avait plus fait attention à lui.

Il y avait six ans déjà que John Pérusse était au service des Valcourt, sans avoir éveillé la curiosité de sa patronne à son sujet. Pour Marise, il demeurait un étranger qui passait des heures dans leur propriété et qui voyait à tout, surtout aux chevaux. Érik lui avait mentionné que, rentré chez lui, John effectuait des travaux de réfection de meubles dans un atelier adjacent à sa maison. Elle avait donc parlé avec lui du fait que d'habiter tout près devait lui faciliter la tâche dans ses deux fonctions, puis la conversation avait été close.

John Pérusse n'avait pas modifié ses habitudes depuis qu'il était au service des Valcourt. Fidèle à son poste, il ne se réservait que trois semaines de vacances pour aller en Floride avec Denise, sa femme.

Lorsque Marise s'entoura de sacs d'engrais, d'une bêche et de boîtes de fleurs, John sut qu'elle n'attendrait pas que Judith sorte pour commencer sa plantation. Il choisit un endroit d'où il pourrait l'observer à sa guise tout en réparant la clôture.

Marise Brière n'avait guère changé depuis le temps. Elle était toujours l'amoureuse d'un seul homme. La petite ride qui allongeait sa paupière et ses premiers cheveux gris faisaient la joie d'Érik, et n'enlevaient rien à son charme. La même sensualité gonflait sa lèvre inférieure. Sa silhouette demeurait celle d'une femme soucieuse de sa condition physique. En somme, de l'extérieur, la quarantaine avait fait d'elle ce que les gens appellent une femme accomplie.

Judith se laissait désirer. Elle avait oublié sa promesse d'aller rejoindre sa mère et traînait à l'intérieur. Elle s'imprégnait de l'odeur particulière aux vieilles maisons, préférant admirer le paysage à travers la fenêtre. De toute façon, si elle se décidait à sortir, il serait plus intéressant de travailler avec John auprès des chevaux que de se salir les mains dans la terre.

De son poste d'observation, elle pouvait apercevoir les deux seules personnes présentes aux alentours. Cependant, elle s'intéressait surtout à John. Du haut de ses dix ans, elle l'étudiait, elle évaluait sa carrure, la jugeant à peu près semblable à celle de son père. Par contre, certains indices lui laissaient croire qu'il était plus jeune et, pour Judith, cela signifiait être du même âge que sa mère. La gamine avait vu juste. John Pérusse venait à peine de dépasser la quarantaine.

Judith observait cet homme comme jamais elle ne l'avait fait auparavant. Telle une image floue qui se précise peu à peu, ce qui retenait ainsi son attention lui sauta tout à coup aux yeux : c'était sa physionomie, sa ressemblance avec ce chansonnier dont la photographie apparaissait sur la pochette d'un disque datant du milieu des années soixante-dix. Ce genre de coiffure négligée, cette moustache excessivement longue, des dents visibles à chaque mouvement des lèvres, et ce regard...

Voulant vérifier son impression, Judith quitta brusquement la fenêtre pour aller voir les disques. Elle les sortit tous et en fit un éventail géant recouvrant entièrement le canapé. Un sourire illumina son visage. Elle venait de découvrir le disque dont la pochette était ornée de la photo de Jean Ferrat. Comme on prend une carte au milieu d'une main donnée, elle retira le disque et le détailla. La ressemblance des deux hommes était indéniable.

Les autres disques ne lui étant d'aucune utilité, elle les abandonna sur le canapé et revint à la fenêtre.

– C'est pareil! On dirait John sur la photo, dit-elle en étouffant un éclat de rire.

Elle dissimula l'objet sous la dentelle de la petite table. C'était l'endroit tout indiqué puisque personne ne toucherait à cette dentelle durant la fin de semaine, se dit-elle en remettant les autres disques à leur place.

Toujours revêtue de son pyjama, Judith s'allongea paresseusement sur le canapé. La voix de Marise réclamant son aide pour planter les fleurs la tira de son bien-être. C'était pourtant une merveilleuse occupation que de détailler les objets qui l'entouraient. Pourquoi tout était-il tellement différent dans cette maison? Pourquoi ne retrouvait-on rien de tout cela dans leur grande résidence de la ville?

Marise s'était approchée de la fenêtre. Elle était si près que, quand elle parla, Judith sursauta.

– Pourquoi restes-tu à l'intérieur par un si beau temps? Si tu as décidé de ne pas déballer ton violon et ton nécessaire de peinture, viens au moins respirer de l'air pur.

La boîte de bois verni fabriquée spécialement pour elle était à portée de vue. C'était un coffre à deux étages dont le bas servait d'étui de transport pour son petit violon; le compartiment du haut, qui contenait son matériel d'artiste, se transformait en chevalet. Jusque-là, rien de cela ne l'avait intéressée. La vieille maison et son contenu étaient tellement plus précieux, plus fascinants.

En mentionnant le violon de Judith, Marise avait involontairement éveillé une image dans l'esprit de sa fille. À l'étage se trouvait un autre violon, un violon qu'elle avait envie de regarder, de toucher avant d'entreprendre un quelconque travail. Dans sa tête, des arguments naissaient pour contrer ceux de Marise.

– Je monte au grenier et après j'irai t'aider, puis je ferai mes exercices de violon, dit-elle.

Demander l'aide de Judith pour la plantation n'était en somme qu'un prétexte pour la faire sortir, mais lui donner l'autorisation de monter là-haut et d'être si près du violon de la tante d'Érik était différent. Marise hésitait. Trop de souvenirs appartenant au passé de son mari s'y trouvaient encore pour qu'on risque que se produise un accident irréparable.

– Qu'est-ce qui t'intéresse là-haut ? demanda-t-elle.

– Tout m'intéresse, maman ! Absolument tout.

L'enthousiasme de la fillette eut vite raison des craintes de Marise, qui crut en sa promesse d'être prudente. Judith savourait déjà le moment à venir en prenant le vieil escalier, que personne n'avait parlé de remplacer par un escalier plus moderne. À la dernière marche, elle poussa la porte qui se dressait entre elle et la pièce mystérieuse. Dans un coffre, des trésors à redécouvrir attiraient la fillette. Cependant, la photo du cousin de son père l'intimidait toujours autant. Étienne Rivard dominait le coffre comme s'il en était toujours le maître. Il ne fallait surtout pas l'indisposer, pensa Judith, qui lui fit une révérence, une sorte de salutation comme savaient en faire les filles bien élevées des classes supérieures de son institution.

Le coffre ouvert, elle ne pensa plus à la photo. Elle se pencha au-dessus de l'ouverture. Un rayon de jour éclairait faiblement le châle de laine ayant jadis appartenu à cette vieille tante de son père. Le violon et l'archet avaient dormi sous le lainage depuis leur visite chez le luthier. Un sourire béat sur les lèvres, Judith effleura du bout des doigts cet objet convoité, tout à coup accessible. Cette fois, contrairement aux autres, elle était montée seule au grenier. Son père n'était pas là pour lui répéter les mêmes paroles désespérantes qui éloignaient le jour où ce violon serait à elle : « Avant de toucher cet instrument, tu dois t'exercer sur un violon à ta mesure. Quand tu seras devenue une jeune demoiselle, je m'installerai dans mon fauteuil et je t'écouterai en jouer pendant des heures. »

Judith ignorait ce que signifiait pour son père devenir « une jeune demoiselle » assez grande pour jouer de cet instrument. Elle glissa les mains le long de ses hanches encore pleines et sourit à la vue de son pyjama trop court. Elle avait grandi depuis un an, beaucoup même. Depuis qu'on avait fêté ses dix ans, elle était certainement devenue ce que son père pourrait qualifier de jeune demoiselle, se dit-elle.

Plusieurs minutes s'étaient écoulées, pendant lesquelles Marise et John avaient continué de vaquer à leurs occupations respectives, quand, soudain, des notes douces, claires, limpides, leur parvinrent de l'intérieur. John tourna la tête en direction de la maisonnette. Marise laissa tomber le rosier qu'elle s'apprêtait à mettre en terre. Tous deux écoutèrent la mélodie entamée timidement, qui se poursuivit avec assurance et ne s'arrêta qu'après de longues minutes ; des minutes parfaites.

Un cri de joie marqua la finale.

Sa bêche dans une main, un gant dans l'autre, Marise se tenait sur le pas de la porte. Elle regardait Judith descendre avec le violon. Sa fille avait-elle à ce point vieilli ou était-elle vraiment un petit prodige?

Le ravissement et la crainte des reproches métamorphosaient le visage de Judith. Elle n'avait pas fait une seule faute, pas une seule, répétait-elle comme si sa performance devait influencer la réaction de sa mère.

– Je sais. J'ai entendu. C'était divin. Tout simplement divin.

Judith n'allait pas laisser s'estomper l'émotion qu'elle lisait sur le visage de sa mère ni le sentiment de fierté qui allumait son regard.

– Maman, j'ai joué toute la pièce, du début à la fin, sans une seule faute. Ce violon est si doux, si facile. Papa ne pourra plus me défendre de l'emporter chez nous. Tu crois qu'il sera fâché s'il apprend que j'ai désobéi?

Marise se résignait difficilement à suivre la ligne de conduite adoptée par Érik. Le pouvoir d'accorder la permission de jouer du précieux violon ne lui appartenait pas. C'était à Érik de décider, expliqua-t-elle à Judith. La joie qui allumait le visage de la fillette fit place à une mine boudeuse qui creusait son front et allongeait sa lèvre inférieure. Pourquoi son père faisait-il tellement de manières avec ce violon? Soupçonnant qu'Érik devait être attaché au violon de sa tante pour des raisons particulières, elle baissa les bras et murmura un faible «Pourquoi?», auquel elle n'obtiendrait pas de réponse.

Ces raisons et tous les souvenirs se rattachant à cet instrument ne viendraient-ils pas réveiller un passé pas si lointain ? se demanda Marise. Elle déposa son gant et sa bêche. Tout à coup, elle avait soif ; elle avait besoin de la fraîcheur de la maison de pierres. Et, surtout, elle voulait que cet instrument retourne à sa place afin que Judith ne pose plus de questions.

– Je parlerai à Érik en ta faveur, dit-elle simplement en laissant supposer que son intervention pèserait dans la balance.

Judith avait déjà son idée sur le sujet. Son père ne pourrait rien lui refuser. Comme il avait été absent plus longtemps que d'habitude, il voudrait se faire pardonner. Dès son retour de Vancouver, elle le convaincrait de la laisser emporter ce violon à la maison. La gamine tint l'instrument contre son cœur en promettant de s'exercer chaque jour si elle arrivait à ses fins. Marise lui sourit et se dit que sa fille avait sans doute raison de penser qu'Érik céderait à sa demande, avec ou sans son intervention. Le charme qu'elle s'apprêtait à exercer sur lui pour arriver à ses fins n'avait d'égal que son désir de posséder le violon de la grand-tante Judith Rivard.

– Tu verras, maman ! Un jour, je serai une grande violoniste et je jouerai partout dans le monde ; dans les plus grandes salles du monde !

– Cher amour ! dit Marise.

Il devait y avoir un soupçon de condescendance dans le ton de sa voix parce que Judith réagit promptement. Elle accusa sa mère de douter de ses dires.

– Viens près de moi, dit Marise. J'ai un secret à te confier.

Judith s'approcha de sa mère, qui s'était assise sur la chaise au dossier trop bas qui demeurait en permanence à côté de la porte.

– Sais-tu, ma chérie, que la toute première fois que je t'ai vue poser ton petit violon sur ton épaule, puis glisser l'archet sur les cordes, j'ai su que tu étais dotée d'un talent naturel qu'il fallait développer?

– Je t'aime, maman! dit la gamine en se jetant à son cou.

– Moi aussi, je t'adore. Tu es ce que j'ai de plus précieux au monde.

– Plus précieuse que papa?

Comment la femme amoureuse pouvait-elle répondre à semblable question? Avait-elle déjà osé s'interroger franchement sur la nature de ses sentiments à l'égard de sa fille, de la fille d'Érik? Marise tira la mèche de cheveux qui pendait sur le front de la fillette et créa une diversion.

– As-tu l'intention de passer toute la journée ainsi? lui demanda-t-elle en secouant son pyjama.

Visiblement, la fillette avait oublié qu'elle portait encore ses vêtements de nuit. Lorsqu'elle se pencha pour regarder ses jambes, le petit rire frileux qui monta dans sa gorge lui évita de répondre.

– Donne-moi le violon et cours t'habiller, dit Marise. Si John le permet, nous monterons ma jument cet après-midi.

Un cri de joie retentit dans la maisonnette. Judith se réjouissait à l'idée de monter Princesse. Il fallait cependant que John donne son accord, car Princesse lui avait paru nerveuse ces derniers jours, avait-il mentionné la veille. Judith n'écoutait plus. Elle avait plongé un bras au fond de son sac et cherchait un vêtement à porter.

Marise monta au grenier avec le violon. Contrairement à sa fille, elle n'aimait pas particulièrement cet endroit. Il lui rappelait que son mari avait existé avant leur rencontre. L'homme qui l'avait aimée, qui l'avait encouragée jusqu'à ce qu'elle réalise son rêve de devenir championne de ski, qui ensuite l'avait prise à ses côtés dans son entreprise, cet homme avait un passé bien à lui, longtemps oublié parce qu'enfoui au fond de son subconscient.

Marise n'allait pas s'attarder là-haut. Sitôt le violon déposé dans le coffre, elle redescendit et aperçut Judith, revêtue d'un chandail, qui dansait sur un pied pour passer son pantalon sans avoir à s'asseoir sur le canapé. Elle la regarda faire le clown en sachant très bien que la fillette ne se presserait pas davantage même si elle l'en suppliait. Alors, elle sortit se remettre au travail.

Dix minutes plus tard, elle était toujours seule, et très appliquée à son travail. Elle réfléchissait à l'incident du violon quand le sentiment d'une présence derrière elle lui fit tourner brusquement la tête. Son regard croisa celui de John, qui s'était approché en silence. Il devait se trouver là depuis un moment parce que, à son air, elle sut qu'il était gêné d'avoir été découvert. John fit un pas de côté et bougea les épaules de gauche à droite. Maladroit dans ses gestes, il l'informa qu'il retournait chez lui.

– Vous pensez avoir besoin de mes services au cours de l'après-midi ? s'enquit-il.

Prise au dépourvu, Marise bégaya. John se rapprocha d'un pas.

– Je... je vous remercie, John, dit-elle.

Soudainement, la proximité de cet homme l'incommodait, un malaise inexplicable l'envahissait. Elle souhaitait qu'il parte tout de suite, qu'il disparaisse de sa vue. Mais John restait là. Il avait placé ses mains dans les poches arrière de son pantalon de travail.

– Vous allez encore dormir seule avec la petite ce soir ? demanda-t-il.

Marise fronça les sourcils. Cette question la renvoyait à une réalité à laquelle elle ne s'était pas arrêtée en prenant la décision de venir à la campagne. Ne sachant que répondre, elle posa une question à son tour.

– À votre avis, il y aurait des raisons de s'inquiéter ?

John continuait de balancer son corps, faisant porter son poids sur un pied puis sur l'autre. Il laissa le doute s'installer dans l'esprit de Marise avant de formuler une explication.

– Je disais ça comme ça. Les femmes ne sont pas toutes aussi braves que vous. Denise n'aurait jamais dormi seule ici.

Cette fois, elle le regarda attentivement. John était-il simplement maladroit, ou était-ce délibérément qu'il essayait de l'effrayer ? Il était du genre à préférer discuter avec les hommes, conclut Marise, qui le soupçonna aussi de ne pas apprécier les femmes trop autonomes. Il préférait peut-être celles qui acceptent qu'on les domine en employant une forme de prévenance calculée. Elle passa à un autre sujet en s'informant du comportement de Princesse.

– Votre jument a retrouvé son calme, dit-il. Soyez tout de même prudente si vous la montez. On ne sait jamais avec les bêtes.

Il devenait impératif de mettre plus de distance entre elle et lui. Marise recula jusqu'à la bordure plantée de fleurs. Elle enleva ses gants et parut disposée à continuer la conversation. Elle avait l'intention d'emprunter la piste longeant la rivière, si elle montait Princesse, et John était sûrement au courant de son état depuis le dégel.

– La piste est parfaite, dit-il sans l'ombre d'une hésitation. J'y suis passé hier avec le cheval de votre mari. C'est très beau, vous verrez. Il y a eu de l'eau comme jamais ce printemps. La rivière vient à peine de reprendre son cours. Soyez prudente, surtout si vous montez avec la fille du patron.

– Vous oubliez qu'elle est aussi ma fille !

– Je ne pensais pas vous choquer.

John n'aurait su dire pourquoi il avait parlé ainsi. Avant de prendre congé de Marise, il lui suggéra d'utiliser la selle qu'il venait de réparer pour Princesse. Puis il s'éloigna en précisant qu'il serait là le lendemain à six heures.

Le doute que John avait semé faisait son œuvre ; une inquiétude sournoise s'emparait de Marise et lui enlevait toute envie de fleurir sa cour. Elle regarda cet homme qui semblait s'attarder volontairement. John Pérusse lui apparut soudain sous un autre jour. Ses agissements étaient différents lorsqu'il était en présence d'Érik.

Elle entra dans la maisonnette sans faire attention au désordre de la pièce ni aux restes du petit-déjeuner qui séchaient sur la table. Appuyée au comptoir de la cuisine, elle suivit John Pérusse du regard jusqu'à ce qu'il ait disparu derrière la haie.

– Est-ce que tu le trouves plus beau que papa ?

La voix de Judith surprit Marise. Avait-elle bien entendu ? Décidément, cette enfant posait d'étranges questions. Comment l'idée lui était-elle venue de comparer John et Érik ?

– Lui, il te trouve jolie. Je le sais, continua Judith. Il te regarde tout le temps. Tout à l'heure, il est resté contre la clôture juste pour te regarder. Il ne sait pas que je l'ai vu.

Marise ne sembla pas intéressée à ce qu'elles discutent de John Pérusse, mais Judith ne la prit pas au sérieux. En feignant d'avoir oublié le nom de la femme de John, elle provoqua l'impatience de sa mère.

– Sa femme s'appelle Denise! S'il te plaît, veux-tu me faire le plaisir d'oublier les Pérusse! Tu ne penses pas que nous avons beaucoup mieux à faire?

Comme d'aller pique-niquer au bord de la rivière? demanda Judith. Marise répondit favorablement à son vœu, précisant qu'elles iraient s'installer sur la grosse roche pour manger au soleil. Là, elles seraient bien, toutes les deux, avait encore dit la fillette.

Oui, elles étaient bien toutes les deux, mais, si Érik avait été là, ç'aurait été encore mieux. Subitement, sa présence lui manquait atrocement. Érik s'absentait trop souvent depuis qu'il avait racheté ses parts dans la toute première entreprise qu'il avait mise sur pied à Vancouver. L'homme d'affaires qu'il était redevenu n'était plus aussi libre de ses allées et venues, et cela affectait souvent sa vie familiale. Depuis des mois, Marise sentait sa propre vie lui échapper, elle avait l'impression de n'être plus que l'ombre de quelqu'un qui se dérobe. Pour l'instant, il était inutile de rêver. Érik était à Vancouver avec Brian. Ils ne reviendraient pas avant des jours encore. Judith avait raison; elles étaient très bien, seules toutes les deux.

On aurait dit un samedi de juillet. Le soleil était à son plus haut point dans le ciel lorsqu'elles eurent fini de manger. Marise mit les restes du pique-nique dans le panier de paille pendant que Judith écoutait le chant de la rivière. Son oreille sensible captait les sons. Quelle richesse dans ce murmure, ce bruissement sur un grondement sourd et constant ! Il ne manquait qu'un accompagnement à la mélodie qu'elle entendait.

Si Judith était inspirée par les cascades de la rivière, une autre partie du paysage captivait Marise. Elle admirait la petite maison du bord de l'eau, magnifique sous ce soleil printanier. Cette minuscule demeure avait autant de charme que le jour où elle lui était apparue dans toute sa splendeur. Des années plus tard, Marise et Érik la considéreraient toujours comme le lieu de leur nouveau départ dans la vie.

– Dix ans déjà ! murmura la femme.

Judith, qui n'avait pas bien entendu le commentaire de sa mère, la fit répéter. Marise précisa donc, pour cette auditrice soudainement très attentive, qu'il y avait plus de dix ans qu'Érik et elle étaient mariés. La fillette, depuis peu éveillée aux choses de l'amour, se rapprocha. Le sujet l'intéressait. Elle tourna la tête de façon à capter l'expression de Marise.

– Papa et toi, vous vous aimez depuis plus longtemps que ça, n'est-ce pas ? demanda-t-elle.

– Depuis plus de vingt ans. Mais c'est très court quand on s'aime, ma chérie. Tu sais que, papa et moi, nous nous aimons beaucoup.

– Je sais !

Judith s'était encore rapprochée en glissant sur la pierre. L'adorable malice exprimée sur son visage incita Marise à poser son doigt sur le bout de son petit nez tout froid. On ne pouvait rien cacher à cette enfant.

Marise était heureuse d'être en compagnie de sa fille ce jour-là. Sa débrouillardise et son envie de tuer le temps les avaient conduites à cet endroit. Mais voilà que, soudain, un sentiment de panique la fit douter de sa décision. Elle eut envie de bouger, d'occuper ses pensées. Elle coupa court à la conversation et se leva précipitamment.

– Où allons-nous, maman? demanda Judith.

– Nous allons monter Princesse.

Elles ramenèrent le reste du goûter à la maison, puis se dirigèrent vers l'enclos.

Princesse portait son nom à merveille. Le brun roux de son pelage captait les rayons du soleil. Une étoile ornait son front. Âgée de quatre ans, la bête avait été choisie pour sa docilité et son intelligence. Princesse devait être abordée sans brusquerie, mais avec une certaine fermeté. Tout devait passer par le ton de la voix. Marise s'en approcha et, à plusieurs reprises, elle prononça son nom. Princesse joua à l'indifférente, puis se retourna brusquement en secouant la tête. Un doute naquit chez Marise, et les paroles de John Pérusse surgirent dans son esprit.

– Allons! Qu'est-ce qui t'arrive? Tu ne reconnais plus ta maîtresse? Princesse, viens là, dit-elle avec insistance.

La jument hennit bruyamment et s'éloigna. Conservant une attitude ferme, Marise s'en rapprocha jusqu'à ce qu'elle puisse toucher son museau et replacer sa crinière.

– Tu ne tiens pas en place, ma jolie. Doux! Doux! C'est bon! Voilà qui est mieux. Nous allons faire un tour, toi et moi. Tu veux? Doux, ma Princesse!

De l'autre côté de la clôture, le nez entre deux barreaux, Judith mordillait le bout de son pouce. Elle aussi, dit-elle, pensait que Princesse ne reconnaissait pas sa mère. Marise ne fit pas attention à ses remarques parce qu'elle avait repris contact avec la bête. Elle posa la selle que John avait suggérée, puis se dirigea vers la sortie de l'enclos.

– Je vais du côté où la piste est à découvert, dit-elle à Judith. Le temps de me faire une idée sur son comportement et je reviens tout de suite.

Judith se résignait mal à rester seule. Après avoir suivi sa mère et Princesse jusqu'à la piste, elle bifurqua vers la grosse roche en bordure de la rivière et s'assit à l'endroit précis où elle avait pique-niqué plus tôt. De là, elle n'allait rien manquer du spectacle. Mais les minutes semblèrent s'éterniser. Elle avait cessé de mordiller son pouce pour s'attaquer à son col, qu'elle tripotait comme lorsqu'elle était toute petite et qu'on lui interdisait de descendre de son lit avant l'heure.

Soudain, par-dessus le bruit de l'eau, une voix se fit entendre. Et, comme s'il avait surgi de la rivière bouillonnante, John Pérusse lui apparut.

– Elle est partie? demanda l'homme en feignant d'ignorer ce qu'il savait déjà.

– John! Mais, pourquoi êtes-vous là? D'où venez-vous?

– Je m'en allais au village en coupant à travers champs. J'ai pensé venir voir si tout allait bien ici.

– Regardez, maman revient, dit Judith. Elle va passer de l'autre côté de la maison.

Marise allait effectivement réapparaître à quelques mètres de la rivière. Le constatant, John tourna brusquement le dos à la fillette. Juste avant de refaire sa traversée périlleuse, il lui cria qu'il devait partir immédiatement s'il voulait arriver au village avant la fermeture des magasins.

– Vous n'attendez pas maman?

Lorsque Marise arriva sur sa monture, Judith fronçait encore les sourcils. John Pérusse avait traversé la rivière en sautant sur les plus grosses pierres.

— Tout va très bien, déclara fièrement la femme, toute souriante. Princesse est en forme mais je préfère la monter plus longtemps demain.

— Est-ce que tu as vu qui était là? demanda Judith en pointant un doigt vers la rivière.

— Quelqu'un est venu?

La tête levée vers sa mère, qui demeurait sur les reins de Princesse, Judith lui raconta l'étrange visite de John.

— Il est vraiment parti par la rivière? Ce n'est pas sérieux. C'est de la pure folie!

— Puisque je te le dis. Il portait ses grosses bottes à semelles épaisses et il a sauté.

Marise plaça sa main en visière pour tenter d'apercevoir John à son tour. Les feuilles tissaient un rideau entre la rivière et le sentier de l'autre rive. Il lui était impossible de voir l'homme, tapi derrière un buisson, qui de loin les observait.

Encore songeuse, Marise allait se diriger vers l'enclos quand elle se ravisa et tendit la main à Judith.

— Viens! Monte avec moi, dit-elle.

Judith aimait monter avec sa mère, mais, aujourd'hui, quelque chose lui disait qu'elle ne devait pas. Elle hésitait.

— Allez! Mets ton pied sur la roche et accroche-toi, insista Marise.

Judith se décida enfin à monter devant Marise, mais, aussitôt, Princesse secoua la tête et se mit à taper du sabot. La jument n'obéissait plus à sa maîtresse qui la rappelait à l'ordre. Effrayée, l'enfant se mit à crier qu'elle voulait descendre.

– Saute, Judith! Saute, dit Marise.

Princesse s'était cabrée et tournait en rond sur ses pattes de derrière. Un hennissement fendit l'air. Marise lâcha prise et se retrouva par terre. Sa tête effleura une des pierres qui s'étaient détachées du muret retenant le talus. Judith pleurait en tendant la main vers sa mère.

– Maman! Maman! Parle-moi.

Marise gémit et bougea ses membres endoloris. Elle frotta sa cuisse et roula sur le côté pour se lever. Judith ne devait pas s'inquiéter davantage.

– Ce n'est rien, ma chérie, ne pleure pas, dit-elle. Je t'assure que tout va bien. Où est Princesse?

– Ne t'approche pas d'elle!

– Au contraire. Il faut que je sache ce qui lui arrive.

– Si John n'était pas parti, c'est lui qui ferait ça.

Marise jeta un regard de l'autre côté de la rivière et, en maugréant, affirma qu'elle n'avait pas besoin de John Pérusse. Cependant, elle aurait bien voulu savoir s'il était encore là, s'il la regardait boiter comme une débutante jetée en bas de sa monture. Malgré la désapprobation de Judith, elle se dirigea vers l'enclos et ouvrit la porte à Princesse, qui entra naturellement et se laissa desseller.

Assise sur les marches de l'escalier de la galerie, le visage appuyé sur ses deux mains, Judith surveillait Princesse qui broutait tranquillement l'herbe fraîche. Elle attendait que sa mère la rejoigne, mais Marise demeura un moment à regarder la jument. Un pli marquait son front alors qu'elle cherchait à comprendre ce qui lui échappait. Elle avait l'impression qu'une douleur soudaine avait fait réagir Princesse et que c'était pour cette raison qu'elle l'avait jetée par terre. John saurait lui dire si elle avait vu juste ; cependant, Marise n'avait aucune envie de lui en parler pour l'instant.

Judith vint à sa rencontre et frotta les traces de boue et d'herbe sur ses vêtements. Elle renonça rapidement à tout faire disparaître. Maintenant qu'elle et sa mère ne risquaient plus rien, elle avait des choses plus intéressantes à faire.

Le reste de l'après-midi s'écoula sans que Marise pense à planter ses fleurs. Elle s'installa à l'intérieur avec un livre en attendant l'heure de préparer le repas du soir. Pendant ce temps, Judith faisait ses devoirs.

Le soleil était couché depuis une heure. L'horizon dégradait encore ses roses et ses gris sur un fond d'encre. Marise et Judith avaient passé des vêtements de nuit et s'apprêtaient à regarder la télévision. Le film au programme de ce samedi soir relatait l'histoire d'une femme aux prises avec un cancer et dont le mari jaloux passait son temps à la taverne du coin. Il valait mieux aller dormir que de perdre son temps à regarder une émission si peu réjouissante, pensa Marise, qui, d'ailleurs, commençait à ressentir les effets de sa chute.

S'étant rapprochée de sa mère, Judith souleva sa chemise de nuit par inadvertance.

— Ta cuisse commence à bleuir ! Regarde, maman ! dit-elle en retroussant davantage le vêtement.

— Ce n'est rien, répondit Marise. Dans deux jours, tout aura disparu. Que dirais-tu d'aller dormir ? Nous serions tellement bien dans le même lit, comme hier.

La pensée de se blottir au milieu du matelas de plumes réjouit Judith. Elle alla aussitôt repousser la douillette au pied du lit. Elle se glissa ensuite sous les draps brodés et s'amusa à observer tous les détails des dessins parfaits ; des dessins auxquels elle n'avait jamais vraiment prêté attention auparavant.

Marise alla pousser le verrou. Soudain, un sentiment bizarre l'envahit. Elle avait l'impression que derrière cette porte close se tenait une personne. Dans sa poitrine gonflée par le trop-plein d'air retenu, son cœur battait à toute vitesse. L'adrénaline montait en elle comme lorsque, toute petite, jouant à la cachette, elle se sentait sur le point d'être découverte. Elle frissonna.

Son imagination devait lui jouer un mauvais tour. Elle étouffa le cri qui lui montait à la gorge. Quelle était cette ombre, derrière la dentelle de la fenêtre, qui semblait avoir bougé ? Avait-on vraiment frappé trois coups sur la vitre entrouverte ? Et cette voix d'homme qu'elle entendait parfaitement ?...

– Madame Valcourt, c'est moi.

Marise ne répondit pas. Judith dut la faire réagir.

– Maman, pourquoi tu ne lui ouvres pas ? C'est M. Pérusse qui est là. Ouvre-lui, voyons !

Marise tira la porte et John apparut, lui donnant l'impression, en bloquant l'accès à l'extérieur, de les tenir, elle et sa fille, prisonnières des quatre murs de cette maison devenue soudainement trop étroite. L'expression de son visage devait traduire son malaise à le voir là sans qu'il se soit annoncé. Elle ne lui céda pas le passage. Une rage sourde montait en elle. Elle lui en voulait de sa façon cavalière d'être arrivé subitement en ne donnant aucun signe de sa présence.

– Je suis venu à pied, c'est pour ça que vous ne m'avez pas entendu arriver. Je ne voulais pas vous faire peur, dit l'homme en s'excusant, mais sans enlever la casquette qu'il portait à la française, un peu rabattue sur le côté.

Parfaitement conscient de l'avoir effrayée, John amorça un geste qui fit supposer à Marise qu'il allait finalement se décoiffer.

– Je m'excuse encore, Marise.

Elle ne s'attarda pas à son geste. Sa dernière parole avait tellement plus d'importance. John Pérusse l'avait appelée par son prénom, rien que par son prénom. Que se passait-il dans sa tête ? Pourquoi était-il là ? Si sa visite avait un but, qu'il s'explique et qu'il reparte ensuite, pensa-t-elle. Son impatience devenait visible, et John ne la fit pas languir davantage.

– C'est Yvonne Rivard qui m'a demandé de venir, dit-il enfin. Elle est inquiète. Elle dit qu'elle a appelé ici et que personne n'a répondu.

D'un bref regard, Marise et Judith se consultèrent. Ni l'une ni l'autre n'avaient entendu la sonnerie du téléphone depuis leur arrivée. Cela n'avait rien d'étrange parce que le seul appel qu'elles attendaient était celui d'Érik, prévu pour ce soir-là. Les occupantes de la maison et leur visiteur regardèrent en direction de l'appareil muet.

– Je peux le vérifier. C'est l'histoire de cinq minutes, dit John sans attendre l'approbation de Marise.

Avec une minutie calculée, il suivit le fil, à partir de l'appareil jusqu'à la prise.

– C'est bien ce que je pensais. La prise est défectueuse. Si vous voulez, je reviendrai demain avec ce qu'il faut pour la réparer.

– Demain ?

– Ou ce soir, si vous préférez.

Marise ne souhaitait que le voir partir. Elle tenta de se convaincre qu'elle pouvait se passer de téléphone pour la nuit, que, si Érik n'obtenait pas de réponse ce soir-là, il rappellerait le lendemain. Son attitude devait manquer de conviction, car John était déjà sur la galerie, disant qu'il allait chercher ses outils.

Vingt minutes plus tard, il était de retour. Cette fois, son arrivée ne surprit pas Marise. La jeep noire qu'Érik lui avait cédée roulait encore après tant d'années, mais elle faisait un tapage qui s'entendait de loin. John se gara et entra sans frapper, Marise lui ayant déjà ouvert.

– Ne faites pas de bruit. Judith vient juste de s'endormir, chuchota-t-elle.

John répara la prise, un travail qu'il effectua si simplement que Marise crut qu'il l'avait fait toute sa vie. Elle l'observa jusqu'à ce qu'il ait tout remis en place, puis s'étonna qu'il reste là à regarder autour comme s'il cherchait un objet en particulier. Dans la pénombre, il était encore plus imposant. Ses yeux semblaient disparaître sous ses paupières tombantes.

Il dut se rendre compte que sa présence n'était plus la bienvenue, car il posa sa main sur le rebord de sa casquette et chercha le regard de Marise, qui, elle, fixait le plancher. Avant de franchir le pas de la porte, il se retourna.

– N'oubliez pas de rappeler Yvonne Rivard. Je l'ai sentie nerveuse. Je crois qu'elle tient à vous parler le plus tôt possible.

— Je le ferai à l'instant. Je vous remercie de vous être dérangé, monsieur Pérusse. Vous et votre femme aviez sûrement d'autres projets par ce beau samedi soir.

Avait-elle fait exprès de lui rappeler que quelqu'un l'attendait? Voulait-elle à ce point le voir partir? Son commentaire produisit l'effet contraire, cependant. Il s'attarda pour lui poser une question, en l'appelant une fois de plus par son prénom.

— Et vous, Marise, vous attendez quelqu'un par ce beau samedi soir?

— Je n'attends personne. Vous savez que M. Valcourt est toujours à Vancouver.

Marise ne mentionna pas l'appel qu'elle espérait recevoir de sa part avant d'aller au lit. John avait réparé le téléphone, et c'était tout ce qui importait.

— C'est ce que je disais. Vous attendez quelqu'un. Bonne nuit et dormez bien. Votre fille vous donne le bon exemple. Faites donc comme elle.

Après avoir verrouillé la porte, Marise demeura sur place à attendre que la jeep disparaisse complètement. Elle n'entendait plus la musique qui jouait doucement dans la maison. Il lui fallut encore un moment avant de revenir à la réalité puis de baisser le volume de l'appareil.

Elle prit alors le téléphone. Comme un automate, Marise fit le numéro d'Yvonne Rivard.

3

Une seule lampe éclairait la pièce principale. L'arôme subtil qui avait suivi Yvonne depuis la salle de bains s'incrustait dans le peignoir de tissu-éponge qu'elle avait enfilé sans se sécher complètement. Elle allait allumer le téléviseur quand, se ravisant, elle ouvrit son paquet de cigarettes. Elle ne porta cependant pas à ses lèvres cette petite chose blanche qu'elle en avait retirée, se contentant de la faire tourner entre ses doigts. Son regard absent s'était posé sur le rideau qui voilait la porte-fenêtre. De l'autre côté, sur le balcon, se trouvait toujours cet oiseau raidi par la mort.

Un courant d'énergie traversa la pièce quand la sonnerie du téléphone se fit entendre. À part Marise ou Fabienne, personne ne pouvait appeler à cette heure. Lorsqu'elle eut reconnu la voix de Marise, Yvonne prit le temps de s'asseoir, comme on le fait quand on s'apprête à parler avec une personne qui s'est laissé désirer.

– Marise ! Enfin, c'est toi ! dit-elle. Je commençais sérieusement à me demander ce qui vous arrivait, à toutes les deux.

Les problèmes de Fabienne et la difficulté qu'elles avaient eue à joindre Marise justifiaient son inquiétude. Marise, cependant, ignorait tout cela et fut donc surprise par le ton qu'elle employa. Jamais Yvonne Rivard ne s'était adressée à elle de cette manière. Son attitude rationnelle avait fait place à une forte émotion.

Marise avait beaucoup d'estime pour celle que tous persistaient à considérer comme la cousine d'Érik. D'une certaine façon, ce titre l'arrangeait. La complicité qui existait entre eux ne pouvait venir que du sentiment qu'inspirent les relations familiales. Sa propre relation avec cette femme l'avait aidée à composer avec sa nouvelle vie auprès d'Érik. Malgré cela, en ce moment, elle se sentait mal à l'aise, irritée d'être obligée d'expliquer pourquoi on n'avait pu la joindre. Mais qu'y avait-il donc de gênant à dire que le téléphone ne fonctionnait pas? se demanda-t-elle. Moins d'une heure s'était écoulée entre le moment où John lui avait fait le message et celui où, le bris réparé et John reparti, elle avait téléphoné à Montréal.

Son agacement était sans doute dû aux événements de la journée, pensa-t-elle. Puis, l'inquiétude la gagna à son tour. Yvonne n'était pas femme à appeler avec tant d'insistance sans motif sérieux. Subitement, des sueurs mouillèrent son front. Une pensée surgissait dans son esprit.

– Il est arrivé quelque chose? C'est Fabienne, n'est-ce pas?

– Tu as deviné juste. Fabienne est à l'hôpital depuis hier, et elle te réclame.

La confirmation tomba comme une ombre géante assombrissant tout autour d'elle. Marise n'entendit pas le reste, elle parlait en même temps qu'Yvonne, qui avait encore des choses à dire.

– Est-ce que le bébé est en danger?

– Pour l'instant, il se comporte normalement. Les prochaines heures seront capitales pour lui.

Un silence lourd comme l'inquiétude des deux femmes suivit. Ni l'une ni l'autre n'osaient envisager l'avenir réservé à Fabienne si cette grossesse ne se rendait pas à terme. Son tempérament fougueux et la vitesse à laquelle elle pouvait passer d'un extrême à l'autre inquiétaient Marise. Elle se l'imaginait, à l'hôpital, en l'absence de Brian.

– Elle doit passer par toute la gamme des émotions.

– C'est évident. Elle va du désespoir à un courage extraordinaire.

Un sentiment de grande déception envahissait Marise tandis qu'elle pensait aux projets que Fabienne et elle avaient faits au sujet de cet enfant à naître, à son bonheur de tenir un bébé dans ses bras... Marise se souvenait à peine de sa propre maternité. Tout s'était déroulé si vite. Le retour d'Érik, l'euphorie de leurs moments amoureux puis leur mariage avaient créé un climat particulier qui avait dilué les joies entourant la naissance de Judith. Sa vie amoureuse retrouvée occupant toujours beaucoup de place dans son existence, elle avait rangé la layette et s'était à peine rendu compte que Judith n'était déjà plus un bébé. Fini, les petites robes à volants : la fille qu'elle avait donnée à Érik était devenue une fillette.

La conversation des deux femmes était désordonnée. De moins en moins présente aux propos d'Yvonne, Marise réfléchissait. Elle annonça brusquement qu'elle allait rentrer en ville, qu'elle avait justement pensé à écourter son séjour. Ce qui arrivait à Fabienne lui donnait une raison supplémentaire de partir tôt le lendemain matin.

Yvonne fronça les sourcils. Marise avait donc décidé de rentrer avant même d'apprendre que Fabienne était à l'hôpital. Voilà qui était surprenant après son emballement à l'idée de passer la fin de semaine en pleine nature.

– Quelque chose ne va pas ? lui demanda Yvonne.

Marise répondit vaguement, parlant à mots couverts du malaise indéfinissable qui gâchait son plaisir d'être là. D'ailleurs, qu'aurait-elle pu expliquer, préciser ? En fait, il ne se passait rien à la maison du bord de l'eau, surtout rien qu'elle aurait su verbaliser.

– C'est différent ici quand Érik n'y est pas, dit-elle. Je n'aime pas l'impression qui me poursuit. Dès notre arrivée, j'ai su que ce ne serait pas pareil sans lui.

Elle avait dit cela en croyant dissiper le doute semé dans l'esprit de son interlocutrice, mais Marise ne pouvait tromper la perspicace Yvonne. Le silence de cette dernière exprimait bien ses pensées, obligeant en quelque sorte Marise à se confier.

– Quelque chose a changé ici, avoua-t-elle enfin. Ce que j'aimais me dérange à présent, et j'ignore pourquoi. C'est partout, dans la maison et à l'extérieur. Ce sont les bêtes, et John, et...

Yvonne espérait que Marise lui fournirait un indice, quelque chose qui l'aiderait à comprendre la source de ses préoccupations. Même à distance, grâce à sa connaissance des lieux, elle se ferait une idée de la situation.

Marise raconta sa chute de cheval mais en minimisant l'incident. Elle passa sous silence les comportements familiers et singuliers de John Pérusse. Ne pouvant deviner ces choses non dites, Yvonne était incapable de l'aider vraiment.

– C'est tout de même étrange, dit-elle. Je ne connais pas le comportement des chevaux, mais John sera en mesure d'expliquer ce qui s'est passé.

– John ? répéta Marise.

Un doute vint à son esprit. John avait-il quelque chose à voir avec la réaction du cheval ? Il avait peut-être été témoin de l'incident. Qu'est-ce qui l'avait empêchée d'en discuter avec lui pendant qu'il réparait le téléphone ? Pourquoi l'idée ne l'avait-elle même pas effleurée ?

Les interrogations se multipliant dans son esprit, Marise réfléchissait aussi aux véritables raisons qui avaient pu motiver sa sortie de fin de semaine. À part le vide causé par l'absence d'Érik, n'y avait-il pas également une remise en question ? N'avait-elle pas eu envie de changer de décor simplement pour se rassurer, pour faire taire la sourde révolte qui surgissait en elle ? Marise n'avait pas envisagé les choses sous cet angle avant parce qu'elle ne s'était jamais retrouvée seule dans cet endroit désert.

Les journées à la campagne pouvaient être agréables, mais, la nuit tombée, c'était différent. En un instant, tout chavirait, commenta Yvonne. Avec quelle justesse elle avait interprété l'état d'âme de Marise ! Quel éclairage elle lui apportait ! C'était effectivement depuis la tombée de la nuit que son malaise s'était intensifié, la portant à tout analyser avec méfiance. Il n'y avait plus aucun intérêt à demeurer là sans Érik. Marise était bien décidée à faire ses valises, dès la levée du jour, pour rentrer à Montréal.

– Nous serons à la maison vers midi, dit-elle.

Yvonne insistait pour qu'elle lui téléphone si quoi que ce soit lui semblait anormal quand il y eut un son particulier sur la ligne téléphonique : Marise avait un autre appel. Elle coupa court à sa conversation avec Yvonne, en lui expliquant que cet appel ne pouvait provenir que de Vancouver.

– Érik, c'est toi ? demanda-t-elle avant même d'entendre une voix au bout du fil.

Personne ne lui répondit. Elle insista en élevant le ton :

– Qui est là ? C'est toi, Érik ? Érik ?

La tonalité revint, régulière, vide comme l'absence soudaine de quelqu'un qu'on attendait, angoissante comme l'assurance d'une présence importune dans sa vie.

La voix de Marise avait réveillé Judith. Ses cris lui étaient parvenus confusément, comme dans un mauvais rêve. Elle en était encore troublée. Assise dans le lit, la fillette se frottait les yeux et grimaçait.

– Rendors-toi, ma chérie, ce n'est rien. J'ai imaginé qu'il y avait un appel venant de papa. J'ai dû faire erreur.

– Il n'y avait personne ?

Malgré la fraîcheur de la nuit, de la sueur mouillait la racine des cheveux de Judith, qui n'avait pas complètement repoussé la douillette. Marise épongea son front, y déposa un baiser. Puis elle replaça les oreillers.

– Rendors-toi, dit-elle. Je te rejoins bientôt. Moi aussi, j'ai sommeil.

Quoi qu'elle en ait dit, Marise Brière n'avait pas du tout sommeil. Elle tourna en rond dans la pièce avant de revenir prendre place derrière la table. Elle ne toucha pas à la tasse de café qui y refroidissait. Elle désirait avec une telle force l'appel d'Érik que, si elle avait su comment le joindre, elle l'aurait fait sur-le-champ.

En apercevant son image reflétée dans la petite glace au-dessus du lavabo, Marise la questionna. Que lui arrivait-il ? Pourquoi agissait-elle en gamine bernée par son imagination ? Les pensées qui défilaient dans son esprit n'étaient-elles que le fruit de son imagination ? Qu'y avait-il de tellement étrange à ce que Princesse ait été rétive ? La jument avait déjà eu ce type de comportement, et elle ne s'en était pas inquiétée. La différence venait du fait que, cette fois, elle se retrouvait sans Érik dans cet endroit isolé. Elle s'y sentait mal à l'aise à cause des insinuations de John Pérusse, desquelles découlaient ses craintes. John lui avait fait douter de sa jument, puis il avait insinué qu'il était imprudent qu'elle dorme seule avec Judith dans la maison du bord de l'eau.

Marise venait-elle de mettre le doigt sur la cause réelle de son tourment ? Malgré ses appels à la raison, son instinct lui disait qu'il y avait autre chose, surtout depuis ce coup de téléphone. Elle était certaine qu'il y avait eu quelqu'un au bout du fil. Pourquoi cette personne n'avait-elle rien dit ?

Pendant qu'elle essayait encore d'analyser la situation, Marise fut surprise par le son strident du téléphone. Elle se figea. Judith, levant brusquement la tête, jugea le comportement de sa mère anormal.

– Maman ! C'est papa qui téléphone. Pourquoi est-ce que tu ne lui réponds pas ? Tu veux que j'y aille ?

Est-ce que je deviens folle ? se demanda Marise. Judith avait raison. Cette fois, le coup de téléphone venait certainement de Vancouver. Érik allait raccrocher et s'inquiéter à son tour si elle tardait à répondre. Anxieuse, elle se précipita sur l'appareil et, encore une fois, avant même d'entendre la voix de son interlocuteur, elle prononça le nom d'Érik.

– Allô ! Érik ? C'est toi, mon chéri ?

Érik était loin des préoccupations de Marise, qu'il imaginait confortablement installée avec Judith et prête à passer une nuit dans le calme de la campagne. Il eut subitement envie de la taquiner.

– Tu attendais l'appel de quelqu'un d'autre ?

Il avait mal choisi l'occasion pour l'aborder de cette façon et Marise réagit vivement. Le ton de sa voix et son attitude défensive auraient pu inquiéter le moins jaloux des maris.

– Érik, non ! C'est toi que j'attendais, rien que toi.

– J'étais sur le point de raccrocher. Je me disais qu'une journée au grand air vous avait fatiguées, toutes les deux, et que vous étiez profondément endormies.

Marise prit l'appareil avec elle et alla s'écrouler sur le canapé. Les questions se bousculant dans sa tête, la conversation prit l'allure d'un interrogatoire.

– Où es-tu ? Comment vas-tu ? Quand reviens-tu ? demanda-t-elle du même souffle. Ça fait une éternité que tu es parti ! Mon chéri, tu me manques terriblement.

Le message avait passé. Érik était gagné par le même sentiment indéfinissable qui la tourmentait et que la distance accentuait davantage. Il la sentait nerveuse, différente des autres soirs. Il entendait sa respiration courte et saccadée.

– Marise, qu'est-ce qui ne va pas ?

Quelle réponse donner ? Il y avait trop de confusion dans son esprit pour qu'elle puisse formuler une explication claire.

– Tu n'en peux plus de me savoir loin? C'est ça, n'est-ce pas?

– Je suppose que tu n'y peux rien, alors parle-moi. J'ai juste besoin de t'entendre. Dis-moi n'importe quoi. Parle-moi de ce que tu fais, de ce qui t'arrive.

La communication était nette et claire. Érik se mit à lui raconter des détails de ses activités. Peu à peu, il devint présent dans la pièce, et elle se sentit bien; rien d'autre n'avait d'importance, surtout pas les faits dont il l'entretenait. Le son de sa voix la réchauffait. Mais, soudainement, tout chavira. Au plus profond d'elle-même, comme un élastique tendu depuis trop longtemps, quelque chose venait de se rompre. Elle répéta les dernières paroles d'Érik, cette phrase qu'elle avait trop bien entendue, hélas.

– Encore une semaine, murmura-t-elle.

– Il y a des complications qui nous obligent à retourner à Calgary, ma chérie. Il faudra retarder notre retour d'au moins une semaine. À cause de détails imprévus, les négociations traînent. Je me demande s'il ne nous faudra pas revoir nos positions.

– Des détails qui deviennent des monstres, dit Marise. Je connais très bien.

Érik ne comprit pas la profondeur de ses paroles et supposa que sa femme s'appuyait sur son expérience passée pour renforcer son propos. Dans le temps, Marise Brière jouissait d'une certaine influence au sein de la Valross, où son efficacité était reconnue. S'il avait pu bien interpréter son commentaire, il ne se serait pas contenté de la flatter en lui rappelant que, dans le temps, il ne voyait qu'elle.

Elle répéta ces mots, *dans le temps,* comme si les choses avaient changé depuis.

Érik n'avait absolument rien saisi. Il vanta les mérites de Brian Ross, dont le sens des affaires l'étonnait toujours. Puisqu'il introduisait son associé dans la conversation, Marise se dit que le temps était venu de lui transmettre les nouvelles concernant Fabienne.

– Brian est-il avec toi ce soir? s'informa-t-elle.

– Il est dans sa chambre. Il n'a pas réussi à joindre Fabienne aujourd'hui et il voulait essayer encore une fois. Dis-moi, saurais-tu, toi, pourquoi elle ne répond pas? Lui as-tu parlé avant de partir?

Marise ne répondit pas tout de suite et son hésitation fit naître l'inquiétude chez Érik.

– Il ne lui est rien arrivé, n'est-ce pas?

– Fabienne est à l'hôpital.

Maintenant, ils n'allaient plus parler d'eux. La nouvelle épreuve qui frappait leurs amis était lourde de conséquences et méritait qu'on s'y intéresse sérieusement. Si la situation s'aggravait, il faudrait penser au retour de Brian. Comme Marise n'avait pas les derniers détails de l'état de Fabienne, elle suggéra que Brian communique lui-même avec l'hôpital.

– Si j'étais à la place de Fabienne, je serais heureuse qu'on me réveille, même si ce n'était que pour que je puisse entendre la voix de mon mari. Je suppose que, pour Fabienne, c'est pareil.

C'était sa façon de rappeler à Érik l'importance de sentir la présence de l'autre quand le désarroi s'empare de soi, quand des centaines de kilomètres séparent un couple. Érik ne lui connaissait pas ce côté indirect de dire les choses.

– Marise, tu ne m'as pas encore vraiment dit comment tu te portais. Tu dis que je te manque, et pourtant je te sens distante.

– J'ai appris à ne pas lutter contre l'incontrôlable, mais cela ne m'empêche pas de trouver le temps long. Heureusement que Judith est là.

– Tu n'es pas allée au bureau dernièrement?

Marise ne voyait plus aucune utilité à se rendre au bureau. À présent qu'elle ne faisait plus partie de l'équipe, il lui semblait inutile de se présenter à la Valross.

Comme s'ils n'étaient plus que deux vieux mariés ne trouvant plus les mots pour parler d'eux, la conversation bifurqua rapidement. Érik s'informa d'Yvonne, qui faisait partie intégrante de leur famille.

– Tout va bien pour elle, répondit simplement Marise.

Pour poser la question suivante, la voix d'Érik devint plus douce, plus tendre. Elle n'avait rien de celle de l'homme d'affaires, ni du mari, ni du cousin.

– Comment va ma petite fille? demanda-t-il.

Depuis le début de l'entretien de ses parents, Judith était d'une impatience inhabituelle. Elle se tenait tout près de sa mère et frappait ses genoux l'un contre l'autre. Chaque fois que le dialogue avait porté sur un sujet nouveau, elle s'était glissée brusquement au fond du canapé en fronçant les sourcils. Son tour de parler à son père devait bien approcher, se disait-elle en pressant sa mère d'en finir. D'un geste rapide et saccadé, elle ramenait ses coudes sur ses côtes.

Marise s'apprêtait à céder à son insistance lorsque Érik la retint. Ils n'allaient pas terminer leur entretien de cette façon, sans qu'il la rassure.

– Marise, tu n'oublies pas que je t'aime, n'est-ce pas?

– Je ne l'oublie pas. Ça ne m'empêche pas, cependant, de compter les heures qui nous séparent. Reviens vite, mon chéri !

– Sois patiente. Tout cela sera bientôt fini.

– Je t'aime, Érik !

Marise donna l'appareil à Judith, qui, telle une pie bavarde, ne laissa aucune chance à son père de placer un mot. Elle s'était tournée face au dossier du canapé et, ses genoux repliés en écran discret, elle racontait ses derniers jours d'école et leurs préparatifs pour venir à la campagne. Elle en vint aux événements de la journée, mais ne mentionna pas ses prouesses du matin avec le violon de Judith Rivard, ni l'incident avec Princesse. Malgré son jeune âge, elle avait sans doute jugé préférable de ne pas indisposer son père avec sa désobéissance et de ne pas l'inquiéter avec la chute de cheval de sa mère. La conversation se poursuivit, mais, cette fois, c'était au tour de Judith d'écouter.

Marise se faisait le plus discrète possible. Soudain, elle tendit l'oreille. Il lui avait semblé entendre le hennissement d'un cheval, mais au même moment le rire de Judith retentit, et elle ne fut plus certaine de ce qu'elle avait entendu.

– Je te donne une grosse bise, dit Judith à son père.

La fillette raccrocha et son regard croisa celui de sa mère, qui avait tendu la main vers l'appareil. Il était trop tard, la communication avait été coupée. Érik n'était plus là. L'enfant posa vivement ses mains sur ses joues rougissantes. Elle s'en voulait d'avoir été peu attentive.

– Excuse-moi, maman. Je ne savais pas.

– Je n'avais rien de vraiment important à lui dire. Je voulais simplement entendre encore sa voix. Papa rappellera dans quelques jours, dit-elle, se faisant rassurante. Viens, allons dormir, maintenant. Nous retournons à la maison dès demain matin et de très bonne heure.

– Demain matin ? Mais pourquoi rentrer si tôt ? Nous sommes bien ici !

Marise répéta *nous sommes bien ici* comme on dit qu'on aime bien faire une corvée, et Judith le lui fit remarquer. Le manque d'enthousiasme de Marise risquait d'entraîner des questions. Pour éviter d'avoir à s'expliquer, elle serra sa fille contre elle et lui fit des chatouilles qui les détendirent toutes les deux.

– Dors, fine mouche, et repose-toi bien, dit-elle. Tante Fabienne aura besoin de nous. Je t'expliquerai tout ça demain.

Judith se rendormit rapidement. Cependant, Marise garda les yeux grands ouverts. Elle était à l'affût des moindres bruits venant de l'extérieur. Sa propre respiration lui semblait trop bruyante, tout comme le vent, d'ailleurs.

Après sa conversation avec Marise, Yvonne s'était dirigée vers sa chambre avec l'intention de se glisser dans ses draps et de poursuivre sa lecture commencée la veille. Elle sut immédiatement qu'il lui serait impossible de se concentrer, car ses pensées s'envolaient constamment vers Marise, vers cette maison qui avait été le témoin silencieux de dix-huit années de sa vie. Étant donné sa connaissance des lieux, Yvonne comprenait très bien les frayeurs évoquées par la femme de son cousin. La crainte subite, sournoise, de se sentir seule et loin de tout lui était familière parce que, dans le temps, Étienne aussi partait en voyage d'affaires, la laissant seule avec Cyprien dans leur grande maison.

Quelles soirées difficiles et quelles nuits interminables ! Combien de fois avait-elle lutté contre l'envie d'aller auprès de la mère d'Étienne, qui habitait toujours la petite maison ! Son respect pour l'intimité de Judith Rivard l'avait retenue dans ses draps froids, où des fantômes lui chuchotaient des histoires de femme rousse soudainement absente du village, au même moment que son mari.

Judith Rivard ! murmura-t-elle, comme si son visage réapparaissait devant elle, comme si tout à coup revivait cette femme qui avait couvé Cyprien, qui l'avait protégé, allant jusqu'à dissimuler sa présence lors des nombreuses réceptions mondaines qui se déroulaient dans les chic salons du domaine Rivard. Cette brave personne répétait que les gens riches et importants ne devaient pas voir les malheurs des autres, parce qu'ils étaient déjà assez occupés à faire semblant de ne pas en avoir eux-mêmes.

Sa maison avait fini par ressembler à cette femme. Et, longtemps après son décès, il suffisait d'ouvrir les fenêtres pour reconnaître le parfum de lavande qui s'était imprégné dans les murs, de même que dans la lingerie qui n'avait jamais quitté les tiroirs tapissés de papier de soie.

Pourtant, un jour les choses avaient changé. Yvonne se souvenait très bien de ce mardi-là ; elle se souvenait, comme si c'était la veille, de ce matin où Lisa Sinclair et sa fille Évelyne étaient descendues d'un taxi. Lisa portait une valise et deux sacs. La femme rousse n'avait pas daigné la saluer. La simple politesse aurait dû obliger Lisa à lui adresser la parole, à lui dire ce que signifiait sa présence en ces lieux et pourquoi elle se dirigeait vers la maison de Judith Rivard.

– Je peux savoir où tu vas comme ça ? avait demandé Yvonne.

Lisa Sinclair s'était arrêtée en affichant une indifférence calculée. Ensuite, elle était repartie en roulant indécemment des hanches.

– Étienne nous a prêté la maison de sa mère pour l'été, avait-elle dit en se retournant juste avant de disparaître dans l'allée.

Le ton de voix de Lisa n'avait laissé place à aucune discussion. Yvonne avait respecté la décision d'Étienne, elle avait subi sans rien dire le va-et-vient de cette femme autour de la maison. Chacune de ses apparitions lui ayant fait l'effet d'une flèche empoisonnée, même après tant d'années la simple évocation de cette période de sa vie la bouleversait encore. Mais, aussi étrange que cela puisse paraître, un souvenir merveilleux demeurait de cette époque. La fraîcheur et la gentillesse de la jeune Évelyne avaient transformé la vie de Cyprien.

Quelques années plus tard, la maison du bord de l'eau avait été le témoin du drame d'Étienne Rivard, et Yvonne n'avait plus voulu y remettre les pieds. Puis, un jour, se souvenant de la maison de sa tante Judith, Érik Valcourt l'avait choisie comme endroit privilégié pour faire le point sur sa vie. Jour béni entre tous que celui où se présenta chez Yvonne ce charmant cousin dont Étienne n'avait mentionné le nom qu'une ou deux fois en sa présence !

Trop de souvenirs lui revenaient. Elle ne voulut plus rester au lit. Elle se leva et se dirigea directement vers le salon, vers les deux photos qui trônaient sur la tablette de la cheminée. Érik et Marise lui souriaient du haut de leur photo de mariage et Judith, parmi ses oursons, semblait la regarder elle aussi.

La seule famille qui lui restait était là, se dit Yvonne en reculant jusqu'à son fauteuil. Que serait-elle devenue sans Érik? La réponse lui vint, rapide et claire. Probablement qu'aujourd'hui, elle ne serait plus de ce monde. Pourquoi, pour qui aurait-elle eu envie de survivre?

Elle alluma une cigarette qu'elle porta une seule fois à sa bouche. Autour d'elle, tout sembla disparaître. Un paysage blanc occupait ses pensées. Un homme avec une barbe et portant un manteau d'agneau descendait d'une jeep noire. Il avait suffi qu'elle l'aperçoive à travers la dentelle d'une fenêtre pour que de nouveau sa vie ait un sens. À partir de ce jour-là, elle avait eu quelqu'un à attendre.

De cette époque il ne restait que la photo prise trois mois plus tard. Érik Valcourt était alors redevenu un homme en complet-veston, le P.D.G. de Valross inc. Celui qui venait d'épouser Marise Brière resterait à jamais son meilleur ami. Que de chemin parcouru depuis!

Yvonne porta de nouveau sa cigarette à ses lèvres. Ce geste machinal lui rappela l'air triste de Fabienne, qui avait cessé de fumer pour donner une chance de survie à son enfant. Elle regarda griller son mégot, puis l'écrasa. Si, à présent, elle pouvait vivre sans son verre de vin, pourquoi conserver cette seconde béquille? Pourquoi ne pas jeter tout ça à la poubelle? se demanda-t-elle, soudain mécontente d'elle-même.

Le confort de son fauteuil la retint sur place à regarder défiler des images de violence sur l'écran de la télévision, qu'elle avait allumée sans trop savoir pourquoi. Outrée par ce qui lui sembla être une pollution de l'esprit, Yvonne éteignit l'appareil et regagna sa chambre, où un lit beaucoup trop grand pour elle seule l'attendait.

4

Marise dormait depuis trois heures à peine lorsque les oiseaux saluèrent l'aube naissante. Tantôt en évoquant un chant harmonieux, tantôt avec une discordance irritante, ces petits êtres ailés régnaient en maîtres absolus sur la campagne engourdie.

À l'étage de l'abri des chevaux, John Pérusse ouvrait les yeux. Le soleil allait poindre à l'horizon, mais lui, indifférent au halo qui surplombait les montagnes, il était à l'affût du moindre bruit en provenance de la maison, du moindre mouvement qui lui signifierait que Marise était réveillée.

Devenues toutes rouges et aveuglantes, les fenêtres de la maison subissaient déjà l'agression du soleil. Trois mètres plus bas, la rivière se cachait sous un couvercle de brume.

Le hennissement singulier de Princesse attira l'attention de John. Il se passait quelque chose si la jument de Marise réagissait ainsi. S'étant levé debout sur son lit de fortune, l'homme s'accrocha à la structure du bâtiment et regarda par l'œil-de-bœuf. Il aperçut Marise qui se dirigeait vers sa voiture. Il crut rêver quand il la vit s'apprêter à ouvrir le coffre arrière : la femme du patron ne pouvait pas partir déjà. Il était à peine six heures, et la moitié des fleurs qu'elle se proposait de planter séchaient dans leur boîte.

John descendit de son perchoir sans emprunter l'échelle et se retrouva sur le sol. Le gémissement de la porte se perdit dans le tapage de la rivière. Marise n'entendit pas l'homme qui approchait, mais elle sentit son ombrage la séparer de la chaleur du soleil. Lorsqu'elle se retourna, il était là.

– John! s'écria-t-elle.

Elle recula jusqu'à ce que son dos heurte la portière de sa voiture. Son sang ne semblait pas monter jusqu'à son visage, tout à coup très pâle. Pourtant elle n'avait aucune raison d'avoir peur, maintenant qu'elle avait reconnu John.

– Ce n'est que moi. Vous n'avez rien à craindre, dit-il.

Les cheveux en broussaille de John Pérusse étaient garnis de brins de paille séchée. Il portait les mêmes vêtements que la veille et il avait une barbe de deux jours.

– Qu'est-ce que vous faites? Vous n'allez pas partir tout de suite? demanda-t-il d'une voix encore éraillée.

Serrant les doigts sur ses clés comme on tient une arme pour se défendre, Marise cherchait son souffle; elle regarda du côté de la maison, où Judith dormait encore. John n'avait pourtant rien de quelqu'un s'apprêtant à l'attaquer. Au contraire, il avait la mine d'un adolescent qui a peur de voir s'en aller un ami à qui il a fait de la peine.

– Vous m'avez réellement fait peur, grommela-t-elle enfin. Quelle est cette manie de vous approcher des gens de cette façon? C'est la troisième fois depuis hier. Me direz-vous aussi ce que vous faites ici de si bonne heure et dans cet état?

John replaça ses vêtements. Il passa sa main dans ses cheveux et lui indiqua le bâtiment de bois blanc.

– J'ai dormi là, dit-il. Et, je veux m'excuser...

– Vous excuser d'avoir dormi au-dessus des chevaux? Cela vous regarde.

– Vous n'avez rien compris!

Le soleil aveuglait Marise. Elle n'aurait su dire si l'astre lumineux était la cause des larmes qui embrouillaient sa vue ou si ses nerfs la lâchaient. Ses joues étaient bouillantes, son cœur battait à tout rompre. La veille, elle avait soupçonné des choses, trouvé étrange ce qui se passait aux alentours, et voilà qu'à son réveil John Pérusse la surprenait encore. Elle ne reconnaissait plus en lui l'homme de confiance à qui Érik avait confié sa propriété.

– Venez avec moi. Je veux vous montrer quelque chose, lui dit John.

Marise ne voulait pas s'éloigner de sa voiture. Cette chose inerte contre laquelle elle était appuyée représentait une sorte de sécurité. John prit sa main. Il constata qu'un tremblement involontaire l'agitait. Alors, il lui parla doucement et la convainquit de l'accompagner jusqu'au bout de l'allée bordée de thuyas.

Marise le suivit d'un pas hésitant, se retournant vers la maison tous les dix mètres, souhaitant apercevoir Judith sur la galerie ou à la fenêtre. Lorsque John s'arrêta, elle fit de même.

– Tenez! C'est ça que je voulais vous montrer, dit-il.

Marise baissa les bras le long de son corps. John avait fait tout ce mystère pour lui montrer la jeep garée près de l'allée bordée de rosiers naissants?

– Elle est là depuis que je vous ai laissée après avoir réparé le téléphone. J'ai attendu qu'il fasse noir pour me rendre au bâtiment.

– Pourquoi, John? Pourquoi avez-vous dormi là plutôt qu'auprès de votre femme? Est-ce que notre sécurité était à ce point menacée?

L'homme donna un coup de pied sur une pierre ronde et glissa les mains dans ses poches. Il reprit le chemin de la maisonnette. Marise le suivit de près. Il entendait le bruit de ses pas.

– John! Allez-vous m'expliquer enfin?

Il se retourna brusquement. Son mouvement imprévu fit buter Marise contre lui, mais il ne broncha pas. John laissa son visage tout près du sien. Ses yeux exprimaient une telle tristesse qu'elle n'osa s'éloigner de lui.

– Parce que je n'ai plus de femme, dit-il sourdement, comme si ses paroles venaient de très loin, du fond de sa détresse. Denise m'a quitté il y a six mois. Cette année, il n'y a pas eu de Floride pour les Pérusse. Mme Pérusse est partie seule parce qu'elle se savait attendue là-bas.

Marise avait besoin de l'espace qu'il avait mis entre elle et lui. John n'avait pas attendu sa réaction pour s'en retourner vers la maison. Il s'était emparé de sa valise, qu'il semblait fermement décidé à ramener à l'intérieur.

– Que faites-vous avec cette valise? demanda-t-elle.

– Vous ne devez pas partir à cause de moi, surtout pas avant de m'avoir entendu.

Ce réveil qui n'avait rien de banal aurait pu ne pas en être un : tout cela ressemblait étrangement à un rêve tiré des appréhensions de Marise. Mais la sueur qui mouillait son dos malgré la fraîcheur du matin lui confirmait que ce n'était pas un rêve. Si John Pérusse avait réellement tenté de semer le doute dans son esprit, il pouvait se vanter d'y être parvenu, pensa-t-elle. Et c'était effectivement ce qui la poussait à rentrer plus tôt que prévu à Montréal. Alors, pourquoi désirait-il qu'elle reste ? Que voulait-il lui expliquer ?

— Je m'excuse, répéta-t-il en s'asseyant sur la dernière marche de l'escalier.

Marise ne dit rien. Son silence agaça John, mais, comme il était décidé à parler, il serra les dents et durcit le ton.

— J'ai inventé la nervosité de Princesse, avoua-t-il. Je savais que vous seriez méfiante envers elle.

— Vous êtes donc au courant de l'incident ?

Il n'était pas utile qu'il en dise davantage. Marise savait déjà qu'il était tout près de la rivière lorsque Princesse l'avait jetée au sol. Il avait tout vu, mais n'était pas intervenu. Qui était donc cet homme qu'elle côtoyait depuis des années sans l'avoir vraiment regardé, sans s'être questionnée à son sujet ?

La tête entre les mains, comme s'il était au confessionnal, John parla, et ses aveux confirmèrent les observations de Marise. Il avait fait exprès d'agiter le spectre du danger qu'il y avait à passer la nuit dans la maison du bord de l'eau, et il avait agi de manière étrange en surprenant Judith près de la rivière et en se sauvant ensuite.

— Et le téléphone ? demanda Marise.

John eut un petit rire sarcastique.

— Vous ne risquiez rien. Je savais que quelqu'un allait finir par appeler chez moi pour savoir ce qui se passait ici. J'aurais alors eu une raison de revenir.

Quand, après un silence difficile à soutenir, il releva la tête, Marise n'avait pas bougé. Aucune expression n'émanait de son visage. La confusion l'empêchait de réfléchir, de se faire une idée sur les événements qu'il avait racontés avec un sang-froid surprenant. Marise n'était plus une jeune fille, elle avait appris à ne pas sauter trop rapidement aux conclusions. Que cachaient les aveux de John? Était-ce un piège pour s'attirer sa sympathie?

John devina que Marise ne dirait rien. S'étant levé, il glissa la main dans la poche de son pantalon et en retira une lettre qu'il avait écrite la nuit précédente, dans le fenil, à la lumière d'une lampe de poche.

– C'est pour le patron, dit-il simplement.

– Qu'est-ce que c'est?

– M. Valcourt devra se trouver un autre homme pour s'occuper de ses chevaux. C'est ma lettre de démission.

Des choses échappaient à Marise. Ce qui s'était produit n'était tout de même pas assez grave pour motiver le renvoi de John. Il n'avait pas tout dit, pensa-t-elle, et son intuition la trompait rarement. Elle s'attendait à d'autres révélations de sa part quand Judith pointa son nez dans la porte en étirant les bras au-dessus de sa tête, soulevant au passage ses longs cheveux mi-blonds, mi-châtain clair.

– Maman, qu'est-ce que tu fais? Est-ce qu'on part vraiment déjà?

John aussi attendait la réponse. Son regard croisa celui de Marise, qui annonça à sa fille qu'elle allait téléphoner à l'hôpital et que, si Fabienne n'était pas trop mal, il se pouvait qu'elles restent encore quelques heures. Puis, s'adressant à John avec une assurance relative, elle ajouta qu'elle n'était pas femme à laisser en plan ce qui a été commencé.

– Il vaut mieux que je retourne auprès des chevaux, dit-il.

John fit sortir Casy, le cheval de Brian. Ensuite, il fit couler de l'eau dans les tonneaux et ajouta de la paille fraîche autour. Pendant tout ce temps, la valise de Marise était demeurée sur la galerie. Était-ce volontairement qu'elle l'avait laissée à l'endroit où John l'avait déposée ? Était-ce un signe qu'elle n'avait pas encore pris de décision quant à son départ ? Quoi qu'il en soit, pour le moment Marise et Judith étaient occupées à des gestes tout à fait ordinaires ; elles faisaient réchauffer des croissants et du lait au chocolat.

Judith semblait indifférente à la dentelle chocolatée qui ornait sa lèvre supérieure. Elle mangeait avec appétit tout en racontant des bribes de sa conversation de la veille avec son père. Quelques rires étouffés suivis d'un haussement d'épaules traduisirent son impatience de recevoir quelques cadeaux. Marise l'écoutait distraitement en fixant son sac à main, dans lequel elle avait rangé la lettre de John, cette lettre qui la perturbait et l'empêchait de jouir de ce moment que Judith venait de qualifier de merveilleux.

Le repas terminé, Marise demeura devant son assiette à former un petit tas avec les miettes à l'aide de sa cuillère.

– Maman, est-ce que tu appelles marraine, maintenant ? demanda Judith, soudainement préoccupée par la décision qu'allait prendre sa mère quant à leur retour en ville.

Acquiesçant à la demande de sa fille, Marise se dirigea vers le téléphone, mais se rendit compte qu'elle ignorait où exactement se trouvait Fabienne. Si elle appelait Yvonne pour se renseigner, celle-ci risquait de lui poser des questions sur son hésitation à quitter la campagne. Marise demanda donc au service de renseignements téléphoniques le numéro de l'hôpital où Fabienne avait prévu accoucher.

La voix de Fabienne au bout du fil était celle d'une personne heureuse et calme, contrairement à ce à quoi Marise s'attendait.

– Il revient mardi, dit Fabienne. Érik le laisse partir. Il dit qu'il peut terminer sans lui.

Brian avait donc suivi son conseil. Il avait téléphoné de Vancouver.

– Je suis heureuse pour toi, Fabienne.

Elle était très sincère, même si ce qui faisait le bonheur de Fabienne allait probablement retarder encore plus le retour d'Érik.

– Je me demande ce que je fais ici ce matin, continua la future maman. J'ai l'impression d'occuper le lit d'une patiente qui en aurait vraiment besoin. Tout va bien. Le bébé tient bon.

Marise répéta qu'elle était heureuse pour elle. Leur conversation fut relativement brève, quoique suffisamment éclairante pour qu'elle ait acquis la certitude que rien ne la pressait de retourner à Montréal. Fabienne se portait bien, et Yvonne passerait quelques heures auprès d'elle.

Bien que rassurée au sujet de Fabienne, Marise se posait encore des questions. Le temps s'annonçait aussi clément que la veille, mais désirait-elle vraiment prolonger son séjour jusqu'à la fin de l'après-midi ?

Devait-elle parler sérieusement avec John ou attendre que les choses se placent d'elles-mêmes ?

De la fenêtre, d'où elle ne manquait rien de ses allées et venues autour des chevaux, Marise constata combien ses gestes étaient naturels. Érik pouvait-il se passer de cet homme dont la conduite avait été jusque-là irréprochable ? À première vue, la réponse était négative. La situation devait donc être tirée au clair.

Deux croissants, tenus au chaud sous un napperon à carreaux bleu et blanc, avaient échappé à l'appétit des visiteuses de la maison du bord de l'eau et, à l'extérieur, il y avait John qui n'avait pas encore mangé. Marise jeta un coup d'œil en direction de Judith, qui se prélassait sur le canapé, et lui demanda si elle voulait bien faire quelque chose pour elle. Soupçonneuse, la fillette ne répondit pas. Elle n'allait pas accepter d'emblée une tâche proposée avec une voix qui lui paraissait empruntée.

– Crois-tu que M. Pérusse apprécierait que tu lui apportes ceci ? Je suis presque certaine qu'il n'a encore rien mangé ce matin.

L'idée de faire plaisir à John plut à la fillette, qui en moins de deux avait fait l'inventaire du plateau préparé par sa mère. Un bout de papier glissé sous la grande tasse dépassait suffisamment pour piquer sa curiosité de gamine trop éveillée.

– Qu'est-ce que c'est, maman ? Un billet doux pour John ?

Marise en resta bouche bée. Cette enfant était d'une précocité dangereuse, pensa-t-elle en la regardant se diriger vers cet homme qui l'avait vue grandir.

– Tenez, John. C'est pour vous. Maman et moi n'avons pas réussi à tout manger, dit Judith lorsqu'elle fut arrivée auprès de lui.

Instinctivement, John regarda vers la maison, vers Marise qui épiait sûrement sa réaction derrière le rideau de dentelle. Il leva sa casquette en signe de gratitude.

Se sentant découverte, Marise rougit et recula d'un pas.

Quand Judith revint avec le plateau vide, sa mère n'était plus dans la pièce principale. Dans le réduit servant de salle de bains, l'eau de la douche coulait. C'était un moment de grâce pour la gamine, qui gravit l'escalier et se dirigea directement vers le coffre. Avec les mêmes précautions que la veille, elle en sortit le violon. Un sourire illuminait son visage ; elle caressait l'instrument, mais s'interdisait de glisser l'archet sur les cordes. Sa résistance fut cependant de courte durée. Bientôt, elle entama un air mélancolique de sa composition. La mélodie se rendit jusqu'à Marise, et des larmes glissèrent sur ses joues, puis se mêlèrent à l'eau froide qui coulait sur son corps.

Sans chercher à comprendre ce qui les provoquait, Marise laissa libre cours à son émotion soudaine.

5

Le jour tombait rapidement. Sur plus d'un kilomètre, les feux de stop des automobiles traçaient une ligne rouge continue. Cet embouteillage monstre exaspérait Marise, et le cortège s'allongeait sans arrêt.

Sur le siège arrière, Judith faisait l'inventaire de son sac sans comprendre pourquoi sa mère s'impatientait de la sorte. Rien ne les pressait de rentrer. La fillette ignorait que ce contretemps allait obliger Marise à s'excuser auprès d'Yvonne, à qui elle aurait dû téléphoner avant de s'engager sur l'autoroute.

Leur séjour à la campagne s'était prolongé plus que prévu, et les événements marquants de la journée étaient encore trop récents pour que Marise en fasse abstraction. Malgré l'énergie qu'elle déployait pour les contrer, des images réapparaissaient dans son esprit et la troublaient davantage à mesure que la nuit tombait. Marise cherchait un exutoire dans la fabulation sur l'origine de l'obstruction de la route, mais rien ne créait une diversion durable.

Passé des patrouilleurs et des signaux lumineux, la circulation reprenait un rythme rapide. Marise vit un monceau de ferraille qu'on tentait de monter à l'arrière d'une remorque. Le reflet des phares sur des éclats de verre brisé illuminait un sinistre spectacle. Un policier, qui lui fit signe de s'arrêter pour le laisser passer, tenait un soulier d'enfant et un ourson. C'est alors qu'elle souhaita qu'on ne diffuse pas la nouvelle de cet accident à la radio avant qu'elle ait téléphoné à Yvonne.

Judith, qui de l'arrière n'avait pas tout vu, demanda des explications.

— Oui, c'est un accident, ma chérie. Ne parle plus de cela. Nous serons à la maison dans tout au plus vingt minutes.

Yvonne s'était beaucoup inquiétée avant de se décider à appeler chez les Valcourt. À sa grande surprise, c'est Marise qui lui répondit.

— Marise ? Vous êtes là ? dit-elle, étonnée.

À bout de souffle, les bras embarrassés, Marise jonglait avec l'appareil qu'elle tenait tant bien que mal entre l'oreille et l'épaule.

— Je rentre à l'instant, dit-elle. J'ai couru pour prendre l'appel. Je suis encore chargée comme un mulet !

Yvonne était troublée, cela se sentait sans qu'elle ait à l'exprimer.

— Tu te tourmentais pour nous, n'est-ce pas ?

— Me diras-tu enfin...

— Je sais que j'aurais dû téléphoner. Il s'est passé des choses qui m'ont retenue. Yvonne, tu serais gentille de ne pas insister. Je suis tellement fatiguée.

Yvonne ne dit plus rien. Elle se souvenait des confidences faites par Marise la veille au soir. Des choses bizarres se passaient là-bas, avait-elle dit, avant de lui annoncer qu'elle rentrerait tôt. Une journée entière s'était écoulée sans qu'elle lui donne signe de vie, et voilà que maintenant elle choisissait de se taire. Était-ce parce qu'elle n'avait pas le courage de s'expliquer ?

En temps et lieu, Marise parlerait à Yvonne, mais seulement en temps et lieu. D'ailleurs, ce soir-là, elle n'aurait pas su par où commencer. Elle avait besoin de réfléchir, de raisonner, de juger de ce qui méritait d'être partagé. L'important était de paraître naturelle.

Marise s'informa de Fabienne. Yvonne lui confirma ce que Fabienne lui avait dit le matin même. Tout se passait pour le mieux jusqu'à présent.

– Est-ce que tu sais que Brian arrive mardi? demanda Yvonne.

– Oui, Fabienne m'a annoncé son retour. C'est triste à dire, mais je l'envie.

– Je savais que tu réagirais ainsi. C'est bien que Brian vienne auprès d'elle, mais, pour toi, cela signifie qu'Érik va tarder à rentrer, n'est-ce pas? J'ai l'impression que c'est plus dur cette fois-ci. Est-ce que je me trompe?

– Parfois, j'ai l'impression que les dernières années de ma vie n'ont été qu'une longue attente.

– Marise, tu sais que tu peux toujours compter sur moi, n'est-ce pas?

– Je le sais parfaitement, Yvonne. Mais, si tu veux bien, je vais raccrocher maintenant. Judith est à mes côtés qui me fait signe de l'aider avec les bagages.

Elles n'auraient de toute manière échangé que des banalités au sujet de la température, de l'affluence sur l'autoroute. Marise n'avait plus envie de discuter, ni de raconter l'accident dont Judith et elle avaient été témoins, cet accident qui était en partie la cause de son retard.

Yvonne, de nouveau seule avec elle-même, avait la certitude que la femme de son cousin vivait une période difficile et que les événements de la fin de semaine n'avaient rien arrangé.

Il était encore relativement tôt, mais, sa visite à Fabienne et l'attente du retour de Marise ayant été très éprouvantes pour elle, Yvonne décida d'aller dormir. Auparavant, toutefois, fidèle à son rituel, elle vérifia si tout était à sa place dans la pièce. Elle ramassa les quelques tasses qui traînaient dans l'évier et les plaça avec les autres sur la grille supérieure du lave-vaisselle. Ensuite, elle consulta sa montre, puis son regard s'attarda sur les rideaux qu'elle avait laissés largement ouverts depuis que l'oiseau mort n'était plus sur le balcon. Ce matin-là, elle s'était réveillée avec l'intention bien arrêtée de régler ce problème avant d'entreprendre quoi que ce soit. Elle avait tiré les rideaux d'un seul coup, comme pour braver le sort. À sa grande surprise, elle n'avait vu sur le balcon que trois petites plumes près de la jarre de grès. Un coup d'œil aux alentours lui avait indiqué que tout était normal, à part ce chat juché sur la branche du bouleau appuyée au balcon et qui la regardait en se pourléchant les babines.

C'était aussi devenu une habitude pour Yvonne de s'arrêter devant la glace géante. Ce geste détenait un pouvoir presque magique, celui de lui faire oublier qu'elle habitait seule cet appartement. Ce soir-là, particulièrement consciente de ce fait, elle prit le temps de détailler son image au milieu du décor qui s'y doublait. Quoique n'ayant rien de comparable avec la grande maison du domaine Rivard, cet appartement lui parut immense, trop grand pour une personne seule. Elle aurait souhaité que brusquement les murs se rapprochent, que des bras chauds en sortent et l'enlacent. Il y avait si longtemps qu'elle n'avait pas connu l'étreinte amoureuse. Il y avait une éternité qu'elle ne l'avait désirée avec autant de force.

Spontanément, son esprit rejoignit Marise, qui très certainement devait entretenir des pensées semblables aux siennes. Érik se faisait encore attendre, comme dans le temps. La solitude vécue dix ans plus tôt par cette jeune femme prenait des proportions bouleversantes depuis leur entretien. Marise était triste et désemparée. Présentement, elle devait trouver sa maison aussi vide que le luxueux appartement où, pendant de longues semaines, elle avait attendu Érik alors qu'il se trouvait dans la maison du bord de l'eau, à deux pas de sa solitude à elle, Yvonne.

Tous avaient changé depuis. Yvonne, plus que les autres, et pour le mieux. Les épreuves n'avaient jamais eu raison de son air digne et fier, de sa noblesse. Malgré ses cinquante-quatre ans, elle paraissait plus jeune qu'alors. Son teint frais, ses cheveux plus courts lui allaient à ravir. Elle était encore très désirable et ça, Charles Gaumond, son employeur, le savait mieux que quiconque.

Les lundis et les mercredis, le directeur du centre Victor-Paré ne prenait jamais d'engagements qui l'auraient obligé à assister à des réunions à l'extérieur. La présence d'Yvonne à la vérification des dossiers des nouveaux arrivants justifiait ce fait, que les autres membres de l'administration n'avaient d'ailleurs pas été sans remarquer.

Yvonne se dit que, le lendemain, Charles Gaumond serait très tôt au boulot. Si elle se hâtait, elle y serait aussi avant l'arrivée du personnel. C'était sa chance de discuter avec lui du cas de Fabienne Clément.

— Brave Charles, murmura-t-elle. Quand comprendra-t-il qu'il fait tout ça pour rien ?

Yvonne n'acceptait pas que Charles Gaumond la trouve jolie, agréable, comme d'autres l'avaient fait avant lui. Cet homme n'est pas libre, avait-elle prétexté à plusieurs reprises pour expliquer sa méfiance à son égard, ses refus de sortir prendre un verre entre amis. Elle cherchait à nier qu'elle ne laisserait personne forcer la porte de son cœur. Tant qu'elle refuserait de l'étaler au grand jour, sa misère lui appartiendrait.

6

On avait annoncé un changement subit de température, et la nuit avait effectivement été plus froide que
la normale. Cependant, les prévisions semblaient se
révéler fausses en ce matin du dernier jour de mai, car,
de minute en minute, le soleil s'affirmait davantage.
Il dissipait les derniers nuages qui assombrissaient
encore le paysage.

Dans le stationnement du centre Victor-Paré, les
voitures des membres du personnel de nuit étaient
recouvertes d'une couche humide qui se ramassait
en gouttelettes sur les pare-brise. Une seule voiture
différait des autres, celle de Charles Gaumond, qui était
au travail depuis trente minutes au moins.

Dès qu'elle eut pénétré dans les bureaux des services
administratifs, Yvonne aperçut la silhouette de Charles
à travers la vitre de son bureau. L'homme, concentré
sur un dossier, n'avait pas conscience de sa présence
dans la pièce. Yvonne hésitait à faire les premiers pas.
Malgré l'amitié qui les unissait, elle se refusait le droit
de s'introduire dans le bureau de Charles pour l'entretenir d'un sujet qui ne concernait pas le travail.

Elle l'observa de loin.

Que d'événements avaient marqué leurs vies
respectives depuis ce matin de septembre où le directeur du centre Victor-Paré avait reçu une certaine

Mme Rivard qui postulait un emploi à temps partiel dans son établissement. Yvonne avait espéré retrouver à la direction de ce centre le Charles Gaumond qu'elle avait connu à l'université. Tel avait été le cas. En présence l'un de l'autre, ils s'étaient immédiatement reconnus.

Charles avait gardé son sourire agréable et sa chevelure abondante, à peine tachetée de gris. L'entrevue officielle avait été de courte durée ; Yvonne avait les qualifications pour le poste. Ils avaient passé le reste du temps prévu pour l'entretien à refaire connaissance. Depuis, Yvonne était demeurée discrète et mystérieuse. Les questions de Charles au sujet de sa vie privée étaient demeurées sans vraies réponses. Il n'en savait guère plus que les autres, à qui elle avait livré des informations au compte-gouttes. Yvonne Rivard était déjà veuve quand son fils de vingt ans était décédé dans l'incendie de leur demeure. Elle avait vendu ses terres au cousin de son mari, qui avait fait de la vieille maison qui s'y trouvait sa maison de campagne. Nulle autre explication n'avait été nécessaire pour qu'on se fasse une idée des gens qu'elle fréquentait. Érik Valcourt était une personnalité suffisamment connue pour que son entourage jouisse d'un certain prestige.

Charles Gaumond était de la génération qui croyait que, pour réussir, il fallait jouer dur ou avoir de la chance. Il possédait les qualités d'un directeur de grande entreprise, mais, ayant choisi d'attendre la chance, il se disait heureux d'occuper le poste de directeur général de ce centre hospitalier. Toutefois, une pointe de frustration transpirait de ses propos quand il abordait la question ; une frustration gentiment avouée, facilement tournée en raillerie.

Charles étant toujours concentré sur son travail, Yvonne avait jeté un coup d'œil vers le corridor. Quelques clients autonomes faisaient les cent pas en attendant l'heure du petit-déjeuner. Une dame admise la semaine précédente avançait en poussant sa marchette. Des mouchoirs de papier débordaient du panier amovible qu'on avait installé sur le barreau du haut. Yvonne la salua de la main et s'installa à son bureau pour prendre connaissance des dossiers à traiter. Le tout premier, bien en évidence sur le dessus de la pile, était accompagné d'une note retenue par un trombone rouge ; la directrice des soins y spécifiait que la personne admise ce matin-là était un cas spécial, à cause de son jeune âge et parce que son séjour ne devrait pas être long. Suzanne Leroux serait hébergée au centre Victor-Paré seulement jusqu'à ce qu'elle obtienne une place dans un établissement mieux approprié.

Yvonne ne s'interrogea pas davantage. De loin, elle observa Charles. Quelque chose avait changé dans son allure. Il était visiblement accablé, un pli creusait son front. Lorsque, déposant un papier sur la pile déjà trop volumineuse, Charles Gaumond leva la tête, il aperçut Yvonne et lui sourit. Son visage se transforma. Tout à coup, le travail semblait ne plus avoir d'importance ; il vint vers elle. Un parfum subtil et de bon goût accompagnait ses déplacements.

– Déjà au travail, ma chère Yvonne ? Serais-tu en nomination pour le concours de l'employée modèle ? la taquina-t-il en passant son bras autour de ses épaules.

– Charles, je t'ai demandé de cesser ces familiarités. Un jour, tu feras un geste semblable devant les employés et ça attisera les ragots.

– Disons que tu as raison, mais laisse-moi au moins ce plaisir quand nous sommes seuls. Ce matin, j'ai tellement besoin de voir un visage agréable, quelqu'un qui a envie de vivre.

Il était évident que Charles allait encore se plaindre de l'attitude de Brigitte. Yvonne avait horreur qu'un homme fasse du charme à une femme en rabaissant la sienne. Son regard avait probablement traduit sa pensée parce que Charles changea d'attitude. Il redevint aussi triste et austère qu'il l'était quelques minutes auparavant.

– J'ai compris, dit-il. Viens dans mon bureau, alors. Il faut que je te parle.

Tout indiquait qu'elle n'était pas la seule à vouloir discuter sérieusement. Ayant souvent prêté une oreille attentive à Charles, Yvonne eut l'intuition que cette fois la situation était sérieuse, qu'il allait s'agir de beaucoup plus que de simples plaintes d'un mari insatisfait. Charles l'inquiétait.

Elle n'était pas encore assise dans le fauteuil devant lui qu'il éclata.

– Yvonne, je ne crois pas pouvoir tenir encore bien longtemps, dit-il en massant sa nuque douloureuse.

– C'est Brigitte ?

– C'est Brigitte ! Ah ! je me sens tellement ridicule de te raconter tout cela. Ma femme a changé. Ce n'est plus vivable à la maison. Il n'y a pas si longtemps, je mettais son attitude sur le compte du départ de nos deux fils, mais tout ça doit avoir une fin.

Il avait mordu dans ces mots, faute de pouvoir élever le ton.

– Allons, Charles ! Est-ce si difficile ?

– Brigitte sait aussi bien que moi qu'ils ne reviendront pas. Pierre-Luc est G.O. dans un Club Med où on le paye grassement pour porter des costumes à froufrous. Christian aussi est parti. Il avait envie de conquérir le monde. Reste à voir s'il ira bien loin avec une guitare sous le bras. Mais, c'est comme ça, et on n'y peut rien, ni elle ni moi. Ce n'est pas en restant en robe de chambre toute la journée qu'elle va se rebâtir une vie.

Charles avait lancé son stylo sur son bureau. Il contemplait l'objet doré comme si une partie de lui-même s'était détachée de sa personne. Yvonne l'observait, incapable d'ajouter une parole intelligente. Ce qu'il était loin, le jeune homme dont le calme et la jovialité faisaient l'envie de tous à l'université. La dernière année de leurs études, ses compagnons l'avaient surnommé le «joyeux notaire». Ce titre avait été inspiré par son comportement et n'était aucunement lié au travail auquel il se destinait. Tout comme Étienne Rivard, Charles avait fait son baccalauréat en administration et en gestion de personnel. Déjà à cette époque, Charles ne manquait pas une occasion de faire sentir à Étienne qu'il avait de la chance de plaire à la jolie Yvonne Maher.

Depuis qu'elle était sa confidente, Yvonne ne lui avait encore jamais vu l'air qu'il avait ce matin-là. Elle connaissait les sentiments de Charles à son égard, des sentiments qu'elle avait continuellement découragés et qui lui rendaient la tâche difficile. Souvent, elle ignorait quelle attitude adopter devant son désespoir. Et, une fois de plus, c'est ce qui se produisait.

Le silence qu'elle observait obligea l'homme à aller plus loin. Charles replaça la pile de dossiers devant lui, puis dit qu'il n'avait pas le goût de rentrer chez lui ce soir-là.

– Pour une fois, Yvonne, une seule fois, accepterais-tu que nous sortions manger ensemble?

L'invitation de Charles, tel un appel au secours, obligeait Yvonne à prendre rapidement une décision, car les voix des employés qui rentraient au travail arrivaient à ses oreilles. Elle venait de perdre sa chance de discuter du cas de Fabienne avec Charles.

– Bon, j'accepte, dit-elle. Moi aussi, j'ai à te parler, et comme ça ne concerne ni le travail ni ma vie privée, nous en discuterons ce soir.

Charles la raccompagna jusqu'à la porte de son bureau. Elle rejoignit les jeunes femmes qui venaient d'arriver et qui vérifiaient leur maquillage. Comme cela lui arrivait souvent en présence d'Yvonne, Nicole baissait la tête. Elle laissa Claudette s'engager dans un babillage interminable pour raconter sa fin de semaine. Yvonne l'écouta distraitement. Qui s'informerait de sa fin de semaine à elle? Son entourage était habitué à ses silences, à sa discrétion sur tout ce qui touchait sa vie et les gens qu'elle fréquentait. Pour chacun, Yvonne Rivard n'était rien de plus qu'une femme attentive sur laquelle le malheur n'avait plus d'emprise.

La vie reprit dans les corridors, qui s'animèrent rapidement. La directrice des soins se présenta devant Yvonne et lui annonça qu'elle allait vérifier l'installation provisoire préparée pour sa jeune cliente. Marielle Lepage s'informa si elle avait lu sa note à son sujet.

– J'ai parcouru le dossier. Il s'agit d'une jeune fille souffrant d'une fracture du bassin. À la suite d'une chute, je crois?

– En effet. On lui a enlevé son plâtre. Elle est en réhabilitation. Venez avec moi, nous parlerons en chemin.

Yvonne suivit la directrice des soins, qui lui raconta la visite du père de la jeune fille.

— C'est un homme à bout de ressources qui est venu me supplier de prendre sa fille pour lui donner le temps d'organiser son placement définitif. Suzanne est atteinte de déficience mentale. Depuis la mort de sa mère, il doit la confier à des personnes différentes chaque fois qu'il va à l'extérieur de la ville. Comme il est camionneur sur de longs parcours, il est souvent absent.

Yvonne écoutait sans faire de commentaires, et son silence inquiéta Marielle Lepage.

— Que se passe-t-il ? Ce genre de cas vous poserait-il problème ? Je vous ai vue fonctionner avec des cas beaucoup plus difficiles. Seriez-vous moins à l'aise avec les personnes trisomiques ?

— Je pensais aux parents qui doivent vivre avec ce genre d'enfant.

— Je me demande si j'aurais ce courage. C'est surtout de se sentir prisonnier pour la vie qui doit être un véritable calvaire.

Marielle Lepage ignorait tout de la réalité vécue par ces êtres, et Yvonne n'allait pas la contredire, ni lui confier le trouble qui l'habitait. Elle fut soulagée lorsqu'elles furent arrivées à la chambre prévue pour la jeune Leroux, celle de droite au bout du corridor, dont la porte était plus large que les autres et où les toilettes n'étaient masquées que d'un seul grand rideau coulissant.

— À quelle heure l'attendez-vous ? s'enquit-elle.

— Vers dix heures. C'est ce que nous avons convenu avec l'hôpital.

L'infirmière vérifia l'équipement, puis retourna à son poste. Yvonne demeura seule dans la chambre. Le front appuyé à la porte, elle n'osait sortir à son tour. Elle avait peur de se retrouver devant cette enfant, et il ne lui restait qu'une heure pour se faire une carapace, pour adopter l'attitude de ceux qui parlent de choses qu'ils ne connaissent pas. Après avoir délibérément choisi de se dévouer auprès de personnes qui ne lui rappelleraient pas Cyprien, voilà que la vie mettait sur sa route une jeune fille souffrant du même handicap que son fils. Cette situation était bouleversante.

Lorsqu'elle sortit enfin de la chambre, elle se retrouva face à face avec la préposée de service. Louise l'aborda avec un large sourire.

– Je suis contente de vous voir, madame Rivard, dit-elle.

La sincérité de Louise fit plaisir à Yvonne, qui elle aussi était heureuse d'apercevoir ce premier vrai sourire de la journée. Cependant, elle avait déjà compris ce que Louise voulait mais n'avait pas le droit de demander : chaque lundi après-midi, quand son travail était terminé, Yvonne rendait visite à une de ses patientes, à qui elle tressait les cheveux. C'était un prétexte pour libérer la préposée d'une tâche supplémentaire et, surtout, pour rester plus longtemps auprès de cette Mme Aurelyne qui demeurait toujours silencieuse.

– Je termine à trois heures trente et je serai dans sa chambre dix minutes plus tard, dit Yvonne. Est-ce que ça vous va?

– C'est parfait pour moi. Je lui donne son bain en fin d'après-midi. Ses cheveux seront encore humides quand vous arriverez.

Louise partit aussitôt. Une sonnette d'alarme l'appelait. Yvonne demeura derrière à regarder la porte close en face de celle qu'on destinait à Suzanne. La femme qui l'occupait n'était connue que sous le nom de Mme Aurelyne. On la disait muette parce que personne n'avait réussi à lui tirer une parole. Elle comprenait tout et, toujours avec le même silence déconcertant, elle respectait les consignes de l'établissement. Yvonne ne croyait pas à sa mutité et s'était juré qu'un jour elle finirait par la faire parler.

Neuf heures quarante-cinq arriva et, le temps de sa pause venu, Yvonne eut envie de parler à Marise, qui devait être debout depuis longtemps.

Normalement, après le départ de Judith pour l'école, Marise s'accordait du temps pour elle-même avant d'entreprendre les corvées légères qu'elle se réservait. Ce matin-là, Marise était demeurée dans son fauteuil, à réfléchir, à se torturer l'esprit.

Les choses avaient énormément changé pour elle depuis la réorganisation des tâches à la Valross. Probablement à cause des remords qu'il avait entretenus au sujet de l'enfance d'Évelyne, Érik avait tenu à ce que Judith soit élevée par sa mère. Il avait convaincu Marise d'accepter son nouveau rôle sans vraiment se rendre compte qu'elle le faisait aux dépens de sa carrière de femme d'affaires. Au début, l'impression qu'elle avait de pouvoir être encore utile à la Valross lui avait rendu la décision difficile, mais, peu à peu, sentant qu'on lui retirait des responsabilités, elle avait supposé qu'elle avait mieux à faire ailleurs.

La sonnerie du téléphone tira Marise de ses réflexions. Lorsqu'elle entendit Yvonne, elle crut qu'elle n'était pas allée au travail.

– J'y suis depuis un bon moment. Même que j'y étais avant tout le monde, sauf notre directeur.

Le ton d'Yvonne signifia à Marise qu'elle avait parlé pour les oreilles indiscrètes, mais, comme elle ne tenait aucunement à prolonger inutilement la conversation, elle alla droit au but de son appel et demanda des nouvelles de Fabienne.

Marise avait parlé avec Fabienne et leur discussion l'avait contrariée. Cela s'entendait dans sa voix.

– Fabienne s'est mise dans la tête qu'elle allait rentrer à la maison, expliqua-t-elle. Elle pense que son médecin lui accordera son congé aujourd'hui. Notre Fabienne risque d'être déçue, et devine ce qui va se passer ?

– De toute façon, je suppose que la décision ne lui revient pas entièrement.

– Elle sera fixée cet après-midi, et nous aussi. J'avais l'intention de passer la voir ce matin, mais, comme elle ne semblait pas être de très bonne humeur, je n'ai eu ni l'envie ni le courage de lui faire face. Peut-être que cet après-midi elle sera plus calme.

– Ne la juge pas trop vite. Cette petite est très angoissée.

– C'est bien pour cela que j'essaierai de me conduire en amie.

À cause du va-et-vient inhabituel dans le corridor, Yvonne n'entendit pas la dernière phrase de Marise. Elle regardait vers la porte principale, vers la jeune fille allongée sur une civière. Le récepteur du téléphone sur la poitrine, Yvonne ne pouvait détacher son regard de Suzanne Leroux. Ses lèvres bougeaient sans qu'un son en sorte. « Elle a les yeux du même bleu que sa

couverture, du même bleu que les yeux de Cyprien ! »
tentait-elle de dire.

Suzanne Leroux tourna la tête de son côté et
l'aperçut. La jeune fille repoussa alors sa couverture
et libéra une petite main aux doigts courts. Et, comme
si la physionomie d'Yvonne lui était familière, elle
fit pour elle un geste rapide au-dessus de sa tête et lui
sourit.

7

Yvonne avait brusquement coupé la communication, donnant à Marise l'impression qu'une urgence l'appelait ailleurs. Depuis, comme si elle n'avait rien de mieux à faire, Marise attendait qu'elle rappelle.

Le soleil qui à cette heure entrait par la verrière de la résidence des Valcourt donnait un cachet spécial au décor extérieur, harmonieusement aménagé. Les tons de vert se multipliaient. Les arbustes du jardin et les arbres fruitiers formaient une imposante haie, qui rivalisait de beauté avec le lilas géant. La piscine, à l'eau pourtant déjà chaude et d'une limpidité invitante, n'exerçait aucun attrait sur Marise, dont l'esprit vagabondait ailleurs. C'est le décor entourant la maison du bord de l'eau, avec tout ce qu'il représentait depuis la veille, qui était présent en elle.

Le vent souffla plus fort et amena à l'intérieur un parfum printanier semblable à celui qui embaumait la chambre de la maison du bord de l'eau ; un parfum de fleurs de pommier.

Marise n'avait rien fait d'autre que réfléchir depuis son réveil. D'ailleurs, Judith lui avait reproché de ne pas l'écouter et, plus tard au téléphone, Fabienne l'avait accusée de ne pas la comprendre. Comment comprendre ou entendre quoi que ce soit quand la voix de John Pérusse dominait toutes les autres ? Quand le tumulte du ruisseau masquait tout à coup ses paroles et qu'elle revoyait l'expression de son visage?

John avait répondu au message qu'elle avait glissé sous sa tasse de lait au chocolat en écrivant un simple OK au fond de la tasse. Il n'allait pas la laisser partir sans s'expliquer, sans qu'elle sache les véritables raisons de son comportement et de sa démission.

Quand il avait eu terminé de nourrir les chevaux et de brosser leur pelage, John s'était dirigé vers la rivière, il avait enlevé sa chemise et l'avait déposée sur la roche plate. Et, comme si la chose lui avait été coutumière, il s'était lavé dans l'eau glacée qui s'engouffrait à toute allure dans une cuve creusée à même le rocher. Sa peau rougie par un récent coup de soleil lissait les muscles de ses bras, de ses épaules; des muscles d'une virilité indécente.

Marise avait observé ses moindres gestes, constatant que John Pérusse lui était si étranger qu'elle n'avait jamais pu conserver son image dans son esprit. Lorsqu'on mentionnait son nom devant elle, les traits qui lui revenaient étaient imprécis, comme les liens qu'elle entretenait avec cet homme. Elle n'aurait su dire la couleur de ses yeux, ni si des cheveux gris blanchissaient déjà ses tempes. John n'avait été en somme qu'une silhouette aperçue de loin, qui pendant un moment discutait avec Érik et qu'elle ne revoyait plus du reste de leur séjour. Quelques rares fois, elle avait surpris son regard timidement posé sur elle, un regard qu'il détournait aussitôt qu'il croisait le sien. Comme s'il se disait qu'aucun autre homme ne pouvait retenir l'attention de Marise puisqu'elle n'avait d'yeux que pour Érik Valcourt.

John avait ramassé sa chemise, mais ne l'avait pas enfilée, la jetant plutôt mollement sur son épaule. Il était venu vers la maison, laissant supposer à Marise qu'il se présenterait à elle ainsi. Sans un regard de son côté, même s'il la savait présente quelque part à l'intérieur, l'homme avait continué son chemin vers le bosquet d'arbres verts.

— Il s'est moqué de moi, murmura-t-elle. Il n'a pas tenu sa promesse !

Lorsque John réapparut au bout de l'allée, il était revêtu d'une chemise propre et coiffé de frais. Il avança d'un pas ferme jusqu'aux fleurs qui séchaient encore au soleil, les prit et les porta dans un coin ombragé. Sa manière de verser de l'eau sur les plants agonisants toucha Marise. John était donc pourvu de sensibilité, pensa-t-elle.

Judith courut vers la porte quand John s'y présenta. Elle lui ouvrit et l'invita à entrer. John sourit à la gamine pendant que son regard interrogeait Marise. Il attendait l'invitation de celle qui avait jugé cet entretien nécessaire et à qui il revenait de mener le jeu.

— Judith a raison, dit Marise. C'est plus frais à l'intérieur. Entrez, si le cœur vous en dit.

— C'est que... Je voulais vous demander de vous occuper de Princesse pendant que je brosserai Irving.

Ce prétexte sembla acceptable à Marise, qui ne voulait pas que Judith entende leur conversation. Leur entretien devait avoir lieu sans témoin. Judith ne vit aucun inconvénient à ce que sa mère suive John parce que, seule à l'intérieur, elle se sentirait la maîtresse des lieux. Elle en profiterait pour sortir son matériel de peinture et reproduire le paysage comme s'il était encadré par la fenêtre, avait-elle annoncé. Marise l'avait à peine écoutée. Elle suivait John du regard ; John qui était retourné à l'écurie sans l'attendre, qui avait laissé la porte entrouverte et s'était appuyé au mur du bâtiment pour la regarder venir.

Marise portait un vêtement moins décontracté que celui qu'elle avait lorsque John l'avait vue le matin même, au moment où elle s'apprêtait à partir. L'homme ne fut pas dupe de sa transformation. Cette jolie femme qui venait vers lui, cette femme trop élégante pour ses quarante-quatre ans, n'était pas la Marise à qui il aurait souhaité parler, mais bien sa patronne, Mme Valcourt.

Elle aussi s'était appuyée au mur blanc, à côté de lui. Ni l'un ni l'autre ne désiraient être le premier à prendre la parole. Cet instant parut s'éterniser. Ils avaient regardé le sol devant leurs chaussures jusqu'à ce que, soudainement nerveuse, Marise s'impatiente. Déjà mal à l'aise d'être sur son terrain pour discuter, elle en voulut à John de la forcer à rompre le silence.

Elle sortit de sa poche un bout de papier plié en quatre. La lettre de démission de John exigeait sans doute des explications, mais faisait-elle partie de son plan pour la retenir sur place ? Le doute persistait dans l'esprit de Marise quand elle lui demanda des éclaircissements.

– Me direz-vous enfin ce que cela signifie ? demanda-t-elle sèchement.

– Cela signifie que je vous déteste, Marise ! Je vous déteste !

Une telle colère avait déformé son visage que Marise en eut peur. Elle s'éloigna brusquement en lui criant son étonnement, le ridicule de la situation.

– Vous me détestez ? Pourquoi, John ? C'est à peine si je vous ai adressé la parole.

– Vous venez de répondre vous-même à votre question. Vendredi, quand vous êtes arrivée ici, si vous vous étiez un peu intéressée à moi, à ma personne, est-ce que cela vous aurait fait mal? Seuls les chevaux et la manière dont j'allais faire ceci ou cela comptaient pour vous. Vous êtes comme toutes les autres!

Un vertige lui fit perdre sa contenance. À quoi lui avait servi de rester là si c'était pour s'entendre injurier, se faire attribuer des sentiments faux et indignes d'elle? La conduite de John Pérusse ne méritait pas l'attention qu'elle était prête à lui accorder. Elle lui tourna le dos, remit la lettre dans sa poche et s'enfuit vers la maison. John la rattrapa et la pria d'écouter ce qu'il avait à dire. Elle hésita puis, s'étant quelque peu ressaisie, se dirigea vers la rivière. Elle y frappa caillou sur caillou jusqu'à ce qu'une énorme pierre, en équilibre sur la rive que la crue avait rendue fragile, s'écroule et disparaisse dans le tourbillon.

John n'avait pas le droit de lui parler de la sorte! Elle cria sa révolte d'une voix forte qu'aurait dû couvrir le tumulte des eaux agitées. Elle se mordit la lèvre inférieure pour ne pas pleurer de rage. Lorsque de nouveau elle entendit la voix de John Pérusse, il était si près que son ombre se fondait avec la sienne.

– Tu as raison, Marise, je n'avais pas le droit. Je te demande pardon.

Il n'y avait plus que de la douceur dans la voix de John. Il l'avait tutoyée en plus de l'avoir appelée par son prénom. Un tout autre homme se tenait à côté d'elle. Il lui demandait de l'écouter jusqu'au bout. Mais elle, voulait-elle l'entendre, ou fuir encore, ou ne plus exister? L'impression bizarre qui la hantait depuis son arrivée avait forme humaine. Elle ressemblait étrangement à cet homme assis sur un tronc d'arbre échoué sur la pierre géante. Il était inconvenant qu'elle reste, mais, incapable d'expliquer pourquoi, elle resta quand même et l'écouta raconter une histoire provenant d'un passé qu'elle ignorait totalement, et ce, pour des raisons évidentes. La vie de couple de John ne l'avait jamais intéressée, et ses propres contacts avec Denise Pérusse s'étaient limités à quelques mots de politesse lorsqu'elle allait lui remettre les clés de la maison. L'histoire de John et de Denise ressemblait à celle de tant d'autres couples que la vie avait séparés. Qu'un mari sente son intérêt pour sa femme décroître, qu'il pose sur elle un regard neutre ou parfois réprobateur, tout cela n'avait rien d'exceptionnel dans un monde où tout est en continuel changement.

John en vint enfin aux confidences qui la touchaient personnellement. Il lui dit ne plus habiter sa maison du rang des Mésanges. Marise devint davantage attentive. Elle se souvenait que John avait dormi dans le fenil. Elle l'avait vu se laver à la rivière. Une question brûlait ses lèvres.

– Où logez-vous, alors? demanda-t-elle.

Ils allaient toucher au vif du sujet! La lettre de démission de John n'avait que peu à voir avec sa façon d'agir des derniers jours. C'était depuis le départ de sa femme que sa vie avait changé.

Cette fois, John ne pouvait affronter le regard de Marise. Il lui avait tourné le dos, et sa voix allait se perdre dans le vacarme. Marise devait absolument se rapprocher si elle voulait l'entendre.

– J'ai converti mon atelier en abri assez confortable pour un célibataire. C'est là que j'ai vécu les premières semaines après le départ de ma femme.

John fit une pause. Et, s'étant retourné, il leva les yeux sur Marise. Juger de son attitude, de son intérêt pour son récit, voilà ce qu'il voulait, mais il fut étonné de sa transformation soudaine. Marise Brière posait sur lui un regard nouveau. Et elle était encore plus jolie maintenant que son rouge à lèvres s'était effacé. Il la sentit fragile, ce qui lui donna le courage de lui faire face pour avouer le reste.

Il n'y avait rien de compromettant à lui rappeler qu'il possédait la clé de la maison du bord de l'eau et qu'au début, il y entrait une fois ou deux la semaine. Le patron ne l'avait-il pas chargé de surveiller sa maison ? Entrer là et voir à ce que tout soit à sa place ne faisait-il pas partie de son travail ? À ce moment-là, John ignorait encore que cet endroit possédait la faculté de susciter les émotions les plus surprenantes.

Était-ce bien le même personnage timide qui quittait les lieux dès qu'elle mettait les pieds autour de la maison du bord de l'eau qui, ce jour-là, lui avait avoué ce qu'avait été sa vie depuis que sa femme l'avait quittée pour un autre homme ?

Marise se laissa tomber sur le tabouret au bout du comptoir de la cuisine. Tout comme sa cuisse douloureuse à cause de sa chute de cheval, la pensée de ce qui avait suivi ces confidences la faisait encore souffrir. Il était urgent qu'elle se reprenne et qu'elle pense à autre chose.

L'avant-midi tirait à sa fin et elle n'avait ni fait sa chambre ni ramassé le couvert du petit-déjeuner. Elle n'avait plus pensé à Fabienne qui attendait sa visite. Fabienne qui la connaissait trop bien pour ne pas remarquer son air préoccupé, son manque d'entrain, qui la questionnerait peut-être.

Elle rangea des choses au hasard. Parmi elles se trouvait le sac que Judith avait ramené de la campagne. Elle l'ouvrit pour en vérifier le contenu. Un seul objet se trouvait à l'intérieur, un disque compact.

Stupéfaite, Marise regarda la photo sur la pochette à deux fois. Comment n'avait-elle pas remarqué la ressemblance auparavant? Avait-elle si peu regardé John pour ne jamais avoir constaté qu'il ressemblait à Jean Ferrat? Comme Judith l'avait fait avant elle, Marise compara les traits du chansonnier avec ceux de John Pérusse. Une bouffée de chaleur l'envahissait, un malaise troublait la fragile quiétude dans laquelle elle s'était réfugiée. Cet homme lui rappelait John, le regard de John alors qu'il se racontait, alors qu'il brisait son rêve en l'exposant au grand jour.

Incapable de regarder la photo plus longtemps, elle jeta le disque sur le canapé et courut vers la salle de bains. Sous la douche, elle ouvrit le jet à pleine capacité. L'eau giclait sur son visage, rabattait ses cheveux sur ses yeux et s'introduisait dans ses oreilles. En pensant à une chanson qui figurait sur le disque, elle crut entendre la voix du chansonnier.

Que serais-je sans toi ?
Qui vins à ma rencontre
Que serais-je sans toi ?
Qu'un cœur au bois dormant.

8

Son dossier emprisonné sous ses bras croisés contre sa poitrine, Yvonne suivait la civière qui emportait Suzanne Leroux à sa chambre. Elle tenait à être là lorsque les deux hommes se seraient retirés.

Lorsque Suzanne fut bien installée dans son lit, Yvonne repoussa légèrement la porte derrière la civière vide et revint vers la jeune fille, qui lui sourit de nouveau. L'avait-elle reconnue, savait-elle qu'elle était la dame qui à son arrivée se tenait près de l'entrée ?

Yvonne refit le pli de tête de son couvre-lit.

– Bonjour, Suzanne ! Tu es bien, de cette façon ?

La jeune fille fit un grand signe de la tête. Puis, elle soupira de contentement comme quelqu'un qui rentrerait à la maison.

– Je m'appelle Yvonne. Si ça te plaît, nous deviendrons des amies.

Suzanne frappa ses mains l'une contre l'autre et amorça un mouvement qui fit supposer à Yvonne qu'elle allait tenter de se lever.

– Non, Suzanne ! Il ne faut pas bouger. L'infirmière doit d'abord vérifier si tu es guérie. Tu comprends ?

Les paroles d'Yvonne n'avaient trouvé aucun écho dans l'esprit de la jeune fille, et ses grands yeux bleus demeurèrent d'un vide déconcertant.

– Tu as eu un accident, n'est-ce pas? s'enquit Yvonne, qui cherchait une façon de la rejoindre dans son monde.

Cette fois, Suzanne avait compris. Elle avait beaucoup à dire au sujet de sa chute et de son transport à l'hôpital.

– La petite a été très impressionnée par le bruit des sirènes, fit une voix masculine.

L'homme en veste de suède qui les avait surprises toutes les deux était là depuis quelques secondes. Il n'avait pas signalé sa présence afin d'adopter une attitude neutre devant cette étrangère.

– Monsieur Leroux, je suppose? demanda Yvonne.

– Alexandre Leroux, le père de cette jolie jeune demoiselle, dit-il.

Suzanne se mit à rire aux éclats. Sa bouche démesurément ouverte exprimait l'attachement qu'elle portait à cet homme qui avait pris soin d'elle depuis la mort de sa mère. Alexandre Leroux s'était approché. Suzanne s'empara aussitôt de ses mains pour les faire prisonnières entre les siennes. Il lui sourit, puis regarda Yvonne. Le pli qui à son entrée marquait son front avait disparu.

– La vie est vraiment remplie de surprises. Je suis heureux de vous revoir, chère madame.

Yvonne crut à une méprise. Elle n'avait aucun souvenir d'avoir rencontré cet homme qui agissait comme s'ils avaient déjà fait connaissance. Alexandre Leroux savourait l'effet de ses paroles. Manifestement, Yvonne s'interrogeait toujours. Il devenait impoli de poursuivre ce jeu.

– Nous nous sommes croisés vendredi soir. Je sortais de l'hôpital et vous tentiez de vous frayer un chemin à travers la foule, expliqua-t-il enfin.

– Quel sens de l'observation vous avez, monsieur Leroux !

– Hélas ! je l'ai en fait très peu, ce sens de l'observation, à moins que quelque chose de spécial n'attire mon attention.

Yvonne baissa les yeux et ouvrit le dossier de Suzanne. Il n'y avait pas cinq minutes qu'ils étaient en présence l'un de l'autre, et voilà que cet homme lui adressait un compliment détourné. Elle se souvenait, effectivement, que quelqu'un l'avait laissée passer lorsqu'elle était allée visiter Fabienne à l'hôpital. Ce geste l'avait touchée, mais elle n'avait pas prêté attention à celui qui l'avait fait.

L'observation de l'homme ne nécessitant aucune réponse particulière, Yvonne fit mine de s'intéresser au dossier de Suzanne. Alexandre Leroux parut soudainement mal à l'aise. Elle l'intimidait.

– Si vous avez une minute, j'aimerais discuter avec vous du cas qui vous préoccupe, dit-elle avec tout le professionnalisme dont elle était capable.

– Quand vous voudrez, madame.

Yvonne lui sourit enfin puis, se tournant vers la jeune fille, elle posa sa main sur la sienne.

– Tu nous attends sagement, n'est-ce pas ? Nous reviendrons bientôt, dit-elle.

Alexandre suivit Yvonne sans dire un seul mot. Il se contentait de la regarder furtivement.

9

Fabienne était d'excellente humeur lorsqu'elle accueillit Marise. Une flamme nouvelle allumait son regard et ses traits étaient détendus.

– Brian arrive demain, et je serai à la maison pour l'accueillir, dit-elle avec un enthousiasme exceptionnel.

Le retour de Brian semblait lui faire oublier son état précaire. Marise connaissait très bien Fabienne et sa tendance à prendre ses désirs pour des faits accomplis. Elle demeura sceptique au sujet de son retour à la maison et peu encline à partager son optimisme. Cependant, devant l'inutilité de détruire ses espoirs, elle évita de la questionner au sujet du bébé. En voulant quitter si rapidement l'hôpital, Fabienne n'indiquait-elle pas qu'elle niait la possibilité d'une autre fausse couche?

Les sujets de conversation allaient vite être épuisés si l'une et l'autre refusaient volontairement de parler de ce qui les préoccupait. Marise aussi avait détourné les questions de Fabienne au sujet de son voyage à la campagne. Elle s'était limitée à vanter la beauté des lieux, à parler du temps extraordinaire qui avait contribué à rendre leur séjour agréable. La fin de semaine avait passé très vite, avait-elle dit sans élaborer davantage, passant sous silence ses peurs inexplicables, l'incident avec Princesse et tout le reste, le plus important, d'ailleurs. Ce fut après un instant de silence qu'un sourire apparut sur le visage de Fabienne.

– Tu sais, Marise, j'ai vécu des moments extraordinaires malgré ce qui m'arrive, et c'est à Yvonne que je les dois. Je me demande pourquoi il a fallu tellement de temps pour qu'elle et moi fassions connaissance.

– Yvonne prend rarement l'initiative d'établir une relation, sauf si une urgence la force à le faire, expliqua Marise.

– J'ai eu l'impression qu'elle était prête à tout pour moi. C'est une femme vraiment exceptionnelle, dit Fabienne, encore touchée de la gentillesse de l'amie des Valcourt.

Fabienne Clément avait utilisé l'expression préférée d'Érik pour décrire sa cousine. Inconsciemment, Marise lui en voulut de confirmer l'opinion de son mari. Jamais auparavant elle n'avait ressenti que cela l'indisposait. Elle voulait abonder dans le sens de Fabienne, chasser le sentiment mesquin et injuste qui l'envahissait.

Un homme en blanc se présenta alors à la porte de la chambre. Le médecin de Fabienne ne se doutait pas de l'accueil qui l'attendait lorsque sa patiente s'assit dans son lit de façon à lui faire face. Marise s'esquiva sans attendre qu'on lui dise de partir.

Au bout du corridor se trouvait une salle servant de lieu de détente aux visiteurs et aux patients. Elle s'y réfugia avec l'intention de surveiller le départ du médecin et d'être ainsi prête à retourner auprès de Fabienne. Une fenêtre occupait presque tout un mur de la salle de repos. Cette ouverture sur l'animation extérieure permettait à la lumière du jour d'éclairer abondamment les lieux. Marise s'en approcha et appuya son front à la barre transversale qui la séparait en deux.

Juste à portée de ses yeux, un préposé à l'aménagement plantait une rangée de fleurs le long de l'allée ; des impatientes pareilles à celles qui fleurissaient la maison du bord de l'eau.

Jamais plus Marise ne verrait cette variété de fleurs sans revivre les émotions de ce dernier dimanche de mai. Et chacune de ses visites là-bas réveillerait le souvenir des heures qui avaient mis son équilibre à l'épreuve. Elle se reverrait agenouillée devant les trous béants, distraite, incapable de créer une harmonie de couleurs. Elle avait été terriblement perturbée par sa discussion avec John, par ses révélations imprévues. Elle était encore incapable de se faire une idée juste de la situation, et l'impression singulière qui demeurait avait fait d'elle une personne différente et très loin de sa vie coutumière ; une personne qu'elle ne reconnaissait pas.

Très peu de temps s'était écoulé quand une voix la tira de sa réflexion en prononçant son nom. Fabienne était probablement derrière elle depuis un petit moment. Elle soutenait son gros ventre pointu d'une main et, de l'autre, elle tournait une mèche de ses cheveux. Ce geste de Fabienne signifiait qu'elle se trouvait devant l'incontrôlable. Marise le savait bien, car les deux femmes avaient appris à se connaître, depuis le temps. Déjà, à la Valross, où Fabienne était réceptionniste, elles avaient forcément partagé beaucoup de choses. Elles étaient ce que la plupart des gens appellent de bonnes amies.

Marise sut donc immédiatement que le médecin n'avait pas autorisé son retour à la maison et que Fabienne n'acceptait pas ce verdict.

– Que se passe-t-il ?

– Rien! C'est ce qui me contrarie. Il prétend que le voyage de l'hôpital à la maison pourrait avoir des conséquences graves.

– Tu crois qu'il avait le choix de te laisser prendre un risque?

– Je me suis mal exprimée. En fait, il me laisse le choix, mais il ne veut pas être tenu responsable des conséquences. Je le veux tellement, ce bébé! Il n'y a aucun risque à prendre, n'est-ce pas? Alors, nous restons.

En regardant son ventre qui apparaissait par l'ouverture de son peignoir, Fabienne avait dit ce «nous restons» sur un ton totalement inconnu de Marise. Tout à coup, la présence d'une troisième personne se faisait sentir dans la pièce; le tout petit être qui avait bougé en elle existait déjà dans la vie de Fabienne. Marise s'approcha. Elle mit son bras autour de ses épaules et l'entraîna vers l'un des fauteuils de cuir placés en rangée le long du mur, puis elle s'assit à ses côtés.

– Si j'y pouvais quelque chose..., dit-elle en posant une main sur celle que Fabienne avait placée mollement sur l'accoudoir.

– C'est comme ça, la vie. Il y a des personnes pour qui rien n'est facile. Je crois être de celles-là.

Marise allait ajouter que les apparences étaient parfois trompeuses, mais elle se tut. La détresse de Fabienne méritait qu'on la respecte.

Le va-et-vient qui animait le corridor les indifférait. Fabienne avait retiré sa main pour la poser comme l'autre, à plat sur ses genoux entrouverts. Puis, tournant la tête du côté de Marise, elle la regarda droit dans les yeux.

– Pourquoi est-ce que tout a été si facile pour Érik et toi ? Le jour où vous avez décidé d'avoir un enfant, Judith est arrivée sans complications.

Fabienne venait de verbaliser, de façon indirecte, une sorte de jalousie sournoise qui avait sa source dans les sentiments que Brian entretenait pour Marise avant son arrivée à la Valross. L'amitié qui liait les deux femmes aurait dû la rassurer, tuer le doute qui avait longtemps existé dans son esprit, mais voilà qu'il refaisait surface avec force et malice.

– Si tu l'avais épousé, il y a longtemps que tu aurais donné à Brian l'enfant qu'il désire, dit Fabienne soudain amère.

Était-ce utile de revenir sur le sujet ? Fabienne avait déjà tenu un tel discours devant Brian et Marise ; sous l'effet de la surprise, ils n'avaient pas cru devoir intervenir. Ils avaient mis son amertume sur le compte de son désarroi, mais, cette fois, Marise n'allait pas la laisser faire un tel commentaire sans rien dire.

– Tu veux qu'on en parle ? Alors parlons-en. Tu as raison de penser que j'aurais été capable de donner un enfant à Brian, mais je crois que tu oublies le principal. Pour ça, il aurait fallu que je l'aime assez pour partager ma vie avec lui. Ma pauvre Fabienne ! Pourquoi cherches-tu à te faire mal ? Tu sais parfaitement que Brian n'a toujours été qu'un bon copain pour moi. Si nous avions été faits l'un pour l'autre, cela se serait produit bien avant qu'il me présente à Érik.

Fabienne tapota ses genoux et s'appuya lourdement au dossier du fauteuil.

– Tu as raison de me remettre à ma place. Je ne suis pas dans mon état normal. Excuse-moi.

– Je veux bien t'excuser pour cette fois, mais promets-moi de cesser de te faire des misères avec des histoires que je croyais oubliées depuis longtemps.

Deux larmes silencieuses coulaient sur les joues de Fabienne. Elle se demandait encore si Brian l'avait aimée pour elle-même ou parce que tous les deux avaient connu le rejet. Marise prit un mouchoir de papier et essuya les larmes qui avaient atteint sa lèvre. Puis, elle passa de nouveau son bras autour de ses épaules. Elles restèrent là, sans rien dire, jusqu'à ce que Fabienne manifeste le désir de retourner dans sa chambre.

– Tu ne vas pas partir tout de suite, n'est-ce pas?

Marise consulta sa montre et pencha la tête affectueusement.

– Il me reste encore un peu de temps, dit-elle. Judith termine ses classes un peu après trois heures.

Fabienne devrait se contenter des vingt courtes minutes qui restaient pour faire oublier ses propos à Marise. Le temps passa trop vite, et les deux amies empiétèrent sur celui que Marise se réservait pour rentrer chez elle avant le retour de Judith.

Quittant précipitamment Fabienne, Marise sortit de l'hôpital au moment où un homme descendait d'un taxi devant l'entrée principale. Cet homme qui cherchait au fond de sa poche des pièces de monnaie, c'était Brian, revenu plus tôt que prévu.

Le retour à la maison fut rapide. Marise eut à peine conscience de la circulation de fin d'après-midi à cause des pensées qui vagabondaient dans son esprit. L'une d'elles se faisait plus pressante que les autres malgré toute l'énergie qu'elle déployait pour la chasser.

«Qu'est-ce qui se passe dans ma tête? se demandait Marise. Est-ce que je suis en train de devenir folle? Cet homme ne va pas occuper mes pensées le reste de ma vie! Marise Brière, réveille-toi!»

Elle avait envie de fuir son propre corps, de s'envoler vers Érik pour ne plus penser à cet homme, à ce qu'il évoquait en elle depuis la veille.

Comme elle l'avait fait tant de fois depuis le départ d'Érik pour Vancouver, elle gara sa voiture devant la porte du garage double en imaginant sa voiture à l'intérieur. Elle resta derrière le volant à fixer le bois verni qui servait d'écran à ses pensées. Rien ne la pressait de descendre; Judith était dans l'autobus qu'elle avait doublé à un kilomètre de là.

À la radio, on diffusait une musique de relaxation agrémentée de chants d'oiseaux et du gazouillement d'un ruisseau. Elle coupa le contact pour que cessent ces sons lui rappelant la campagne, puis sortit de la voiture. Elle retira ensuite du coffre arrière le sac à ordures qu'elle avait laissé là exprès la veille. Le colis contenait les draps brodés par Judith Rivard, qu'elle avait emportés pour les nettoyer, les emballer dans du papier bleu et les cacher jusqu'à ce qu'Érik se rende compte de leur disparition, qu'il exige leur retour là-bas.

L'autobus s'était arrêté au coin de la rue transversale. Judith allait en descendre et arriver en causant avec son amie Frédérika. Marise disposait encore d'un peu de temps. Elle déverrouilla la porte de la maison. Aussitôt, la sensation d'une présence à l'intérieur se fit sentir. On avait laissé la penderie entrouverte et un parfum familier embaumait encore le hall.

– Bonjour, madame Valcourt!

– Érik ! C'est toi. Comment as-tu fait ? Tu es revenu.

Elle laissa tomber le sac. Érik s'approcha et referma ses bras autour d'elle. La tête appuyée sur sa poitrine, elle fondit en larmes.

– Ne me laisse plus, mon chéri. Je t'en supplie, ne t'en va plus. Je n'en peux plus de t'attendre.

L'attitude de Marise décontenança Érik. L'émotion et la surprise avaient remplacé l'accueil chaleureux auquel elle l'avait habitué.

– Allons, ma chérie ! Je t'ai manqué à ce point ?

– Érik ! Je...

La porte venait de s'ouvrir sur Judith, qui balançait son sac de classe au bout de sa courroie. Partagée entre sa joie de voir son père et le spectacle de sa mère en larmes, la gamine ne bougeait pas.

– Papa, s'écria-t-elle enfin. Tu es de retour !

S'étant libérée de l'étreinte, Marise s'enfuit vers la salle de bains sous le regard perplexe d'Érik. La porte se refermait derrière elle quand Judith s'élança dans les bras de son père. Elle lui sembla avoir grandi au cours des trois semaines qu'avait duré ce dernier voyage. Ses cheveux qui flottaient librement sur ses épaules et sa façon de se tenir bien droite sculptaient sa féminité.

– Si tu savais comme j'ai pensé à maman et à toi. Je vais te faire une confidence : moi aussi, j'en ai assez de ces voyages.

Tous deux regardaient vers la porte fermée derrière laquelle se trouvait Marise.

– Qu'est-ce qu'elle a, maman ? Est-ce que tu lui as dit que tu repartais ?

– En fait, je n'ai pas eu le temps de lui dire grand-chose. Je crois qu'il était temps que je revienne. La coupe était sur le point de déborder. Ne t'en fais pas, ma chérie. Je lui parlerai et tout redeviendra comme avant.

– Il faudra que tu restes ici, alors...

Marise réapparut. Elle avait meilleure mine malgré ses yeux rougis. Ses cheveux étaient replacés, et elle avait fait un brin de toilette. Ses joues trop colorées n'avaient nécessité aucun artifice, mais le rouge vif qu'elle avait appliqué sur ses lèvres les mettait en évidence et lui allait à ravir. Elle avait adopté un air tout à fait rassurant pour Érik et Judith.

– Ça va mieux, maintenant. C'était la surprise! Je m'attendais si peu à te voir là que j'en ai perdu le contrôle de mes nerfs. Nous allons fêter ton retour, mon chéri. Ce soir, nous prendrons un repas en famille; le plus beau que nous ayons eu depuis longtemps.

Elle appuya de nouveau sa tête sur la poitrine d'Érik et demeura ainsi un moment sans bouger. Judith était heureuse. Tout irait bien maintenant qu'ils étaient ensemble, pensait-elle. Pour se rendre utile, elle saisit le sac noir qui traînait sur le tapis et annonça qu'elle allait le mettre avec les autres.

Marise intervint prestement et lui retira le sac.

– Non, laisse, ce sont des choses à classer, dit-elle. Je m'en occupe pendant que tu parles avec papa.

Marise alla à la salle de lavage et dissimula les draps dans une boîte vide qu'elle plaça sur la tablette du haut de la grande armoire. Quand elle revint au salon, Érik proposa qu'ils aillent prendre l'air sur la terrasse. Ces moments lui avaient manqué, à lui aussi. Il détestait la vie d'hôtel et les soupers d'affaires qui n'avaient plus de fin. Ce soir-là, il allait oublier tout cela et profiter de la compagnie de sa femme et de sa fille.

Le repas fut agréable, malgré l'atmosphère faussement détendue qu'avait créée Marise. Érik n'avait cependant pas été dupe de son jeu. Sa manière de lui sourire et de baisser les yeux immédiatement après, ou de laisser Judith prendre toute la place dans la conversation ne correspondait pas à sa personnalité. La femme joyeuse et dynamique qu'il aimait était absente. Il se souvenait qu'à ses précédents retours, Marise et Judith s'étaient bagarrées comme des gamines pour accaparer son attention.

Le dessert terminé, Judith se rendit chez Frédérika Travárez, avec qui elle devait faire ses devoirs. Le couple resta seul. Érik tourna sa chaise de manière à discuter à son aise. Marise craignait les questions qui n'allaient pas tarder à venir. Érik n'attendait que le moment propice pour qu'elle lui dise ce qui n'allait pas. Sa physionomie changea, et son malaise lui fit baisser les yeux.

Marise n'était pas prête à aborder un sujet qui ferait jaillir d'autres larmes. Il y avait tant à dire sur tant de choses, maintenant qu'ils étaient ensemble. Érik s'informa de l'état de Fabienne, et Marise saisit ce sujet comme on s'accroche à une branche au-dessus d'un précipice.

– Je pense qu'il était temps que Brian rentre à la maison, dit-elle.

– Il était impossible que je le retienne à Vancouver. De toute façon, il n'aurait rien foutu de bon. Aussi bien en profiter pour revenir avec lui.

Érik avait réussi à faire sourire Marise.

– Cher Brian, dit-elle affectueusement.

Érik se préparait déjà à changer de sujet. Il avait délibérément choisi de poursuivre un dialogue superficiel.

Autour du couple qui évitait de parler de lui-même s'animèrent tour à tour des visages connus : Yvonne et Fabienne, qui avaient fait plus ample connaissance, Judith et son amie Frédérika, qui passaient des heures à s'amuser au parc. Marise parla de sa propre visite à Fabienne à l'hôpital, en passant toutefois sous silence ses propos teintés de jalousie et d'amertume. Pour le reste, c'est-à-dire tout ce qui la concernait depuis le coup de téléphone d'Érik à la campagne, elle attendrait qu'il aborde lui-même le sujet. Il serait toujours assez tôt pour en discuter et, d'ailleurs, elle ignorait encore ce qu'elle partagerait avec lui. Au fond de son âme, elle pleurait doucement mais sans que cela paraisse, parce qu'elle faisait tout pour répondre au sourire de son mari.

10

Yvonne avait changé d'avis au sujet de l'invitation à souper de Charles Gaumond. L'heure de quitter le travail était venue sans qu'elle l'ait avisé de sa décision parce qu'elle craignait sa réaction. Le moment était mal choisi pour l'indisposer, surtout après leur entretien du matin. Perplexe, Yvonne se questionnait sur sa part de responsabilité dans l'attitude de Charles à l'égard de Brigitte. Les choses se seraient-elles détériorées de la même façon si elle n'était pas entrée dans la vie de cet homme? Comment savoir?

Charles était au téléphone. Il écoutait plus qu'il ne parlait, cependant son visage témoignait de son impatience. Il agitait ses doigts en martelant le porte-documents devant lui. Yvonne supposa que Charles subissait la réaction de Brigitte à la nouvelle de son retard. Elle s'en voulait de ne pas avoir parlé plus tôt pour éviter cette dispute. Comment avait-elle si peu réfléchi aux conséquences de son geste?

Charles occupait encore beaucoup de place dans la vie de Brigitte. Comme bien des femmes de sa génération, elle avait consacré la majeure partie de son temps à sa famille en laissant le champ libre à son mari, qui avait ainsi eu tout le loisir de bâtir sa carrière. Sa propre existence avait reposé sur une structure sans fondements qui devait infailliblement s'écrouler après le départ de ses deux garçons. N'ayant pas appris comment se comporter en épouse, elle était mal à l'aise dans son nouveau rôle. Et, avec le temps, Charles était devenu un étranger qui regardait ailleurs.

Yvonne entra dans le bureau et referma la porte. Elle trouva Charles encore sous l'effet de ce qu'elle avait deviné être une conversation épineuse avec Brigitte. Elle n'osa avancer dans son espace, préférant se tenir à distance pour lui faire part de sa décision. Mais Charles pensait autrement. Son visage avait déjà changé depuis qu'elle était là.

– Viens, Yvonne. Assieds-toi, dit-il.

– Je n'ai qu'une minute, Charles. J'ai à te parler. C'est au sujet de ce soir.

– Ce soir? répéta-t-il.

L'air confus d'Yvonne lui fit appréhender ce qui allait suivre.

– Je regrette, mais il m'est impossible d'accepter ton invitation.

– Alors j'ai subi tout ça pour rien, dit-il en indiquant le téléphone.

«Tout ça» signifiait qu'elle avait deviné juste, que Charles avait eu de la difficulté à faire comprendre son retard à Brigitte.

– Tu lui as déjà parlé, n'est-ce pas? demanda Yvonne inutilement.

Charles ne crut pas nécessaire de répondre. Il laissa tomber bruyamment son stylo sur son bureau et resta muet. Une boule invisible logée dans sa gorge l'empêchait de prononcer une seule parole.

– Charles...

– Tu as autre chose à me dire?

Devant l'attitude de Charles, Yvonne se mit à réviser sa position. D'ailleurs, elle commençait déjà à fléchir, à chercher un compromis.

– Ne le prends pas comme ça. Écoute, faisons les choses différemment. Je termine bientôt. Si tu passais à la maison... disons, une demi-heure après mon départ. Nous discuterons sérieusement, puis tu rentreras chez toi. Comme ça, tout le monde sera satisfait. Qu'en dis-tu?

Il avait repris son stylo et le tournait entre ses doigts, un geste qu'il fit pendant un long moment avant qu'un semblant de sourire apparaisse sur ses lèvres. Debout à côté de sa chaise, Yvonne le regardait avec insistance.

– C'est bon. J'accepte, dit-il enfin.

L'entretien n'avait duré que cinq minutes, pourtant c'était assez pour que les autres employés soient intrigués. Yvonne dut subir les regards tournés vers la porte vitrée. La situation s'aggravait, et le temps était venu de tirer tout ça au clair avec Charles. Les ragots à leur sujet devaient prendre fin le plus tôt possible. Mais pour l'homme demeuré devant la porte ouverte, qui ne voyait que la grâce de cette femme, rien d'autre ne comptait, surtout pas ce que les membres du personnel pensaient.

Yvonne retrouva sur son bureau le dossier de Suzanne Leroux, qui avait été mis à jour. Elle le prit dans ses mains comme on prend un objet précieux et lut les dernières informations notées par l'infirmière de service. L'image de la jeune fille ne l'avait guère quittée depuis la matinée. Elle revoyait son geste particulier de la main qui marquait ses instants de bonheur. Pour Yvonne Rivard, il représentait tellement plus. Il ravivait le souvenir de son fils, dont elle s'interdisait de parler avec qui que ce soit, sauf avec Érik. Charles et le reste du personnel croyaient que, si Yvonne refusait de discuter de ce sujet, c'était parce que sa peine était encore trop vive.

Ce matin-là, en apercevant Suzanne Leroux, Yvonne avait pensé que la vie avait placé cette jeune fille sur sa route pour lui faire une mauvaise blague. Il avait suffi de quelques heures pour que son opinion change. Celle qui répétait souvent que les événements n'arrivent jamais inutilement voyait ses dires confirmés. Compte tenu que l'admission temporaire de la jeune fille représentait un cas unique dans l'établissement, sa présence devait obligatoirement avoir une signification.

Yvonne referma le dossier et se leva brusquement. Tout à coup, elle avait envie de revoir Suzanne avant de quitter les lieux. De toute manière, elle devait passer devant sa chambre pour se rendre auprès de Mme Aurelyne.

Pendant qu'elle rangeait son bureau, Nicole lui demanda si elle reviendrait le lendemain. Yvonne se contenta de hausser les épaules. La question avait déjà sa réponse. Nicole connaissait parfaitement les habitudes de cette collègue qui avait besoin de rencontrer les patients en dehors de ses heures de travail. Ce qui était pour elle un ressourcement et pour les autres une attitude incompréhensible avait des sources profondes qu'Yvonne elle-même n'avait jamais identifiées, mesurées.

Il y avait de plus en plus d'activité dans les corridors. Bien qu'il fût encore tôt, certains patients s'avançaient déjà pour occuper les sièges à côté de la salle à manger. Yvonne croisa la préposée, qui lui parut à bout de souffle.

– Vous n'aurez pas à coiffer Mme Aurelyne, expliqua-t-elle tout en marchant à ses côtés. Elle a eu une défaillance, et on a dû la mettre au lit.

– C'est grave? questionna Yvonne.

– Demandez à l'infirmière. Elle est à son chevet, dit Louise, qui avait encore accéléré le pas.

Mme Aurelyne était entre bonnes mains. Elle n'avait pas besoin de sa présence pour l'instant. Par contre, Suzanne devait se sentir bien seule et dépaysée; elle apprécierait sa visite. La porte de sa chambre était entrouverte. Yvonne constata que la jeune fille était profondément endormie. Elle s'approcha sans faire de bruit, dans un silence tellement parfait qu'Alexandre Leroux ne l'avait pas entendue venir. Assis sur une chaise, les coudes appuyés sur ses genoux, lui aussi regardait celle qui dormait, insouciante de sa vie future. La tristesse habitait cet homme, l'avait transformé, lui avait rendu son vrai visage. Lorsqu'il était ainsi laissé à lui-même, cacher sa peine et le poids de sa solitude était inutile. Il en voulait à la vie et surtout à la mort, qui lui avait repris sa femme et la protectrice de Suzanne.

Alexandre n'avait pas eu conscience de la présence de la visiteuse, et Yvonne l'avait respecté dans ce qui lui appartenait en propre et qui, sous aucun prétexte, ne devait être violé.

Revenue au vestiaire, elle n'avait plus envie de voir personne ni de parler à qui que ce soit; alors elle sortit par la porte de côté. En respirant une bouffée d'air printanier, elle se rendit compte qu'elle n'avait pas fumé de toute la journée. À ce moment précis, elle en avait une envie folle. Elle monta dans sa voiture, espérant trouver une cigarette dans la boîte à gants. Il n'y avait dans sa voiture que l'odeur désagréable de tabac qui s'était imprégnée partout. Elle arracha le cendrier et le mit dans un sac de plastique pour le nettoyer une fois rendue chez elle, puis démarra.

Yvonne n'allait pas faire de manières pour recevoir Charles. Le peu de temps qui restait avant son arrivée, elle le passerait à écouter ce qui montait en elle. Sitôt rentrée, le contenu du bar vérifié, elle versa du thé glacé dans une bouteille, qu'elle replaça ensuite à côté des autres. Elle ouvrit la porte-fenêtre et accueillit le souffle du vent comme une douce caresse sur son visage.

Charles arriva vingt minutes plus tard. Du balcon où elle s'était installée, Yvonne le vit descendre de voiture et replacer ses cheveux pour paraître à son meilleur. Elle attendit la sonnerie pour descendre à sa rencontre.

– J'ai été retardé par un coup de téléphone, dit-il.

Cette conversation l'avait privé d'un instant de sa présence, voilà ce que Charles voulait faire comprendre à Yvonne. Mais celle-ci refusait d'entendre.

– Viens, dit-elle. C'est là-haut.

Charles entrait chez Yvonne pour la première fois. Le sentiment qu'il ressentit se situait entre la gêne et l'excitation. Le bon goût de son amie l'impressionnait, mais sans le surprendre vraiment. Imaginer Yvonne dans un décor fade et sans attrait ne lui serait jamais venu à l'esprit ; cependant, la réalité de cette femme se concrétisait. Les seules photos se trouvant dans la pièce étaient relativement récentes. Aucune photo d'Étienne et de son fils n'ayant échappé au désastre de l'incendie, celles des Valcourt représentaient tout son univers.

Charles s'assit dans le fauteuil qu'Yvonne lui désigna et mit la main sur son paquet de cigarettes. Lui aussi avait envie de fumer.

– Tu peux, Charles, dit Yvonne. Et si tu m'en offres une, j'accepterai volontiers. J'ai jeté les miennes hier soir en pensant que ce serait facile. Tu vois, j'ai présumé de mes forces, encore une fois.

Le geste machinal de frotter une allumette et d'allumer une cigarette n'exigeant aucune concentration, leurs pensées voyageaient à vive allure. Yvonne hésitait à réamorcer la conversation. Parlerait-elle du cas de Fabienne qui cherchait à retrouver sa mère ou laisserait-elle Charles décider du sujet de l'entretien?

Yvonne décida d'aller droit au but.

– Tu vois toujours Bruno Lamonde? demanda-t-elle.

Sa question sembla tirée d'une boîte à surprise. Sans trop comprendre où elle les mènerait, Charles y répondit de bonne grâce.

– Ce cher homme est parti en voyage autour de la planète. Il a pris une année sabbatique.

– Tu veux dire qu'il ne travaille plus au service des retrouvailles?

– Depuis le mois dernier. Pourquoi me poses-tu cette question?

– J'avais pensé que tu pourrais me mettre en communication avec lui. Une connaissance à moi a besoin d'aide pour retrouver sa mère biologique. Le dossier n'avance pas. Elle se bute aux mêmes objections depuis des mois. Elle en a assez d'espérer et de se montrer patiente.

– Bruno était en effet très doué pour ce genre travail. Il a réuni plusieurs personnes. Mais tu sais, Yvonne, que ce genre de dossier est très confidentiel. Il faut l'assentiment des deux parties pour que des renseignements soient révélés. Si Bruno avait été chargé du dossier, j'aurais tout fait pour appuyer la demande de cette femme, mais, comme ce n'est pas le cas...

La cigarette d'Yvonne grillait dans le cendrier. Elle la saisit et en tira une dernière bouffée, puis l'écrasa. Le sujet était clos.

– Et toi, Charles? Tu n'es pas venu jusqu'ici pour m'entendre discuter du cas de mon amie, n'est-ce pas?

Elle lui sembla tout à coup plus grande, inabordable comme dans le temps. Même le simple geste d'écraser sa cigarette dans le cendrier était particulier. Il eut envie de lui reprocher la froideur qu'elle affichait volontairement.

– Que faut-il à un homme pour qu'il touche ce cœur-là? demanda-t-il simplement, avec une désolation évidente dans la voix.

La réponse était toute prête, réfléchie, incontournable.

– Il faudrait d'abord que cet homme soit libre, Charles.

Charles respira bruyamment. Soudain, Brigitte était présente dans la pièce. Il entendait sa voix qui l'accusait d'avoir fait des projets pour la soirée; des projets qui ne concernaient ni sa femme ni le travail.

– Que vais-je faire, Yvonne? Je me sens piégé. Elle ne me laissera jamais partir, elle a trop besoin de moi, je le sais. Mais je n'en peux plus de cette relation.

Il posa sa main sur celle de la femme qui écoutait sa détresse. Yvonne, elle, se sentait mal à l'aise à la pensée que sa présence auprès de Charles et ses attentions amicales à son endroit pouvaient être la cause de ses malheurs.

– Je t'aime, Yvonne.

– Charles!

– Non! Laisse-moi parler. Il y a longtemps que j'ai envie de te le dire avec de vrais mots, même si je sais que tu l'as compris dès le premier jour. Ne le nie pas.

– Charles, tu ne sais rien de moi. Tu es encore amoureux de la jeune Yvonne Maher. Toi et moi, nous avons parcouru un long chemin depuis, et quel chemin! Tu as une femme et des enfants. Tu n'es pas prêt à mettre des années de ta vie de côté. Qu'adviendrait-il de tout ça?

– Yvonne! Serait-ce que tu as déjà envisagé la chose? Que tu as déjà pensé que toi et moi...

– Ce que tu vas vite en affaires! Ce ne sont que des suppositions pour te faire réfléchir. Je t'ai déjà dit et je te répète que je ne serai jamais l'instrument ni la cause d'une séparation. Ça, jamais!

Le ton qu'elle avait utilisé portait le poids de son drame à elle, de sa vie de femme trompée. Charles l'ignorait, mais il avait tout de même compris sa détermination. Il garda le silence pendant qu'elle se rendait au bar. Seules les bouteilles d'alcool faisaient réellement envie à Yvonne. Comment, en effet, le thé glacé pourrait-il la secouer, lui donner le courage de renvoyer Charles avec son désespoir? Au fond d'elle-même, même si elle essayait de ne pas se l'avouer, elle le trouvait sympathique, bel homme et d'agréable compagnie.

– J'aimerais rencontrer Brigitte, dit-elle à brûle-pourpoint, sans comprendre ce qui lui avait inspiré ce désir soudain.

– Es-tu sérieuse? Elle n'a jamais assisté à aucune des activités organisées par le comité des fêtes. Les rares fois où elle s'est déplacée pour venir à mon bureau, elle n'y est pas restée assez longtemps pour que je lui présente l'équipe. Je suis marié à un fantôme. Comment pourrais-je organiser une rencontre avec toi ? Et sous quel prétexte ? Elle est déjà assez soupçonneuse comme ça. S'il fallait que je lui dise que tu veux la rencontrer, alors là...

— Tu ne comprends rien aux femmes. C'est tout à fait le contraire qui se produirait. Elle serait moins méfiante si nous nous connaissions davantage. À moins que tu y voies un inconvénient ?

Brigitte et Yvonne amies ! Que de la sympathie s'installe entre les deux femmes était la dernière chose que souhaitait Charles. Il refusait de partager Yvonne avec quelqu'un d'autre, et surtout pas avec Brigitte. Il vit dans ses paroles la fin de tout espoir de la conquérir et lui en voulut d'avoir osé formuler un tel vœu.

Il agitait son verre, faisant tournoyer les glaçons qui émergeaient du liquide. Il se sentait ridicule parce qu'il était incapable de trouver les arguments qui la persuaderaient de la profondeur de ses sentiments et de l'inutilité d'une relation amicale avec Brigitte.

Il ingurgita le contenu du verre d'un seul trait, puis le déposa sur la table.

— Je crois que j'ai assez abusé de ton temps, dit-il, plus amer que sincère.

Yvonne ne voulait pas le laisser partir ainsi. Le lendemain et les jours suivants, ils se rencontreraient encore, au travail. L'amitié était un sentiment tellement noble et précieux à ses yeux. Charles devait demeurer son ami.

— Reste encore, dit-elle.

Charles refusa. Il se leva et partit aussitôt. Yvonne resta seule devant un verre vide et le thé glacé, imbuvable, qu'elle s'était finalement versé.

11

Le retour d'Érik avait perturbé la routine établie. Il était presque l'heure d'aller au lit quand Judith revint de chez Frédérika. Avant de monter, elle fit promettre à Marise de parler à son père, puis, mystérieuse, un doigt sur la bouche, elle s'éloigna à reculons. Plus que jamais, la gamine comptait sur l'amour de son père pour qu'il fléchisse devant la requête de sa mère au sujet du violon. Inconsciemment, elle savait qu'il avait à la fois des principes et du cœur, mais ignorait lequel de ces attributs aurait le dessus quand il prendrait sa décision. Un doute demeurait dans sa petite tête lorsqu'elle avait laissé ses parents seul à seul.

Des gestes tout à fait sans importance comme se passer la crème et le sucre se transformaient en secondes précieuses pour Marise. Elle avait manqué de temps pour se préparer.

– Ma femme et ma fille auraient-elles des secrets pour moi, à présent ? demanda Érik.

Marise avait à peine amorcé sa réponse qu'un bruit de porte qu'on referme se fit entendre. Judith, qui, sitôt montée, s'était glissée le long du mur pour entendre la conversation, venait de retourner dans la salle de bains. Au même moment, la sonnerie du téléphone retentit. Ne désirant pas qu'un intrus gâche leur intimité, Marise ne bougea pas. La troisième sonnerie fit réagir Érik.

– J'attends un appel de Brian, dit-il. Il a promis de donner des nouvelles ou de passer avant de rentrer chez lui.

Ce n'était pas Brian au téléphone, mais plutôt Yvonne Rivard, qui bafouillait. Ses paroles incohérentes traduisaient son étonnement à entendre une voix masculine.

– Ma cousine ne reconnaît plus ma voix après seulement trois semaines d'absence ? dit Érik.

Il s'était installé comme pour une longue conversation, comme s'il avait oublié la présence de sa femme. Son attitude froissa Marise, qui quitta la pièce.

Il cessa de parler. Yvonne fut étonnée de son silence.

– Marise est montée voir si Judith ne manquait de rien, dit-il, pas tout à fait convaincu.

Yvonne avait tout son temps pour poursuivre la conversation. Depuis le départ précipité de Charles, elle était seule à la maison. Érik n'était plus sûr de rien. Il regardait toujours en direction de l'escalier et se questionnait.

Surprise de voir sa mère monter déjà et venir la rejoindre dans la salle de bains, Judith fronça les sourcils, surtout que son expression n'indiquait pas qu'elle était porteuse de bonnes nouvelles. L'enfant fixa la mousse de son bain, qui pétillait avant de disparaître.

– Ne prends pas cet air, ma chérie. Je n'ai encore rien raconté. Ton père est au téléphone avec tante Yvonne.

– Cela veut dire que tu ne lui parleras pas ce soir ?

– Ne t'inquiète pas. Une promesse faite doit être tenue. Nous reprendrons notre conversation dès qu'il aura raccroché.

D'un geste brusque, Judith saisit son éponge. Elle savait par expérience que son père avait toujours beaucoup à dire quand il parlait au téléphone avec tante Yvonne.

– *Quand* il aura raccroché, répéta-t-elle sur un ton entendu.

Marise tira la serviette qui pendait au mur. Décidément, cette enfant voyait tout, elle entendait tout; et voilà qu'elle portait un jugement sur un comportement plutôt normal.

– Cesse ce verbiage, petite sorcière, dit-elle. Allons! Sors de là avant de ressembler à une vieille chaussette froissée.

Le ton faussement enjoué de Marise plut à Judith, qui sortit du bain.

– Je vais aller dans mon lit, mais je ne m'endormirai pas avant que tu viennes me donner la réponse.

– Je gage que papa voudra t'embrasser encore une fois avant que tu t'endormes! C'est lui qui te donnera sa réponse.

Judith eut une expression de joie et d'impatience. Elle semblait supplier ses parents de faire vite. Elle avait tellement envie de ce violon.

Le silence était revenu dans la pièce lorsque Marise redescendit. Érik vint à sa rencontre et voulut monter à son tour pour embrasser leur fille. Marise lui demanda d'attendre.

– Je lui ai promis que tu irais auprès d'elle avec une réponse à lui donner.

– Ah bon? Que se passe-t-il? Quel est ce mystère?

Ils reprirent naturellement leur place à la table et Marise raconta l'incident du violon. Érik l'écouta sans l'interrompre. Son silence servait Marise, il lui permettait de présenter d'autres arguments. L'autorisation que devait donner Érik était liée aux sentiments qu'évoquaient chez lui le violon et son histoire. Son silence indiquait que tous ces sentiments refaisaient surface. Il se revoyait devant le coffre avec Évelyne, quelques heures à peine avant l'accident. Il l'entendait lui dire que ce violon connaissait des secrets. Cette jeune femme avait dit vrai; le violon connaissait des choses qui les concernaient tous les deux.

Érik posa sa main devant lui sur la table. Marise la toucha, et son geste le ramena à la réalité.

– Il fallait que ce moment arrive un jour ou l'autre, dit-elle. Le temps est venu de répondre au désir de ta fille. Le passé est derrière nous, Érik. Évelyne ne reviendra pas.

Érik regarda Marise. Elle avait raison de lui rappeler que celle qui était morte ne pourrait jamais plus profiter de ce qu'un père peut offrir à sa fille. C'était différent pour Judith.

– La fille que je t'ai donnée a un talent extraordinaire pour son âge. Son professeur me le répète chaque fois qu'il en a l'occasion. Et Judith aime jouer du violon. Il faut la prendre au sérieux. Qui sait si elle n'a pas raison de dire qu'un jour elle jouera devant des foules? Nous devons lui donner tous les moyens de réaliser son rêve.

– C'est encore loin tout cela.

– Peut-être. En attendant, elle veut te prouver qu'elle peut jouer de cet instrument. Judith connaît ton attachement pour ce violon, ne crains pas pour lui.

Érik avait la gorge serrée. Il se leva sans dire un mot. Marise crut qu'il allait monter directement, mais il revint sur ses pas. Quand il l'embrassa, elle devina sa réponse et lui sourit.

Elle quitta la salle à manger pour attendre Érik au solarium. C'est là qu'il la retrouva, en compagnie de Brian, qui s'était arrêté sans s'annoncer. La lumière des lampadaires du jardin éclairait la pièce et les deux ombres silencieuses assises face à face. La présence de Brian allait retarder le moment où il raconterait la réaction de Judith, se dit Érik en tendant la main à son ami.

— Tu es content de te retrouver dans ton rôle de père, n'est-ce pas ? lui demanda Brian.

— Avec un peu de chance, toi aussi tu connaîtras ça bientôt, mon cher Brian ! Dis-moi, comment va notre Fabienne ?

Le retour de Brian avait fait éclater l'abcès. Le moral de Fabienne était au plus bas. Elle ressentait le poids de ses trois grossesses et elle avait peur.

— Elle dit que je l'abandonne, que sa mère l'a abandonnée et que le bébé ne veut pas d'elle comme mère. Je n'ai pas besoin d'en dire plus. Vous comprenez que tout ça pèse lourd sur ses épaules et sur les miennes.

Brian semblait trop las pour discuter davantage de ce sujet. Il avait dénoué sa cravate et sirotait le café offert par Marise. Il ne se sentait pas assez en forme pour reprendre le boulot dès le lendemain matin, dit-il. Il avait besoin d'un répit de quelques heures pour passer du temps à l'hôpital avec Fabienne.

Érik s'attendait un peu à la requête de Brian. Il lui accorda ce qu'il demandait, en spécifiant qu'il serait lui-même au travail très tôt le lendemain. Il n'eut pas à en dire davantage pour que Marise tire ses conclusions : Érik allait travailler de longues heures le reste de la semaine et profiter de la fin de semaine pour se reposer à la campagne. Deux semaines auparavant, ils auraient fait ce projet ensemble, et elle aurait tout préparé avec enthousiasme. Mais, il y avait eu cette dernière fin de semaine, et, pour la femme d'Érik Valcourt, il était trop tôt pour se retrouver devant John Pérusse. La lettre de démission de John était toujours dans son sac à main; elle ne savait pas quelle suite y donner. D'ailleurs, était-ce à elle que revenait de prendre cette décision? Marise était encore préoccupée par ce sujet quand Brian prit congé de ses amis.

Lorsqu'ils furent de nouveau seuls, Érik se versa un doigt de cognac dans un verre. Il en offrit à Marise, qui refusa.

– Que dirais-tu d'une fin de semaine en amoureux? demanda-t-il.

– Une fin de semaine sans Judith?

– Yvonne nous offre de la garder auprès d'elle pendant que toi et moi irions à la campagne.

Érik avait déjà expliqué tout ça à Judith; il lui avait dit aussi qu'il ramènerait le violon dans ses bagages. Judith avait été ravie. Il espérait maintenant la même réaction enthousiaste de la part de Marise.

– C'est une excellente idée de partir seuls tous les deux, mais nous pourrions aller ailleurs!

Aller ailleurs, quand ils possédaient un endroit intime, empreint de leurs souvenirs, une maison où personne ne viendrait déranger leurs ébats amoureux? Tout à coup, Érik douta d'avoir vraiment manqué à sa femme. Il s'approcha d'elle et caressa sa nuque, glissa sa main sous ses cheveux. Ses lèvres cherchaient les siennes.

Des larmes rebelles mouillèrent les yeux de Marise. Le souffle chaud d'Érik, son parfum, tout son être lui disait d'accepter l'amour qu'il lui offrait, mais, du fond d'elle-même, monta un appel au secours.

– Érik, je t'en supplie, reprends-moi avec vous à la Valross. Il faut que je sorte d'ici, que j'occupe mon esprit.

Ses paroles eurent sur lui l'effet d'une douche froide. Érik détendit son étreinte. Il s'interrogea sur l'émotion qui étouffait Marise depuis son retour. Pourquoi était-elle différente ? Pourquoi semblait-elle perturbée, comme au téléphone l'autre soir ? Que se passait-il dans la vie de sa femme qui provoquait ce besoin subit de retourner au travail ? La réponse à ses questions n'allait pas tarder à venir.

– Je m'ennuie, Érik, commença-t-elle. Tu sais quel genre de femme je suis. J'aime la compétition, et je reste là à m'embêter.

En quelques phrases, elle lui rappela dans quelles circonstances ils s'étaient connus. Érik n'avait pas oublié sa combativité, la ténacité avec laquelle elle s'entraînait pour les championnats de ski. Ensuite vint le reste : son travail à la Valross, ses efforts pour sauver la boîte lorsqu'il s'était absenté.

– Je suis encore jeune, je peux encore être productive. Je veux me prouver que je suis encore dans le coup.

Il ne comprenait pas sa réaction. Marise n'avait-elle pas délaissé volontairement son travail à la Valross pour pouvoir s'adonner en toute liberté à une foule d'activités sportives, jouer au golf, faire du ski... ? Son désir soudain de retourner au travail n'était pas influencé par une question financière, alors pourquoi voulait-elle sacrifier ainsi sa liberté ? D'autre part, la plus belle réalisation d'une femme n'était-elle pas d'élever son enfant ?

Érik s'était trompé sur toute la ligne en croyant sa femme pleinement heureuse dans son rôle. De son côté, Marise avait fini par se convaincre que la chose à faire était de demeurer disponible pour Judith. À la Valross, les tâches qu'on lui avait confiées après sa maternité étaient sans envergure. Elle s'était demandé, alors, si Érik était vraiment d'accord avec cette façon de faire ; cela lui ressemblait si peu. Elle n'avait rien dit, cependant, et, avec le temps, elle avait fini par apprécier sa chance d'avoir donné un enfant à l'homme qu'elle aimait et d'avoir les moyens de l'élever sans se poser de questions.

Il y avait déjà quelques mois que Marise se rendait compte qu'elle détestait sa cage dorée. Elle avait d'abord essayé de nier l'évidence. Puis elle s'était mise à se sentir coupable et à envier Érik d'être toujours au combat. Les révélations de John avaient fait le reste. Ébranlée, fragile et sur le bord de la dépression, elle n'osait parler de ce qui la troublait. Personne n'allait la comprendre, croyait-elle. L'arrivée imprévue d'Érik lui avait fait perdre toute maîtrise d'elle-même. Maintenant, les choses ne seraient plus jamais comme avant.

Ses larmes avaient cessé. Marise comptait sur les forces qui lui restaient pour se ressaisir.

– Je suis tellement lasse. Je n'ai plus d'énergie et je me laisse aller à des émotions de petite fille. Je ne t'ai pas habitué à cela, n'est-ce pas ? Je ne voudrais surtout pas te décevoir.

– Marise Brière ! Ma Marise à moi ne pourra jamais me décevoir. Tiens-le-toi pour dit. J'ai juré de t'aimer pour le meilleur et pour le pire. Je pense qu'il y a trop longtemps que tu as oublié que tu existais. J'aurais dû prévoir ce qui arrive aujourd'hui. Je me demande si j'aurais abandonné ma carrière pour m'occuper de notre fille. Pourtant, Dieu sait combien j'aime Judith.

Avait-elle espéré qu'il la comprenne ou qu'il réponde à son désir? Comment le savoir? Pour le moment, elle se contentait d'accueillir le nouveau bien-être qui l'envahissait, qui la calmait. Et pourquoi parler plus longtemps quand là-haut un grand lit les attendait? Un lit dans lequel ils seraient si bien ensemble.

12

Yvonne entra dans le centre Victor-Paré par la porte des employés. Elle ne tenait pas à se retrouver devant Charles Gaumond. Sa brève visite chez elle n'ayant répondu à aucune de ses attentes, elle préférait laisser passer du temps avant de l'aborder de nouveau.

Comme c'était pour elle jour de congé, elle pouvait accorder tout le temps qu'elle voulait à Mme Aurelyne. Cette sympathique pensionnaire, à qui on avait dû redonner une identité, intriguait tout le monde depuis ce jour où un vieil homme plutôt rustre l'avait laissée à la réception, avec un sac de papier contenant une robe de rechange, deux paires de bas courts, des sous-vêtements usés et un livret de prières.

L'homme avait simplement dit qu'il croyait qu'elle s'appelait Aurelyne Joli. C'est ce qu'il avait pu lire à l'intérieur du livret qu'il avait sorti du sac. Cette femme avait besoin de soins qu'il ne pouvait lui donner.

Le vieil homme avait aussi raconté une histoire abracadabrante avant de s'enfuir. Il avait trouvé cette femme endormie sous un arbre dans son champ. Elle ne lui avait jamais dit un mot, et lui n'avait pas insisté pour qu'elle parle. Elle avait tenu sa maison, et il l'avait nourrie. Puis, ce jour-là, il la remettait entre d'autres mains comme si c'était la chose à faire pour la remercier.

L'homme était reparti dans son camion sans qu'on ait pu le retenir pour obtenir d'autres informations. Les enquêtes n'avaient rien donné. On ignorait si le nom de Joli était le sien ou celui de son mari. De plus, elle ne correspondait au signalement d'aucune des personnes dont on avait rapporté la disparition au cours des dix dernières années. À la suite de nombreuses complications administratives, on avait finalement admis Mme Aurelyne Joli dans l'établissement.

Avant de se rendre au chevet de sa protégée, Yvonne s'informa de son état auprès des infirmières. Puis elle décida de s'arrêter un moment chez Suzanne Leroux. Assise dans son lit, la jeune fille surveillait la porte comme si elle attendait une visite. Lorsqu'elle aperçut Yvonne, elle se mit à battre des mains.

Aussi muette que Mme Aurelyne, Yvonne la regardait. Qu'avait-elle à dire à cette petite femme qui lui souriait béatement? Il était évident que Suzanne n'était pas malheureuse. Un peu d'attention suffit à ces êtres pour qu'ils soient comblés. Cyprien avait aimé Érik justement pour les moments qu'il lui accordait. Des heures entières, ils étaient restés ensemble dans la maison du bord de l'eau, Érik écrivant et Cyprien le regardant avec une attention de chien fidèle. Suzanne aussi avait ce regard chercheur qui semble scruter l'âme, qui rend souvent mal à l'aise. En ce moment, elle regardait Yvonne de cette façon, sans se rendre compte que ses yeux bleus s'étaient embués à force de la fixer sans un cillement.

– Est-ce que tu attends ton papa aujourd'hui? s'enquit Yvonne, rompant le silence.

Suzanne fit un signe de la tête, accompagné d'un son poussé par trop d'air et qui ressemblait à un «oui».

– Tu l'aimes beaucoup, ton père, n'est-ce pas ?

Son expression parla pour elle. Elle secouait la tête de haut en bas et riait aux éclats. Yvonne mit sa main sur sa tête et la calma. Ensuite, sur le bord des larmes, elle sortit se réfugier dans les toilettes. Elle y demeura quelques instants à recoiffer ses cheveux pourtant impeccablement placés. Elle en ressortit décidée à ne pas s'attendrir sur elle-même. Une voix d'homme la fit se retourner vers le poste des infirmières.

Les bras chargés de cadeaux et de fleurs, Alexandre Leroux avait demandé un vase à la préposée de service. Il fut surpris d'entendre la réponse venir de derrière lui. Fraîchement rasé et vêtu d'un complet de ville, l'homme parut différent à Yvonne, plus jeune que la veille, alors qu'il ne pouvait dissimuler ses cinquante ans.

– Madame Rivard ! On m'avait dit que vous ne travailliez pas le mardi.

– On a eu raison de vous dire cela. Je ne travaille pas, je me fais plaisir. J'arrive justement de chez Suzanne. Vous serez le bienvenu, je crois.

Yvonne avait retiré le papier entourant les fleurs. La couleur de ses joues s'apparentait agréablement à celle du bouton de rose qui dominait l'arrangement. Alexandre Leroux observa ses gestes, il admirait sa grâce, son habileté à créer une harmonie des couleurs.

– Vous aimez ? demanda-t-elle.

– Mieux que cela, j'adore. Vous avez des doigts de fée, madame Rivard.

Yvonne sourit timidement et, plutôt que de s'attarder au compliment, elle parla de Suzanne, du plâtre qu'on lui avait enlevé récemment, et de sa garde-robe qui serait bien garnie si elle en jugeait par les paquets qu'il lui apportait. Elle avait touché beaucoup de sujets concernant Suzanne, mais sans jamais faire référence à sa déficience. Alexandre Leroux en était heureux; voilà quelqu'un qui considérait sa fille comme un être humain.

– Je vous remercie, dit-il.

– C'est trois fois rien, ça m'a fait plaisir. J'aime les fleurs, les roses surtout. Elles sont si jolies.

– Ma gratitude n'a rien à voir avec les roses. C'est pour la manière dont vous m'avez parlé de Suzanne. C'est difficile de toujours faire semblant que tout est parfait quand on sait que son enfant est différent des autres. On change, on grandit à cause de ça, mais grand Dieu que c'est difficile!

Elle n'avait pu soutenir son regard. Elle tenait le vase à deux mains et fixait les roses. Elle était émue et troublée, renversée d'entendre un homme livrer ses sentiments.

– J'allais justement du côté de la chambre de Suzanne. Vous permettez que j'apporte les fleurs? Vous en avez déjà plein les bras avec tous ces paquets, dit-elle.

– Avant, est-ce que je peux vous dire que je suis heureux de vous avoir rencontrée, madame Rivard? Surtout aujourd'hui.

Ils allaient quitter les lieux quand Charles Gaumond interpella Yvonne en marchant rapidement vers elle comme quelqu'un qui n'a pas une minute à perdre. Le bouquet de roses qu'elle tenait et surtout l'air qu'elle affichait le ralentirent. Elle lui sembla trop belle, trop radieuse tout à coup. Pourquoi, la veille, ne lui avait-elle pas présenté cette image au lieu de repousser ses sentiments, de protéger Brigitte ? La jalousie déformait son visage. Il en voulait à cet homme de profiter de ce qui ne lui appartenait pas.

Son air renfrogné et les deux petites taches rouges apparues sur ses joues ne trompaient pas. Charles était contrarié, et Yvonne savait qu'elle ne devrait pas prendre au sérieux ce qu'il allait dire.

– Ça fait du bien de voir des gens heureux, dit-il en la regardant droit dans les yeux. C'est de plus en plus rare dans cet établissement. Est-ce à vous que nous devons cela, cher monsieur ?

– Monsieur Gaumond, dit Yvonne, avez-vous rencontré M. Leroux, le père de notre nouvelle pensionnaire ?

– Nous nous sommes rencontrés, dit Alexandre.

– Je suis heureux de vous voir ici ce matin. Je voulais justement vous parler, au sujet de votre fille... Tout à l'heure, je serai à une réunion des directeurs de centre hospitalier et je ferai en sorte que le cas de votre Suzanne se règle rapidement. Il n'est pas bon qu'elle s'attache à cet endroit. Il est très important que nous agissions vite.

Quelque peu décontenancé par le flot de paroles du directeur, Alexandre avait cédé la place qu'il occupait auprès d'Yvonne. Il se disait que Charles Gaumond attendait une réflexion de sa part ou, mieux, qu'il s'en aille.

– Vous devez avoir raison. En effet, c'est mieux que tout se règle rapidement. J'aurai à m'absenter de plus en plus souvent au cours de l'été.

Ces dernières paroles furent accueillies par Charles comme une bonne nouvelle. Même s'il n'arrivait pas à réaliser sa promesse dans un court délai, il n'aurait pas à subir la présence de cet homme. Visiblement plus calme, il l'interrogea sur son travail.

– Je suis propriétaire d'une compagnie de transport sur de longues distances. En temps normal, je conduis un de mes camions une fois par semaine, mais, avec les vacances qui s'en viennent, je partirai plus souvent et plus longtemps.

– C'est dommage pour Suzanne, dit Charles.

– Si vous permettez, je vais aller la voir maintenant.

Restée avec Charles, Yvonne lui reprocha son attitude. Il n'allait pas s'en tirer avec le maigre sourire qu'il lui adressait pour se faire pardonner. Il n'y avait pas que du joli dans ce cœur-là, pensa-t-elle.

– Je ne comprends pas, dit-il. Je ne fais que faire passer l'intérêt de mes patients avant tout.

Des oreilles indiscrètes pouvaient entendre ce qu'elle avait à dire; Yvonne préféra donc quitter les lieux sans s'intéresser davantage aux propos de Charles. La compagnie de Mme Aurelyne lui ferait oublier ses mesquineries. Mais Charles insista pour qu'elle l'écoute. Il voulait connaître le nom de cette amie qui cherchait sa mère. Ils s'étaient quittés tellement rapidement la veille que ni l'un ni l'autre n'avait plus pensé à ce détail pourtant capital.

– Je ne voudrais pas que tu penses que j'ai menti tout à l'heure. J'ai vraiment une réunion avec les gens des services sociaux. Peut-être que quelqu'un pourra être utile aux recherches.

Yvonne lui en voulait moins. Après tout, Charles savait faire preuve de générosité. Elle inscrivit le nom de Fabienne Clément et quelques autres renseignements la concernant sur un papier qu'elle lui remit.

– Je te remercie d'avance de ce que tu feras pour Fabienne, dit-elle.

Charles ne l'écouta pas vraiment. Sa reconnaissance l'indifférait ; il voulait plus que ça d'elle. Il la laissa à ses réflexions.

Tandis qu'elle se dirigeait vers la chambre de Mme Aurelyne, les pensées d'Yvonne allaient d'Alexandre Leroux à Charles, deux êtres qui se débattaient pour survivre à leurs malheurs. Elle connaissait à peine Alexandre Leroux, mais elle avait senti la profondeur de sa détresse. Avait-il eu le temps de vivre son deuil depuis la mort de sa femme ou s'était-il jeté à cœur et corps perdus dans l'univers de sa fille ? Comme elle dans le temps, avait-il reporté toute son attention sur son enfant pour oublier un mal qui gruge jusqu'au fond de l'âme ? Et Charles ? Il avait certainement peu dormi la veille. Ses yeux cernés et l'odeur d'alcool encore présente sur son haleine révélaient ce qu'il n'avait pas voulu dire.

Elle était encore plongée dans ses réflexions lorsqu'elle entra dans la chambre de Mme Aurelyne. Elle sourit en apercevant la manière dont ses cheveux s'égaraient en longues traces foncées sur l'oreiller. Ses mains à plat sur le drap parfaitement replié, le regard clair et vif, la dame ne bougeait pas. Personne n'aurait pu deviner que cette vieille personne avait eu une défaillance.

– En voilà, une coiffure ! dit Yvonne

Un semblant de sourire apparut sur les lèvres de la femme. Elle cacha ses mains sous le drap, qu'elle remonta jusqu'à son cou. Ses lèvres bougeaient comme lorsqu'on récite un chapelet.

– Vous m'attendiez, n'est-ce pas ? dit Yvonne.

Mme Aurelyne haussa les épaules comme pour dire qu'elle n'en savait rien. Puis, regardant au plafond, elle marmonna de plus en plus vite.

– Je sais très bien que vous m'attendiez. Je sais aussi que vous m'en voulez parce que je ne vous ai pas coiffée hier. Regardez-moi cette façon d'avoir étendu vos cheveux à la grandeur de l'oreiller.

Cette fois, Yvonne eut raison d'elle. Mme Aurelyne sourit de nouveau. Elle sortit ses mains de sous le drap et les tendit devant elle pour que sa visiteuse les prenne et les caresse comme les autres fois. Son livret de prières tomba sur le plancher. Yvonne le ramassa. Il était anormalement arrondi et plus épais que la dernière fois qu'elle l'avait eu entre les mains. Un cordon, que Mme Aurelyne avait vraisemblablement arraché à sa chemise de nuit, l'entourait. Un lacet de soulier solidifiait le tout. Il était devenu impossible de l'ouvrir sans couper cet attirail à toute épreuve.

– Madame Aurelyne! Qu'avez-vous fait? Vous savez donc toutes vos prières par cœur? Pourquoi les avez-vous enfermées comme ça?

La vieille dame lui reprit son livret et le glissa sous son oreiller. Elle respirait plus difficilement tout à coup, et deux larmes apparurent au coin de ses yeux. Yvonne crut qu'elle allait lui dire quelque chose, mais, cette fois encore, c'est elle-même qui devrait alimenter la conversation.

S'étant assise dans le fauteuil qu'occupait souvent la vieille dame, à côté de son lit, Yvonne appuya sa tête au dossier et examina les alentours avec les yeux de l'autre. Sans un tableau aux murs, sans une photo d'elle ou des siens, son univers était d'une tristesse à faire mourir. Cette femme avait pourtant un passé.

Des images devaient demeurer dans son esprit, se dit Yvonne, et cette certitude fit naître en elle une idée. Elle s'engagea alors dans un long monologue, pour meubler le temps, mais aussi pour donner envie à Mme Aurelyne d'en faire autant. Yvonne se mit à se raconter. Tout à coup revivait la petite Yvonne Maher, la fillette qui habitait une luxueuse demeure de Westmount.

Yvonne se tut soudainement. Quelles étaient les raisons qui, depuis son retour en ville, l'avaient empêchée de retourner voir ce qui était advenu de la maison de son enfance? Elle n'eut pas le temps de répondre franchement à cette question. On avait frappé à la porte. C'était Nicole. On demandait Yvonne au téléphone.

– C'est votre cousin.

Nicole aurait pu utiliser l'interphone pour avertir Yvonne, mais elle voulait voir sa réaction. Si Yvonne sut dissimuler sa surprise et annoncer simplement qu'elle prendrait la communication au poste des infirmières, au fond d'elle-même l'inquiétude montait. Jamais auparavant Érik ne l'avait appelée à son lieu de travail. Quelle urgence motivait cet appel?

Le regard de la vieille dame la suppliait de revenir aussitôt après, mais, pressée, Yvonne ne le remarqua même pas. Au téléphone, il y avait Érik qui attendait.

À l'autre bout du fil, Érik était gêné de ce qu'il avait à lui dire.

– Yvonne, je vous appelle au sujet de mon invitation à manger avec nous à la maison. Je crois qu'il va falloir remettre ça à un autre jour.

La veille, il lui avait lancé cette invitation sous l'impulsion du moment. Mais l'atmosphère qui régnait à la maison était peu propice à une telle activité. Marise n'était pas disposée à participer à une rencontre familiale. Elle l'inquiétait.

– J'aimerais savoir ce qui se passe vraiment. J'ai retrouvé une femme différente de celle que j'ai laissée à mon départ pour Vancouver, avoua Érik.

– Que voulez-vous dire ?

– Marise est nerveuse. Son humeur change. Elle pleure.

Les conversations qu'Yvonne avait eues avec Marise au cours de la dernière semaine lui revenaient. Et surtout son appel du samedi précédent, en provenance de la campagne, au cours duquel Marise lui avait confié ses angoisses, son sentiment que quelque chose de bizarre se passait là-bas. Puis, il y avait eu son retour retardé, pour des raisons encore ignorées.

Yvonne réfléchissait sans se rendre compte qu'on attendait sa réaction. Le silence qui persistait lui fit croire qu'Érik n'était plus là. Elle dit son nom comme on interroge le vide soudain.

– Je suis là, Yvonne ! J'attends votre opinion.

Elle n'allait pas lui faire part de ses observations sans y réfléchir encore.

– Si vous me demandez mon avis au sujet du souper de ce soir, dit-elle, cela ne me pose vraiment aucun problème. D'ailleurs, cela m'arrange.

Yvonne avait menti. Ce repas avec la famille Valcourt, elle l'attendait avec impatience. Leur conversation de la veille avait tout juste attisé son besoin de parler avec ce cousin qui tenait une grande place dans sa vie, la seule personne à qui elle se livrait sans réserve. Les épreuves traversées au même moment de leur vie avaient fait naître entre eux une complicité peu commune. Quelquefois, lors de réunions de famille, ils discutaient calmement pendant que les autres s'amusaient et dansaient. On les taquinait alors, les qualifiant de gens d'une autre époque. Cela faisait sourire Érik. Les douze années qu'il avait de plus que Marise n'avaient jamais réellement compté pour lui. Il oubliait facilement que ses cheveux blanchissaient et dissimuleraient bientôt la couleur de ses jeunes années.

Yvonne revint auprès de Mme Aurelyne et se sentit soulagée de la trouver endormie. Elle n'aurait pu continuer son récit, le cœur n'y était plus. Il y avait tellement longtemps que la jeune Yvonne Maher n'existait plus. Elle s'approcha de la femme et observa attentivement son visage. Une sérénité déconcertante en émanait. Elle posa ses lèvres sur son front et lui promit à voix basse de continuer plus tard ce qui avait été commencé.

Mme Aurelyne ouvrit les yeux et sourit. D'un simple cillement, elle signifia à Yvonne qu'elle était libre de partir.

13

Fabienne avait repris courage. Le retour de Brian avait provoqué une crise libératrice. Un calme relatif l'habitait entre ses moments d'euphorie causés par les révélations de son médecin. La dernière échographie avait confirmé que son bébé était plus gros qu'on s'y serait attendu, et parfaitement constitué, ce qui semblait indiquer qu'on avait mal évalué le nombre de semaines de gestation. Ses dernières menstruations n'avaient probablement été qu'un saignement, comme il s'en produit souvent chez certaines femmes au début d'une grossesse. Il fallait donc établir à deux ou même trois semaines plus tôt la véritable date de la fécondation.

Le bébé avait toutes les chances de vivre, voilà ce que Fabienne avait retenu du discours du médecin. Aujourd'hui, ce serait à son tour de surprendre Brian en l'attendant assise à côté de sa valise et fin prête à rentrer avec lui.

Fabienne avait téléphoné à la Valross et avait simplement prié la réceptionniste de demander à son mari de passer à l'hôpital avant de rentrer. Confortablement installée dans son lit, elle caressait son ventre en regardant sa robe sur le dossier de la chaise, prête à remplacer ses vêtements d'hôpital, qu'elle allait quitter juste avant l'arrivée de Brian. Pour tuer le temps, elle décida de prendre connaissance de son courrier, qui traînait sur la commode depuis que Brian l'avait apporté. Elle mit de côté les premières lettres sans même les ouvrir. Une seule méritait son attention ; elle avait reconnu l'adresse de l'expéditeur.

Elle ouvrit fébrilement l'enveloppe. À l'intérieur, il n'y avait qu'une seule feuille. Deux lignes d'écriture de la main de Pierre Richard la priaient de le contacter au bureau du service des retrouvailles. Fabienne froissa la lettre en la serrant sur sa poitrine. Les yeux fermés, elle supplia le ciel que son vœu se réalise. Que Pierre ait enfin des nouvelles ! Elle se mit à rêver : et si sa mère allait être à ses côtés pour la naissance du bébé ?...

Un numéro de téléphone apparaissait au bas de la page. Quelques chiffres qu'elle n'osait faire. Son rêve était trop beau pour qu'elle le laisse s'évanouir. Assise sur son lit, les jambes ballantes, son gros ventre retenu par ses bras réunis, elle se berçait d'espoir et de craintes. Le téléphone était devenu un objet vivant, intouchable. Il avait mille visages, tous différents, porteurs de sourires, d'étonnement, de rancœur et de joie, des visages qui changeaient au rythme des pensées négatives ou positives qui s'animaient dans son esprit.

Si elle attendait l'arrivée de Brian pour téléphoner, il serait trop tard. Personne ne répondrait à l'agence. Des arguments surgissaient dans son esprit. Si Brian n'était pas revenu de Vancouver, elle aurait été seule pour accueillir le message, seule pour en jouir, ou pour porter le poids d'un nouveau délai.

Elle s'y reprit à plusieurs fois pour composer le numéro. Ses doigts tremblants intervertissaient les chiffres.

– M. Richard, demanda-t-elle enfin. Pierre Richard, s'il vous plaît. C'est de la part de Fabienne Clément.

Il y eut une attente interminable, ponctuée de bouffées de chaleur et de crampes au bas-ventre qui l'obligèrent à se plier en deux pour reprendre son souffle, puis enfin une voix au bout du fil prononça son nom. Il fallait paraître naturelle, se dit-elle. Il fallait parler à cet homme comme si elle l'appelait de chez elle.

– J'ai des nouvelles, madame Clément. Mais je ne peux vous les communiquer au téléphone, dit Pierre Richard.

– Mais, pourquoi? Qu'est-ce qui vous empêche de me dire ce que vous savez au téléphone?

– Madame Clément, il faudrait qu'on se voie. Pouvez-vous venir à mon bureau demain? Je peux aussi passer chez vous, si vous préférez.

– Je ne comprends pas pourquoi il faudrait être face à face pour parler. Vous savez qui je suis, vous reconnaissez ma voix.

– Bien sûr, voyons.

– Alors, qu'est-ce qui vous empêche de me dire ce que vous savez? Comment pensez-vous que je pourrai attendre qu'on se voie maintenant que je sais que vous avez la réponse? Comment?

– Je n'y peux rien, madame Clément, c'est comme ça. Si vous voulez, je peux me rendre chez vous immédiatement. C'est ce que je vois de mieux.

Elle ne tirerait rien de Pierre Richard s'il la savait à l'hôpital. Résolue à ne pas attendre, Fabienne s'efforça de le convaincre en demeurant calme. Mais, soudain, elle ne put contenir la rage folle qui s'emparait d'elle.

– Je ne suis pas chez moi... Je suis en dehors de la ville. Si vous ne parlez pas immédiatement, vous aurez affaire à moi, vous m'entendez ? Dites-moi ce que vous savez de ma mère. Qui est cette femme ? Où vit-elle ? Allez-vous parler, enfin !

L'homme comprit qu'elle ne céderait pas.

Une infirmière entendit Fabienne. Ses cris, suivis d'un silence soudain, l'inquiétèrent. Elle prêta l'oreille et poussa la porte. Des respirations courtes parvinrent jusqu'à elle. Fabienne était assise sur le petit banc servant de marchepied. Le teint livide, le regard fixe, elle ne semblait pas avoir conscience de sa présence.

– Madame Clément ! Qu'est-ce qui vous arrive ?

En guise de réponse, Fabienne émit une plainte sourde. L'infirmière appela à l'aide. Alertée par ses cris, sa coéquipière arriva aussitôt. Leur diagnostic fut rapide.

– Qu'on appelle le médecin et qu'on téléphone à son mari. Qu'ils viennent tout de suite. Mme Clément est en état de choc.

Brian Ross arriva à l'hôpital en un temps record. On lui avait dit de venir vite et, pour lui, cela ne pouvait que signifier que le bébé arrivait. Tout le long du trajet, rabâchant qu'il était trop tôt, il avait supplié Fabienne d'attendre encore, mais, en l'apercevant étendue sur le lit, à demi vêtue, fixant sa valise qu'on avait fermée, il sut que quelque chose de sérieux, d'étranger à la naissance du bébé, s'était produit.

Des larmes coulaient sur les joues de Fabienne.

– Ils l'ont retrouvée, répéta-t-elle à plusieurs reprises.

– Ils ont retrouvé quoi, qui, ma chérie ? Qu'est-ce qu'ils ont trouvé et qui te met dans cet état ?

– Ils l'ont retrouvée, et elle ne veut pas me voir. Ma mère ne veut pas de moi dans sa vie, cria-t-elle en se jetant à son cou. Elle me rejette encore une fois, Brian !

Tout devenait clair. Le plus difficile était à venir. Brian se préparait à toute éventualité. Il regarda l'infirmière. Elle aussi avait deviné que Fabienne luttait pour dissimuler ce qui se passait dans son corps. Des contractions barraient ses reins, durcissaient son ventre et, malgré tout, elle voulait quitter son lit pour rentrer chez elle.

– Il faut attendre le médecin. Restez calme. Il sera là d'une minute à l'autre. Pensez à votre enfant. Lui aussi a besoin de sa mère.

L'infirmière avait trouvé les paroles justes pour que la tigresse rentre ses griffes. Les contractions se rapprochaient et devenaient de plus en plus fortes. Fabienne n'y pouvait plus rien.

– Brian, dit-elle, notre bébé saura ce que c'est qu'une famille, je te le jure !

Il serra sa main sans répondre.

Fabienne avait fermé les yeux et se reposait avant la contraction suivante quand le médecin arriva.

– Cette fois, votre bébé est vraiment en route, confirma-t-il.

– Il va vivre, n'est-ce pas, docteur ? demanda Fabienne.

– Nous ferons tout pour cela, et plus encore. Restez calme, c'est la meilleure façon de nous aider, surtout de vous aider.

Fabienne n'osait exprimer le souhait qui montait en elle. Cependant, sa crainte d'offusquer Brian se transforma bientôt en confiance dans sa capacité de comprendre.

— Yvonne, risqua-t-elle. J'aimerais qu'Yvonne Rivard vienne.

— Mme Rivard? interrogea Brian.

— S'il te plaît, Brian. Téléphone-lui, elle décidera elle-même si elle veut venir ou non. Je veux seulement qu'on la prévienne que le temps est venu. Je le lui avais promis.

— Veux-tu que je prévienne aussi Érik et Marise?

Fabienne fit un signe négatif de la tête. Sa présence et celle d'Yvonne suffiraient.

Brian revint comme on emmenait sa femme. D'un pas incertain, il marcha auprès d'elle. Il avait peur, sa main tremblait.

14

On avait rarement vu Yvonne Rivard arriver en retard au travail. Il était passé dix heures lorsqu'elle s'exposa aux regards interrogateurs. Ses traits tirés et les cernes sous ses yeux témoignaient de sa nuit blanche passée à l'hôpital. Elle se rendit directement au bureau de son ami et s'assit sans attendre qu'il la prie de le faire.

Charles connaissait les raisons de son arrivée tardive. Il lui demanda des nouvelles. Yvonne éclata en sanglots. Des paroles inaudibles sortirent de sa bouche, décontenançant son ami, qui ne l'avait jamais vue pleurer. Il la supplia de lui dire pourquoi elle était dans cet état.

– Excuse-moi. C'est la fatigue et la joie. Fabienne a mis au monde un tout petit garçon qui a envie de se battre pour survivre. C'est merveilleux !

– Je suis heureux pour elle et pour toi, dit Charles.

Yvonne avait été touchée par l'affection que lui avait témoignée Fabienne en la réclamant auprès d'elle. Elle avait aussi été touchée par les confidences que lui avait faites Brian au sujet de son enfance. À sa naissance, sa mère avait l'âge d'être une jeune grand-maman. Un accident, lui avait-on dit. Sa relation avec cette femme n'avait rien eu de profond, car elle était décédée alors qu'il était adolescent. La présence d'Yvonne à l'hôpital avait été une sorte de prise de conscience des sentiments confus qui l'habitaient encore. Après la naissance du petit David, elle avait recueilli ses émotions.

Yvonne était visiblement épuisée, et Charles lui conseilla d'aller se reposer et de revenir plus tard. La journée s'annonçait sans soleil. Il lui serait facile de dormir une heure ou deux avant de revenir travailler jusqu'à six heures. En entrant chez elle, elle vit que le voyant du répondeur clignotait, indiquant qu'un appel avait été enregistré. Marise la priait de la rappeler dès que possible. Lorsqu'elle l'eut à l'autre bout du fil, Yvonne s'étonna de ne pas percevoir plus d'enthousiasme de sa part. Marise aurait dû partager la joie de cette naissance et, pourtant, l'hésitation qu'elle mettait à parler l'inquiéta.

– Marise, qu'est-ce qui se passe ? Il y a des complications à l'hôpital ? Est-ce le bébé ?

– Brian vient de téléphoner de l'hôpital. Fabienne est dans tous ses états depuis qu'on lui a dit que son bébé devait demeurer à l'hôpital.

Cette petite chose toute rouge, sans un gramme de graisse, ce petit être tant attendu leur causait-il encore des inquiétudes ? Yvonne ne pouvait pas aller dormir tout de suite. Sa place était auprès de Fabienne.

– Je vais là-bas, dit-elle.

– Fabienne ne veut voir personne. Elle m'a demandé de ne pas me rendre à l'hôpital. Je ne sais plus que penser ni que faire. Érik me conseille d'attendre. Il a peur que je ne supporte pas ce qui se passe là-bas.

– C'est vraiment délicat comme situation. Fabienne vient d'apprendre que sa mère refuse de la voir et, quelques heures plus tard, on lui refuse le plaisir de s'occuper immédiatement de son bébé. C'est normal qu'elle n'ait envie de voir personne.

– Érik se trompe. Je pourrais très bien comprendre Fabienne, et l'aider, et lui dire comment... Je...

Comme si elle s'était entendue parler sans se reconnaître, Marise se tut. Silencieuse, Yvonne attendait qu'elle ajoute une quelconque réflexion. Ce ton de voix lui était inconnu. Marise ne précisa pas ses pensées et dit simplement qu'elle attendrait Érik pour rendre visite à Fabienne. Puis elle raccrocha, oubliant ses bonnes manières.

Yvonne eut l'impression qu'Érik ne lui avait pas tout dit. Marise semblait perdre ses moyens. La détresse s'entendait dans sa voix et, comme Fabienne, elle refusait qu'on l'aide.

La ville étouffait sous la pollution, retenue par une humidité difficile à supporter. Un peu de soleil aurait été bienvenu pour colorer tout cela et faire oublier à Yvonne la sensation de vide sous ses pas que provoquait le manque de sommeil. En dépit de ce qu'avait dit Marise, elle se rendait à l'hôpital.

Elle eut l'étonnante impression de n'être jamais venue dans cet établissement. L'activité qui y régnait différait totalement de la tranquillité de la veille. Bien qu'encore meublé de bruits insolites, l'endroit avait perdu le tragique de la situation des heures précédentes. Elle monta à la chambre de Fabienne et trouva la pièce vide. Des traces de la présence récente de Fabienne, sur le lit et la table, laissaient présumer qu'elle reviendrait bientôt. Pour passer le temps, Yvonne replaça quelques objets et refit le pli du drap.

Fabienne tardait à revenir. Yvonne n'allait pas l'attendre indéfiniment sans aller aux nouvelles. La pouponnière, pensa-t-elle, Fabienne ne pouvait être que là.

En arrivant tout près, elle aperçut, assis sur le bout de son siège, un homme jeune qui regardait en direction de la grande vitre derrière laquelle se trouvaient les nouveau-nés. Il observait Fabienne, qui avait appuyé son front à la vitre. Faute de pouvoir prendre son bébé dans ses bras, elle avait envie de lui signifier qu'elle ne l'abandonnerait pas. Ni elle ni Brian, qui faisait les cent pas derrière sa femme, n'avaient conscience d'une présence à côté d'eux.

Le jeune homme, trop chaudement vêtu pour le temps qu'il faisait, bougea sur sa chaise.

– Est-ce que je peux vous parler, madame ? demanda-t-il.

Yvonne ne fit pas attention à lui. Elle avait cru qu'il s'était adressé à quelqu'un venant derrière elle.

– Vous connaissez ces gens qui sont là-bas, devant la vitre, n'est-ce pas ? insista l'homme en posant sa main sur son bras. Je me nomme Pierre Richard. J'aimerais parler à la femme. S'il vous plaît, accepteriez-vous de lui demander si elle veut me rencontrer ?

– C'est important ? Je ne sais pas si le moment est bien choisi pour la déranger.

– Peut-être pas, mais son mari m'a appris la nouvelle. Je voudrais m'excuser. Elle m'avait caché qu'elle était ici. Ce bébé-là ne devait pas arriver maintenant !

Yvonne l'invita à la suivre à l'écart.

– Qui êtes-vous ?

– Je suis la personne chargée de retrouver sa mère.

Pierre Richard était désolé des conséquences qu'avaient eues ses révélations. Pour sa défense, il ne pouvait qu'invoquer l'acharnement de Fabienne, qui l'avait obligé à divulguer le résultat de l'enquête au sujet de sa mère biologique. Yvonne ne fut pas longue à le convaincre que ce n'était pas le moment de lui parler de ça, qu'elle serait trop émotive. Le jeune homme ramassa son attaché-case et partit. Yvonne le regarda entrer dans l'ascenseur. Quand elle revint à la pouponnière, plus personne n'était devant la vitre. Les nouveaux parents étaient auprès de leur enfant. En s'asseyant sur la chaise qu'avait occupée Pierre Richard, elle se demanda si elle était à sa place auprès du couple, qui avait des choses à vivre ensemble.

Ainsi absorbée dans ses pensées, la tête basse, elle fixait le plancher quand, soudain, elle eut l'impression d'une présence tout près d'elle. Elle avait dû être victime de son imagination, car, quand elle leva la tête, il n'y avait personne aux alentours.

Quelques instants plus tard, elle vit Fabienne et Brian qui sortaient de la pouponnière.

– Yvonne ! Mon bébé va vivre ! Nous sommes tellement heureux, dit Fabienne, qui ne sembla nullement surprise de la voir là.

L'émotion avait rendu Brian muet. Il tenait la main de Fabienne.

– Je vois que tout va bien maintenant, et que nous avons tous besoin de repos, dit Yvonne.

– Vous ne voulez pas voir David de plus près ?

Yvonne se dit pressée de retourner à ses occupations. Elle les quitta presque aussitôt. Et pendant qu'elle se rendait à sa voiture, une femme appuyée au mur de l'hôpital la regardait s'en aller.

Quelques minutes plus tard, cette personne partit à son tour.

15

Fabienne allait quitter l'hôpital sans son bébé, une situation difficilement acceptable pour elle. Le sentiment de vide dans son ventre et dans ses bras, ses seins douloureux, tout cela l'empêchait de penser à autre chose. Plus rien ne comptait que son désir inassouvi de voir son bébé, de le toucher. Cette impression de néant dans sa vie la réconciliait avec sa mère biologique. Comment en vouloir à une personne qui avait connu un déchirement plus amer encore? La cruauté de devoir abandonner son enfant la rejoignait au plus profond de son être, sans toutefois lui faire cesser d'espérer rencontrer cette femme, lui parler ne serait-ce qu'une seule fois. Elle se raccrochait à cette pensée, car Pierre Richard avait informé sa mère qu'elle serait la bienvenue si un jour elle décidait de franchir le pas.

Même si elle avait pris congé pour être libre de voir Fabienne, Yvonne n'était retournée qu'une seule fois à l'hôpital. Elle avait un autre projet en tête. Lorsque Charles Gaumond lui avait confié l'organisation de la fête de l'inauguration du jardin intérieur du centre, elle avait hésité à accepter une tâche qui n'était pas dans ses attributions habituelles. Cependant, depuis qu'elle avait appris que Charles serait absent, ayant été invité à prononcer un discours à un colloque, et qu'il lui donnait carte blanche, elle avait changé d'avis. Les événements lui donnaient sa chance de le mettre à l'épreuve.

Charles était absorbé dans la préparation de son exposé. Toute irruption dans son bureau était perçue comme inopportune, mais Yvonne prit la liberté de lui demander un moment de son temps.

— Charles, il faut que je te parle. As-tu une minute à me consacrer ?

Soudainement intrigué d'entendre sa voix, Charles leva la tête.

— Toi ici ?

— Je sais que tu es très occupé, mais il faut que je te parle de l'inauguration. Le temps presse. Tu sais qu'il nous faut quelqu'un pour te représenter.

— Tu peux très bien le faire.

— J'ai pensé à quelqu'un d'autre, à une personne qu'il serait important de voir circuler ici.

Charles ne dit rien. La détermination d'Yvonne lui inspirait de l'inquiétude. Qu'avait-elle imaginé ?

— Il faut convaincre Brigitte de venir. C'est elle qui doit te représenter ! dit-elle à brûle-pourpoint.

La suggestion eut l'effet d'une bombe. Charles répéta le nom de sa femme. Jusque-là, le seul fait d'entrer dans l'établissement avait été difficile pour Brigitte, et voilà qu'Yvonne espérait lui vendre l'idée de s'afficher devant le personnel, les bénévoles et les invités à cette fête.

— Tu n'as pas la moindre chance de la convaincre, et cela n'a aucun sens, dit-il.

— Tu es bien sûr de toi.

— Quelle idée as-tu en tête ? Ce n'est pas à la femme du directeur de présider cette fête.

— Elle n'a pas besoin d'en être la présidente. Y a-t-il un règlement qui l'empêcherait d'être présente à titre d'invitée spéciale ?

– Non.

– Alors ?

Yvonne avait pensé à tout. Charles n'avait qu'à donner son assentiment, ce qui voulait dire mettre les deux femmes en présence l'une de l'autre. Il repoussa les ouvrages de référence qui s'empilaient sur son bureau. Il était cependant certain du refus de Brigitte. Sa femme était une sauvageonne qui détestait les mondanités. Elle avait peur de connaître la vie de son mari, de mettre un visage sur les noms prononcés en sa présence. Entre tous, elle craignait Yvonne Rivard, cette amie d'université dont il avait cessé de lui parler depuis trop longtemps.

Convaincu, donc, que la démarche était vouée à l'échec, Charles donna son accord. Yvonne insista pour qu'il ne prévienne pas sa femme.

– Laisse-moi la surprendre. Je pourrais l'appeler dès lundi. Ça lui donnera juste assez de temps pour réfléchir, et pas assez pour douter d'elle.

Yvonne s'éclipsa avant que Charles puisse revenir sur sa décision. D'ailleurs, elle avait promis de passer prendre Judith. Ses parents partiraient tôt pour la campagne le lendemain.

Elle sortit dans l'air pur, surprise de constater qu'un rayon de soleil avait chassé les nuages. La tête remplie de projets nouveaux, elle se livra entièrement au souffle du vent, l'accueillit en le laissant soulever ses cheveux autour de son visage et caresser ses joues. Soudainement aveuglée par le soleil, Yvonne avait baissé la tête, quand elle entendit un bruit de pas venant vers elle.

Alexandre Leroux parut à la fois heureux de la rencontrer et déçu de constater qu'elle partait. L'homme était venu rendre visite à sa fille avec l'espoir de trouver

Yvonne sur les lieux. Il n'aurait su dire d'où lui venait son besoin de discuter avec elle, ni la certitude qu'elle pouvait le conseiller au sujet du centre d'hébergement qui était disposé à recevoir Suzanne dès le lendemain, s'il le désirait. Ses réserves quant au transfert de sa fille étaient d'ordres divers et, même s'il osait à peine se l'avouer, cette femme comptait pour une part de son hésitation. Le jour où Suzanne habiterait ailleurs, quelle raison invoquerait-il pour la revoir?

Indifférents au temps qui passait, ils restèrent sur le trottoir à discuter comme de vieilles connaissances. Yvonne était souriante, ses joues rosies par le vent accentuaient davantage la malice qui momentanément allumait son regard. Alexandre ne se lassait pas de regarder cette femme, qui n'affichait pas les quelques années qu'elle comptait de plus que lui. Il se surprit à ne plus écouter ce qu'elle disait pour ne s'intéresser qu'au mouvement de ses lèvres.

La vie avait donné une épouse merveilleuse et une fille attachante à Alexandre Leroux. Onze mois plus tôt, la courte maladie de Maria avait fait basculer son univers. Et voilà qu'après qu'il eut tout fait pour prendre la relève, il y avait eu la chute de Suzanne et sa fracture. Étaient venues ensuite les démarches pour son placement. En quelques jours, la vie avait pris un sens nouveau. Après seulement trois brèves rencontres, Yvonne Rivard faisait partie de son existence. Il osait à peine y croire. Ces choses-là n'arrivent pas dans la vraie vie, se disait-il.

Quand il se décida enfin à parler de l'endroit qu'il avait trouvé pour Suzanne, Yvonne ne cacha pas son étonnement.

– Déjà! dit-elle.

Il crut déceler un certain regret dans le ton de sa voix, mais elle n'alla pas plus loin. Il n'était pas de son ressort de conseiller ce père inquiet. Par contre, se dit-elle, Charles avait les compétences requises pour donner un avis éclairé. Mais le ferait-il sans préjugé? Charles Gaumond avait à peine dissimulé son envie de voir Alexandre ailleurs depuis qu'il l'avait vu en sa compagnie. Yvonne persistait cependant à croire en l'intégrité de Charles. D'ailleurs, son rôle de directeur de l'établissement lui imposait d'assumer certaines responsabilités relativement à ses patients. Il aiderait Alexandre.

— Mon patron pourra vous renseigner, dit-elle simplement.

Alexandre parut songeur, mais c'était pour une tout autre raison.

— Vous serez là demain? demanda-t-il.

— Pas avant lundi. Je ne travaille pas la fin de semaine.

— Alors, il ne me reste qu'à vous souhaiter une bonne fin de semaine avant d'aller rencontrer votre directeur.

Yvonne lui tendit la main et continua son chemin. Pendant qu'elle montait dans sa voiture, dans la chambre de Mme Aurelyne, les infirmières s'inquiétaient. C'était la seconde fois que la vieille dame avait une défaillance grave depuis qu'était venu un visiteur imprévu.

16

Marise avait accepté d'aller à la campagne. Le beau temps l'influençant, Érik projetait de s'occuper à mille choses pendant les quelques heures qu'ils passeraient à la maison du bord de l'eau. Tout semblait parfait, sauf que, chacun de leur côté, ils comptaient tous les deux sur l'intimité de la fin de semaine pour discuter, pour vider un sujet à peine entamé.

Marise se surprenait à espérer ce tête-à-tête. Son équilibre en dépendait. Si elle parlait d'elle, seulement d'elle, Érik l'écouterait. Leur amour était encore assez fort pour faire le reste, pensait-elle. Cependant, des questions demeuraient. Comment réagirait-elle à la présence de John? Ne valait-il pas mieux lui téléphoner, lui demander de s'éloigner avant leur arrivée?

Judith était encore chez Frédérika, et Érik lui avait dit qu'il ne rentrerait pas avant une bonne heure. Marise était libre d'appeler John. Elle hésitait cependant à le faire dans ces conditions, jugeant son attitude déloyale. D'autre part, elle se rendait compte que la pensée d'entendre la voix de John au bout du fil la rendait mal à l'aise. Elle n'était donc pas prête à se trouver face à face avec lui sans éprouver cette sensation déjà ressentie la semaine précédente. Il fallait qu'elle l'appelle.

Érik avait sûrement noté le numéro de John quelque part. Elle ouvrit le carnet à la lettre «P» et, la main tremblante, elle composa son numéro.

L'homme mit du temps à répondre. Marise s'impatientait. John n'avait pas le droit de ne pas être là, de ne pas prendre ses appels. La sonnerie cessa. Un déclic se fit entendre à l'autre bout du fil, puis de la musique, une mélodie connue qui masquait la voix de l'homme.

John devait avoir posé le récepteur sur la table, car la musique s'était tue et on entendait des bruits de pas sur le plancher.

– John, c'est Mme Valcourt, dit-elle, consciente du fossé que ce titre mettait entre lui et elle.

– Je vous avais reconnue, Marise, dit-il en insistant sur son prénom.

– Je ne veux plus que vous m'appeliez par mon prénom, vous m'entendez !

– Je vous jure que je ne le ferai plus, Marise. Croyez-moi. Surtout si, vous aussi, vous cessez de m'appeler par le mien. Oh ! excusez-moi, madame Valcourt. J'oubliais que vous êtes la femme de mon employeur et que vous avez tous les droits.

Son insolence la faisait rager. Et elle lui en voulait de son emprise sur elle. Pourquoi n'avait-elle pas accepté sa démission ? John avait fini par l'entraîner dans une sorte de désordre émotionnel qui l'empêchait de raisonner, de séparer le vrai du faux. La différence entre les confidences de l'homme et ce qui s'était vraiment passé se dérobait à son jugement. Comme elle avait manqué de courage pour prendre une décision au sujet de sa démission, la coopération de John lui était maintenant nécessaire.

164

Elle se ressaisit et, pendant un instant, elle parut maîtriser la situation. L'important était que John tienne compte de ses paroles.

– Mon mari a décidé d'aller à la campagne, samedi. Il compte être là-bas un peu avant midi, dit-elle.

Elle avait annoncé la venue d'Érik en omettant volontairement de dire qu'elle l'accompagnerait. John ne fut pas dupe, cependant. Elle aussi venait, et elle désirait qu'il quitte les lieux avant leur arrivée. Pourquoi aurait-elle pris la peine de téléphoner, sinon ? John essaya de s'objecter.

– Que va penser le patron s'il ne me voit pas au travail ?

– Ce que pensera mon mari n'a aucune importance en ce moment. Si vous tenez à votre emploi, c'est à vous d'agir. Inventez une raison, un empêchement quelconque. De toute manière, avant notre retour en ville vous serez fixé sur ma décision.

Comme on laisse tomber un objet brillant qui blesse les mains, elle avait raccroché bêtement sans attendre sa réponse. Toujours assise dans le fauteuil, elle se berçait doucement en avançant et en reculant le tronc. Le regard vide, elle fixait le tapis.

Judith entra alors dans la maison et, du vestibule, appela sa mère. Elle voulait savoir ce qu'elle devait emporter chez tante Yvonne.

– Est-ce que je t'ai réveillée, maman ? s'enquit la gamine lorsqu'elle se trouva auprès d'elle.

– Je ne dormais pas. Je pensais à la fin de semaine qui vient. Ça me fait tout drôle de partir sans toi. Est-ce que je vais te manquer un tout petit peu ?

Judith afficha tout à coup une espièglerie rare.

– Si j'ai un peu de temps libre, j'essaierai de penser à toi et à papa, mais je ne suis pas encore certaine d'en trouver. Tu sais que tante Yvonne a tout un programme pour demain. Est-ce qu'elle t'a dit ?

La question ramena Marise au dernier coup de téléphone d'Yvonne. Celle-ci lui avait vaguement expliqué comment elle comptait occuper Judith durant son séjour chez elle. Leur activité principale serait d'aller rendre visite au petit David à l'hôpital. Elle avait aussi parlé d'un pique-nique au bord du fleuve. Judith pourrait peindre le paysage. C'était une excellente idée, avait pensé Marise. Un pont qui traverse un fleuve immense pour accéder à l'autre rive, peut-on trouver plus belle image ? Combien de ponts doit-on traverser dans une existence, se demanda Marise, pour atteindre des rives qui ne sont souvent que des mirages ?

Judith était surprise de la passivité de sa mère. Elle avait déjà remarqué que celle-ci ne parlait presque plus depuis quelque temps et qu'elle s'amusait moins souvent avec elle. Elle lui en fit la remarque.

– Pourquoi es-tu toujours dans la lune ? Tu n'es pas contente que papa soit de retour ?

– Au contraire, ma chérie. Où vas-tu encore chercher ces idées ? Ce qui me dérange, c'est que je ne voudrais pas inquiéter ton père avec des peccadilles. Je me demandais justement si tu lui avais parlé de ma chute de cheval.

– Non ! Je n'y ai plus pensé. John a dit que cela ne se reproduirait plus, alors tout est parfait.

Quelle logique, quelle confiance ont les enfants, se dit Marise en tapotant la main de Judith, qui s'était assise à ses côtés et se pressait contre elle.

– Tu as raison ! On ne parle plus de tout ça. J'ai hâte à demain pour monter de nouveau Princesse. Papa et moi ferons une course. Nous verrons si Irving est aussi rapide que papa le dit. Pendant ce temps, toi, tu te comporteras comme une grande fille en attendant notre retour avec... avec tu sais quoi ?

Judith posa sa tête sur la poitrine de sa mère. Avait-elle besoin de répéter ce que chacun savait déjà ? Son impatience de posséder le violon n'était plus un secret pour personne.

– Il y a quelqu'un ici ? fit une voix derrière elles.

– C'est papa ! s'exclama Judith en se levant d'un seul bond.

Elles ne l'avaient pas entendu arriver. Pourtant, Érik était là depuis un bon moment. Il semblait vidé.

– Vive la fin de semaine ! Bonjour, mes chéries ! Est-ce que les valises sont prêtes ?

– Quel macho tu fais ! lui dit Marise en s'approchant pour qu'il la prenne dans ses bras.

– Le macho va téléphoner là-bas. Je veux avertir John de notre arrivée avant qu'il s'en aille chez lui.

Marise écouta une partie de la conversation. John semblait faire ce qu'elle lui avait demandé. Marise entendit en effet Érik rassurer John : il n'aurait pas à chercher un remplaçant pour les deux jours où il comptait s'absenter. Il pouvait partir tranquille. Plus tard, ils auraient à discuter ensemble, ajouta encore Érik. Il avait des projets pour lui, précisa-t-il.

Marise sortit sans attendre la fin de la conversation et se dirigea vers sa voiture. Inquiète, elle fit mine de ranger le coffre arrière de sa familiale. De temps à autre, elle regardait du côté de la maison.

17

On avait permis à Fabienne de prendre son bébé dans ses bras avant son départ. Il lui était très difficile de quitter les lieux sans son enfant. Elle restait là, immobile, le regard posé sur son petit pendant que Brian l'attendait à côté des valises. Fabienne avait complètement oublié sa présence, pensa-t-il. Saisissant l'énorme bouquet qui trônait dans la chambre, il la laissa avec David.

Une femme aux cheveux blancs entra avec lui dans l'ascenseur et alla se placer tout au fond, derrière deux infirmières. L'une d'elles lui lança un regard inquisiteur et poussa sa compagne du coude. Quand elles descendirent, la plus grande grommela.

– Si elle revient, celle-là, j'appelle la police. Ça fait des jours que je la vois traîner par ici. Elle est encore allée à la pouponnière et elle n'a demandé à voir aucun bébé. Je trouve ça bizarre qu'elle porte son imperméable par une chaleur pareille. Je ne voudrais pas qu'on se retrouve avec un cas d'enlèvement sur les bras.

– Bon, te voilà encore partie. Tu lis trop de romans policiers. Viens, il nous reste à peine quinze minutes pour aller à la cafétéria.

Brian revint et trouva Fabienne presque résignée à rentrer. Elle se disait fatiguée et prête à profiter d'une bonne nuit de repos.

Lorsqu'ils sortirent de l'ascenseur, au rez-de-chaussée, Brian ne remarqua pas que la femme assise le long du mur avait dissimulé son visage derrière un journal. Pourtant, ses souliers de course attirèrent son attention.

En poussant la porte de l'hôpital, Fabienne eut l'impression qu'une éternité s'était écoulée depuis le moment de son admission. Elle se retourna vers Brian, qui laissa tomber les valises et la serra dans ses bras.

– Là-haut, il y a un petit bonhomme qui se bat pour vivre. Il est comme toi, ma chérie.

Il embrassa cette brunette aux yeux de diablesse qui, quelques années plus tôt, avait redonné un sens à sa vie.

Ce vendredi-là, la circulation dense sur le pont n'incommoda pas le couple, occupé à faire des projets. Cependant, malgré les apparences, tout n'était pas encore très clair. Brian appréhendait la vraie réaction de Fabienne au refus de sa mère.

En passant devant chez les Valcourt, ils virent que le coffre de la voiture de Marise était ouvert.

– Ils se préparent à aller à la campagne, dit Fabienne.

– Veux-tu qu'on s'arrête ?

– Non. Je ne veux voir personne, pas avant que notre bébé soit à la maison.

– Nous passons devant leur porte. Ils vont trouver notre attitude bizarre.

– Marise comprendra. Elle n'est pas trop bavarde ces temps-ci. Elle a besoin d'une coquille, elle aussi. Rentrons chez nous.

18

Il était encore très tôt et peu d'automobiles avaient pris la route en direction des Cantons-de-l'Est quand les Valcourt s'engagèrent sur l'autoroute. La tranquillité de ces premières heures à deux réjouissait davantage Érik, car Marise, elle, était distraite. Toute conversation entamée par Érik se terminait abruptement, comme si Marise jugeait inutile d'ajouter quoi que ce soit à ses paroles.

Ils firent rapidement le trajet qui menait au rang des Mésanges, et là, comme si la beauté l'exigeait, Érik ralentit. De la même manière qu'on n'entre pas impoliment chez les gens, on ne roule pas à toute allure dans le rang des Mésanges, pensait-il.

La verdure hésitait encore à s'aventurer dans les coins ombragés du versant nord des montagnes. Avec les années, le rocher avait ouvert son flanc par endroits ; de la terre poussée par le vent s'y était logée et avait accueilli les jeunes pousses rampantes qui tapissaient le sol entre les quelques arbres s'y agrippant encore.

Derrière le rocher se trouvaient la rivière et la maisonnette. Érik y venait pour la première fois depuis la fonte des neiges. Il se taisait. Sa manière de respirer et le sourire qui ne le quittait plus parlaient de son euphorie à retrouver tout cela. Il prit le virage et huma le parfum particulier du matin.

– Les rosiers hâtifs vont bientôt fleurir, fit-il remarquer à Marise.

Plus intéressée par les fleurs qu'elle-même avait mises en terre la semaine précédente, Marise avait vaguement regardé les rosiers dont lui parlait Érik. Puis elle l'entendit vanter les mérites de John, dire qu'il était un homme extraordinaire.

– On a l'impression que quelqu'un vit ici.

– Tu n'aimerais pas te passer de ses services, n'est-ce pas?

– Je ne vois personne à qui je pourrais faire confiance en dehors de John Pérusse. Ce n'est pas facile de confier ses biens de nos jours. Heureusement qu'il n'est pas question de se séparer de lui pour le moment.

Ils sortirent de la voiture et furent accueillis par le hennissement d'Irving. L'étalon noir s'était attribué le titre de maître des lieux. Princesse avait passé sa tête par-dessus la clôture. Son museau allait de bas en haut en guise de salutation. Son geste fit rire Marise, qui suivait Érik vers l'enclos.

– Princesse est heureuse de me revoir. Elle me reconnaît, dit-elle.

Elle avait parlé sans réserve, sans penser qu'il était normal que la jument se souvienne de sa maîtresse après seulement une semaine d'absence. Érik attendit qu'elle soit à sa hauteur, puis demanda, naturellement:

– Tu ne lui en veux pas?

Pourquoi avait-il posé cette question? Était-il au courant de l'incident avec Princesse? Marise se souvint soudainement de l'arrivée d'Érik quand sa conversation avec Judith venait justement de porter sur ce sujet. Que savait-il au juste?

Ils étaient tout près des chevaux. Érik passa son bras autour des épaules de Marise. De sa main libre, lui aussi caresserait le museau de Princesse.

– Marise, dit-il, qu'est-ce qui s'est passé ici la semaine dernière ? Pourquoi faire des mystères au sujet d'une chute de cheval ? Crois-tu que je n'ai pas vu ta cuisse ? Peut-être qu'hier soir tu as oublié de te cacher, ou alors j'ai fait plus attention, mais le résultat est le même, j'ai vu un bleu sur ta cuisse. Pourquoi n'en parles-tu pas ?

– Je ne peux rien te cacher. C'est vrai, j'ai chuté. Princesse m'a projetée au sol, mais c'était un accident. Princesse est une brave bête. John a trouvé le problème. Lorsque Judith est montée, son poids et le mien ont fait une pression sur un rivet de la selle et Princesse a eu très mal. C'est tout !

Si tout était si simple, se dit Érik, le silence de Marise s'expliquait plus mal encore. Une ambiguïté demeurait. Cependant, cette peccadille ne devait pas briser l'ambiance de la fin semaine. Elle ouvrait la porte à une discussion sérieuse, mais ce n'était ni le moment ni l'endroit pour l'entamer. Érik libéra Marise de son étreinte et pénétra dans l'enclos. Il se dirigea vers Irving. L'étalon tout noir hennit de nouveau et vint à sa rencontre.

Marise avait l'impression d'avoir été mise de côté comme une menteuse et elle détestait cette sensation. Elle méritait mieux après les tourments endurés depuis le dimanche précédent. Pourtant, elle n'allait ni se défendre ni même s'expliquer. S'approchant d'Érik jusqu'à ce que seule son ombre les sépare, elle colla sa joue à son dos et passa ses bras autour de sa poitrine. Elle le retint prisonnier entre elle et Irving, l'empêchant de voir son regard et sa lèvre tremblante qu'elle mordait pour ne pas pleurer.

– Érik, dit-elle. Je veux seulement que tu saches que je t'aime plus que tout au monde et que j'ai besoin de toi.

Il virevolta et prit sa main.

– Je sais, Marise. Je sais que tu m'aimes.

Irving bougea nerveusement. Un couple d'hirondelles inquiet de sa progéniture venait de raser le sol, puis était remonté en frisant leurs têtes. Le cri des oiseaux avait causé la diversion rêvée pour passer à autre chose. Sans se rendre compte qu'ils avaient pris le sentier qui les mènerait au bord de l'eau, Érik et Marise marchaient silencieux, très près l'un de l'autre.

Comme lorsqu'il était gamin, Érik attrapa quelques cailloux et les lança dans la rivière, puis il s'assit sur le tronc d'arbre. N'y avait-il donc aucune autre manière de prendre place sur cet arbre desséché? se demanda Marise. La semaine précédente, John aussi s'était assis de cette façon, la laissant debout à regarder la rivière fuir éperdument en butant contre les obstacles sans tenir compte de leur présence. C'était cette image du couple dominant les alentours qu'à leur insu Judith avait tracée sur une feuille de son bloc à dessins.

Marise eut soudainement envie de quitter la rivière et de rentrer faire du café, de s'affairer dans la maison, de vivre avec Érik comme aux premiers temps après leurs retrouvailles. Mais quand l'arôme du café embauma la maisonnette, elle souhaita déjà être ailleurs. Elle se sentait mal partout; même dans son corps elle était à l'étroit.

Elle sortit sur la galerie.

Devant elle, le trottoir qui s'arrêtait à la haie de thuyas prenait une dimension étonnante. De chaque côté s'alignaient des rangées de fleurs, celles qu'elle avait plantées, mais d'autres aussi, nouvellement mises en terre. John s'était chargé des fleurs qu'elle s'était attendue à retrouver mortes dans leurs boîtes. Il avait terminé le travail qu'elle avait abandonné à cause de lui, en respectant son plan, l'agencement des couleurs... Il avait pensé à elle, encore !

– Tu viens avec moi, Érik ? demanda-t-elle en appuyant son visage contre la moustiquaire. J'ai envie de galoper jusqu'au village.

– Maintenant, comme ça ? s'enquit-il.

– Oui ! Tout de suite.

Marise se dirigea immédiatement vers l'enclos des chevaux. Elle posa une selle sur les reins de Princesse. Il était évident qu'elle n'attendrait pas Érik. Mais, la piste étant à découvert sur une bonne distance, il saurait facilement la retrouver, se dit-il.

Il avait cru qu'elle irait à la cabane à sucre qu'on venait tout juste de nettoyer, mais Marise continua sa course folle en ligne droite à travers la campagne. Lorsqu'il la rattrapa, elle était descendue de sa monture et avait appuyé sa tête contre le flanc de la bête. Son cœur battait aussi fort que celui de Princesse. Des larmes coulaient à flots sur ses joues.

– Viens, ma chérie, dit-il. Viens, allons nous asseoir sur le tas de planches là-bas.

– Je ne pourrai pas marcher jusque-là. Érik, je suis lasse. Je ne sais pas ce qui se passe en moi. J'ai peur.

Érik lui retira les rênes des mains et la porta dans ses bras. Les bêtes broutaient l'herbe fraîche. Lui, il attendait que les larmes de Marise cessent.

19

Judith aidait Yvonne à préparer les sandwichs en bavardant comme une pie. Ses propos, souvent ponctués d'éclats de rire, n'atteignaient pas Yvonne, dont l'attention s'était portée sur des dessins exposés à sa vue.

– Tu aimes mes dessins ? interrogea la fillette.

– Ils sont très ressemblants.

– Tu as vu la moustache de John ?

– Tu as vraiment beaucoup de talent.

– Je n'ai pas eu le temps de terminer celui où maman et John discutaient appuyés contre l'abri des chevaux parce que maman s'est sauvée en courant. L'autre est mieux fait. Ils ont parlé longtemps au bord de la rivière.

Yvonne écoutait en se défendant de poser un jugement sur ce qu'elle entendait et sur ce que pouvaient représenter les dessins de Judith. Cependant, des soupçons montaient en elle au sujet des comportements étranges de Marise depuis sa précédente visite à la maison du bord de l'eau.

Depuis quelques semaines, voire quelques mois, Yvonne avait cru percevoir une certaine mélancolie, une indifférence inhabituelle chez la femme de son cousin. Toutefois, son enthousiasme à préparer son voyage là-bas, à choisir ce qu'il fallait pour fleurir sa cour, l'avait rassurée. Avait-elle mal interprété ses états d'âme en se disant que Marise passait une période creuse à cause des fréquentes absences d'Érik? Les croquis de Judith venaient tout remettre en question.

– Tu veux que je t'aide, tante Yvonne? Tu mets du beurre toujours à la même place, dit Judith en posant sa main collante sur celle d'Yvonne.

Yvonne lui sourit gentiment et plaça le beurre devant la fillette. Elle fit taire les pensées qui l'avaient distraite. Le respect de l'intimité qu'elle s'était imposé à elle-même, qu'elle avait imposé aux autres, l'exigeait.

La préparation des sandwichs terminée, Judith mit la collation dans un panier doublé d'un tissu à carreaux rouges. Son esprit de décision stupéfiait Yvonne. Elle ne pouvait s'empêcher de la comparer à un autre enfant, qui n'en avait jamais eu autant de toute sa misérable existence.

Yvonne avait cru que Judith déborderait d'énergie. Pourtant, après qu'elles eurent mangé, la fillette ne fit qu'une esquisse du paysage. La concentration n'y était pas; elle avait trop hâte d'aller voir le petit David. Yvonne lui rappela sa promesse de pondre un chef-d'œuvre avant de retourner chez elle. Judith vint vers elle. Une moue irrésistible anima son visage.

– Je n'arriverai jamais à faire un dessin assez beau pour toi, tante Yvonne.

– Quelle vilaine enjôleuse tu fais! Allez! Tu as gagné, nous partons.

Elles ramassèrent tout en vitesse et rentrèrent directement à l'appartement. Judith alla sur le balcon pendant qu'Yvonne refaisait un brin de toilette. La sonnerie du téléphone se fit entendre. Yvonne croyait que Judith irait répondre, mais la fillette n'avait rien entendu. Personne n'était au bout du fil quand Yvonne souleva enfin le récepteur.

– Qui a téléphoné? demanda Judith en entrant dans la pièce.

– Je ne sais pas. On va sans doute rappeler plus tard.

Personne n'avait encore rappelé lorsqu'elles se mirent en route pour l'hôpital.

À leur arrivée là-bas, de nombreuses personnes attendaient devant l'ascenseur. Impatiente, Judith surveillait le témoin lumineux. Lorsque les portes s'ouvrirent, elle n'attendit même pas que les gens en sortent pour se faufiler tout au fond.

Yvonne ne fut pas la première à la rejoindre : Fabienne aussi montait à la pouponnière.

– Marraine! Ce que je suis contente de te voir. Nous allons tous voir David!

Fabienne sourit distraitement à Judith, qui avait pris sa main.

– Les gens sont d'une lenteur aujourd'hui, murmura-t-elle.

Arrivée à l'étage, craignant d'être abandonnée au fond de l'ascenseur, Judith chercha Yvonne des yeux, car Fabienne s'était précipitée vers la sortie sans l'attendre. Elle avait salué distraitement Yvonne, comme si ce qu'elles avaient vécu ensemble ne comptait plus. Soudain gênée d'être là, Yvonne lui demanda si Brian viendrait aussi.

– Il m'a laissée à la porte pour aller garer l'auto. Il m'a dit de ne pas l'attendre. Il savait que je ne l'aurais pas attendu de toute façon.

Le demi-sourire qui marqua la fin du propos de Fabienne rassura Yvonne, qui risqua un « Comment allez-vous ? » suffisamment chaleureux pour qu'elle comprenne que sa question n'avait rien de superficiel, mais Fabienne n'avait plus le temps de répondre. Elle avait aperçu David, qui était tout près de la vitre. Le poupon emmailloté bougeait ses petits poings fermés et ouvrait démesurément la bouche. Le front plaqué contre la vitre, Fabienne en voulait à la vie de la priver du bonheur d'offrir le sein à son bébé, ce sein tout à coup trop douloureux qui l'obligeait à courber les épaules et la faisait grimacer à son tour.

– Ce qu'il est petit ! s'écria Judith.

Brian les rejoignit bientôt. Croyant qu'on avait approché David de la vitre pour les visiteuses, il attendit un moment avant de demander à Fabienne pourquoi elle ne profitait pas de son privilège d'aller à l'intérieur.

– David était déjà là quand nous sommes arrivées, et j'ai oublié que je pouvais entrer.

Tout à coup pressée de toucher son enfant, Fabienne se précipita vers l'entrée de la pouponnière. La présence des autres ne comptait plus pour elle.

D'un surprenant mutisme, Judith observait les lieux, se retournait au passage des infirmières et des patientes en robe de chambre. Elle semblait moins intéressée au bébé qu'à cette agitation inhabituelle. Brian aussi était devenu muet. Il s'interrogeait sur la raison qui avait amené l'infirmière à approcher David avant l'arrivée de ses parents.

L'atmosphère n'avait rien de joyeux, contrairement à ce qu'Yvonne avait imaginé. La froideur de Fabienne n'était pas étrangère au sentiment de déception qui l'habitait. La femme qui berçait son bébé était différente de celle qu'elle avait côtoyée ces derniers jours. L'instinct de possession de Fabienne la coupait du monde entier.

Comme il était encore tôt lorsqu'elles quittèrent l'hôpital, Judith avait proposé de faire un tour de ville. Une idée vint à Yvonne.

– Tu aimerais aller à Westmount? Je te montrerais l'endroit où j'habitais avant mon mariage.

Judith ne manifestant aucun enthousiasme pour cette destination en particulier, Yvonne eut envie de faire marche arrière. Qu'allait-elle trouver après tant d'années? Le moment était-il bien choisi pour vivre une émotion si longtemps refoulée, un désappointement peut-être? Un serrement au creux de sa poitrine l'assaillit. Dans son esprit, des visages renaissaient, avec la vigueur de leur jeunesse. Il y avait sa mère et son père, ces êtres exceptionnels qui avaient rêvé d'une fille autonome mais avaient ignoré sa déchéance de femme amoureuse.

Une automobile klaxonna. Yvonne venait de brûler un feu rouge. Sa distraction lui valut les reproches de Judith.

– On aurait pu avoir un accident, comme celui qu'on a vu sur la route, maman et moi, l'autre soir. Il y avait une femme et une petite fille dans cet accident-là, grogna la gamine en vérifiant sa ceinture de sécurité.

Yvonne ne crut pas nécessaire de se justifier et annonça qu'elles rentraient à la maison.

20

Érik avait retenu Irving, impatient, toujours prêt à faire la course contre Princesse, qui marchait devant en emportant Marise. Ils n'étaient plus qu'à quelques mètres de la piste qui longeait l'érablière. S'arrêter à cet endroit après chaque promenade faisait partie d'un rituel si bien implanté que Princesse ralentit et attendit l'ordre de poursuivre sa route du même pas.

À l'une des fenêtres de la cabane à sucre, John Pérusse observait le couple à dos de cheval, particulièrement la silhouette de la femme qui fixait la crinière de Princesse. Lorsque Érik avait tourné la tête en direction de l'érablière, John s'était accroupi, comme s'il n'avait pas le droit d'être là. Le couple dépassa le petit boisé d'aulnes, et John retourna chez lui à travers bois.

Marise descendit de sa monture et entra immédiatement dans la maison. Érik se chargea des deux bêtes pour lui laisser du temps à elle avant qu'il la rejoigne.

Assise devant le foyer, elle repensait à la discussion qu'ils avaient eue après qu'Érik l'avait assise sur les planches empilées. Les jambes pendantes, le visage à la hauteur du sien, ses forces lui étaient revenues. Érik avait pris ses bras, l'avait obligée à les mettre autour de son cou. Il l'avait implorée de lui dire ce qui la perturbait au point de provoquer ses comportements étranges.

Trop de larmes emprisonnaient ses paroles au fond de sa gorge, et Érik n'avait pas insisté. Il lui avait tourné le dos, la laissant deviner ses pensées. Lui aussi, dans le temps, avait impulsivement parcouru ce champ. Il n'avait pas pleuré, car ce sont les femmes qui pleurent ; les hommes fuient, ils s'épuisent, se cachent, quand ils ont, comme Marise, mal à leur âme.

De nouveau face à elle, Érik avait posé sa tête sur son épaule. Le vent les avait décoiffés tous les deux, et avait séché les larmes de Marise. Des paroles, d'abord hésitantes, étaient alors venues sur ses lèvres. Elle avait encore une fois parlé de son besoin de retourner au travail, de son envie de se sentir utile, d'être reconnue pour sa valeur propre.

Où allait-elle chercher cette idée qu'elle n'était pas utile ? se demandait Érik. Au contraire, elle était très utile, et capable de tellement de choses pour combler ceux qui l'aimaient. Il ne comprit pas qu'elle lui criait sa détresse devant la perte d'estime d'elle-même. Elle s'était enterrée dans un monde que les circonstances avaient choisi pour elle. Érik et elle avaient été tellement heureux après leurs retrouvailles ; rien d'autre ne pouvait compter, surtout pas le prix à payer pour conserver leur bonheur.

Érik lui avait demandé de lui expliquer ses regrets. Mais s'agissait-il de regrets ou d'un constat ? Elle avait étouffé ses rêves et ses ambitions en se racontant des histoires, en se disant que sa place était auprès de leur fille jusqu'au jour où elle serait libre de reprendre sa vie en main et de faire de grandes choses aux côtés de son mari. Ce temps-là était arrivé, mais, il fallait bien se rendre à l'évidence, la source de son déséqui- libre émotif était plus profonde, plus subtile. Il ne lui suffirait pas de retourner au travail pour que disparaisse le sentiment qu'elle s'était sacrifiée de peur de perdre l'amour de cet homme, pour ne pas lui déplaire dans ce qui lui était le plus cher, sa fille Judith, qui avait remplacé l'autre.

Les larmes avaient refait surface, et toute discussion était devenue impossible. Ils avaient repris le chemin du retour. Maintenant qu'elle était dans la maison de l'enfance d'Érik, elle avait l'impression de respirer un air qui appartenait à d'autres, un air qui ne pouvait satisfaire son besoin de fraîcheur. Des images allaient et venaient dans son esprit, des images dictées par la raison, qui lui refusait le droit d'être malheureuse alors que la vie était si généreuse avec elle. N'avait-elle pas, en ville, une belle grande maison, avec des verrières donnant sur un parc, et, plus important encore, une fille, talentueuse, intelligente et gentille, des amis, une cousine? Elle arrêta là sa réflexion. «Yvonne», murmura-t-elle sans trop savoir pourquoi, comme si elle devait prononcer son nom pour juger de sa résonance dans son esprit. Ce qui vint alors ne devait pas être. Elle fit taire ses pensées et chercha de quoi se distraire. Son attention se porta sur la plus petite des choses autour d'elle, une feuille de fraisier qui s'était probablement accrochée à son soulier. Elle se pencha pour la ramasser et, du bout du doigt, toucha la dentelle qui en colorait le pourtour.

Il y avait aussi de la dentelle autour des draps brodés de tante Judith. Ces draps qu'elle avait lavés, puis rangés dans une boîte. Dans le lit collé au mur de la chambre, des draps à fleurs avaient pris leur place.

Marise se leva. Elle passa devant la chambre sans tourner la tête de ce côté et alla à la fenêtre. Érik était toujours dans l'enclos. La tête basse comme quelqu'un qui réfléchit, il brossait sa bête avec une lenteur calculée. Ça doit être ça, la misère des riches, se dit-elle. La plus belle demeure, le plus beau lieu de repos peuvent-ils remplir une vie? Peu à peu, l'image d'Érik fut remplacée par celle d'un autre. John était là, faisant les mêmes gestes.

John Pérusse aussi cherchait à survivre. Mais pourquoi lui avait-il raconté sa détresse, lui avait-il crié son amour? Au moment où Marise cherchait son équilibre comme une fildefériste, pourquoi avait-il secoué sa corde fragile?

Du temps s'était écoulé. Intérieurement, Marise remerciait Érik des instants de solitude qu'il lui avait accordés, mais, tout à coup, elle eut envie de le retrouver.

Érik vint à sa rencontre avec naturel, comme si rien ne s'était passé là-bas dans le champ. Il lui dit simplement qu'à l'avenir, ils allaient devoir ménager Princesse.

– Princesse est malade?

– Non, au contraire. Je crois que Judith aura enfin un poulain bien à elle.

– Princesse?

Marise s'en voulut. À cause de ses humeurs incontrôlées, elle avait agi de façon inconséquente. Elle avait poussé Princesse jusqu'à ce que l'écume déborde de sa bouche.

Érik devina ses pensées, ses remords surtout.

– Les chevaux sont faits pour la course, dit-il. Princesse va très bien, je t'assure.

– C'est John qui t'a dit qu'elle était enceinte?

– Oui. Hier, au téléphone. J'ai voulu te réserver la surprise.

C'était donc de Princesse que s'entretenaient les deux hommes au téléphone alors qu'elle s'inquiétait. Marise se sentit plus légère. Pendant un instant, elle put regarder ailleurs que dans sa tête, profiter de la chaleur du soleil.

Érik passa son bras autour de sa taille et l'entraîna vers la maison. La montagne était splendide à cette heure du jour. Elle lui parut immense, dressée devant lui, aussi difficile à atteindre que Marise, à qui il voulait parler d'autre chose. Son désir de retourner au travail l'obligeait à lui confier les idées qui trottaient dans sa tête depuis quelques semaines.

Marise s'inquiéta de l'air sérieux d'Érik.

– Que se passe-t-il ? s'enquit-elle.

– La semaine dernière, je t'ai parlé des difficultés que nous avions à Vancouver. Brian et moi avons décidé de laisser aller les choses. Je me suis rarement trompé en affaires parce que j'ai toujours suivi mon instinct. Cette fois, cependant, les obstacles se multiplient, et je me questionne sur notre décision parce que Brian ne peut assumer autant de responsabilités tout seul.

– Tout seul ? Et toi, alors ?

– C'est là mon problème, notre problème, Marise. J'ai déjà dépassé l'âge auquel j'avais prévu me retirer des affaires. Et...

– Tu songes à prendre ta retraite ?

Voilà que, pour la première fois, leur différence d'âge allait poser un problème. Érik était un homme en pleine forme physique, malgré les cheveux blancs qui étaient apparus graduellement, qui avaient adouci ses traits et lui avaient donné encore plus de charme. Il pensait à sa retraite au moment où Marise le suppliait de la reprendre dans la lutte. Maintenant qu'elle avait atteint l'âge où la plupart des femmes de sa génération recommencent à travailler à l'extérieur, à se réaliser dans toutes sortes de domaines, lui demanderait-il de se sacrifier encore?

Ils n'étaient pas entrés dans la maison. Assis sur la galerie, les pieds sur la seconde marche, ils étaient côte à côte, et pourtant si loin l'un de l'autre tout à coup. Douze années les séparaient, et leurs rêves respectifs encore davantage. Érik se voyait mal demeurer à la maison pour attendre Judith à son retour de classe. Marise était tout aussi mal à l'aise à l'idée d'aller au travail en sachant qu'il resterait à les attendre. Tout à coup, le ridicule de la situation lui sauta aux yeux. Ce qui semblait inacceptable pour le futur était exactement le reflet de sa vie à elle depuis la naissance de sa fille. Elle faillit éclater de rire.

Érik n'avait pas dit le fond de sa pensée. Sa décision subite devait protéger Marise. Il ne la sentait pas prête à reprendre le travail. Dans son état de détresse, elle était fragile et risquait d'être confrontée à un échec.

– Si nous partions en vacances, toi et moi? proposa-t-il. Quand Fabienne et Brian seront remis de la naissance du bébé, je serai plus libre et nous pourrions aller quelque part en Europe ou ailleurs. À toi de choisir l'endroit. À notre retour, nous aurons pris plusieurs décisions. Si je continue à la Valross et que tu reprends le boulot, il faudra aussi penser à Judith.

– J'ai déjà pensé à elle. Les parents de Frédérika retournent dans leur pays. Cela veut dire que Judith va perdre sa meilleure amie et se retrouver seule. Elle m'a demandé de l'inscrire dans un collège où elle pourrait poursuivre son apprentissage du violon. Ce n'est pas la première fois qu'elle me fait part de son désir d'être pensionnaire. Tu sais qu'il faut prendre notre fille au sérieux. Elle envisage déjà le moment où elle devra quitter la maison pour pouvoir devenir une vraie musicienne.

– On arrive réellement à la croisée des chemins, dit Érik.

Marise ne répondit pas à sa réflexion. Elle pensait à leur promesse de ramener le violon à Judith. Avait-elle bien fait d'insister auprès de son mari ? Le jour où cet instrument serait présent dans leur vie, ne raviverait-il pas des souvenirs, ne ferait-il pas renaître des fantômes ? Sous les attentions d'Érik pour Judith, y avait-il encore une part de regrets de n'avoir pu en avoir autant pour l'autre, pour Évelyne ?...

21

Le soleil allait se retirer derrière le mont Royal. Le calme relatif de l'autoroute avait incité Yvonne et Judith à demeurer à l'extérieur. Sous le regard attentif d'Yvonne, Judith dessinait tranquillement.

La sonnerie du téléphone retentit. Cette fois, Yvonne se hâta de répondre. Elle reconnut aussitôt la voix de Lucie Bernard. L'infirmière du centre d'hébergement Victor-Paré s'excusa de l'importuner chez elle durant la fin de semaine et expliqua que l'état de Mme Aurelyne lui avait commandé de le faire.

– Mme Aurelyne ? Que se passe-t-il ?

– Elle essaie de dire des choses que personne ne comprend. On pense qu'elle vous demande. Si vous pouviez venir...

L'état de santé de sa protégée s'était détérioré et on la réclamait à son chevet, voilà ce que comprit Yvonne. La sensation bizarre qui l'envahissait était semblable à celle qu'elle avait ressentie des années auparavant lorsqu'on l'avait appelée auprès de sa mère mourante. Elle écoutait à peine Lucie Bernard lui dire sa conviction que, cette fois, la fin était proche. Un regard en direction de Judith lui rappela qu'elle n'était pas libre de courir au chevet de Mme Aurelyne.

– Il faut que je réfléchisse, dit-elle. Je vous rappelle.

Le ton de sa voix, puis sa façon de retenir l'écouteur au-dessus de l'appareil après que sa conversation fut terminée firent imaginer le pire à Judith. C'était certainement une mauvaise nouvelle qui troublait Yvonne. Une image s'anima dans l'esprit de la gamine. Elle revoyait sa mère étendue sur le sol.

– Qu'est-ce qu'il y a? demanda-t-elle. Qui a téléphoné? Est-ce papa ou... maman?

– Non, ma chérie!

– Alors, c'est ma marraine, ou le petit David, n'est-ce pas?

Le regard de Judith implorait. Quelle était la cause de tant de tristesse chez Yvonne?

– L'appel venait de l'endroit où je travaille. Une amie à moi, une vieille dame que j'aime beaucoup, est très malade. Si j'attends à demain pour aller auprès d'elle, j'ai peur qu'elle nous ait quittés.

– C'est ton amie et elle va mourir cette nuit? Il faut aller la voir tout de suite, alors.

Judith retira le téléphone des mains d'Yvonne et composa le numéro de Brian et Fabienne. La solution était à portée du doigt. Vingt minutes plus tard, elle montait dans la voiture de Brian.

Yvonne partit aussitôt. Elle ne supportait pas l'idée d'arriver trop tard et de se retrouver devant un corps inerte, recouvert d'un drap blanc, ou, pire encore, dans une pièce vide. Dans ce type de maison, le fait de désinfecter un lit, de vider des tiroirs, a quelque chose de définitif qui vous rappelle la précarité de la vie. Dans le cas de Mme Aurelyne, cette réalité serait douloureuse. Yvonne s'était attachée à cette femme fragile et silencieuse. Elle l'aimait pour elle-même, pour la richesse de son dépouillement.

Le hall du centre d'accueil était désert. La plupart des patients avaient regagné leur chambre. Yvonne se dirigeait vers celle de Mme Aurelyne quand, sortant en trombe d'une salle de soins, la préposée Louise se retrouva face à face avec elle.

– Je vous ai téléphoné cet après-midi, dit Louise.

– C'était donc vous.

– J'ai cru que vous n'arriveriez jamais. L'infirmière est auprès d'elle, ça ne va pas du tout. Moi, je pense que, tout ça, c'est à cause de cet homme qui est venu ici. Mme Aurelyne n'avait jamais eu de faiblesses avant. Le pire, c'est qu'elle va partir sans rien dire.

Qui était ce mystérieux visiteur? Pourquoi avait-on omis de mentionner sa présence à Yvonne? Ce fait exceptionnel avait certainement une importance puisque, depuis qu'on avait accueilli cette brave femme, jamais personne n'avait demandé à la voir. Ni Louise ni Yvonne n'avaient de réponse aux questions que soulevait ce mystère. Elles partirent donc chacune de leur côté.

La chambre de Mme Aurelyne était faiblement éclairée. Tout à coup, Yvonne détesta l'odeur qui provenait de cette pièce devenue l'antichambre de la mort. Lucie Bernard se tenait auprès du lit. Elle devait attendre Yvonne, car, dès que la porte s'ouvrit, elle annonça sa présence à Mme Aurelyne, qui ouvrit les yeux. Un maigre sourire sur les lèvres, elle tendit une main. Yvonne reçut cette main froide comme une offrande et la porta à sa joue.

– Je suis là, dit-elle à mi-voix. Je ne vous quitterai plus.

L'infirmière se retira en douce. La présence d'Yvonne rassurait tout le monde, et surtout Mme Aurelyne. Leur dernière chance de communiquer était arrivée, la vieille dame l'avait compris. Un son émana de sa gorge, suivi d'autres syllabes tout aussi inaudibles.

– Que voulez-vous me dire ? C'est mon nom que j'ai entendu, n'est-ce pas ?

Un signe de tête tint lieu de réponse. Heureuse et désespérée à la fois, Yvonne se blâmait de n'avoir pas assez insisté auparavant. Maintenant, la mort allait emporter cette femme et ses secrets.

Mme Aurelyne ouvrit tout grand la bouche et indiqua la chaise du doigt. Yvonne ne voulut pas y prendre place, préférant demeurer près du lit. Elle questionna la vieille dame, sur ses enfants, sur sa jeunesse, espérant qu'elle lui réponde d'un signe quelconque. Il était inutile d'insister cependant, car Mme Aurelyne pointait toujours son doigt en direction de la chaise, obligeant ainsi Yvonne à s'y asseoir. Celle qui partait en silence avait fini par lui faire comprendre qu'elle désirait entendre la suite du récit brusquement interrompu quelques jours auparavant. Qu'avait-elle à faire de ses confidences en pareil moment ?

Yvonne se laissa choir dans le fauteuil et la regarda, incapable de prononcer une parole. Les cheveux ainsi attachés au ras de son épaule, cette femme, dont le calme soudain avait effacé les rides, était jolie. Où était la justice ? Pourquoi des êtres humains mouraient-ils sans que personne ait été témoin de leur existence ?

Le récit d'Yvonne avait moins d'importance que sa présence aux côtés de Mme Aurelyne. Mais, par où commencer, ou quoi inventer ? Tout à coup se remit à vivre la jeune fille sportive qui adorait les longues randonnées en bicyclette, le patinage, celle qui n'avait peur de rien et qui s'était éloignée de ses parents pour faire ses études à Sherbrooke. Cette fille aux qualités indéniables avait refusé tous les prétendants avant de jouer à la grande âme auprès d'Étienne Rivard. Elle s'était prise à son jeu et, pour son malheur, seul Étienne avait compté. Et le reste ? Il n'en existait plus aucune trace ; sur ce point, sa vie était identique à celle de Mme Aurelyne.

Yvonne fit une pause et essuya une larme. Sur qui pleurait-elle ? Elle n'osa s'interroger, et allongea la main pour toucher celle de la dame agonisante. Mme Aurelyne émit un son rauque. Elle désirait qu'elle continue. Yvonne n'avait rien d'autre à dire, sauf que, sans la venue d'Érik Valcourt dans sa vie, elle aussi aurait fini ses jours dans une petite chambre sans visiteurs.

La main de Mme Aurelyne devint molle. Aucun signe de vie ne l'animait plus. Étrangement calme, elle semblait s'être endormie en souriant.

Des larmes coulaient sur les joues d'Yvonne. Elle demeura penchée au-dessus de la vieille femme jusqu'à ce qu'elle entende une voix d'homme derrière la porte.

– Madame Rivard, est-ce que je peux entrer ?

C'était Alexandre Leroux. Yvonne épongea son visage et alla ouvrir.

– Je suis vraiment confus de vous déranger. La préposée m'a dit que vous étiez là. J'aurais voulu vous attendre encore, mais il faut vraiment que je parte. C'est pour ça que j'ai pris la liberté de frapper.

– Vous avez bien fait. De toute façon, tout est fini pour elle.

Yvonne se retourna vers l'intérieur de la chambre. Ce dernier regard tint lieu d'adieu à Mme Aurelyne.

Maintenant, elle était libre de parler à Alexandre Leroux, à qui elle donna rendez-vous dans le petit salon près du poste des infirmières.

Ses yeux rougis avaient touché Alexandre. Cette femme avait pleuré au chevet d'une étrangère. Les journaux et la télévision ne mentionnent jamais de telles choses lorsqu'ils parlent de ce qui se passe dans les centres d'hébergement, se dit-il.

Quand elle le rejoignit, elle lui sembla plus fragile. Ses yeux encore rouges et d'un éclat surprenant le questionnaient. Pourquoi tenait-il tant à lui parler?

— Un de mes chauffeurs s'est blessé. Je suis le seul à pouvoir prendre la relève. Je ne pouvais partir sans vous dire au revoir et vous annoncer que Suzanne déménagera dès mon retour.

— Suzanne s'en va?

Après avoir imaginé la chambre de Mme Aurelyne inoccupée, Yvonne devait maintenant accepter que celle de Suzanne Leroux le serait aussi. Elle s'était refusé le plaisir de créer des liens avec Suzanne parce qu'elle savait qu'elle ne demeurerait pas longtemps à cet endroit. Pour la jeune fille, les transferts successifs étaient déjà assez difficiles; si on devait rompre des liens nouvellement tissés, elle en éprouvait un grand déchirement.

— Je suis heureuse pour Suzanne, dit-elle. Ç'aurait été encore mieux si elle avait pu rester quelques jours supplémentaires à l'hôpital. Cela lui aurait évité un traumatisme de plus.

Cette possibilité avait déjà effleuré l'esprit d'Alexandre. Mais, si Suzanne n'était pas passée par le centre Victor-Paré, il n'aurait jamais su qui était cette femme qu'il avait croisée en sortant de l'hôpital. Il regarda Yvonne sans oser lui faire part du sentiment que suscitait cette pensée. Il devint plus sombre encore.

– Vous trouvez cela difficile, n'est-ce pas ?

– Difficile, c'est le mot juste. Avant la mort de Maria, j'ignorais ce que c'était de vivre avec un enfant handicapé. J'étais souvent en dehors de la ville et ma femme s'occupait bien de Suzanne. Maintenant, je comprends combien Maria a été prisonnière de Suzanne. Et dire qu'elle m'avait convaincu qu'elle vivait des choses extraordinaires avec la petite.

Yvonne mit sa main sur le bras d'Alexandre. Il était demeuré debout, comme s'il n'avait pas eu le droit de rester là, de lui voler de son temps. Elle ne savait trop si elle devait ajouter quelque chose ou simplement laisser sa main sur ce bras qui tremblait. Elle hésitait encore quand une infirmière vint interrompre leur entretien en lui faisant signe qu'elle voulait lui parler. Alexandre ne voulut pas la retenir plus longtemps.

– Je voulais vous remercier de votre gentillesse. Peut-être qu'un de ces jours nous pourrions aller manger ensemble, comme de bons amis.

L'idée d'un tête-à-tête avec cet homme lui plaisait. Tout comme Charles Gaumond, il serait de bonne compagnie, pensa-t-elle. De plus, Alexandre Leroux était libre.

Lucie Bernard attendait la présence d'un témoin pour ouvrir le livret de prières de Mme Aurelyne. Yvonne reconnut cette petite chose défraîchie qu'on avait retrouvée sous son oreiller.

– Elle le gardait toujours auprès d'elle, depuis qu'elle était alitée, fit-elle remarquer.

– Il y a peut-être des choses importantes à l'intérieur. On ne sait jamais. Ses dernières volontés, par exemple. Il faut l'ouvrir.

L'objet avait quelque chose de ressemblant avec la vieille dame. Ses coins arrondis et rentrés vers l'intérieur s'apparentaient à son maintien. Mme Aurelyne courbait les épaules comme pour se faire encore plus petite, pour devenir presque invisible dans son fauteuil beaucoup trop grand pour elle. Cette image de la petite femme inspira de la tendresse à Yvonne et fit naître un sourire sur ses lèvres.

– J'aimerais que vous ouvriez le livre vous-même, dit Lucie Bernard. Je pense que Mme Aurelyne aurait souhaité que ça se passe de cette façon.

Lorsque Yvonne eut défait les cordons du livret, elle découvrit à l'intérieur une enveloppe pliée en trois.

– Une lettre qui m'est adressée ! dit-elle, estomaquée.

– Il fallait s'y attendre, n'est-ce pas ?

Se sentir si près de connaître la vérité donnait à Yvonne l'impression d'être une intruse, tout en lui inspirant de la gratitude pour la confiance que lui témoignait la vieille dame. Lucie Bernard s'impatientait, alors elle commença à lire avec lenteur et respect, à haute voix, du début à la fin, s'arrêtant parfois pour essuyer une larme.

Aurelyne Jolivet était née à Saint-Georges de Beauce. À la fin des années quarante, encore toute jeune fille, elle avait quitté la région pour travailler comme bonne à tout faire chez des particuliers à Montréal. L'amour avait peu d'importance pour cette fille réservée et timide qui entretenait la certitude qu'aucun homme ne voudrait d'elle. Pourtant, après deux mois de fréquentations, elle avait épousé un homme dont elle ne mentionnait cependant pas le nom. La lune de miel avait été aussi brève que les fréquentations. Les premiers enfants étaient venus vite, trois garçons aux cheveux bouclés comme leur père en cinq ans. Plus tard, alors qu'elle ne croyait plus la chose possible à cause de ses accouchements difficiles, une petite fille était née.

Aurelyne était souvent seule à la maison. Son mari était laitier, il partait tôt et ne rentrait qu'à l'heure du souper. Il flânait ici et là, souvent à la taverne. Des rumeurs couraient. Au cours de sa tournée matinale, la voiture du laitier s'arrêtait longtemps devant certaines maisons où la femme était seule. À l'épicerie, on chuchotait quand Aurelyne allait faire ses emplettes avec ses enfants. Elle avait feint d'ignorer les commérages jusqu'au jour où un homme était venu chez elle avec un poupon emmailloté dans les bras. C'était une petite fille en tout point semblable à la sienne. L'homme l'avait déposée sur la table de la cuisine. Il ne voulait pas élever la fille du laitier, avait-il lancé en jurant.

Cet événement avait été la goutte d'eau qui fait déborder le vase. Aurelyne avait demandé à quelqu'un de garder les enfants et elle était partie. Le soir même, son mari l'avait retrouvée chez une amie. Son refus de rentrer avec lui avait déterminé le reste de sa vie. Sans argent, incapable de se défendre, elle demeura chez son amie jusqu'à ce qu'elle trouve un travail assez près pour voir ses enfants chaque jour. Deux semaines plus tard, elle perdait son emploi, et son mari n'était pas étranger à son congédiement. Ce fut le début de son exil. Elle avait repris un travail de bonne à tout faire, mais son mari s'arrangea encore pour la faire renvoyer; cette fois, il avait payé quelqu'un pour la faire passer pour une voleuse. Elle s'éloigna, se disant que la distance lui permettrait de retrouver un certain équilibre. Cependant, avec le peu qu'elle gagnait, elle ne pouvait rendre que de courtes visites à ses enfants, des visites qui d'ailleurs devenaient de plus en plus pénibles parce qu'on l'avait salie à leurs yeux. Ses fils ne voulaient plus la voir et la petite fille n'était jamais présente. Un jour, son fils aîné lui apprit que leur sœur avait été adoptée. Les démarches qu'elle entreprit pour reprendre ses enfants échouèrent. C'était elle qui les avait quittés, lui dit-on. S'appuyant sur la seule version du mari, ses propres parents s'étaient désintéressés d'elle. On l'avait traitée comme si elle avait été morte, et ce fut le début de son long silence.

Aurelyne Jolivet travailla dans une manufacture, se tenant toujours à l'écart, ne parlant à personne. On avait commencé à l'appeler la muette, alors elle avait joué le jeu. Des années plus tard, surprise en pleine rue par un malaise subit, elle se retrouva à l'hôpital sans aucune pièce d'identité. Cette fois, c'était vrai, elle ne pouvait plus parler. Elle s'était enfuie et avait pris le premier autobus qui sortait de la ville. Elle en était descendue quelque part au hasard. Elle s'était mise à l'abri sous un arbre au milieu d'un champ. Le propriétaire la trouva et lui offrit un lit à condition qu'elle fasse un peu de ménage. Lorsqu'il ne put plus la garder, il l'emmena au centre d'hébergement.

Toute l'histoire de Mme Aurelyne était contenue dans ces pages que tenait Yvonne. Émue et triste jusqu'au fond de l'âme, elle regarda ensuite la photo qui les accompagnait. Qu'étaient devenus ces garçons? Qui avait élevé la petite, dont on ne voyait plus le visage ? Plus rien ne pouvait changer le destin. Cependant, si au ciel il y avait un endroit pour les saints, Aurelyne Jolivet y était déjà.

Lucie Bernard dit qu'elle respecterait le dernier vœu de la défunte : elle envelopperait son corps dans un drap blanc et le laisserait reposer devant l'autel de la chapelle pendant une heure. Ensuite, les employés du salon funéraire l'emporteraient et le traiteraient comme celui d'un sans-abri. C'était sa volonté, personne n'avait pas le droit d'intervenir. Il ne restait plus à Yvonne qu'à quitter les lieux.

Revenue à l'appartement, elle se laissa choir dans son fauteuil, incapable d'aller dormir. Elle était encore troublée par les pages qu'elle venait de lire et qu'elle avait emportées dans son sac à main. Un sentiment de désenchantement s'emparait d'elle, lui laissait penser que le temps était peut-être venu de quitter ce travail et de passer à autre chose. Alexandre Leroux avait-il quelque chose à voir dans cette idée subite de changement ? Yvonne ne voulait pas trop s'interroger, parce qu'un autre nom lui venait à l'esprit, un prénom qu'elle refusait de prononcer.

Ce soir-là, elle oublia son rituel. Le passage de Judith avait laissé de nombreuses traces qu'elle n'avait pas envie de voir disparaître tout de suite. Tout à coup, elle aimait ce désordre.

22

Ce fut un réveil difficile. Marise aurait dormi encore si le soleil n'avait déjà pas envahi la chambre. Elle se fit violence, s'étira longuement et repoussa les draps.

Érik, qui était levé depuis un moment, avait ouvert partout. Maintenant, il l'attendait pour le petit-déjeuner, car elle n'allait sans doute pas rester encore longtemps dans cette pièce déjà trop chaude.

Marise cherchait son peignoir, qui avait glissé sur le parquet. Sa nudité la ramenant à des instants encore fraîchement inscrits dans tout son être, elle n'osait se regarder dans le miroir. Lasse comme jamais auparavant, elle en voulait à John de lui avoir volé sa nuit d'amour, d'avoir été contre son gré présent dans ses fantasmes.

Érik l'attendait, prêt à lui rendre les choses faciles. Tout n'avait pas été dit. Les sujets à peine abordés avaient dressé un mur entre eux. Le jour se levait sur la réalité et ses remises en question. Quand Marise apparut dans la porte de la chambre, Érik vint vers elle et l'embrassa.

– J'espère que tu as faim, dit-il. Regarde ce que je nous ai préparé.

L'air était imprégné de l'arôme du café corsé, comme Marise l'aimait, et aussi d'une odeur de sucré.

– Ça sent bon. Qu'est-ce que c'est ? s'enquit-elle.

— Du pain doré, des fraises et du sirop d'érable.

Elle sourit. Pour la première fois depuis des jours, elle avait faim.

Lorsqu'elle entra dans la salle de bains pour faire un brin de toilette, Érik sortit cueillir des iris et du feuillage qu'il mit dans un pot au milieu de la table. Puis il disposa joliment le pain doré et les fraises dans les assiettes, et attendit que Marise revienne dans la pièce.

— Je ne mérite pas autant de délicatesses, dit-elle.

Il lui signifia son désaccord en posant son index sur sa bouche et en fronçant les sourcils. Il s'assit à ses côtés et, du coin de l'œil, il la regarda couper son pain puis le repousser pour ne manger que les fraises. Elle n'avait plus faim. Érik évita tout commentaire. Aucun des sujets qui lui venaient à l'esprit ne semblait convenir à un si beau jour.

Marise repoussa son assiette et s'excusa. Une soudaine envie de pleurer montait en elle, l'obligeait à contenir ses gestes.

— Tu veux que nous rentrions immédiatement en ville? proposa Érik. Je sais que tu ne profites pas de cette fin de semaine. Tu es venue pour me faire plaisir, n'est-ce pas?

— Non, Érik. Ne dis pas de sottises. Nous partirons plus tard. Je vais aller marcher le long de la rivière et ça ira mieux après.

— Tu veux que j'aille avec toi?

— Je préfère être seule.

Érik la laissa partir et monta au grenier. De la fenêtre de l'étage, il la vit se diriger du côté de la rivière en empruntant la piste. Lui aussi, il avait cherché ailleurs les solutions qui se trouvaient en lui-même, se dit-il.

Il s'approcha ensuite du coffre aux souvenirs. Les traces du passage de Judith y étaient encore présentes même si elle avait essayé de bien remettre le châle à sa place. Comme tant de fois déjà, Érik prit le violon à l'image de son enfance. Il l'écouta lui parler de la douceur de ce temps. Il se remémorait les événements et les gens.

Quand il regarda l'heure, le violon perdit son importance. Beaucoup de temps s'était écoulé, et Marise n'était pas revenue. Bondissant sur ses jambes, il alla à la fenêtre. Personne en vue. Inquiet, aux prises avec des pensées de malheur, il descendit et prit le sentier à son tour.

Il n'y avait aucune trace de Marise dans le sentier, ni nulle part ailleurs. Il courut à l'enclos, où les chevaux, effrayés par sa brusquerie, se mirent à courir en rond. Il saisit la bride d'Irving et le monta sans selle. Une crainte incontrôlable l'obsédait, le poussait à faire courir la bête le long de la rivière en pleine crue.

Marise avait marché longtemps avant de s'arrêter à l'endroit qui était demeuré le lieu préféré d'Érik. La rivière était plus grosse ici, suffisamment profonde pour qu'on y plonge. Marise était assise sur le bord, les pieds ballants au-dessus de l'eau bouillonnante. Elle n'avait entendu ni le galop du cheval ni les cris d'Érik qui l'appelait. Quand il sauta de son cheval et qu'il vint vers elle, elle ne réagit pas à sa présence. Alors, il la prit dans ses bras. Comme la veille, il la porta jusqu'à son cheval.

Tout chavirait dans son esprit. Marise était malade.

– Nous rentrons à la maison, ma chérie. Viens avec moi, dit-il tendrement.

23

Les Ross avaient été prévenus. Marise et Érik revenaient plus tôt que prévu. Judith les attendait impatiemment, car ce retour signifiait aussi l'arrivée du violon.

Dans l'esprit de Fabienne, les événements avaient une tout autre résonance. Elle repensait à l'attitude de Marise à l'hôpital et comprenait maintenant que c'était un signe évident de sa détresse intérieure. Tout à coup, comme si elle s'éveillait à la réalité, Fabienne se souvenait qu'elle s'était presque réjouie de l'indifférence de Marise. Elle voulait David pour elle seule ; personne ne devait l'aimer, pas même Brian. Fabienne eut soudain peur d'elle-même. Qu'était-elle en train de faire au père de son enfant ? Elle l'avait tenu volontairement à l'écart de sa joie. L'avait-elle seulement laissé toucher son fils ?

En regardant du côté de Brian, qui s'amusait avec Judith, elle vit du bonheur sur son visage. Cette expression dans son regard, elle ne l'avait jamais vue lorsqu'il était en présence de son fils simplement parce qu'elle ne s'était pas donné la peine de l'observer. Alors Fabienne pensa aussi à Yvonne, à qui elle n'avait témoigné que de la froideur depuis la naissance de David. D'où lui venait ce besoin maladif de posséder son enfant, de le garder pour elle seule ?

Une image floue apparut dans son esprit; un visage anonyme à qui elle n'avait jamais dit «maman». Si cette femme l'avait prise dans ses bras, pourquoi ne l'avait-elle pas gardée juste pour elle? Fabienne comprit alors que ce n'était pas qu'un besoin de possession qui l'avait fait agir maladroitement. C'étaient aussi la colère, la peur, le rejet, tous ces sentiments refoulés qui avaient provoqué son comportement de défense; c'était la seule manière qu'elle avait trouvée pour se protéger.

Elle vint vers Brian et Judith et s'assit par terre sur le tapis avec eux. Le jeu cessa. Brian, qui ne s'attendait pas à ce qu'elle participe à leur jeu, retint les bras de Judith, qui jouait à la tigresse.

– Fais attention, ma chérie. Tu es encore fragile, dit-il.

Il se déplaça un peu pour qu'elle puisse s'appuyer contre le canapé. Elle s'installa confortablement et le regarda avec douceur.

– Je te demande pardon, lui dit-elle timidement.

– Pardon pour quoi?

– De ne pas t'aimer comme tu le mérites.

Fabienne imita Judith et jeta Brian par terre, préférant, pour l'instant, le jeu aux explications. Au désespoir de Judith, qui avait cru s'amuser davantage avec deux personnes qu'avec une seule, Fabienne et Brian l'ignoraient et se regardaient dans les yeux en souriant.

– On a fini de jouer? demanda la fillette.

– Bien sûr que non, ma chérie. Je te laisse la place.

Fabienne se releva et se contenta de rire de l'ardeur que son mari mettait à son jeu.

Il était passé midi quand, après s'être arrêtés chez un ami médecin, les Valcourt passèrent prendre Judith. Depuis qu'ils étaient là, la fillette n'avait plus pensé au violon. Les yeux rougis de sa mère l'inquiétaient.

— Qu'est-ce que tu as, maman? s'enquit-elle en s'approchant affectueusement.

— Ce n'est rien, ma chérie. Maman est seulement très fatiguée.

— Tu ne devrais plus aller là-bas, dit-elle. C'est comme la semaine dernière. Tu as pleuré aussi.

Personne ne dit rien. Judith, qui en savait plus que les autres sur cette fin de semaine à la campagne, ne pouvait comprendre les conséquences de ses paroles, pas plus qu'elle ne comprenait pourquoi sa mère s'était remise à pleurer.

— Va chercher tes affaires, dit Érik. Nous rentrons chez nous maintenant.

Judith s'exécuta en traînant les pieds. Les adultes étaient tous trop malades ou trop vieux pour jouer avec elle. Elle enviait ses amies qui avaient un petit frère ou une petite sœur avec qui s'amuser. C'était une des raisons qui avaient fait naître son désir d'être pensionnaire. Quand elle revint avec son sac à dos, Marise la pressa contre sa poitrine.

— Ça va aller, ma grande. Maman sera vite sur pied. Quelques jours de repos et tout sera comme avant. J'aurai besoin de toi et de papa, et de mes amis aussi.

Elle avait posé son regard sur Brian et Fabienne. D'un affectueux cillement des paupières, celle-ci la rassura.

Lorsqu'ils arrivèrent chez eux, quelques minutes plus tard, Marise se hâta d'entrer en mettant son besoin pressant de se retrouver à l'intérieur sur le compte de l'orage qui s'annonçait. Cependant, les regards des voisins l'indisposaient plus que les gouttes d'eau qui commençaient à tomber.

Elle était déjà allongée sur son lit lorsque Érik et Judith entrèrent à leur tour. Le regard fixé au plafond, elle laissait ses larmes couler de chaque côté de son visage. La fatigue la terrassait, l'empêchait de penser. Elle aurait voulu dormir, mais elle n'osait fermer les yeux.

Érik vint à elle.

– Tu préfères être seule? demanda-t-il.

– S'il était possible que je dorme une semaine, un mois, un an, comme je serais bien, dit-elle sans le regarder, en fixant toujours le lustre qui pendait au plafond.

– Tu as ce qu'il faut pour cela. Le médicament que Gilles a prescrit te fera dormir. Tu le veux maintenant?

Elle fit un signe de la tête, essuya ses larmes et s'assit sur le bord du lit. Judith était appuyée à la porte et n'osait s'approcher. Elle ressemblait à un petit chat perdu. Marise vit d'abord ses souliers, puis son short, avant de lever les yeux jusqu'à ceux de sa fille. Le regard de sa mère était si triste et si lourd que Judith ne put le supporter. Elle se sauva en courant.

– Judith! cria Marise. Judith, reviens, je t'en prie.

La réaction de Judith l'effrayait. Elle supplia Érik d'aller la chercher, de lui donner le violon pour la consoler. Judith était trop jeune pour avoir de la peine, pour se sentir coupable d'exister. C'était cela que la fillette avait vu dans son regard, et Marise le savait très bien.

Le tonnerre s'était mis à gronder et le vent à souffler avec une force inhabituelle. Une porte claqua, ajoutant à l'état de panique qui régnait dans la maison des Valcourt. Impuissant, Érik ne comprenait rien à la situation, il hésitait : devait-il aller vers Judith, qui venait de fermer sa porte, ou vers Marise, qui se tenait debout devant la sienne ?

— Qu'est-ce que je fais ? demanda-t-il comme si la réponse devait venir d'ailleurs.

— J'y vais, dit Marise. C'est à moi de lui parler.

Elle frappa à la porte de la chambre de Judith et ouvrit sans attendre sa réponse. La fillette était couchée sur le dos, imitant l'attitude de sa mère. Serré sur son cœur, il y avait son ourson.

— Est-ce que je peux te parler ? demanda Marise.

Judith mit le coin du col de sa chemise dans sa bouche et tourna la tête vers le mur du fond. Marise s'assit sur le bord du lit et lui caressa le dos doucement, comme on fait parfois pour demander pardon lorsque les mots justes ne viennent pas.

— Judith, tu es assez grande pour comprendre certaines choses, à présent. Tout à l'heure, chez tante Fabienne, je t'ai dit que j'aurais besoin de toi, et c'est vrai. Si maman s'était cassé un bras, l'autre jour, en tombant de cheval, tu l'aurais soignée, n'est-ce pas ?

Judith se retourna, elle semblait prête à l'écouter. Le regard de sa mère était redevenu comme avant. Il y avait de la douceur et de l'amour dans sa voix. Elle pouvait continuer.

— Tu sais, il se passe des choses dans ma tête et dans mon cœur que je ne peux pas expliquer. Il y a des moments où je me trouve bien ici avec toi, et d'autres où je voudrais être ailleurs. Puis, la minute d'après, je n'ai plus envie de rien. Je ne me sens plus la force d'entreprendre des choses que j'aimais faire avant. Je voudrais comprendre pourquoi je suis comme ça. Je m'en veux de ne plus être forte et pleine d'entrain. Quand on a une gentille fille comme toi, on ne doit pas se sentir malheureuse, n'est-ce pas ? Et c'est pourtant ce qui m'arrive.

Érik s'était approché de la porte et il entendit la suite.

— Je pense que j'ai été trop amoureuse de ton père. J'ai eu tellement peur de le perdre que j'aurais donné ma vie pour protéger notre amour. Ce que j'ai trouvé de plus précieux à lui donner, c'est une fille à aimer, une fille comme lui, super-intelligente. Quand tu étais toute petite, tu m'ignorais complètement lorsque papa était là. J'étais heureuse parce que, dans mon esprit, tu lui appartenais, tu étais le cadeau que je lui avais fait pour le remercier de m'aimer. Ce cadeau était si précieux que papa n'aurait jamais accepté que je le confie à quelqu'un d'autre, alors je l'ai protégé moi-même. Tu comprends, maintenant, à quel point nous t'aimons, ma chérie ? J'espère que tu comprends aussi pourquoi je te demande de prendre soin de moi à ton tour. Il faut que je me repose pour redevenir la maman en forme que tu as connue.

Judith sauta au cou de sa mère et l'embrassa.

— J'ai eu si peur, maman ! J'ai cru que tu étais fâchée, que tu ne m'aimais plus, dit-elle d'une voix étouffée par le vêtement de Marise.

Érik en avait assez entendu pour se faire une idée beaucoup plus claire de la situation. Il avait pris conscience de ce que Marise n'avait jamais su elle-même avant cette défaillance de son système nerveux. Son raisonnement l'entraînant plus loin encore, l'image d'Évelyne vint à son esprit. Marise avait-elle raison de penser que Judith avait pris sa place, et de la considérer comme le gage de leur bonheur retrouvé ? Il lui faudrait encore du temps pour comprendre le reste.

Un arc-en-ciel était apparu. L'orage était terminé, et un parfum de verdure et de fleurs dominait celui de la poussière des rues délavées. Érik était descendu et Judith l'avait rejoint.

Marise l'avait suivie peu de temps après. La sérénité qu'elle affichait pouvait laisser croire que les heures précédentes n'avaient jamais existé. Elle n'avait plus envie de dormir. Elle voulait être là lorsque Érik allait sortir le violon de sa boîte et l'offrir à sa fille.

24

Brian avait informé Yvonne du retour prématuré des parents de Judith. Même si elle pressentait qu'il se passait des choses anormales, sa discrétion lui interdisait d'appeler chez les Valcourt. Érik finirait par donner lui-même des nouvelles. Yvonne passa une partie de son après-midi à attendre ce coup de téléphone. Tantôt sur le balcon, tantôt dans le salon, elle s'était perdue dans une longue réflexion. Encore fortement ébranlée par la mort de sa protégée, Yvonne s'était questionnée sur sa capacité de continuer d'évoluer dans ce milieu où elle risquait de s'attacher encore à des personnes qui allaient la quitter rapidement. Elle allait devoir remettre sa décision à plus tard, cependant, car l'organisation de la fête d'inauguration du jardin intérieur l'occuperait suffisamment pour l'empêcher de s'interroger davantage.

Il était passé vingt et une heures quand Érik téléphona enfin. Il semblait soucieux, peu enclin à engager une longue conversation. Yvonne sentait pourtant qu'il avait besoin de parler à quelqu'un. Le jour était tombé, et il était le seul à ne pouvoir trouver le sommeil. Il lui dit s'inquiéter de la santé de Marise, puis, du même souffle, lui raconta la joie de Judith quand il lui avait remis le violon.

Sans s'être décidé à lui livrer le fond de sa pensée, Érik avait raccroché, laissant Yvonne supposer mille choses.

Alors, elle était allée au lit en espérant que la semaine qui commençait serait différente de la précédente.

C'était un lundi matin sombre. Comme la veille, il y aurait encore de l'orage sur la région. Yvonne roulait en direction du centre Victor-Paré. Il lui semblait qu'elle venait tout juste de le quitter. Pourtant, une journée entière s'était écoulée depuis qu'elle avait accompagné Mme Aurelyne à son dernier voyage.

Lorsqu'elle gara sa voiture dans le stationnement des employés, elle fut surprise d'y apercevoir la voiture de Charles Gaumond. Il était passé chercher un document à son bureau et traînait volontairement sur les lieux en espérant pouvoir parler à Yvonne avant de se rendre au colloque. Son idée d'inviter Brigitte à la cérémonie d'inauguration lui déplaisait, il craignait de mettre les deux femmes face à face.

Sur le bureau d'Yvonne, Charles avait aperçu une boîte longue et étroite, le genre de boîte, attachée avec un cordon de soie, qui contient des fleurs. Il s'était approché pour mieux l'examiner.

— Je ne croyais pas avoir le plaisir de te voir ce matin, Charles, dit Yvonne.

Il rougit, honteux de son indiscrétion, mais se reprit rapidement.

— J'aimerais te parler au sujet de Brigitte. Je ne crois pas qu'elle soit disponible pour ce que tu sais, parce qu'elle a des cours de conditionnement physique le mercredi.

— Si ma proposition l'intéresse, je ne vois pas où est l'empêchement, répondit Yvonne, distraite elle aussi par le colis.

Son regard croisa celui de Charles. Jamais elle n'avait décelé, chez son propre mari, cette jalousie qui durcissait son regard. Il ne méritait pas de savoir de qui étaient ces fleurs, pensa-t-elle. Alors elle provoqua une diversion qui le mit mal à l'aise.

– Et vous, les filles, que dites-vous de mon idée ? demanda-t-elle en élevant la voix et en se retournant vers ses compagnes. Si Mme Gaumond était notre invitée spéciale pour l'inauguration, ne croyez-vous pas que sa présence serait appréciée ?

Toutes approuvèrent la suggestion, sauf Nicole, qui avait baissé la tête. Yvonne vit son malaise mais ne comprit pas son comportement. Elle lui parlerait plus tard.

Pour l'instant, elle devait s'occuper des fleurs, qui allaient mourir si elles restaient enfermées dans du papier. Elle ouvrit la boîte et en sortit une carte sur laquelle était écrit un message de quelques lignes.

– Elles sont de Fabienne, dit-elle sans même lire le mot. Elle me remercie de l'avoir aidée au moment de son accouchement.

Charles ne fut pas dupe. Fabienne n'aurait pas fait parvenir des fleurs au centre Victor-Paré. Mais il savait aussi qu'Yvonne ne lirait pas la carte en sa présence. Il sortit.

Yvonne se dirigea alors vers le salon des employés, où, enfin seule, elle put lire le mot écrit sur le papier soyeux.

Chère madame,

Voici pour vous onze roses blanches. Lorsque vous les tiendrez dans vos mains, il y aura la douzaine. L'autre, je l'ai gardée chez moi. Ce n'est pas pour qu'elle me permette de penser à vous, puisque je n'ai pas besoin de cela pour le faire. Elle me dira plutôt comment vont ses compagnes, et ainsi je saurai quand il faudra les remplacer.

Alexandre Leroux

Alexandre avait choisi ses fleurs préférées, comme s'il avait deviné lesquelles c'étaient à sa seule manière d'être. Profondément touchée, Yvonne porta le bouquet à son visage et s'imprégna du parfum spécial des roses blanches. Elle sourit, puis un pli fronça ses sourcils. Elle n'allait pas exposer ce geste délicat aux railleries du personnel. Avec le bouquet dans son emballage, elle se rendit à la chapelle. Des vases se trouvaient là en permanence pour les célébrations spéciales. Il y avait eu une sorte de célébration, la veille. Aurelyne Jolivet était demeurée un moment dans ce lieu avant de quitter la terre à jamais, pourtant personne n'avait pensé à le fleurir.

Yvonne déposa les roses sur l'autel. Un autre parfum se mêla à celui des fleurs. Elle crut qu'elle avait rêvé, et sortit précipitamment.

Les filles étaient toutes au travail lorsqu'elle revint au bureau. Elle ne s'y sentait pas à l'aise pour téléphoner à Brigitte Gaumond. Elle demanda donc à l'adjointe de Charles si elle pouvait utiliser le téléphone du bureau du directeur.

Lorsqu'elle entra dans la pièce, Nicole l'y suivit.

— Vous ne devriez pas appeler maintenant, dit-elle. Mme Gaumond ne sera pas chez elle.

— Vraiment ? Vous semblez bien connaître ses habitudes.

— M. Gaumond lui-même a dit avant de partir que sa femme avait des cours de conditionnement physique.

— En effet. Elle y va le mercredi. C'est ce qu'il a dit.

— J'ai dû mal entendre. Excusez-moi, fit Nicole en tournant le dos à Yvonne pour regagner son bureau.

Son attitude comportait un côté singulier qui déplut fortement à Yvonne. Elle détestait qu'on fasse des manières, qu'on dise les choses à moitié. Il valait mieux se taire totalement que de laisser les gens sur des suppositions. Elle fit le numéro de la résidence des Gaumond et laissa sonner. Nicole avait-elle dit vrai? Personne ne semblait être à la maison. Elle leva les yeux et croisa ceux de la jeune femme, qui se remit aussitôt au travail.

Yvonne n'allait pas changer d'idée pour autant. Elle rappellerait plus tard, et ce, jusqu'à ce qu'on lui réponde. En attendant, elle devait tirer au clair l'histoire du mystérieux visiteur de Mme Aurelyne.

La préposée à la réception, qu'elle interrogea la première, parut chercher dans ses souvenirs récents, mais aucune image de ce personnage ne lui revint.

– Vous dites qu'il aurait demandé à voir Mme Aurelyne?

– Je suppose.

– La seule personne à qui je n'ai pu répondre demandait si une dame Jolivet vivait ici. Et comme... Grand Dieu! Aurelyne Jolivet! C'est bien ce nom que j'ai vu ce matin sur son dossier? Ce que je suis bête, dit la jeune femme en se frappant le front.

– Cet homme est-il reparti aussitôt? s'enquit Yvonne.

– Non! Il s'est assis et a fouillé dans un tas de papiers. Je me souviens maintenant. Je suis allée porter un document au poste de l'infirmière et, lorsque je suis revenue, il n'était plus là.

– Aussi bien dire que nous ne saurons jamais rien de lui, n'est-ce pas?

La jeune réceptionniste était confuse et surtout peinée d'avoir perdu leur unique chance de parler avec quelqu'un qui peut-être connaissait Mme Aurelyne. Yvonne, quant à elle, comptait sur le témoignage de Louise pour obtenir d'autres informations concernant cet homme.

Louise n'était pas encore au travail, elle ne rentrait qu'à quinze heures. Tout naturellement, Yvonne décida alors d'aller voir Suzanne Leroux. Pour se rendre auprès de Suzanne, elle ne pouvait faire abstraction de la chambre vide, en face, qu'on avait repeinte le matin même et où le lit avait été refait. Ce soir ou demain, une autre personne dormirait dans le lit de la défunte. Yvonne ne voulait pas penser à cela. Il lui était plus facile de se retrouver devant les grands yeux bleus de Suzanne.

Assise dans son fauteuil, la jeune fille s'amusait à reconstruire un robot de plastique qu'on lui avait remis pour évaluer sa dextérité. Peut-être n'était-on pas encore au courant qu'elle quittait l'établissement, se dit Yvonne. Dans trois jours, le dossier de Suzanne Leroux serait rangé avec ceux des anciens pensionnaires. Il constituerait cependant une exception, car rares étaient les personnes qui partaient de cet endroit pour aller vivre ailleurs.

Yvonne ne resta pas auprès de Suzanne. Toutes ces émotions allaient finir par saper sa résistance. Elle ne pouvait plus continuer ainsi.

Les heures semblèrent s'éterniser. Jamais auparavant elle n'avait connu ce besoin de quitter son travail, ces lieux.

Elle essaya à plusieurs reprises de joindre la résidence des Gaumond. Un peu après quinze heures, une voix de femme lui répondit enfin. La surprise la fit bafouiller :

– Madame Gaumond? Ici Yvonne Rivard. Je vous appelle du centre Victor-Paré.

Brigitte demeura silencieuse. Yvonne la prenait au dépourvu. C'était bien la dernière personne à qui elle aurait pensé parler ce jour-là. Elle attendait de connaître le but de son appel, qui bien qu'inattendu lui procurait un certain soulagement, car elle n'avait pas cru Charles quand il lui avait dit qu'il assisterait seul à son colloque.

– Madame Gaumond, reprit Yvonne, tout à coup plus sûre d'elle-même, j'ai une proposition à vous faire. Je ne sais pas si votre mari vous a parlé de la fête qui aura lieu ici mercredi.

– Il m'a parlé vaguement d'une cérémonie, dit Brigitte, déterminée à demeurer distante.

– J'ai pensé qu'en l'absence du directeur il serait bien que son épouse le représente.

– *Vous* avez pensé?

Le ton de sa voix laissait croire qu'elle doutait de la provenance de l'invitation. Yvonne resta calme. Si elle voulait clarifier la situation entre Charles, Brigitte et elle-même, il ne fallait pas qu'elle recule devant le premier obstacle.

– Oui, c'est moi qui ai eu cette idée, dit-elle.

– Charles est-il au courant?

– Il est au courant.

– Alors pourquoi ne m'en a-t-il pas parlé lui-même avant son départ?

– Parce que j'ai insisté pour qu'il me laisse vous faire la surprise. Madame Gaumond, ne croyez-vous pas qu'il serait temps que nous nous parlions, vous et moi?

Il y eut un moment de silence avant que Brigitte réponde. Yvonne venait de marquer un point. La voix de Brigitte était différente lorsqu'elle accepta enfin.

– Dites-moi ce que je dois faire et quand je devrai me présenter là-bas, dit-elle.

C'était au tour d'Yvonne de ne plus savoir quelle attitude adopter. Celle qui n'avait toujours été qu'une silhouette entrevue entre deux portes manifestait maintenant le désir de se montrer au grand jour. Avait-elle décidé de se défendre?

Après de brèves explications, Yvonne raccrocha. Elle pouvait rentrer chez elle. Rien ne la pressait de s'entretenir avec Louise au sujet du visiteur de Mme Aurelyne. Brigitte Gaumond, qui elle était bien vivante, la préoccupait davantage.

25

Les roses blanches d'Alexandre embaumaient l'appartement d'Yvonne. On aurait dit des pivoines, tellement leurs pétales étaient largement déployés. Érik, qui les avait remarquées dès son arrivée, ne se serait cependant jamais permis de poser des questions sur leur provenance. Cette fois, la légendaire discrétion d'Yvonne l'irrita, l'indisposa au point qu'il ne put alimenter la conversation.

Yvonne était allée chercher une bière pour Érik dans le réfrigérateur. Pendant ce temps, l'insistance avec laquelle il la regardait avait probablement quelque chose à voir avec les mystérieuses roses. Pourquoi cette femme encore très jolie, et exceptionnellement fraîche après une journée de travail, avait-elle renoncé à être courtisée? se demandait-il.

Lorsqu'elle revint à ses côtés, Yvonne le questionna directement sur le sujet qui la préoccupait.

– Comment va Marise?

C'était pour discuter de Marise qu'il était là, c'était aussi à cause d'elle qu'il était songeur, qu'il regardait la mousse s'affaisser sur la bière plutôt que de répondre.

– Comment va ma femme?

Il avait répété sa question pour se donner le temps de déterminer ce qu'il voulait bien partager. Par où commencer? Ce matin-là, avant de se rendre au bureau, il avait attendu que Marise, épuisée d'avoir tant parlé, se soit rendormie. Leur conversation l'avait obligé à s'interroger sur sa part de responsabilité dans ce que vivait sa femme. Par contre, elle ne l'avait pas convaincu qu'elle ne lui cachait pas quelque chose.

– Marise aura besoin de plus que du repos, n'est-ce pas? demanda encore Yvonne.

Érik passa outre à sa question. Il se souvenait des confidences de sa femme, de ce que l'accouchement de Fabienne avait réveillé en elle. Marise lui avait avoué qu'en voyant Fabienne cacher son bébé comme si elle avait peur qu'on le lui enlève, elle s'était rendu compte qu'elle n'avait jamais vécu de moments pareils. Elle n'avait jamais eu le sentiment que Judith était aussi sa fille.

– Ce qui arrive à Marise devait arriver. Vous savez, Yvonne, j'ai vu seulement ce que je voulais voir. Je pense que je ne me suis jamais questionné sur ses besoins. Je la croyais aussi comblée que moi. Je nous voyais comme un couple parfaitement heureux qui, en plus, avait une fille merveilleuse. Oui, une fille merveilleuse, qu'elle dit m'avoir donnée pour remplacer celle que j'avais connue trop tard.

– Cela n'a rien de surprenant, venant de Marise. Elle avait tellement souhaité votre retour auprès d'elle.

Des images défilaient dans la tête d'Érik. La partie de lui qui était demeurée dans la maison du bord de l'eau l'avait changé, malgré ce qu'il laissait croire. En rejaillissant ainsi, son passé avait laissé des traces.

– Si je savais ce qui se passe réellement dans sa tête... Je pense qu'il y a autre chose qu'elle ne me dit pas, avoua-t-il enfin.

– À quel sujet?

– Je ne suis plus certain de rien. Je croyais que Marise avait choisi librement de rester auprès de Judith. Elle dit que les choses ne se sont pas vraiment passées comme ça. Qu'elle n'avait pas voulu courir le risque de me décevoir en laissant Judith avec une bonne.

Yvonne haussa les épaules. Elle aussi se questionnait sur ce qui avait provoqué la révolte soudaine de Marise. Pourquoi avait-elle mis tout ce temps avant de réagir à une situation qui ne la satisfaisait pas ? Il y avait certainement eu un événement déclencheur pour que bascule ainsi son univers. Les fréquentes absences d'Érik, l'autonomie grandissante de Judith et la naissance de David en étaient-elles vraiment les causes ? Qu'est-ce qui, dans sa vie, avait pu provoquer un tel choc ?

– Comment ça va à la campagne ? demanda-t-elle à brûle-pourpoint.

Sa question était hors contexte. Alors qu'ils discutaient sérieusement du cas de Marise, elle s'informait de la campagne. Érik ne crut pas nécessaire de répondre. Il vida son verre d'un seul trait et le déposa loin devant lui sur la table. Mieux que des paroles, ce geste indiquait qu'il refusait d'aborder tout nouveau sujet. Yvonne savait pourtant où elle voulait en venir en le ramenant là-bas.

– Vous souvenez-vous de votre état lorsque vous êtes arrivé à la maison de Judith Rivard ?

Il allait faire un commentaire sur ce qu'il considérait comme une période marquante dans sa vie, mais Yvonne l'arrêta avant qu'il ouvre la bouche.

– Non, ne dites rien. Rappelez-vous seulement que vous étiez à la recherche de ce qui vous empêchait de respirer. Avez-vous trouvé la réponse là où vous la cherchiez ?

Encore une fois, leurs pensées s'étaient rejointes. Elle avait verbalisé ce qu'il savait déjà, mais cela n'arrangeait rien. Il était las de penser, de réfléchir à la situation et, surtout, il doutait de lui, de sa patience. Aurait-il le même courage que Marise, qui l'avait attendu malgré le peu d'espoir que lui laissaient les apparences?

– Si seulement je savais comment l'aider, dit-il. Marise mérite toute mon attention. J'ai été son premier amour, son premier homme.

– Serez-vous son dernier?

– Yvonne! Je ne vous comprends vraiment pas. Qu'est-ce qui vous arrive? J'ai l'impression que vous vous amusez à me dérouter.

L'homme posé avait laissé tomber ses bonnes manières. Visiblement, il n'avait ni le goût ni la patience d'écouter. Depuis des années il réglait des problèmes, et il en avait assez tout à coup.

– Vous voulez qu'on parle d'autre chose alors? Nous pourrions y aller de quelques commérages.

Érik se mit à rire. Ce mot semblait bizarre dans la bouche d'Yvonne. Elle avait vraiment envie de le distraire si elle s'aventurait sur un terrain pareil. Yvonne n'avait pas bronché. Les commérages, comme elle avait dit, n'étaient qu'une manière détournée de vérifier si son instinct la trompait.

– J'ai rencontré Denise Pérusse, la semaine dernière. Elle était de retour de Floride.

– Denise Pérusse?

– La femme de John, voyons. Votre John Pérusse.

Comme il ne réagissait toujours pas et semblait fermement décidé à la laisser parler seule, elle le questionna directement.

– John vous a-t-il dit que Denise et lui étaient séparés?

Cette fois, elle avait suscité une réaction. Érik leva la tête et fit une moue indiquant le doute.

– Je vois que non, dit-elle. J'ai rencontré Denise à Montréal. C'est elle qui me l'a appris. Elle était au bras d'un homme charmant, mais ça ne l'a pas empêchée de me raconter sa vie.

– John ne m'a rien dit! Nous ne l'avons pas vu en fin de semaine. Il était sorti, samedi. Peut-être a-t-il déjà rencontré l'âme sœur, lui aussi.

Yvonne se souvenait des dessins de Judith, de ses réflexions innocentes, des impressions étranges de Marise. Tout cela mis ensemble tissait une toile peu rassurante.

Érik s'était levé. Sous prétexte que Judith l'attendait, il se préparait à laisser Yvonne avec ses réflexions.

– Érik, dit-elle en le raccompagnant à la porte, pourquoi ne partiriez-vous pas en voyage, Marise et vous? Loin d'ici, dans un endroit où vous pourriez vous retrouver, seuls tous les deux.

Comment pouvait-elle ainsi lire dans ses pensées et deviner ses désirs? Il avait justement été question de voyage le matin même avec Marise.

– Je m'occuperai de Judith, si vous voulez, continua-t-elle.

La proposition était intéressante. Érik se voyait déjà sur la Côte d'Azur ou ailleurs, loin des problèmes. Lui aussi avait grandement besoin de vacances. Une lueur s'allumait au bout du tunnel. Il quitta Yvonne avec un projet auquel se raccrocher.

De son balcon, elle le regarda monter dans sa voiture et partir sans lever les yeux vers elle. L'impression d'être abandonnée la cloua sur place et, malgré la chaleur, elle avait froid par en dedans. Quand elle entra, même les roses blanches avaient perdu de leur attrait. C'est le verre de bière vide qui retenait son attention.

Par la fenêtre, elle vit que sur l'autoroute la circulation était dense. Les travailleurs rentraient chez eux. Un poids lourd fit un tapage insolite puis klaxonna pour signaler sa présence à une voiture qui s'engageait dans la sortie. Yvonne, qui jusqu'à ce jour avait été indifférente à cette sorte de véhicule, leva la tête et chercha à lire l'inscription sur le semi-remorque. Il était trop tard, le camion poursuivait sa route malgré l'attention qu'elle était prête à lui accorder.

C'est Alexandre Leroux qui avait suscité son intérêt subit pour ces véhicules aux dimensions démesurées. Entre ses roses et le transport de marchandises, il y avait tout un monde, pensa-t-elle. Les roses parlaient de tendresse et de prévenance, et l'autre monde, celui dans lequel il évoluait, parlait de lutte et de résistance physique. Pourquoi cet homme situé entre ces deux univers était-il apparu dans sa vie à un moment pareil? Sa présence allait-elle peser dans ses décisions futures? Comme elle n'en savait encore rien, elle cherchait une lumière, une main qui lui montrerait le chemin. Lasse de donner et de ne recevoir en retour qu'un sourire, une bonne parole, elle avait besoin de bras autour d'elle, et de sentir la chaleur d'un corps sur lequel s'appuyer, d'une épaule sur laquelle s'endormir.

La sonnerie du téléphone la tira de son abattement passager. Quand elle décrocha, une voix rauque, enjolivée d'un léger accent, se fit entendre. Un sourire chassa alors définitivement la tristesse qui l'habitait depuis le départ d'Érik.

– Fabienne ! s'exclama-t-elle. Ça me fait plaisir que vous m'appeliez ! Comment allez-vous ? Et le petit David ?

Il y avait du soleil dans la voix de Fabienne. Elle était porteuse de bonnes nouvelles. David arrivait à la maison le lendemain.

– Il a pris du poids et mange très bien. Le médecin dit qu'il a tout pour se tirer d'affaire comme un bébé normal maintenant. Je suis tellement contente. Si vous saviez comme j'ai hâte de le coucher dans son berceau et de lui donner son biberon !

Yvonne reconnaissait la femme d'avant l'accouchement. Un flot de paroles allait encore venir avant qu'elle puisse ajouter quoi que ce soit.

– Si vous veniez, Yvonne ? J'aimerais tellement vous parler. Demain, si vous le pouvez.

L'enthousiasme de Fabienne avait décliné brusquement. Elle se rappelait la dernière visite d'Yvonne à l'hôpital, de son attitude à son endroit. Devait-elle s'excuser maintenant ou attendre au lendemain pour expliquer, pour justifier son comportement maladroit ?

Yvonne décida à sa place en demandant à quelle heure elle pouvait se rendre chez elle.

– J'aimerais être la première étrangère à voir ce trésor dans son berceau.

Fabienne comprit qu'elle n'aurait pas à se justifier. Tout à coup, elle respirait mieux.

26

Ce mercredi-là, une agitation particulière aux jours de fête animait le centre Victor-Paré. Des fleurs ornaient chaque table et, attachés aux lampadaires, des ballons bougeaient au gré du vent. Tout était en place pour accueillir les invités. Les parents et bénévoles qui avaient des tâches précises à accomplir étaient déjà arrivés.

La cérémonie, prévue pour quatorze heures trente, allait débuter, et Brigitte Gaumond n'était toujours pas là.

Malgré le va-et-vient et ses responsabilités, une certaine inquiétude envahissait Yvonne. Depuis qu'au téléphone Brigitte lui avait confirmé sa présence, elle n'avait plus donné de ses nouvelles. Le fait n'avait rien d'étrange en soi et la fête pouvait avoir lieu sans elle. Toutefois, la déception s'emparait d'Yvonne. Si Brigitte ne se présentait pas, son plan échouerait et la femme de Charles continuerait de la soupçonner.

La femme qui venait de franchir la porte principale ne pouvait être Brigitte. Elle était trop différente de celle qu'elle avait aperçue de loin à deux reprises, différente aussi de celle que Charles lui dépeignait. Cette personne, après avoir regardé autour d'elle, se dirigea vers la réception. Nicole se leva de son bureau pour être la première à lui parler.

Yvonne s'approcha à son tour. La conversation portait sur elle, c'était évident. Nicole avait avancé la tête au-dessus du comptoir et regardait dans sa direction. Brigitte replaça sa blouse et changea son sac d'épaule. Elle avait déjà libéré sa main pour serrer celle d'Yvonne. Un sourire discret mettait en évidence ses pommettes naturellement roses, exceptionnellement lisses, sans aucune de ces petites rides qui d'habitude révèlent que la cinquantaine s'est installée dans une vie.

– Madame Gaumond? dit Yvonne.

Intimidée, Brigitte ne put soutenir son regard. Le sol se dérobait sous ses pieds. Elle jugeait sa réaction indigne de l'épouse du directeur, elle s'en voulait de ne pouvoir contrôler le tremblement qui la rendait muette. Elle était venue à l'invitation d'Yvonne Rivard tout en sachant parfaitement que sa présence ici, dans ces circonstances, dépassait ses limites habituelles.

Yvonne tenta une diversion en regardant Nicole, qui soudainement semblait s'intéresser à un dossier ouvert devant elle.

– Je vois que vous êtes en pays de connaissance, dit-elle.

– Je connais Nicole depuis deux ans. Sa tante est notre voisine. C'est chez elle que nous nous sommes rencontrées.

Yvonne comprenait maintenant les malaises de sa compagne de travail. Ses ragots risquaient d'être découverts si Brigitte parlait de leurs conversations, des choses qu'elle connaissait au sujet d'Yvonne, des choses inventées, mal interprétées. Les premiers instants furent lourds, indéfinissables. Comme des adversaires, elles se regardaient, se jaugeaient. La cérémonie approchait, à la fois trop vite et pas assez, car ni l'une ni l'autre n'étaient prêtes à demeurer face à face, pas plus qu'elles ne désiraient se laisser sans s'expliquer.

Yvonne invita Brigitte à la suivre et la présenta avec tous les honneurs qu'on lui devait. Visiblement mal à l'aise, la femme de Charles Gaumond se sentait le point de mire des dizaines de paires d'yeux qui la dévisageaient. Comme elle s'était faite si rare au cours des ans, après l'avoir saluée personne n'osa lui adresser la parole.

Brigitte Gaumond eut à peine conscience de la cérémonie. On la guida pour les gestes officiels. Ensuite, elle s'assit à la table qu'on lui avait réservée et n'en bougea pas avant que tout soit terminé.

Les derniers visiteurs s'apprêtaient à partir, Yvonne était enfin libre. Elle n'avait pas retouché son maquillage et ses traits étaient tirés plus que d'habitude en pareilles circonstances. Elle vit Brigitte qui s'était appuyée au mur de la pièce presque vide et, tout naturellement, elle vint vers elle. Toutes deux demeurèrent silencieuses pendant un moment, puis, comme un feu qui explose, elles éclatèrent de rire.

Brigitte s'assit la première à une table embarrassée de papiers et de verres. Yvonne prit la chaise qui lui faisait face.

– Ça y est, nous y voilà, dit Brigitte. Depuis le temps que je me demandais comment tout ça finirait...

Brigitte aussi avait souhaité cette rencontre, qui, en d'autres circonstances, aurait pu prendre l'allure d'une confrontation. Nicole avait semé des doutes dans son esprit, et le temps était venu de savoir enfin quelle place occupait Yvonne Rivard dans le cœur de son mari.

Il y avait encore trop de va-et-vient dans la salle à manger pour y entreprendre une conversation sérieuse. Yvonne versa une coupe de vin à Brigitte et l'entraîna dans le bureau de Charles. C'était le meilleur endroit pour discuter à l'abri des oreilles et des regards indiscrets.

Brigitte avait retrouvé une certaine assurance. Elle ne tenait aucun compte de ses cheveux décoiffés ni de ses joues enflammées à cause du vin. Même si Charles n'était pas physiquement présent, son ombre planait dans la pièce, et cela lui donna le courage de poser la première question.

– Qu'est-ce que vous pensez d'un mari qui trompe sa femme?

Son besoin urgent de plonger dans le vif du sujet était surprenant. Yvonne admira le courage de son approche directe. Tout à coup, cette femme n'était plus une étrangère. Elle parlait un langage connu, auquel Yvonne savait comment répondre.

– Je pense qu'un mari qui trompe sa femme fait beaucoup de mal autour de lui, quelles que soient les raisons qui le poussent à le faire.

– C'est aussi mon avis. Je crois que cela va rendre notre conversation plus facile.

Yvonne s'était tournée, de manière que le fauteuil de Charles soit le centre de leur attention à toutes les deux. Puis elle regarda Brigitte droit dans les yeux.

– Vous croyez qu'il vous trompe, n'est-ce pas?

Une larme glissa sur la joue de Brigitte.

– Excusez-moi, dit-elle. C'est le vin qui me fait cet effet.

Yvonne n'avait toujours pas eu sa réponse. Elle attendit que Brigitte retrouve un certain équilibre avant de continuer. Elle avait besoin d'être bien entendue.

– Si je vous disais que Charles n'est qu'un très bon copain pour moi, me croiriez-vous, Brigitte?

Elle l'avait appelée par son prénom, mais cela ne sembla pas la surprendre. La question d'Yvonne faisait appel au jugement de Brigitte. Elle avait pour but de lui faire comprendre la portée de sa méprise, et de la convaincre de son honnêteté. Elle se garda donc de parler des sentiments de Charles à son égard.

Le silence de Brigitte, ponctué de reniflements, devenait gênant. Yvonne n'avait pas trouvé les mots rassurants qui auraient prouvé sa bonne foi. Pourtant, elle avait été totalement honnête, avouant même qu'elle avait été heureuse de revoir Charles et de venir travailler à ses côtés.

Des larmes coulaient sur les joues de Brigitte. Ses lèvres tremblaient.

– Comme j'aimerais vous croire, dit-elle en fouillant dans son sac à main.

Le mouchoir de papier qu'elle cherchait demeurait introuvable. Son geste nerveux lui donnait cependant un moment de répit. Quand elle referma son sac à main, elle souleva bêtement les épaules, prit un mouchoir dans la boîte devant elle et s'essuya les yeux. Du noir avait taché le papier. Imaginant le tour de ses yeux marqué de mascara, elle se sentit diminuée devant Yvonne et lui cria ses craintes.

– C'est impossible que Charles ne vous aime pas. Regardez-vous! Il faudrait qu'il soit aveugle. Je sais qu'il vous aime. Au début, lorsque vous êtes arrivée au bureau, il me parlait de vous, puis il s'est tu. À un moment donné, j'ai pensé que vous aviez quitté le travail, alors je l'ai questionné. Il s'est fâché. Pourquoi aurait-il agi de cette manière s'il n'avait rien eu à cacher?

Yvonne s'en voulait d'avoir tant tardé à rencontrer Brigitte, de s'en être tenue à décourager les avances de Charles. Elle avait oublié qu'une autre personne pouvait souffrir. Les choses devenaient de plus en plus claires dans son esprit. Le temps était venu de quitter cet emploi trop lourd et trop dangereux pour son propre équilibre.

Elle ne savait comment réagir à la détresse de Brigitte. À court d'idées, elle chercha alors à la rejoindre sur un autre terrain en lui parlant de ses enfants.

– Vous avez deux fils, n'est-ce pas ?

Brigitte ne répondit pas. Charles avait certainement mentionné leurs violentes discussions au sujet de sa manière de couver ses deux garçons. Elle n'avait pas envie d'avouer devant Yvonne que ses enfants avaient occupé trop de place dans sa vie, qu'elle avait reporté sur eux le vide de son existence. Elle lui retourna la question, maladroitement, méchamment, comme sait le faire une personne blessée au plus profond de son être.

– Vous aussi, vous avez eu un garçon, n'est-ce pas ?

Yvonne se leva net et la regarda droit dans les yeux. Dans ses yeux à elle, une flamme à la fois de rage et de désespoir s'était allumée.

– Venez avec moi, Brigitte. J'ai quelque chose à vous montrer. Après, vous pourrez penser ce que vous voudrez de moi. Venez !

Brigitte n'avait jamais eu à soutenir un pareil regard. Elle s'était levée. Mue par la force de caractère d'Yvonne, elle l'avait suivie dix pas derrière. L'effet du vin disparu, elle aurait dû se sentir bien lucide, et pourtant les couloirs lui semblaient tout à coup plus étroits.

Yvonne poussa la porte de la chambre de Suzanne Leroux. La jeune fille, qui s'amusait à faire des bulles avec sa salive, se mit à battre des mains en apercevant Yvonne. Le visage défait, celle-ci vint vers la déficiente, prit un de ses oursons sur le lit et le lui donna. Incapable de prononcer une parole, Yvonne s'éloigna aussitôt en marchant à reculons, continuant ainsi de faire face à la jeune fille au visage contorsionné qui souriait béatement.

Brigitte n'avait rien compris aux agissements d'Yvonne, qui la bouscula en sortant et l'entraîna hors de la vue de Suzanne, dans la chambre qui avait été celle d'Aurelyne Jolivet.

— Vous m'avez demandé si j'avais eu un garçon, dit Yvonne. Eh bien oui! Et ce garçon à qui j'ai donné la vie aurait pu être le jumeau de cette jeune fille. Cyprien était déficient, comme Suzanne Leroux. Maintenant, si vous voulez en savoir davantage, écoutez ceci. J'ai partagé mon mari avec sa maîtresse pendant quinze ans et je l'ai vu dépérir après la mort de cette femme. Pensez-vous que j'ai envie de faire vivre le même calvaire à une autre personne? Même si Charles me plaisait, jamais je ne vous l'enlèverais. Jamais je ne serai la cause de la séparation d'un couple.

Brigitte s'était effondrée dans le fauteuil. Appuyée au mur, Yvonne se demandait ce qui venait de lui arriver. Pourquoi avait-elle révélé à une étrangère ce qu'elle avait tu à tous les autres jusqu'à ce jour? L'une et l'autre pleuraient. La chaleur dans la pièce fermée devenait insupportable, mais le silence qui persistait l'était plus encore, tout comme les prises de conscience auxquelles en arrivaient peu à peu les deux femmes. Tout s'était déroulé trop vite. Le destin avait parlé fort et Yvonne le savait.

Brigitte s'approcha d'Yvonne et posa une main sur son épaule.

– Je vous demande pardon, dit-elle. Je ne pouvais pas savoir.

Brigitte n'avait plus envie de douter de l'honnêteté des sentiments d'Yvonne. Un mur s'écroulait autour d'elle. Comme ce serait merveilleux si un jour cette femme lui accordait son amitié, si elle avait la chance de se libérer à son tour en lui livrant le fond de son cœur. Yvonne Rivard était peut-être celle à qui elle dirait enfin ce qui n'allait pas entre Charles et elle.

Yvonne avait parlé sans retenue. Tant pis si on l'avait entendue, car bientôt une nouvelle vie allait commencer pour elle. Elle sortit de la chambre, suivie de Brigitte, qui la rattrapa. L'une à côté de l'autre, elles revinrent à leur point de départ en silence. Trop d'images se bousculaient dans leur tête pour qu'aucune ne mérite d'être recréée au grand jour.

Arrivée devant la réception, Yvonne rompit le silence.

– Je crois que nous n'avons plus vraiment grand-chose à nous dire pour le moment.

– Pour le moment non, approuva Brigitte. Mais nous pourrions reprendre cette conversation quand nous serons moins émotives toutes les deux.

– J'en serais heureuse. Vous savez où me joindre.

Yvonne ramassa ses affaires et sortit en même temps que Brigitte. Dehors, il pleuvait. Le temps n'affecta pas les deux femmes, qui se dirigèrent vers leur voiture. Soudain, Brigitte s'arrêta, laissant la pluie aplatir ses cheveux, coller sa blouse à sa peau.

– Si je vous invitais à venir manger à la maison, dimanche de la semaine prochaine, vous accepteriez ?

Yvonne se souvint de l'attitude négative de Charles devant son idée de rencontrer Brigitte. Elle craignait sa réaction.

– Qu'en dira Charles ?

– À ce que je sache, Charles n'a jamais refusé de recevoir des amis à la maison.

Brigitte n'avait pas dissimulé la malice de son propos. Décidément, elle plaisait beaucoup à Yvonne. Sa soudaine assurance encore difficile à gérer l'impressionnait. Elle accepta l'invitation, en se disant qu'avec ou sans l'assentiment de Charles, elles deviendraient vite des amies.

Yvonne avait hâte de rentrer chez elle, de retrouver ses affaires et surtout de planifier ses activités pour les jours à venir, puisqu'elle ne devait rentrer au travail que le lundi suivant. Quand Suzanne Leroux quitterait le centre Victor-Paré, elle ne serait pas là pour la voir partir.

De retour de son colloque, et selon son habitude, Charles était entré au bureau très tôt ce lundi-là, avec l'espoir qu'Yvonne en ferait autant. Il l'attendit en vain.

Yvonne se présenta au travail à la même heure que tout le monde, forte de sa décision prise au cours de la fin de semaine. Au moment qu'elle jugerait propice, elle demanderait à Charles de lui accorder quelques minutes et elle lui ferait part de son intention de laisser le travail pour six mois. Elle n'eut pas à manifester son désir, car Charles l'invita le premier dans son bureau. Cette fois, les commentaires du personnel n'avaient plus aucune importance. Charles lui sembla préoccupé. Il hésitait à amorcer la conversation.

– Alors, ce colloque ? Tout a marché comme tu le voulais ? s'enquit Yvonne.

– C'était bien, trop bien peut-être. J'aurai une décision à prendre d'ici peu, annonça-t-il. On m'offre un poste dans la région de Québec. Le rêve de ma vie se présente à moi et j'hésite à l'accepter. Je vieillis, ou quelque chose d'autre m'empêche de sauter sur l'occasion.

– Charles...

– Yvonne, tu connais la raison de ma réticence, n'est-ce pas ? Tu as déjà deviné que je ne veux pas m'éloigner de toi.

Quand, quelques jours auparavant, dans cette même pièce, elle avait parlé avec Brigitte, Yvonne avait voulu se convaincre que les sentiments de Charles à son égard n'étaient pas vraiment sérieux ni profonds. Mais ce qu'elle lisait à présent sur son visage semblait indiquer le contraire.

– Tu as parlé à Brigitte ? demanda-t-elle.

– Au sujet du poste qu'on m'offre là-bas ?

– Et de notre rencontre de mercredi dernier.

Charles eut un sourire de dépit. Il n'avait pas vu la nécessité de questionner Brigitte. Sa femme était méconnaissable avec sa nouvelle coiffure, ses cheveux plus foncés et parsemés de mèches. Le sourire qui ne quittait plus ses lèvres et son petit air narquois lui avaient fait comprendre le reste : les choses s'étaient merveilleusement bien passées entre les deux femmes.

– Il paraît que tu viens manger chez nous dimanche ? dit-il en guise de réponse.

– À moins que tu me refuses l'entrée de ta maison, Charles. Je m'étais toujours demandé pourquoi tu ne m'avais pas invitée avant, mais Brigitte, elle, avait deviné que tu voulais lui cacher tes sentiments pour moi. Tu as une femme brillante qui ne mérite pas de souffrir. Je crois qu'elle est prête à faire beaucoup pour te garder.

– Et toi, Yvonne ?

– Tu connais la réponse, Charles, et depuis longtemps.

Il se sentait ridicule, cerné.

– Je vois que tu le prends mal. C'est dommage, tu es un homme charmant, mais mon cœur n'est pas pour toi, Charles.

– Tu le réserves pour Alexandre Leroux ?

– Je t'en prie ! Ta jalousie ne changera rien à ma décision.

Elle avait avec elle la lettre dans laquelle elle mentionnait son projet de départ. Il était important que Charles sache que sa décision avait été prise avant cette conversation. Elle lui tendit la lettre.

– Tiens ! J'aimerais que tu prennes connaissance de ceci.

– Je regarderai cela plus tard.

– S'il te plaît, lis immédiatement, devant moi.

Charles lut la lettre, puis, sans dire un mot, la posa devant lui. Comme chaque fois qu'il contrôlait difficilement ses émotions, il se mit à tapoter sur son bureau avec son stylo.

Yvonne reprit la parole.

– Tu vois comme la vie fait bien les choses. De toute façon, si je n'avais pas déjà écrit cette lettre, je l'aurais fait après notre conversation. J'ai besoin de respirer. Il faut que je m'éloigne de tout ça, de toi. Je ferai peut-être comme a déjà fait mon cousin Érik. Qui sait si un retour aux sources ne me serait pas bénéfique, à moi aussi ?

Charles ne l'avait pas quittée des yeux. Quelque chose en lui se déchirait. Elle s'éloignait, devenait insaisissable, inaccessible. Et, dans le fond, c'était bien comme ça.

– Quand comptes-tu partir ? demanda-t-il tout à coup avec une indifférence qui le surprit lui-même.

– Le plus tôt possible. Dès que tu m'auras remplacée. Cela ne devrait pas être difficile à ce temps-ci de l'année.

– Tu me donnes deux semaines pour me retourner ?

Ils ne parlèrent plus que de formalités et de choses concernant le travail. C'était plus facile de se comporter comme si de rien n'était. L'entretien terminé, Yvonne retourna à son bureau. Mais elle fut incapable de se concentrer parce qu'une certitude s'inscrivait clairement dans son esprit : l'avenir l'appelait ailleurs.

Charles demeura dans son bureau toute la matinée et ne se présenta pas au travail après le lunch. Yvonne partit à l'heure prévue et rentra directement à son appartement. Le trajet qu'elle avait fait tant de fois lui parut différent, agréablement facile. Elle aimait vivre au bord du fleuve Saint-Laurent. Le paysage abondamment fleuri, les arbres à maturité et les parcs lui procuraient un charmant compromis entre sa nouvelle vie et l'ancienne. Arrivée devant son immeuble, elle vit une jeep noire garée en bordure du trottoir. Ce genre de véhicule ne passait plus inaperçu à ses yeux depuis le séjour d'Érik dans la maison du bord de l'eau, dix ans plus tôt. Chaque fois qu'elle voyait une jeep, des souvenirs surgissaient, invariablement suivis d'un moment de nostalgie.

Dans la jeep, un homme surveillait l'arrivée d'Yvonne. Quand il la vit, il prit son téléphone cellulaire et composa un numéro. Quelques minutes plus tard, un taxi arriva devant l'édifice. Le chauffeur alla sonner à l'appartement d'Yvonne Rivard.

– Madame Yvonne Rivard ? J'ai une livraison pour vous.

– Qu'est-ce que c'est ?

– C'est de la part d'un M. Leroux.

Yvonne prit la longue boîte étroite, semblable à celle qu'elle avait déjà reçue au travail, et, sitôt la porte refermée, elle ouvrit la carte et reconnut l'écriture ronde et ferme.

Chère amie,

À mon retour, j'ai trouvé ma rose blanche en piteux état. Je l'ai remplacée. Alors voici, pour vous, ses onze sœurs. Qu'elles vous expriment mon amitié et mon désir de vous revoir.

Alexandre Leroux

Sous ce message, quelques mots invitaient Yvonne à regarder par la fenêtre, du côté de la jeep.

Assis de travers sur la banquette, les pieds sur le trottoir, Alexandre avait levé la tête, espérant la voir apparaître au balcon. Il y avait longtemps qu'Yvonne n'avait pas eu envie de s'amuser comme une collégienne. Elle lui fit signe qu'elle descendait.

Alexandre était heureux. Elle avait choisi de venir à lui plutôt que de brusquer les choses en le laissant s'introduire chez elle sans y avoir été invité. Il alla à sa rencontre en souriant.

– Comment avez-vous obtenu mon adresse ? s'enquit Yvonne.

– On a nos sources de renseignements dans mon métier. Est-ce que mes manières vous ont choquée ?

– Au contraire, j'ai trouvé l'idée charmante.

Elle n'alla pas jusqu'à avouer qu'elle souhaitait du piquant dans sa vie, ni qu'elle lui était reconnaissante de son geste. Cependant, son air détendu parla pour elle. Tout naturellement, ils marchèrent vers le parc, l'un à côté de l'autre comme de bons amis. Yvonne n'éprouvait aucune réserve à ce qu'Alexandre l'accompagne jusqu'à cet endroit situé au bord du fleuve, qu'elle fréquentait souvent seule. Les événements de la journée avaient contribué à créer un climat de détente, et il faisait tellement bon à cette heure, quand la brise se fait plus douce et le soleil, moins ardent.

La conversation porta sur la personne à qui ils s'intéressaient tous les deux, Suzanne, nouvellement installée dans une résidence permanente. Alexandre aurait voulu pouvoir dire à Yvonne que sa fille avait exprimé le désir de la revoir avant son départ, mais il s'en tint à la vérité. Tout s'était passé sans anicroche. Suzanne était chez elle là-bas, dit-il.

Ils s'étaient arrêtés sur une pointe ombragée qui offrait une vue imprenable sur la ville. Ils jetèrent un bref regard sur Montréal, qui étouffait sous un ciel humide, puis ils baissèrent les yeux et fixèrent l'eau frémissante. Tout avait été dit au sujet du transfert de Suzanne, et ils avaient épuisé les banalités qui alimentent une conversation entre deux personnes qui se connaissent à peine. Maintenant, il fallait passer à autre chose.

Depuis leur toute première rencontre, Yvonne avait occupé les pensées d'Alexandre. Le sentiment nouveau qui l'habitait rendait mal à l'aise cet homme qui s'était toujours tenu loin des aventures amoureuses.

– Qu'est-ce que vous pensez de ce qui nous arrive ? demanda-t-il.

Que pensait-elle du fait qu'ils soient là, tous les deux, à regarder l'eau ? Yvonne aurait préféré ne pas avoir à émettre une opinion maintenant, mais Alexandre insista jusqu'à ce qu'elle s'aventure sur le terrain des sentiments.

– Je pense que c'est très bien pour l'instant. J'apprécie votre compagnie, mais...

– Il y a un mais...

– Les choses sont rarement noires ou blanches. Les zones grises ont leur importance.

– Vous offrir mon amitié et vous inviter à manger avec moi à l'occasion, est-ce que cela fait partie des zones grises ?

– J'aimerais que les choses soient claires entre nous. J'accepte votre amitié avec plaisir et, si cela nous procure de bons moments, tant mieux.

Il ne la laissa pas en dire davantage. Cette femme gardait des distances intéressantes. Lui aussi se devait d'être honnête avec elle. Ses blessures étaient encore fraîches, et il y avait Suzanne. Avec Maria, il allait de soi de consacrer beaucoup de temps à Suzanne. Mais il ne pouvait imposer cette vie à quelqu'un qui ignorait les difficultés de vivre en étroite relation avec une telle personne, expliqua-t-il avec des mots qui manquaient souvent de netteté.

Assise à la gauche d'Alexandre, Yvonne regardait droit devant elle, lui cachant son regard sombre. Elle ne voulait pas lui avouer qu'elle connaissait parfaitement les difficultés dont il l'entretenait. Cette confidence prématurée fausserait leur relation. La femme fière qu'elle était toujours refusait la sympathie. Comme la vie avait été l'instigatrice de leur relation naissante, c'est elle qui demeurerait juge du moment opportun de faire certaines révélations.

27

Seulement quelques rencontres avaient suffi pour que Brigitte constate qu'elle et Yvonne avaient beaucoup d'affinités. Elle s'était gardée de révéler à Charles les confidences que lui avait faites sa nouvelle amie. C'est son expérience des choses intérieures qui lui avait suggéré le silence, car ce qui avait été dit avec autant d'émotion ne méritait pas qu'on en parle autrement. Mieux que quiconque, elle avait compris qu'Yvonne demeurait la seule maîtresse de son passé.

Charles avait refusé le poste à Québec. Les avantages liés à ce défi s'étaient avérés insuffisants compte tenu de la lourdeur de la tâche et des difficultés d'adaptation qu'il entrevoyait, alors qu'il était si près de l'âge de la retraite. Il baignait dans la confusion la plus totale depuis, et les liens d'amitié qui s'étaient créés entre Brigitte et Yvonne n'arrangeaient rien.

Yvonne devait leur rendre visite cet après-midi-là, et cette première rencontre à trois le rendait mal à l'aise. Il s'était difficilement résigné à se retrouver entre les deux femmes. Il les imaginait surveillant ses moindres propos et gestes.

Les Gaumond reçurent Yvonne dans le jardin d'ombre, un endroit merveilleux entouré d'arbres à maturité qui entremêlaient leur feuillage et protégeaient l'intimité des lieux. Une impressionnante variété de plantes vivaces voisinait avec les annuelles. Une balançoire, deux bancs et une table ronde agrémentaient le tout.

L'espace d'un instant, Yvonne crut se retrouver chez elle, au domaine Rivard, dans un coin qu'elle avait spécialement aménagé.

– C'est vous qui avez pensé ce décor? demanda-t-elle à Brigitte.

– Vous aimez?

– J'adore! Décidément, nous étions faites pour nous entendre. Il faudra que je vous montre des photos...

Yvonne se tut. Dans son exaltation, elle avait oublié qu'aucune photo n'existait plus du jardin d'ombre, ni de la maison, ni de personne. La lourdeur du silence qu'elle s'imposait parut dans son expression. Pour la première fois, Yvonne avait envie de crier sa peine. Son silence rendant tout le monde mal à l'aise, Charles crut bon d'offrir des rafraîchissements. Yvonne accepta une limonade en souhaitant que Brigitte suive son mari à l'intérieur de la maison, qu'elle la laisse seule quelques instants dans cette oasis de paix, mais Brigitte resta avec elle, sans toutefois trouver un mot à lui dire.

Brigitte était soudain perturbée par la présence de cette femme à qui elle avait accordé sa confiance; elle n'était plus sûre de rien. L'attitude de Charles à son égard avait peu changé depuis qu'Yvonne avait quitté le travail. Il semblait souvent absent, perdu dans ses pensées, et elle n'osait le questionner. Par expérience, Brigitte savait qu'il fallait du temps pour guérir les blessures d'un amour impossible.

Yvonne lisait dans les pensées de Brigitte. Il était inutile de se leurrer, cette première rencontre à trois allait marquer le début ou la fin de leur relation à elles deux. Alors, exactement comme Brigitte l'avait fait ce fameux mercredi, elle plongea dans le vif du sujet.

— Est-ce qu'on peut parler franchement, ou allons-nous continuer de feindre ?

Brigitte respirait difficilement, mais elle n'allait pas reculer.

— Si je vous disais que je suis parfaitement à l'aise entre vous deux, je serais hypocrite, dit-elle. Surtout, ne me dites pas que c'est normal.

— Tout n'est pas réglé parce qu'on décide qu'il doit en être ainsi, n'est-ce pas ?

— Et même si une chose semble réglée, ça ne veut pas dire que tout soit revenu à la normale. Charles a vu une autre femme dernièrement.

— Une autre femme ? Que me racontez-vous là ?

— Je suis certaine que ce n'est pas pour le travail. Je voudrais savoir quelle est sa relation avec elle.

Yvonne ne connaissait rien de la vie de Charles en dehors du bureau ; cependant, qu'il ait une autre femme dans sa vie l'étonnait.

— Au risque de passer pour une jalouse maladive, je veux tirer la situation au clair avant de recommencer à neuf avec Charles. J'ai trouvé un papier plié au fond de la poche d'un de ses vestons. Charles est un homme rangé qui classe tout. Vous avez vu son bureau et son attaché-case ? Tout est toujours impeccable. Alors, pourquoi avait-il oublié ce papier avec le nom et l'adresse de cette Fabienne Clément ?

Yvonne se mit à rire. Elle se souvenait de la rage qui allumait le regard de Charles, ce matin-là. Il avait été furieux de la voir en compagnie d'Alexandre Leroux. C'est à ce moment qu'elle lui avait remis le bout de papier avec le nom et l'adresse de Fabienne.

– Chère Brigitte. Si vous vous faites du souci avec cela, oubliez tout. Je peux vous rassurer. Fabienne est une amie à moi qui avait besoin d'aide pour une démarche personnelle. Charles ne l'a jamais vue, il n'a même pas eu à intervenir. C'est probablement pour cela qu'il n'a pas pensé à jeter ce papier.

Brigitte eut un maigre sourire et sembla mal à l'aise.

– Vous devez avoir une piètre opinion de moi, dit-elle en changeant de siège, tournant ainsi le dos à la porte, qu'elle n'avait plus besoin de surveiller.

– Je pense que vous êtes une femme à qui on a fait du mal et qui cherche à se protéger.

Elles n'avaient pas entendu Charles qui arrivait, les mains embarrassées. Brigitte s'apprêtait à ajouter une remarque quand il annonça sa présence.

– Les invitées d'abord, dit-il en servant Yvonne.

– À vous deux, rétorqua-t-elle.

Charles regarda Brigitte, qui avait baissé les yeux. Il toucha son verre et attendit qu'elle le regarde enfin.

– À notre santé à tous, dit-elle.

Ce fut au tour de Brigitte de se retirer pour aller chercher les amuse-gueule. Charles entama immédiatement une conversation qui ne porterait pas sur eux. Il tenait un sujet qui allait certainement susciter l'intérêt d'Yvonne.

– Tu sais que notre mystérieux visiteur est revenu au centre ?

– Est-ce que tu me parles de l'homme qui a rendu visite à Mme Aurelyne ?

– Exactement. Il est revenu, mais nous n'en savons guère plus à son sujet. Il a refusé de s'expliquer lorsque Louise l'a interrogé.

– Il s'agissait vraiment du même homme ?

– Louise dit l'avoir reconnu dès qu'il est sorti de l'ancienne chambre de Mme Jolivet. Elle a appelé Lucie Bernard, mais quand Lucie est arrivée au salon où il devait l'attendre, il était parti.

– Nous voilà bien avancés.

– Louise est une fille débrouillarde. Elle a jeté un coup d'œil à son porte-documents. Notre homme s'appelle Pierre Richard.

– C'est étrange... Ce nom me dit quelque chose, mais je n'arrive pas à me souvenir. Pierre Richard, hein ? Il faudra voir.

– Il vous faudra voir à quoi ? demanda Brigitte qui revenait avec un plateau bien garni.

– À ce que vous cessiez de vous vouvoyer toutes les deux, maintenant que vous êtes bien décidées à vous liguer contre moi, dit Charles.

Elles éclatèrent de rire, et Charles aussi. Il éprouvait une sensation de liberté comme il ne se souvenait pas en avoir connu depuis des années. Il s'assit confortablement dans son fauteuil et se mit à badiner. Yvonne reconnut le « joyeux notaire » de sa jeunesse ; celui-ci lui plaisait davantage que l'amoureux maladroit.

28

L'été passait trop vite. Le paysage s'était progressivement transformé. Des jours de pluie avaient été suivis par d'autres d'une chaleur insupportable. Le petit David avait maintenant deux mois. Fabienne se plaisait à dire qu'il était le plus beau bébé du monde, et personne n'aurait osé la contredire.

Marise tentait de rassurer tout le monde au sujet de son état de santé, qui, disait-elle, s'était nettement amélioré. Quelquefois, elle se surprenait à rire. À ces courts instants de joie succédaient des moments d'absence pendant lesquels elle se refermait sur elle-même. Elle avait finalement accepté de partir en vacances avec Érik en septembre, mais sans manifester de goût pour une destination particulière. L'endroit avait peu d'importance, répétait-elle, pourvu que la distance et le décor les changent de la vie de tous les jours.

Judith partageait son temps entre ses jeux au parc avec Frédérika Travárez et ses visites chez Fabienne. Elle ne manquait aucune leçon de violon depuis que l'instrument de sa grand-tante Judith Rivard était en sa possession. Carlos Santi, son professeur, s'étonnait de sa progression et lui prédisait déjà un avenir prometteur.

Ce matin-là, lorsque Judith se leva, elle fut surprise de trouver sa mère déjà toute prête à partir. Elle sentit son cœur bondir dans sa poitrine.

— Maman, tu es levée ! Je suis très contente ! Est-ce que tu vas reprendre tes exercices ? Si tu vas courir, j'y vais, moi aussi.

— Je voulais être prête lorsque Fabienne viendra nous chercher. J'ai promis de l'accompagner au parc.

— Marraine promène David dans le parc chaque jour. Peut-être que Jeanne viendra aussi, aujourd'hui.

— Qui est Jeanne ?

— Maman ! Tu ne m'écoutes donc jamais. Je t'ai parlé d'elle, voyons ! C'est une belle madame aux cheveux blancs qui vient souvent au parc. Des fois, elle parle avec Fabienne. Elle aime beaucoup David.

Marise se souvenait vaguement des réflexions de sa fille. Judith avait même mentionné que cette Jeanne se parfumait avec une eau de toilette qui sentait comme les draps de la maison du bord de l'eau, et qu'elle portait toujours des lunettes fumées assorties au bandeau qui retenait ses cheveux.

— Est-ce qu'elle va au parc chaque jour ?

— Bien sûr que non ! Des fois, elle vient, des fois, elle ne vient pas. Elle ne me parle pas à moi, mais elle me donne toujours une petite tape sur l'épaule avant de partir.

Les propos de Judith s'étaient vite transformés en babillage. Marise ne l'écoutait plus ; le projet qui lui trottait dans la tête depuis quelques jours l'avait distraite. Elle se voyait auprès d'Hélène, sa bonne vieille amie Hélène, comme elle disait toujours. Tellement de temps s'était écoulé depuis leur dernier tête-à-tête. Il remontait où Hélène Gervais s'était remise en ménage avec Mike Nicholson et où ils s'étaient installés à Sherbrooke. Les relations des deux amies en avaient été complètement chamboulées. Mais voilà que Marise pensait de nouveau à Hélène, la seule personne à qui elle pouvait vraiment tout dire, raconter ses états d'âme les plus profonds. Son amitié sincère l'avait soutenue durant l'absence d'Érik, à une époque où Hélène criait encore qu'elle n'avait pas besoin de Mike dans sa vie. Le temps avait prouvé que rien n'était écrit définitivement dans le roc. Mike s'est rangé, mais Marise n'avait pas compris pourquoi Hélène s'était de nouveau liée à cet homme.

Judith avait très peu connu Hélène, et Marise n'avait pas l'intention de lui faire part de son désir d'aller lui rendre visite. Perdue dans ses pensées, Marise ne s'était pas rendu compte que sa fille lui parlait.

– Ça ne t'intéresse pas que je te parle de Frédérika et de son départ ? demanda Judith en posant tristement sa main sur le bras de sa mère.

– Ne crois pas cela, ma chérie. J'étais dans la lune. Je sais que c'est difficile de perdre sa meilleure amie. Je comprends très bien ce que tu ressens, va !

– Tu sais que Patricia va se retrouver sans travail.

– Patricia ?

– Patricia, c'est la gouvernante de Frédérika. Elle dit qu'elle aimerait s'occuper de moi si tu retournes travailler.

Son éventuel retour au travail semblait-il si naturel à Judith ? Marise se demanda alors si elle devait s'en réjouir, ou regretter de ne pas avoir manifesté son désir plus tôt.

– Si je comprends bien, tu aimes Patricia. Et ça te plairait qu'elle devienne ta gouvernante ?

– Seulement pour un an. Après, je serai pensionnaire pour devenir une grande violoniste.

Marise sourit à Judith. Quelle force de caractère et quelle assurance cette enfant avait ! C'est à ce moment que Fabienne manifesta sa présence par un grattement sur le cadre de la porte.

— Déjà prête, Marise! Je suis heureuse de te revoir en forme. Vous venez avec nous alors?

— Dans une minute.

— David s'impatiente et moi aussi, dit Fabienne. Dès que je m'arrête, il crie à fendre l'âme. Ah! quelle horreur que ces coliques!

Le soleil était d'une lourdeur accablante. Dans moins de deux heures, la chaleur serait insupportable. Fabienne entraîna Marise vers le parc déjà grouillant d'enfants et de gardiennes. Leur conversation était plutôt décousue, difficile à soutenir; Marise se contentant de répondre aux questions, Fabienne était obligée de l'alimenter toute seule. C'était d'autant plus pénible pour Fabienne qu'elle avait persisté tout l'été à inviter Marise à partager ses randonnées matinales, sans obtenir de résultat. Ce matin-là, à la demande d'Érik, elle était fermement décidée à la retenir auprès d'elle.

Lasse de regarder dormir David, Judith était allée rejoindre Frédérika et ses amies qui s'amusaient sous la surveillance de Patricia. Tout à coup, Marise reconnut sa voix parmi celles des autres enfants faisant la ronde autour de la monitrice.

— Regarde, Fabienne! avait-elle crié en pointant son doigt vers l'entrée est. C'est Jeanne, là-bas. On dirait qu'elle s'en va déjà.

La femme hâtait le pas lorsque Judith la rattrapa.

— Jeanne! Je suis là, ne partez pas, cria-t-elle.

Jeanne s'arrêta et regarda du côté de Fabienne et de Marise. Elle replaça son bandeau, qui était de la même teinte que l'imprimé de son bermuda. Judith remarqua que, cette fois, la couleur de ses lunettes se mariait davantage avec celle de ses cheveux.

– Jeanne, pourquoi vous sauvez-vous ? Vous n'avez pas envie de voir David, ce matin ?

– Je ne veux pas déranger. Il y a quelqu'un avec vous.

Judith replaça ses cheveux qui volaient au vent et fit une moue condescendante.

– C'est ma mère. Elle sera contente de vous connaître. Je lui ai parlé de vous ce matin.

– Tu n'aurais pas dû importuner ta mère. Il n'y a rien d'intéressant à parler d'une vieille femme comme moi.

– Vous n'êtes pas vieille. Regardez, sur le banc, là-bas. C'est comme ça être vieux, dit la gamine, qui avait repéré un couple âgé assis à l'ombre.

Judith se mit en marche, tirant Jeanne par la main comme si elle l'entraînait malgré elle. L'hésitation de Jeanne à la suivre était aussi visible que son désir d'être ailleurs.

Fabienne vint à leur rencontre, suivie, quelques pas derrière, par Marise.

– Je ne voulais pas vous déranger, dit Jeanne. Je vois que vous avez de la visite.

– Marise habite le quartier comme vous et moi. Venez, Jeanne, que je vous présente. Marise Brière, voici Jeanne Arel.

Marise lui tendit la main.

– Je suis la maman de Judith, dit-elle. Nous demeurons juste là. Vous voyez la maison avec une verrière ?

Jeanne demeura distante, elle semblait gênée d'être devant tant de personnes à la fois. Elle parut peu intéressée par ce que lui disait Marise. Elle regarda dans la direction indiquée, puis baissa les yeux comme pour ne pas avoir à établir un contact. La singularité de son comportement intrigua Marise.

– Je crois avoir compris que vous demeurez aussi dans le quartier ? lui demanda-t-elle.

– Oui. Je... je demeure tout près, à quelques rues par... par là.

La femme avait replacé son bandeau et ses lunettes. Cette fois, elle allait partir sans prendre David dans ses bras. Le prétexte qu'elle donna pour ne pas s'attarder plus longtemps était aussi vague que l'endroit où elle avait situé sa demeure.

– C'est toi qui l'as gênée, dit Judith à sa mère en regardant Jeanne s'en aller.

Pendant un instant, elle en voulut à sa mère de l'avoir questionnée, mais l'arrivée de Frédérika lui fit oublier l'incident.

Ni Fabienne ni Marise n'avaient envie de rester dans cet endroit soudainement trop bruyant et sans intérêt. Fabienne mit son besoin de rentrer immédiatement sur le compte de la chaleur. Marise, qui partageait son avis, était surtout poursuivie par l'image de Jeanne. Elle avait envie de vérifier si cette personne habitait vraiment le quartier. Pour cette fois, il était trop tard, Jeanne avait disparu, mais, un autre jour, si elle rencontrait encore cette Jeanne, elle s'arrangerait pour savoir qui elle était.

Marise fit taire son imagination et laissa Judith au parc avec Frédérika. Elle rentra chez elle, passa un maillot et s'allongea au bord de la piscine. Son maillot et ses cheveux étaient encore trempés quand Judith revint pour le lunch. La fillette l'observa un moment avant de signaler sa présence. Marise était jolie ainsi offerte aux rayons du soleil, les yeux fermés, le visage serein. Elle était plus jolie que les mères de ses amies, qui pourtant étaient toutes plus jeunes, pensa Judith, qui n'osa la tirer de sa quiétude et entra mettre un maillot elle aussi.

En entendant la porte se refermer, Marise leva la tête juste à temps pour apercevoir la silhouette de sa fille à travers la verrière. Elle s'étira longuement et s'assit en attendant son retour. Elle désirait discuter avec elle de cette étrange personne rencontrée au parc.

Judith était très disciplinée pour son âge. Après être allée au terrain de jeux, elle faisait quelques plongeons et une dizaine de longueurs dans la piscine avant d'entrer manger. Au moment où la chaleur était à son maximum, elle préférait demeurer à l'intérieur ; c'était le moment qu'elle avait choisi pour monter à sa chambre et s'exercer au violon. Elle ne dérogeait jamais à son programme. Pour ce qui était du violon, elle s'était fixé un but très élevé, et, malgré son jeune âge, elle semblait déjà consciente de la somme imposante de travail et de la dose de courage qu'il lui faudrait pour l'atteindre.

Marise était partagée entre la fierté de voir le talent de Judith s'affirmer de jour en jour davantage et le sentiment de détresse qui l'envahissait dès que la musique parvenait jusqu'à elle, dès que les cordes vibraient sous l'archet. Ce violon avait tant à dire. Il était encore imprégné de l'odeur de la maison du bord de l'eau et du souvenir de sa dernière visite là-bas. Il lui rappelait les raisons qui la retenaient en ville malgré l'été et sa chaleur, malgré son envie de monter Princesse et de folâtrer dans les champs en la faisant marcher doucement en caressant son gros ventre plein de la vie qu'elle s'apprêtait à donner.

Judith avait rejoint sa mère au bord de la piscine. Elle tenait ses bras croisés devant elle et courbait les épaules pour dissimuler ses formes naissantes. Elle allait plonger quand Marise l'interpella. Trop tard, Judith était déjà sous l'eau. Elle traversa la piscine sans sortir la tête pour respirer. Ses cheveux libres s'ouvraient comme un aileron magique lui prodiguant la grâce de sa féminité. D'un coup de jambes, tel un dauphin, elle jaillit au-dessus de l'eau et respira. C'était une jeune fille que Marise voyait devant elle. Comment n'avait-elle pas remarqué que la taille de sa fille s'affinait, que ses jambes s'allongeaient, que ses cuisses se sculptaient élégamment ? Encore une autre femme qui ne saura pas aimer, se dit-elle.

Judith était à côté de sa mère, ruisselante, fraîche et, surtout, loin de ses inquiétudes. Elle avait faim. Mais Marise voulut d'abord qu'elle lui parle de Jeanne Arel.

– Il y a longtemps que Jeanne se promène dans le parc ?

Judith chercha à se souvenir. Elle ne savait plus très bien.

– Tu demanderas à tante Fabienne. Je pense qu'elle a rencontré Jeanne quand elle a commencé à promener David. Tante Fabienne aime bien Jeanne. Elles s'assoient souvent ensemble pour parler. L'autre jour, Jeanne lui a offert de garder David si elle voulait sortir.

– Fabienne a accepté ?

Judith voulait mettre fin à l'interrogatoire. Elle avait faim.

– Elle lui a dit qu'elle avait déjà une gardienne, et Jeanne est partie tout de suite après. Est-ce que tu viens manger maintenant ?

Marise la suivit à l'intérieur sans cesser de s'interroger. Ses soupçons étaient-ils suffisamment fondés pour les partager avec d'autres ? Ou allait-elle inquiéter inutilement Fabienne si elle lui en parlait ?

Elle n'avait toujours pas de réponse à ses questions quand, après le lunch, elle sortit de nouveau sur la terrasse. À l'étage, la mélodie que jouait Judith sur son violon ne l'agressait plus, elle servait de fond à ses réflexions. Ses préoccupations au sujet de Jeanne Arel disparurent. Progressivement, ses pensées se tournèrent vers son entourage. Érik avait reporté le moment de se retirer des affaires à une date non précisée afin qu'elle puisse reprendre sa place à ses côtés. « J'ai envie de te voir redevenir la femme que tu étais », lui avait-il dit. Si seulement tout pouvait être aussi simple, se dit Marise. Tout à coup, comme à travers un objectif à grand angle, elle regarda autour d'elle et au-dedans d'elle.

« Nous nous racontons tous des histoires. Je me mens à moi-même. Érik ne veut pas voir plus loin que ce que je lui dis. Même Brian était prêt à gérer seul la Valross pour se prouver qu'il n'avait pas de temps pour autre chose. Il laisse toute la place à Fabienne dans la vie de son enfant. Un autre qui détourne le problème en fermant les yeux. Yvonne n'échappe pas à la règle. Alexandre continue de garnir son salon de roses blanches, il l'invite au restaurant, mais elle, elle fait taire son cœur et joue à celle qui ne peut donner que de l'amitié. »

Marise essuya la sueur qui coulait sur son corps et mouillait ses cheveux. La sonnerie du téléphone l'avait tirée de sa réflexion. Au bout du fil, c'était Yvonne. Sa pensée l'avait-elle rejointe, pour qu'elle se manifeste à ce moment précis ?

Il y avait une chaleur inhabituelle dans la voix de Marise. Yvonne eut l'impression de retrouver la vraie Marise. Elle se sentit plus à l'aise pour lui faire part de son envie de retourner à la propriété du rang des Mésanges.

— Je ne sais pas si c'est le beau temps ou une nostalgie de l'ancien temps, mais il me semble que ça nous ferait du bien d'aller à la campagne, dit Yvonne.

Elle avait dit *nous,* et ce mot avait refroidi Marise. Si Yvonne souhaitait qu'elle l'accompagne, la réponse était toute prête. Elle n'irait pas.

Yvonne ne tarda pas à faire la lumière sur ses intentions.

— Brigitte sera seule chez elle pour les prochains jours et nous avons pensé en profiter pour faire un tour à la campagne. Elle serait heureuse de connaître l'endroit où j'ai vécu.

Était-ce bien la voix d'Yvonne? Était-ce possible que, d'elle-même, Yvonne sollicite la permission de se rendre à la maison du bord de l'eau après avoir inventé mille prétextes pour refuser de les y accompagner? Quatre fois seulement elle était retournée là-bas, et au prix de quelle insistance!

— Vous n'avez qu'à passer prendre la clé, dit Marise. Vous pourrez rester tout le temps que vous voudrez.

— Est-il nécessaire d'aller chercher la clé? Je suppose que John sera là.

— Je suppose, répéta Marise.

Soudainement lointaine, Marise s'inquiétait. John et Yvonne avaient été voisins pendant dix ans, ils se connaissaient très bien. S'il se confiait à elle, si elle apprenait les raisons pour lesquelles elle ne voulait pas aller à la campagne, Yvonne ferait-elle preuve de sa discrétion habituelle ? John avait été bon pour elle dans le temps. Mille pensées se bousculaient dans la tête de Marise, c'est à peine si elle écoutait Yvonne.

— Nous dormirons à l'auberge. Si nous ne trouvons pas ce qu'il faut là-bas, nous reviendrons vers la civilisation.

Yvonne avait fait exprès d'utiliser ce mot employé autrefois par Érik pour annoncer son retour en ville. Marise n'y fit pas attention ; ce détail faisait partie de toute une série d'autres, que personne n'osait mentionner parce qu'ils appartenaient à ce passé et à ces lieux.

— Est-ce qu'il y a un message pour John ?

Marise balbutia quelques paroles incohérentes puis, se ressaisissant, elle conseilla à Yvonne de téléphoner à Érik à ce sujet. De son côté, elle n'avait rien de spécial pour John, affirma-t-elle en chassant l'émotion qui soudain l'étouffait.

29

Brigitte était arrivée chez Yvonne plus tôt que prévu. Les deux femmes, qui s'étaient donné rendez-vous pour le lunch, se promettaient encore une expérience nouvelle pour ce jour-là. Chacune de leurs rencontres les avait amenées à se découvrir, en discutant de leurs goûts, en dévoilant des facettes de leur personnalité.

Charles ne rentrerait pas dormir à la maison ni ce soir-là ni le suivant. Brigitte était donc particulièrement libre de son temps. Cependant, son humeur laissait supposer le contraire. Elle était d'une tristesse impossible à dissimuler en arrivant à l'appartement d'Yvonne. Incapable de contrôler ses émotions, elle était peu disposée à entreprendre une conversation.

— Qu'est-ce qui ne va pas ? s'enquit Yvonne. C'est Charles ?

— Non, ce n'est pas Charles. C'est moi qui ne sais pas comment vivre. Je suis toute remuée par en dedans.

— Si tu me racontais ?

— Il n'y a rien à raconter. C'est là et c'est tout. Tu n'aurais pas quelque chose de fort à m'offrir ? Il me semble que j'ai besoin de me secouer un peu.

Yvonne alla chercher la bouteille de scotch et en versa un doigt dans un verre.

— Ajoute seulement un glaçon, dit Brigitte. J'aime le goût du scotch nature.

Yvonne la regarda ingurgiter son verre comme si elle était habituée à boire ce genre de boisson forte et âcre. Déjà auparavant, elle avait remarqué que Brigitte ne détestait pas prendre un verre de vin à l'occasion. Elle s'interdit cependant de vérifier ses soupçons et revint à leurs projets pour la journée.

– Que faisons-nous maintenant ?

En cette fin de juillet, les activités et les lieux susceptibles d'occuper une journée ne manquaient pas. L'expression de Brigitte changea soudainement. Une joie intérieure l'habitait.

– Sais-tu ce qui me ferait vraiment plaisir ?

– Un pique-nique ?

– Si tu veux. J'aimerais visiter l'endroit où tu vivais avant de venir ici. Si nous allions à la campagne ? Tu crois que ce serait possible ?

C'est à la suite de cette requête de Brigitte qu'Yvonne avait téléphoné à Marise. Pendant leur conversation, Brigitte avait marché de long en large dans la pièce. Elle sortait sur le balcon, puis rentrait aussitôt. L'effet du scotch aidant, deux larmes coulaient sur ses joues ; des larmes qu'elle n'avait pas l'intention d'exposer au regard de sa compagne. Elle s'isola dans la salle de bains pour attendre la fin de l'appel et se composer une expression.

Le silence étant revenu dans la pièce à côté, Brigitte rejoignit Yvonne. Tout était arrangé : elles pouvaient partir dans dix minutes si elles voulaient.

– Le temps de prendre un chandail et des vêtements de rechange, et je suis prête, dit Yvonne.

Debout l'une en face de l'autre, elles se rendirent compte de leur ressemblance. Elles avaient à peu près la même stature. Seules leurs chevelures différaient.

Les reflets chauds des cheveux de Brigitte contrastaient avec le châtain clair de ceux d'Yvonne. Étrangement, ce jour-là toutes deux portaient une jupe en jean et des chaussures à talons plats retenues par une seule lanière entre les orteils.

Désignant la jupe de Brigitte en riant, Yvonne lui demanda si elle avait autre chose à se mettre. Brigitte hésita, puis avoua qu'elle avait ce qu'il fallait dans son auto.

La voiture d'Yvonne Rivard roulait en direction des Cantons-de-l'Est. L'enthousiasme des premiers moments s'était peu à peu transformé en silence bouleversant. Dans le cas d'Yvonne, cela n'avait rien de surprenant, son attitude était en tout point semblable à celle des fois précédentes, lorsque, en compagnie de la famille Valcourt, elle avait fait le trajet menant à la campagne. Brigitte n'éprouvait pas la même émotion, toutefois au fond d'elle-même s'installait une certitude : les heures à venir seraient marquantes dans sa vie. Là-bas, elle trouverait peut-être la force nécessaire pour émerger au grand jour.

Elles arrivèrent à l'entrée du village plus tôt que prévu et s'arrêtèrent à l'auberge pour faire les réservations pour la nuit.

– C'est un endroit sans pareil, dit Yvonne sans lâcher le volant, qu'elle tenait comme s'il la préservait d'une chose invisible.

Elle n'avait pas oublié que, dans le hall d'entrée, comme dans le petit salon, elle retrouverait des meubles provenant du domaine Rivard, des meubles lui ayant appartenu et qu'elle avait dû vendre pour subsister six mois de plus.

Les propriétaires n'étaient plus les mêmes. La jeune femme qui les reçut ne sembla pas reconnaître Yvonne, pas plus qu'elle ne fit attention à son nom inscrit sur la fiche. Yvonne demanda la chambre sous le toit du côté de la montagne et réserva celle donnant sur les jardins pour Brigitte.

Cette auberge datant de la fondation du village semblait avoir interdit au temps d'avancer. Brigitte visita chaque pièce du rez-de-chaussée en compagnie d'Yvonne qui la guidait, mais elle en eut vite assez. Elle préférait continuer le voyage afin de connaître l'univers de son amie, et peut-être y trouver quelque chose qui lui ressemblait encore un peu.

– Nous allons chez toi ? proposa-t-elle.

– Ce n'est plus chez moi. Tout ça est à Érik maintenant, à lui et à Marise.

Le ton d'Yvonne avait changé brusquement, se situant entre l'amertume et la tendresse. Deux sentiments si différents pouvaient-ils l'habiter au même instant ?

Elles mangèrent en route, se réservant le dessert pour un pique-nique en bordure de la rivière. Yvonne se souvenait qu'il y avait des framboises et des groseilles au pied du rocher.

– Des framboises ! répéta Brigitte. Tu crois que je pourrai en cueillir ?

Brigitte pourrait cueillir des framboises. Son absence ferait l'affaire d'Yvonne, car elle voulait discuter avec John Pérusse, ce voisin qui vivait en solitaire à présent.

L'allée était en vue. Yvonne ralentit et regarda sur la droite. La roseraie semblait abandonnée. Un jeune garçon équipé d'un sécateur coupait des fleurs pour en faire un bouquet. Se sentant découvert, il s'enfuit et laissa tout sur place.

– Qu'est-ce qui se passe ici? murmura Yvonne.

Autant de fleurs à entretenir, c'était trop pour un seul homme, mais Érik l'ignorait. Il avait confié sa propriété à John Pérusse et s'en était remis à son jugement pour tout ce qui la concernait. John n'avait rien dit de sa situation personnelle. Il avait évité tout contact avec ses patrons.

L'odeur dominante des roses saumon se reconnaissait parmi les autres. Plus corsée, quelque peu poivrée, elle différait de la subtile senteur des roses blanches qui ornaient l'appartement d'Yvonne. Brigitte aussi regardait en direction de la roseraie, cependant les fleurs dressées sur leurs tiges dénudées l'intéressaient moins que le décor qu'elle tentait de reconstruire. Si Yvonne avait vraiment vécu là, il ne restait rien d'elle. On avait effacé son passé en faisant fleurir des centaines de roses à la place des ruines de sa maison. Le bonheur avait-il une certaine ressemblance avec les roses, pouvait-il fleurir sur la misère humaine? s'interrogea-t-elle en silence.

Le claquement d'une portière ayant attiré l'attention de John, il se dirigea d'un pas ferme vers l'allée. Il reconnut Yvonne Rivard, qui venait vers lui. Il lui sourit et la salua d'un signe de la main. Soudain, son sourire s'estompa. Une silhouette lui apparut à travers la vitre de la voiture. Cette personne le faisait-elle exprès de rester là et de se dissimuler à sa vue?

– Marise, murmura-t-il.

– Bonjour, John! J'ai amené une amie. C'est Brigitte Gaumond, dit Yvonne.

Brigitte descendit enfin de voiture et vint vers John, qui fut d'une impolitesse surprenante. Il en voulait à cette femme d'être venue à la place de l'autre. Il ne serra pas la main qu'elle lui tendait. Son indifférence choqua Yvonne.

– John! En voilà une manière de recevoir les gens!

– Je m'excuse. J'avais cru que...

John n'en dit pas davantage. D'un signe, il les invita à le suivre, mais Brigitte ne put avancer. Devant elle, comme un film en couleurs succédant à un autre en noir et blanc, la nature s'illuminait, se colorait. Les fleurs débordaient des boîtes accrochées aux fenêtres. Le gazon rasé de frais s'étendait en tapis soyeux jusqu'aux grosses pierres en bordure de la rivière. Les bêtes broutaient librement dans l'enclos. Comme lorsqu'on entre pour la première fois dans un sanctuaire, Brigitte se taisait, elle admirait.

– C'est magnifique, John! s'exclama Yvonne. Vous avez fait un travail gigantesque ici. Dommage que... dommage que vos patrons ne voient pas ça.

– J'ai négligé la roseraie, mais ici c'est sacré. Je passe mes journées à entretenir. Vous voulez entrer dans la maison?

Comme Brigitte préférait rester dehors encore un peu, Yvonne se rendit à la maison en compagnie de John. Elle le trouva vieilli. Celui qui avait été son protecteur avant Érik avait dix ans de plus, lui aussi, et la quarantaine lui allait à ravir. Ce bel homme dans la force de l'âge l'intimidait singulièrement. Elle le détaillait discrètement, essayait de scruter ses pensées, mais John fuyait son regard. Il gesticulait beaucoup et ponctuait chacun de ses commentaires d'un signe de la main. Il partit aussitôt que Brigitte les eut rejoints. De loin, il l'entendit s'exclamer. Il détestait qu'une étrangère soit là. Yvonne avait le droit de fouler le sol de cette terre, mais cette autre femme n'aurait pas dû venir. Ces lieux ne méritaient pas qu'on les fréquente sans raison valable, seulement en passant.

Yvonne et Brigitte ne restèrent pas à l'intérieur. Elles avaient envie d'aller à la rivière et de remonter le sentier des chevaux.

Libéré de leur présence, indifférent aux guêpes qui tournoyaient autour de sa casquette, John mordillait un cure-dent quand il vit revenir Yvonne.

— J'ai laissé Brigitte ramasser les dernières framboises de la saison. Elle a trouvé un contenant qu'elle a lavé à la rivière, lui dit-elle en se dirigeant vers la maison.

Elle aurait pu simplement passer à distance sans lui mentionner qu'elle serait seule un moment. John comprit qu'elle voulait lui parler et la suivit. Il s'assit sur la galerie, les pieds sur la seconde marche de l'escalier.

Yvonne se tenait derrière la moustiquaire. John lui tournait le dos mais était tout près d'elle. Il la questionna sans hausser la voix.

— Comment va-t-elle ? demanda-t-il simplement.

— Vous voulez dire, comment va Marise ?

Le silence de John lui confirma qu'il n'était pas étranger à ce qui perturbait la femme de son cousin. Yvonne eut envie de lui répondre de manière impersonnelle, mais elle se ravisa. John finirait par savoir.

— Que voulez-vous entendre ?

— Qu'elle va bien.

— Je pense qu'elle va mieux. Dans quelques semaines, Érik et Marise iront en voyage. À leur retour, elle retournera au travail. Ce n'est plus qu'une question de santé physique.

John enleva sa casquette et passa la main dans ses cheveux en broussaille.

– Je suis content, dit-il.

– Et vous, John?

La question méritait réflexion, car John ignorait comment il allait. Le John Pérusse qu'avait connu cette voisine n'existait plus. L'homme qui prenait soin des chevaux, qui nettoyait la maison et qui entretenait les fleurs habitait toujours son corps. Mais il y avait un autre homme en lui, et celui-là n'avait plus rien dit depuis ce dimanche de mai où il était allé au bord de la rivière avec Marise Brière. Après lui avoir crié son amour et son dépit, il s'était tu.

– John, je vois que vous ne voulez pas répondre, alors je n'irai pas par quatre chemins. J'ai rencontré Denise à Montréal, et elle m'a dit que vous étiez séparés.

– Comment va-t-elle? Je suppose qu'elle va bien, elle aussi?

– Oui, je crois qu'elle va bien.

John eut un petit sourire et, comme pour Marise, il répéta qu'il était content. Yvonne changea de sujet et le félicita sur la façon dont il entretenait la maison, la fleurissait comme si elle était habitée. Pas un grain de poussière n'assombrissait le dessus des meubles, l'évier était sec et brillant comme le verre tourné à l'envers sur une dentelle.

Embarrassé par ces remarques, John répondit qu'il ne faisait que son travail, puis il se referma. De lui-même, il ne parlerait plus. Alors, Yvonne s'assit à ses côtés et sortit un dessin qu'elle avait inséré entre les pages d'une revue avant de partir. Le dessin de Judith les représentant, Marise et lui, au bord de la rivière. Yvonne le mit devant ses yeux et l'interrogea avant qu'il ait le temps de réfléchir.

– Depuis quand êtes-vous amoureux de Marise, John?

Ce dessin ne signifiait rien, à moins que Marise n'ait parlé. John se leva pour partir. Comme on fuit devant un ennemi trop fort, impossible à toucher, il se sauvait. Yvonne le retint.

– Restez encore. Asseyez-vous là. Brigitte ne va pas tarder à revenir et nous avons encore à parler tous les deux, seulement tous les deux.

Tout son être traduisait sa méfiance, la crainte de devoir se livrer ou qu'elle lise dans ses pensées. Un sourire sarcastique apparut sur son visage, une expression qui visait à faire croire à Yvonne qu'elle déraisonnait. Mais un doute l'envahissait.

– C'est elle qui vous a dit?

– John, allons! À qui croyez-vous parler? Il suffisait de vous regarder pour comprendre. Je me demande comment Érik et Marise ont pu ignorer ce qui crevait les yeux?

– Vous n'êtes venue ici que quelques fois et vous avez vu ça avant tout le monde? Avant moi, avant elle? Eh bien, bravo! Pourquoi êtes-vous si forte dans ce domaine?

Ses paroles portaient l'empreinte d'un chagrin inexprimable. Yvonne n'aurait pas dû deviner leur secret. Il n'était en effet plus le seul à être troublé par un sentiment inavouable. Marise aussi luttait, avec le peu de forces qui lui restait. Seule sa raison lui permettait de résister depuis qu'il avait clamé qu'il ne vivait que parce qu'elle existait, que chaque jour il l'attendait dans cette maison fleurie. Avec pour compagne sa douce folie, chaque soir il ouvrait les draps, puis s'asseyait sur la chaise au pied du lit jusqu'à ce que le sommeil le gagne. Lorsque, courbaturé, il se réveillait en sursaut, il replaçait les draps, fermait la porte à clé et allait dormir à l'étage de l'écurie.

John ne dirait rien de tout cela. Il avait décidé de jouer à l'être inabordable. D'ailleurs, Yvonne savait déjà qu'il ne répondrait pas à ses attaques. Elle devint aussi silencieuse que lui, mais son silence l'excéda davantage que ses questions. Alors, il la mit face à sa propre vie, la forçant à retourner son arme contre elle-même.

– C'est facile de regarder vivre les autres, dit-il. Vous, madame Yvonne, qu'éprouvez-vous au juste pour celui que vous continuez à appeler votre cousin ? Seriez-vous capable de me jurer qu'il n'y a rien de particulier dans votre affection pour cet homme ?

Yvonne s'attendait à cette riposte. John avait été le premier, dans le temps, à deviner qu'elle cachait un homme dans la petite maison du bord de l'eau. En venant livrer des marchandises chez elle, il avait été témoin du changement qui s'était opéré en elle. Il l'avait plus rarement surprise en robe de chambre et décoiffée. Elle avait moins besoin de ce vin de piètre qualité pour s'endormir le soir. Le jour où elle était venue lui dire au revoir, John lui avait dit : « Dommage qu'il parte avec sa femme, n'est-ce pas ? » Elle n'avait rien répondu, mais elle avait posé sur lui le même regard que John avait en ce moment.

– Je crois que je ferais mieux d'aller voir ce qui se passe près du rocher, dit-elle. Brigitte devrait être de retour, il me semble qu'elle tarde.

– C'est plus facile de s'en aller que de répondre, n'est-ce pas ? Vous avez raison, allez retrouver votre amie, et moi, je retourne à mon travail.

Il la regarda droit dans les yeux. La profondeur de son regard la saisit. Quel sauvage il était devenu, et en si peu de temps. Mais, aussi, quel charme il avait, pensa-t-elle.

– Je vous aime bien, madame Yvonne. Faites attention à vous. Vous méritez d'être heureuse, et vous êtes plus belle que jamais.

John avait réussi à la faire sourire. Soudain, le soleil sembla avoir avalé l'air ; la température était devenue intolérable. Yvonne ne voulut plus penser qu'à Brigitte et à son retard. Elle quitta John et s'engagea aussitôt dans le sentier. Ça sentait bon le trèfle et le foin séché. Là où la rivière ne coulait plus qu'en un filet, Yvonne crut entendre des cris d'enfants, comme dans le temps, quand Cyprien et Évelyne s'amusaient à cet endroit puis rentraient couverts de boue. La vie est à sens unique, et le paysage passé ne revient jamais, se dit-elle.

Après avoir cueilli des fruits mûrs, Brigitte s'était assise sur une pierre tombée du pic qui s'avançait au-dessus d'elle. Elle semblait indifférente au chant des cigales et au bruissement du vent dans les arbres. Elle tenait un bol de framboises sur ses genoux et, tout autour d'elle, d'autres framboises étaient éparpillées, aplaties comme si elles s'étaient écrasées au sol après avoir été propulsées dans les airs par une explosion. Les petites mouches noires qui bourdonnaient autour de sa tête ne semblaient pas l'incommoder. Brigitte regardait ses mains rougies.

– On dirait du sang, n'est-ce pas ? dit-elle en les tendant vers Yvonne qui approchait.

– Brigitte! Qu'est-ce qui t'est arrivé? Ma foi, on dirait que tu as fait exprès de te rougir les mains de cette façon. Tu sais que ces taches sont difficiles à faire disparaître?

– J'ai glissé et j'ai tout renversé par terre. J'avais déjà une main tachée, et j'ai taché l'autre. Regarde-moi ce gâchis...

– Quelle enfant tu fais! rétorqua Yvonne, qui ne comprenait rien à ses agissements bizarres.

Brigitte se leva en protégeant le contenu de son bol et suivit Yvonne, qui lui ouvrait un passage sous le feuillage. Tout à coup, un crapaud sauta devant elles.

– Il va y avoir du mauvais temps. Judith Rivard, la mère de mon mari, disait que les crapauds annoncent le mauvais temps.

– Est-ce que ta belle-mère faisait des tartes aux framboises?

– C'étaient les préférées de Cyprien.

– Je me souviens que, dans ma jeunesse, ma mère en faisait toujours plusieurs à la fois. Elle disait qu'elle devait en avoir assez pour que chacun d'entre nous en ait une pointe de la largeur de sa main. Selon ses dires, chaque femme devrait avoir le bonheur de partager une tarte avec tous ses enfants et l'homme qu'elle aime.

Pour Yvonne, pareil discours était aussi incompréhensible que l'attitude de Brigitte. Le soleil et l'air de la campagne l'avaient-ils affectée? Charles et les fils de Brigitte étaient beaucoup trop loin pour qu'elle partage avec eux la tarte qu'elle se proposait de faire.

Ce qui se passait dans la tête de Brigitte concernait des événements lointains. Cela faisait plus de vingt ans que des images de mains ensanglantées hantaient son esprit. Depuis le jour où Brigitte avait lu dans un journal que l'abbé Michel Trempe était mort quand il s'était interposé entre un groupe d'enfants et un fou armé d'une grenade. L'explosion l'avait rendu méconnaissable, et c'est son col romain qui avait permis de l'identifier. Ses deux mains avaient été arrachées.

Brigitte n'avait pas vu venir John, sur Irving. Elle sursauta en apercevant l'étalon d'un noir brillant. Elle fit un pas de côté. Son cœur battait à vive allure.

– Est-ce que nous rentrons à l'auberge? demanda-t-elle à Yvonne.

– D'accord. Nous n'avons plus rien à faire ici de toute façon.

Yvonne non plus ne se sentait pas à sa place dans la propriété de son cousin. Les deux femmes reprirent aussitôt la route pour rentrer à l'auberge. Elles avaient juste le temps de se rafraîchir avant le repas.

Au village, Yvonne reconnut des visages familiers. On la salua timidement. Peut-être était-on mal à l'aise de la voir. On se blâmait peut-être encore de l'avoir abandonnée seule avec Cyprien après la mort de son mari. La vie est ainsi faite, se dit-elle.

Brigitte parla peu pendant le repas et monta immédiatement après en prétextant une grande lassitude. Yvonne la suivit peu après. En s'apprêtant à déverrouiller sa porte, elle entendit l'eau qui coulait dans la baignoire de la chambre de Brigitte. Lorsqu'elle entra dans sa chambre, elle aussi se fit couler un bain.

La nuit était tombée depuis longtemps. On aurait pu croire que tous les occupants de l'auberge dormaient profondément. Cependant, un filet de lumière était encore visible sous la porte de la chambre d'Yvonne Rivard quand un craquement se fit entendre dans le couloir. Yvonne crut que c'était Brigitte et qu'elle allait frapper à sa porte. Pourtant, les bruits de pas s'éloignèrent. Si Brigitte avait vraiment voulu lui parler, elle se serait manifestée librement, se dit Yvonne.

Brigitte avait choisi la solitude et l'atmosphère du petit salon. En l'entendant descendre l'escalier, Yvonne la suivit en esprit, se souvenant de sa première rencontre avec Marise, dans cette même auberge. Tout comme Brigitte, Marise était descendue dans le petit salon pour y chercher le calme et des réponses à ses questions. À la jeune femme en proie à des sentiments confus quant à son avenir avec Érik, Yvonne avait dit : « On a la place qu'on se donne, seulement la place qu'on se donne. » Elle répéta pour elle-même cette phrase, et l'image de John Pérusse revint à son esprit. Cet après-midi-là, John n'avait pas eu besoin d'utiliser une maxime pour la faire réfléchir. Il avait toutefois soulevé une question capitale qui l'obligeait à s'interroger sérieusement. Quelle était sa place dans ce monde ? Elle s'était engagée dans des activités de service et d'écoute, mais ces œuvres ne suffisaient plus à la réchauffer intérieurement. Si les avances de Charles Gaumond avaient été faciles à repousser, comment allait-elle agir avec Alexandre ? Combien de temps son amitié suffirait-elle à cet homme qui s'était libéré des longs séjours à l'extérieur pour pouvoir se trouver en tête-à-tête avec elle une ou deux fois par semaine, tandis qu'elle demeurait toujours aussi inaccessible ?

Ce qu'avait dit John était assez près de la réalité. Pouvait-elle encore nier qu'Érik occupait une place spéciale dans ses pensées depuis la première fois qu'elle l'avait aperçu au domaine Rivard ? Assise sur le bord du lit, Yvonne glissa sa main sur l'espace libre à côté d'elle. Ce n'était pas par hasard qu'elle se retrouvait dans cette chambre, et à la même place qu'elle occupait le matin où Érik lui avait crié son désespoir devant la fuite de Marise. Yvonne avait fait taire son cœur, ce jour-là, et s'était confinée dans son rôle de cousine à la grande âme.

Un besoin de bouger l'amena jusque devant le miroir, qui lui renvoya son image. Se regardant droit dans les yeux, elle se dit que le temps était venu de prendre une décision. Lorsque les Valcourt reviendraient de vacances, elle partirait à son tour pour un long voyage. Si Alexandre était encore là à son retour, elle saurait qu'il était pour elle.

Il était très tard lorsque Brigitte monta se mettre au lit. Cependant, quand le jour se leva et qu'elle descendit retrouver Yvonne à la salle à manger, elle était aussi fraîche que si elle avait dormi toute la nuit.

– Il y aura de l'orage, dit Yvonne.

– Et je crois que nous avons mieux à faire que de regarder tomber la pluie dans une chambre d'hôtel, n'est-ce pas ?

Une fois de plus, Brigitte étonna Yvonne. Elle semblait avoir hâte de retourner en ville. Mais elle résista, bien que difficilement, à la tentation de se confier. Son court séjour en pleine nature lui avait suggéré de vivre, car la vie était trop courte pour qu'on la gâche avec des peurs. La délivrance qui approchait avait le goût à la fois de la tendresse et de la peur, de la joie et de l'inquiétude. Silencieuse durant tout le trajet, Brigitte posait un regard nouveau sur le paysage. Les montagnes, les forêts, les champs de blé, tout était joli. Même les voitures qui les doublaient partageaient un moment de son existence. Brigitte était légère, heureuse, mais inquiète aussi parce que tout n'était pas fini. Les autres trouveraient sans doute à redire à ce qu'elle envisageait de faire. Ils la blâmeraient, la condamneraient peut-être. Était-elle vraiment prête à soutenir la lutte?

Elle baissa le pare-soleil et se regarda dans le miroir qui y était encastré. Elle se trouva jolie. Ses yeux foncés et ses joues rosies par le grand air et par l'émotion se mariaient agréablement avec sa nouvelle couleur de cheveux, qui captait le jour et le retournait en rayons de soleil. Dernièrement, Charles l'avait complimentée : « Tu es belle au naturel. » Brigitte voulut croire Charles. Elle sourit en respirant le parfum des framboises qui embaumait la voiture.

30

En ville, il faisait un temps magnifique, un temps à ne pas rester dans l'appartement. Yvonne détestait l'impression de vide qui y régnait. Brigitte n'aurait pas dû partir aussi vite. Il était plus facile pour Yvonne de blâmer Brigitte que d'admettre qu'elle en avait assez de la solitude et de tourner sur elle-même, d'être incapable de réagir ou d'éprouver un désir particulier. Quelques mois plus tôt, ce vide aurait été comblé par une visite à ses amis du centre Victor-Paré. Mais, à présent, ces visites ne lui procuraient plus la même satisfaction.

Elle n'allait pas appeler Marise pour lui raconter son bref voyage et son entretien avec John, pas plus qu'elle ne dérangerait Érik pour lui apprendre que la roseraie dépérissait par manque de soins, ou qu'elle n'avait jamais vu la vieille maison aussi joliment fleurie. Ni l'un ni l'autre n'étaient vraiment intéressés à ce qu'on leur rappelle qu'ils n'allaient plus à la maison du bord de l'eau.

« Alexandre », murmura-t-elle, comme si de penser à cet homme pouvait faire disparaître le sentiment qui l'anéantissait. Son attachement pour lui était réel. Si elle était quelques jours sans avoir de ses nouvelles, elle se convainquait de l'inutilité de poursuivre une relation qui ne la mènerait nulle part ; par contre, dès qu'elle entendait sa voix, le bien-être qui s'emparait d'elle faisait taire toute objection.

Yvonne en eut assez du bruit de la circulation, qui lui rappelait le difficile métier d'Alexandre et, surtout, l'expression qu'il avait lorsque, juché dans la cabine de son camion, la tête sortie par la fenêtre, il lui avait proposé de partir avec lui. Elle avait d'abord cru qu'il plaisantait, pour ensuite comprendre qu'il rêvait de cela depuis un moment.

Elle avait refusé en riant.

– C'est bon, avait-il dit. Je pars seul, mais à mon retour nous irons ensemble au Manoir Richelieu, dans Charlevoix.

Aller là-bas avec lui, était-ce ce qu'elle voulait vraiment? Yvonne avait peur de donner sa réponse. Il valait mieux qu'elle parte tout de suite, qu'elle quitte l'appartement en laissant le répondeur enregistrer la voix d'Alexandre quand il téléphonerait en fin d'après-midi. Pour le moment, elle avait envie de penser à autre chose, et la vision d'un tout petit être mordant son poing vint à son aide. Deux semaines s'étaient écoulées depuis sa dernière visite au bébé de Fabienne.

Sans réfléchir davantage, Yvonne composa le numéro de la résidence des Ross avec l'intention de se faire inviter.

L'appel d'Yvonne donna l'occasion à Fabienne de mettre de côté la lettre arrivée la veille, cette lettre dont elle connaissait le contenu par cœur, sans se décider pour autant à la détruire. Fabienne aussi avait besoin de compagnie. Elle invita donc Yvonne à venir manger avec elle.

– J'aimerais vous faire goûter un plat typique de l'Acadie, dit-elle.

Yvonne eut l'impression d'être invitée à partager un instant de l'enfance de la jeune femme. Fabienne parlait rarement du coin de pays qui l'avait vue grandir. Si on abordait le sujet, elle se limitait à de vagues réflexions au sujet de ses parents adoptifs, qu'elle avait quittés avant la fin de ses études, convaincue de retrouver sa mère biologique au Québec.

Moins d'un quart d'heure plus tard, Yvonne était devant la demeure des Ross. Se considérant comme une habituée de la maison, elle fila directement vers la cour arrière. David y était seul. Dès qu'il sentit une présence à côté de son berceau, il grimaça comme s'il allait se mettre à pleurnicher.

– Ce que tu es mignon !

Yvonne le prit dans ses bras et se dirigea vers la maison. David avait ouvert les yeux, il lui souriait.

– Entrez, Yvonne ! Faites attention à la marche, dit Fabienne à travers la moustiquaire.

– Ce n'est pas prudent de laisser cet enfant seul à l'extérieur. J'aurais pu partir avec lui sans que vous vous en rendiez compte.

– Vous croyez ? dit Fabienne en lui indiquant le moniteur placé en évidence sur une tablette tournante.

– Une caméra ?

– Je vous ai vue arriver et je n'ai rien perdu du reste. Vous faites une bonne grand-maman, vous savez, Yvonne !

– Pourquoi cette caméra ?

– Il semble que je sois imprudente et trop familière avec les étrangers. Tout le monde me blâme de parler à une femme qui se promène dans le parc. Moi, je sais que je n'ai rien à craindre. Jeanne est une personne honnête.

– Vous ne m'avez jamais parlé de cette Jeanne.

– Parce qu'il n'y avait aucune raison de le faire. Mes rencontres avec Jeanne Arel n'ont rien de particulièrement intéressant pour les autres. Et quel mal y a-t-il à distraire une personne qui a besoin de compagnie?

La naïveté de Fabienne l'aveuglait-elle à ce point, ou avait-elle décidé de vivre essentiellement le moment présent? Le mot méfiance existait-il encore dans son vocabulaire depuis qu'elle avait pris la décision de s'ouvrir à la vie? Yvonne se dit qu'elles avaient tout l'après-midi pour revenir sur le sujet. D'ailleurs, l'arôme qui se dégageait des chaudrons eut raison de ses envies de moraliser. Visiblement reconnaissante de son attitude, Fabienne la pria de réinstaller David dans la cour pendant qu'elle apportait les plats.

Elles mangèrent avec appétit et le temps passa rapidement. Après son biberon de quatorze heures, David se rendormit. Fabienne avait remplacé la cafetière vide par un grand pot d'eau glacée dans l'espoir de prolonger leur tête-à-tête en toute tranquillité. Yvonne, quant à elle, ne voulait pas partir sans lui avoir posé des questions sur la mystérieuse femme. Le nom de Jeanne Arel revenait constamment à son esprit. Tout à coup, elle le prononça à haute voix.

– Yvonne! Vous n'allez pas me dire que vous êtes inquiète, vous aussi? C'est tellement ridicule, cette histoire. Si un jour vous avez le goût de venir au parc avec moi, je vous la présenterai.

– Elle est toujours là?

– Elle y est souvent. C'est une personne excentrique, mais charmante.

Fabienne allongea le bras et saisit la lettre qui occupait ses pensées avant l'arrivée d'Yvonne. Cette lettre provenait de l'agence de retrouvailles.

– Tenez, Yvonne. Je préférerais que vous lisiez ceci plutôt que de perdre du temps à parler de Jeanne.

– Qu'est-ce que c'est?

– C'est de Pierre Richard, mon agent au service des retrouvailles. Il me confirme la fermeture du dossier. J'ai fait moi-même cette demande, mais maintenant je ne sais plus si j'ai eu raison. En recevant cette lettre, j'ai eu l'impression qu'il m'apprenait que ma mère était morte.

Le contenu de la lettre n'importait plus, seule la signature retenait l'attention d'Yvonne. Ce Pierre Richard était-il le même que celui dont il avait été question avec Charles Gaumond? Le mystérieux visiteur de Mme Aurelyne se nommait aussi Pierre Richard. S'agissait-il d'un hasard? Ou était-ce la même personne qui cherchait à retracer la mère de Fabienne et qui était allée voir Mme Aurelyne, une femme dont on ignorait l'identité avant son décès, et dont la fille avait été donnée en adoption?

Yvonne avait chaud et froid. Son trouble devait être visible, car Fabienne l'interrogea.

– Qu'est-ce qui se passe, Yvonne? Ce qui m'arrive semble vous peiner plus que moi. J'en ai fait mon deuil, vous savez. Non, c'est faux! J'ai simplement cessé d'espérer de toutes mes forces.

– Fabienne! Je ne sais pas si je dois... Je... Je n'ai jamais été devant un tel dilemme.

La conversation prenait une tournure inattendue, inquiétante pour Fabienne. Cette fois, c'était sérieux.

– Qu'est-ce qui se passe? Parlez, je vous en prie. Vous savez quelque chose, n'est-ce pas?

Yvonne souhaitait que quelqu'un l'aide, l'éclaire sur ce qu'elle devait faire. Marise, peut-être, la plus facile à joindre à cette heure ? Elle rejeta ce choix. Fragile comme elle l'était, Marise ne pourrait pas la conseiller.

– Quand Brian rentre-t-il du bureau ? demanda-t-elle.

L'heure à laquelle rentrait Brian variait énormément depuis deux semaines. Fabienne n'était donc pas en mesure de répondre. De plus, elle ne voyait pas la nécessité d'attendre Brian pour qu'Yvonne s'explique. L'inquiétude ayant aiguisé son impatience, elle reprit la lettre et insista :

– Je vous en prie, Yvonne, ne me faites pas languir de la sorte. Je me sens devenir folle. Qu'est-ce qu'il y a dans cette lettre qui vous bouleverse ainsi ?

Des ombres invisibles obscurcissaient tout dans l'esprit d'Yvonne. Elle n'avait même pas entendu qu'on avait sonné à la porte principale. Quand elle vit Fabienne se lever pour aller répondre, elle revint sur terre et voulut profiter de ce répit pour remettre de l'ordre dans ses idées. Ce moment de grâce fut de courte durée, car la voix de Fabienne se rapprochait déjà. À ses éclats de rire, elle sut qu'elle était heureuse de recevoir la personne qui arrivait.

Une femme aux cheveux blancs retenus par un bandeau du même vert que son bermuda suivait Fabienne.

– Elle ne m'a pas encore dit comment elle a réussi à me trouver, mais je suis heureuse qu'elle l'ait fait. Yvonne, j'ai le très grand plaisir de vous présenter mon amie, Jeanne Arel.

Sur son avant-bras qui tremblait, la femme avait un panier d'osier duquel débordait un imposant bouquet de fleurs. Tout comme Yvonne, elle se taisait. Aucune parole n'aurait pu franchir leurs gorges serrées par l'émotion. Yvonne regagna la chaise qu'elle venait à peine de quitter et Jeanne posa son panier. Elle refusa le siège que Fabienne lui offrait. D'un geste lent et posé, elle retira les fleurs du panier et découvrit une nappe brodée, minutieusement pliée. Jeanne avait souvent des comportements bizarres, mais cette fois elle dépassait les bornes, se dit Fabienne ; elle eut un petit rire nerveux, puis prononça des paroles incohérentes pour s'en excuser. Yvonne n'y prêta pas attention : elle observait Jeanne, qui avait ouvert son sac à main, rangé ses lunettes de soleil aux verres opaques et sorti un chiffon avec lequel elle essuyait le rouge de ses joues et de ses lèvres.

À présent, toutes deux observaient Jeanne, sidérées. Celle-ci avait retiré sa perruque et des cheveux foncés reflétant le soleil apparurent. Yvonne ouvrit enfin la bouche. Dans un murmure, elle demanda :

– Brigitte, me diras-tu enfin ?... Est-ce que je rêve ou est-ce que je deviens folle ?

Fabienne s'était effondrée. Jeanne Arel n'existait plus, remplacée par Brigitte Gaumond. La femme de l'employeur et ami d'Yvonne Rivard retirait quelque chose du panier d'osier : une assiette de verre allant au four et qui contenait une tarte aux framboises encore chaude. Tout en essuyant les larmes qui roulaient sur ses joues, elle chercha ensuite une assiette et un couteau qui avaient glissé au fond du panier. Quand elle eut tout en main, elle coupa une large part de la pâtisserie au cœur couleur de sang et posa un regard tendre sur Fabienne. Elle répéta pour elle ce que la veille elle avait dit à Yvonne.

– Toutes les mères devraient avoir le bonheur de servir une pointe de tarte de la largeur d'une main à chacun de leurs enfants.

Quand elle tendit l'assiette à Fabienne, Brigitte n'avait jamais été aussi belle. Des larmes embrouillaient ses yeux, mais une sérénité nouvelle émanait de toute sa personne.

Fabienne se leva enfin. Ses mains tremblaient, son cœur était sur le point d'éclater. Elle ne savait plus si elle devait être heureuse ou crier sa détresse à cette femme qui l'avait rejetée, abandonnée.

Tout chavirait dans l'esprit d'Yvonne. Elle qui avait fréquenté et Fabienne et Brigitte, jamais elle n'aurait pu deviner ce qu'elles étaient l'une par rapport à l'autre. Des questions brûlaient ses lèvres.

– Depuis quand le sais-tu, Brigitte ? Pourquoi avoir tant attendu ? Et Charles ? Charles le sait-il ?

Elle s'en voulut de prendre la parole en un moment qui ne lui appartenait pas. Se levant précipitamment, elle s'excusa et prit congé de son hôtesse sans même que celle-ci s'en aperçoive. Juste avant de sortir de la cour, elle dit à Brigitte :

– Tu sais où me joindre.

– Merci, Yvonne. Si tu veux bien, je dormirai chez toi ce soir, lui répondit Brigitte sans même la regarder partir.

La voiture de Brigitte était garée derrière celle d'Yvonne. Elle savait donc qu'elle était chez Fabienne. Pourquoi avait-elle fait sa révélation en sa présence ? Soudain, Yvonne eut un doute. Leur amitié n'était-elle qu'une ruse de sa part pour se rapprocher de sa fille ? Quoi qu'il en soit, Brigitte lui avait évité une méprise : Aurelyne Jolivet n'était pas la mère de Fabienne. Maintenant, il lui restait à savoir ce que faisait Pierre Richard auprès de cette femme. Peut-être bien que Brigitte saurait l'éclairer à ce sujet.

Yvonne avait laissé les deux femmes devant une tarte que ni l'une ni l'autre n'allaient toucher. Les pensées de Fabienne étaient encore confuses. Ce moment tant espéré était arrivé de façon tellement inattendue. Elle avait rêvé sa mère, l'avait imaginée dans toutes sortes de corps, mais aucun ne ressemblait à celui de cette femme si différente d'elle. Les gestes qui définissent les ressemblances n'existaient pas ; seuls la bouche et les yeux étaient pareils. Pourtant, dès que Brigitte, qui avait déjà commencé à transformer son apparence, l'avait aperçue de loin à l'hôpital, elle avait reconnu Fabienne. Elle avait le même visage étroit, le même nez arrogant que son père, et ce quelque chose dans la voix de particulier à la famille de ce dernier. C'était à lui, son père, que Fabienne ressemblait, et cette similitude dans les traits faisait mal à Brigitte. Le souvenir de cet amour impossible ne s'étant jamais effacé de sa mémoire, chacune de ses rencontres avec sa fille avait fait revivre Michel Trempe.

Fabienne se leva et prit le téléphone. Elle composa un numéro familier. Brigitte ne bougea pas. Elle avait appris à la respecter depuis qu'elle la rencontrait sous un faux nom. Il était facile de deviner à qui elle téléphonait.

Ce que dit Fabienne à Brian n'exigeait aucune explication.

– Nous avons une invitée pour souper. Tu peux venir tout de suite. Il y a si longtemps qu'elle est attendue, nous n'allons pas la faire attendre à son tour, n'est-ce pas ?

31

Une autre nuit sans sommeil s'annonçait. Brigitte était encore bouleversée quand elle arriva chez Yvonne. Elle allait devoir fournir des explications à présent qu'elle était capable de s'ouvrir, de dire comment elle se sentait au moment d'accepter l'invitation à la fête du centre Victor-Paré, et comment elle l'avait fait pour évaluer ses chances de reconquérir Charles. Yvonne pouvait comprendre ce genre de choses.

– J'étais démolie d'avoir refusé de voir Fabienne, et il fallait que je sache si je n'allais pas me retrouver seule malgré tout. Tu sais, Yvonne, j'ai perdu beaucoup de temps à vivre la vie d'une autre parce que je n'ai pas su vivre la mienne.

En témoin silencieux, Yvonne ne faisait aucune remarque. Elle l'écoutait et admirait son geste courageux.

– Ma première rencontre avec Pierre Richard a réveillé des souvenirs, elle m'a bouleversée, mais elle m'a aussi obligée à me regarder. Je me suis jugée durement. J'ai eu honte de moi.

Le mercredi de la fête, au centre Victor-Paré, Brigitte avait refusé de parler de ses fils avec Yvonne. Comment parler de Pierre-Luc, son fils aîné, sans mentionner qu'elle l'avait élevé comme s'il avait été une fille parce qu'elle ne cessait de penser à celle qu'elle avait donnée en adoption ? L'enfant avait pris goût au rôle qu'elle lui faisait jouer, à tel point qu'aujourd'hui il se travestissait pour gagner sa vie. Parce que Charles la blâmait, elle, pour ce choix de métier qu'il trouvait inacceptable, Brigitte s'était insensibilisée à tout, même au besoin d'attention de son second fils, qui avait quitté la maison dès qu'il avait pu. La veille, au pied du rocher, lorsqu'elle avait rougi ses mains avec des fruits mûrs, elle avait su qu'elle ne pouvait plus se dérober ainsi. Quand Yvonne saurait ce qu'elle avait dit à sa fille, elle s'expliquerait avec Charles. Viendrait ensuite le moment où ses fils apprendraient l'existence de leur demi-sœur.

Brigitte avait fermé les yeux, son cœur se souvenait de l'ardeur de ses dix-huit ans et de ses sentiments pour Michel Trempe, ce garçon un peu maigrelet qui lui avait plu dès son arrivée au village. Au début, elle avait cru que c'était sa timidité qui l'empêchait de s'associer aux autres jeunes gens, mais il y avait plus. Au fond de l'âme du jeune homme, une flamme inexplicable s'éveillait, elle lui inspirait le goût des choses de Dieu. Pour le voir dans ses habits de dentelle, Brigitte allait à toutes les messes qu'il servait, puis elle l'attendait. Tous deux revenaient en parlant tranquillement. Quelle belle jeunesse ! disait sa mère. Le jour où Michel lui avait annoncé son désir d'entrer au grand séminaire, elle avait d'abord refusé de le prendre au sérieux, puis elle en avait voulu à l'Église, qui imposait le célibat à ses prêtres, à Dieu qui lui enlevait l'homme qu'elle aimait.

La fin des vacances était arrivée et Michel allait partir. Elle l'avait invité à faire une marche. Ils étaient demeurés silencieux. Probablement que ce jour-là

Michel aussi ressentait la douleur d'une déchirure profonde. Il la suivait un peu en retrait en attendant bêtement qu'elle parle. Arrivée à la rivière, dans un geste totalement imprévisible, Brigitte s'était jetée par-dessus le parapet du ponceau. Elle était prisonnière de l'eau tourbillonnante. Le gouffre aurait pu être leur tombeau à tous les deux, car Michel avait sauté lui aussi.

— Il a réussi à me ramener sur la terre ferme et après... Après ce fut le délire, l'égarement. Une heure plus tard, à lui, il restait les remords, et à moi, à moi... J'ai vite su que j'étais enceinte, mais il ne fallait pas que Michel le sache, alors je suis venue à Montréal. Après la naissance de Fabienne, je tentais de survivre. Un jour, une amie m'a présenté Charles. J'ai accepté de le fréquenter en me disant que, lui ou un autre, ce serait pareil. J'étais persuadée que personne ne me ferait oublier Michel.

Yvonne l'interrompit. Brigitte était-elle en train de lui dire qu'elle n'aimait pas Charles lorsqu'elle l'avait épousé?

— Charles était un charmant garçon et d'humeur agréable, tu l'as dit toi-même. Je savais qu'il serait un bon mari. Il m'a donné plus que quiconque aurait pu le faire dans ces circonstances.

— Et Michel?

Brigitte répéta le nom, puis un toussotement nerveux rompit son silence, qui se prolongeait. Elle ouvrit son sac à main et en sortit une coupure de journal. L'article, soigneusement gardé comme une relique, décrivait les circonstances de la mort de l'abbé Michel Trempe, dont on publiait la photo aussi.

— Chère Brigitte, dit simplement Yvonne en lui remettant le papier jauni.

– Elle est tellement fatiguée, cette chère Brigitte, comme tu dis, fatiguée de réfléchir, de parler, de se demander comment tout cela va se terminer. Si tu voulais me donner des draps, je dormirais ici, sur le divan.

Yvonne lui avait préparé un lit dans la petite pièce à côté de sa chambre. Elle avait déposé sur la chaise blanche en osier tressé un peignoir dans les mêmes tons que la couverture et les rideaux ballons. La délicatesse et le bon goût de la propriétaire des lieux étaient incontestables, mais le décor était trop neuf, et on ne pouvait s'empêcher de remarquer l'absence de souvenirs personnels.

– Je te remercie pour tout. Je me demande si j'aurais trouvé la force de faire cela si je ne t'avais pas rencontrée.

– Tu te mésestimes encore, Brigitte. Tu es une femme forte qui s'ignore.

– Il faudra convaincre Charles.

Yvonne ne désirait pas entendre parler de Charles. Elle voulait plutôt savoir si Brigitte avait quelque chose à voir avec la présence de Pierre Richard au centre Victor-Paré.

– C'est moi qui l'ai envoyé là-bas. Pierre Richard m'a confié que personne ne savait ce qu'était devenue sa grand-mère. Quand il a mentionné son prénom, j'ai tout de suite pensé à cette vieille dame dont Charles m'avait tellement parlé quand elle a été admise au centre.

– Tu crois que ce Pierre Richard a l'intention de poursuivre ses recherches?

– En apprenant son décès, il a décidé de mettre fin à son investigation. Il a seulement dit qu'il était trop tard.

– Dommage. Si un jour il voulait prendre connaissance de la dernière lettre d'Aurelyne Jolivet, il n'aurait qu'à me faire signe.

– Tu crois que cela lui rendrait service ?

– Peut-être que non... Aussi bien laisser les morts reposer en paix, dit-elle en quittant Brigitte.

Elles éteignirent les lumières. Brigitte avait l'impression d'être dans un rêve ; trop de choses insensées se passaient dans sa vie. Mais elle était bien éveillée, et elle ne dormait toujours pas lorsque l'horloge sonna trois coups. Tout comme la nuit précédente, le sommeil se dérobait. Dans quelques heures, Charles reviendrait à la maison. Comment lui apprendre, sans le blesser, ce que Fabienne savait maintenant ? Charles comprendrait sa faute de jeunesse, mais son silence, son manque de confiance s'expliqueraient difficilement. À Fabienne, qui lui avait demandé les raisons de son rejet, Brigitte avait répondu avoir voulu éviter à sa fille de rencontrer une femme qui avait raté sa vie, mais à Charles elle n'oserait décrire sa vie comme un échec. Charles acceptait les compromis, jamais les échecs. Sa propre vie n'avait été qu'un compostage de compromis, justement pour éviter les défaites. Sa relation avec Yvonne n'y avait pas échappé.

La fatigue eut raison de l'esprit dérouté de Brigitte. Le bruit de la circulation n'avait plus d'emprise sur elle. Elle s'endormit enfin.

32

Loin de se douter de ce qui s'était passé chez leurs amis, Marise et Érik avaient discuté longuement avant de se mettre au lit. Épuisée, Marise s'était endormie rapidement. Tout en écoutant sa respiration régulière, Érik s'interrogeait. Il se demandait pourquoi, depuis son dernier voyage à Vancouver, il n'avait jamais surpris la moindre lueur de tendresse dans son regard. Ses silences et ses longs moments d'absence l'emportaient dans un monde fermé, mais Érik ne croyait pas que sa raison était en cause, car elle semblait très lucide. Une évidence demeurait, Marise n'était pas heureuse. De plus, elle présumait de ses forces en affirmant être prête à reprendre le travail dès le début des classes de Judith.

Des mouvements saccadés attirèrent l'attention d'Érik. Marise remuait vivement les pieds et la tête. Ses lèvres bougeaient, elle marmonnait des paroles qui appartenaient au monde du rêve.

S'étant assise brusquement dans le lit, elle cria :

– Non ! John !

Sa propre voix la réveilla. Elle ouvrit les yeux et se jeta dans les bras d'Érik, qui avait allumé la lampe de chevet et la regardait.

– C'était un cauchemar. Allons, calme-toi, dit-il. Il n'y a que toi et moi ici.

Marise cessa de pleurer et regarda autour d'elle en s'attardant sur la porte de la chambre.

– Tu as crié le nom de John. Pourquoi t'effrayait-il de la sorte?

Son rêve lui revenait. Elle revoyait l'ombre qui avait obscurci la piscine avant de remonter à la surface. Princesse, montée par un cavalier sans visage coiffé d'une casquette rabattue sur le côté, marchait sur le bord de la piscine. Elle avait entendu le bruit de ses sabots sur les pavés de la terrasse, puis sur la céramique de la cuisine. Les pas feutrés étaient arrivés jusqu'au salon, d'où une voix l'avait appelée, l'accusant de cacher les draps de Judith Rivard. John avait ordonné qu'elle les lui remette immédiatement.

Érik devait ignorer ce dernier détail. Il suffisait qu'il sache qu'elle avait rêvé que John, monté sur Princesse, se trouvait en bas, dans le salon.

– C'est idiot, n'est-ce pas? dit-elle.

– Alors pourquoi pleures-tu? Princesse te manque à ce point?

Quelle merveilleuse explication, et qui lui évitait de trouver elle-même une justification à ses larmes!

– Princesse a peut-être envie de me voir, elle aussi, dit-elle en laissant sa tête enfouie au creux de l'épaule d'Érik.

– Nous pourrions aller là-bas avec Judith et nos amis.

– Avec Fabienne et Brian? Je ne sais pas. Nous en reparlerons, veux-tu?

Érik retira son bras et Marise posa sa tête sur l'oreiller. Il éteignit la lampe et s'endormit. Il ne lui restait que quelques heures de sommeil, car il voulait partir très tôt pour le travail et revenir auprès de sa femme au début de l'après-midi. Il ne pouvait cependant pas se douter que lorsqu'il appellerait à la maison, ce matin-là, il n'obtiendrait pas de réponse.

En effet, Marise s'était réveillée avec la certitude que ce jour-là serait différent des autres. L'idée qui lui était venue à l'esprit lui semblait être l'unique moyen de sortir de son brouillard.

Quand elle se leva, elle fila directement sous la douche.

Judith avait mis de la musique. Quand Marise arriva dans la cuisine, elle reconnut la voix de Jean Ferrat :

> *Je voudrais mourir debout*
> *Dans un champ au soleil*
> *Non dans un lit aux draps froissés*

Marise était envoûtée par cette voix, par les paroles à l'image de ses souvenirs du paysage de la campagne. Pour elle, la voix du chansonnier devenait celle de John. Des larmes coulaient sur ses joues.

Judith s'approcha d'elle et prit sa main.

– Tu viens manger, maman ?

Marise la suivit et s'assit à sa place à la table.

– Maman ! Quand est-ce que tu vas redevenir comme avant ? Tu n'as plus envie de rien, tu pleures souvent. J'ai tellement hâte de recommencer à faire des choses avec toi.

Judith avait raison. Il fallait guérir le plus vite possible. La situation était devenue difficile pour tout le monde.

– Il faut que je parle à quelqu'un, dit-elle.

Judith lui répondit qu'elle pouvait parler à son père, ou à Yvonne, ou à Fabienne. Comment lui expliquer qu'il y avait des choses dont elle préférait discuter avec quelqu'un qui la connaissait bien mais qui n'était pas directement concerné par son problème ?

— Écoute, Judith, il faut que j'aille à Sherbrooke pour parler avec Hélène.

— Si tu me jures que tu iras mieux après, alors je peux aller chez Frédérika en attendant le retour de papa.

— J'aimerais pouvoir te le jurer, mais le mieux que je puisse faire est de croire qu'Hélène m'aidera.

— Et quand reviendras-tu ?

— Je ne sais pas. Probablement demain.

Judith termina son petit-déjeuner et Marise téléphona à la gouvernante de ses voisins. À neuf heures trente, lorsque Fabienne vint frapper à la porte des Valcourt, plus rien ne bougeait à l'intérieur et les portes étaient verrouillées.

33

Une voiture de police s'était arrêtée devant celle de Marise. L'agent qui en était descendu s'approcha.

– Vous avez besoin d'aide, madame? demanda-t-il à travers la vitre à demi baissée.

Marise leva la tête. L'imposante stature de l'homme et le ton de sa voix l'indisposèrent. Elle se redressa.

– Tout va très bien, monsieur. Ai-je enfreint la loi en m'arrêtant ici?

– Non, mais notre travail est de nous assurer que vous n'êtes pas en panne. Vous auriez pu avoir des difficultés. Vous voyagez seule?

– Je vais chez une amie à Sherbrooke. J'ai pensé qu'il était trop tôt pour arriver chez elle et je me suis arrêtée un moment.

Le policier vérifia ses papiers et reprit la route, mais il était trop tard. Son intervention avait rompu la réflexion de Marise, qui se retrouvait devant la même incertitude. Allait-elle continuer sa route jusqu'à Sherbrooke ou s'engager dans la bretelle menant à la maison du bord de l'eau? Tout son être l'appelait là-bas. Son rêve de la nuit précédente, puis la chanson de Jean Ferrat qui parlait d'un lit aux draps froissés l'avaient rendue plus vulnérable encore. Que lui arrivait-il? Où étaient passés sa raison, son esprit rationnel, son grand amour pour Érik? Marise n'osait répondre. La voix de John Pérusse était plus forte que la sienne et, comme en ce dimanche de mai, elle l'entendait par-dessus le tumulte de la rivière. «Je t'aime, Marise, avait-il dit. Si je vis, c'est seulement parce que tu existes et que je peux encore rêver de toi, assis au pied de ton lit. J'ouvre les draps, et je t'imagine au milieu de la broderie. Tu es si belle et si ardente. Tout se passe dans ma tête, où tu ne peux m'empêcher d'agir quand je mets ma tête au creux de tes reins et que je t'aime. Tu ne m'as jamais laissé t'approcher, mais si tu savais comme je te connais.»

Marise posa ses mains sur ses oreilles. Geste inutile, car la voix montait en elle. Marise entendait encore John lui révéler le plan qu'il avait imaginé pour qu'elle se retrouve dans ses bras. «J'ai ouvert un œillet de la selle de Princesse pour qu'elle se cabre et te jette par terre. Comme ça, j'avais des chances de t'aider à te relever. J'aurais pu te prendre dans mes bras et enfin te porter jusqu'à ce lit. Je t'aurais serrée contre moi sans que personne y voie du mal. C'est pour ça que je suis revenu en passant par-dessus la rivière et que je me suis caché pour surveiller. Judith n'avait qu'à crier pour que je vienne.»

Rien ne s'était passé comme prévu. John était resté avec sa misère, et Marise avait été si perturbée qu'elle en était devenue malade. Progressivement, les désirs insensés de John étaient devenus les siens. Contre son gré, John s'était introduit dans sa vie.

Elle remit le moteur en marche et décida de se laisser guider par son instinct. Dix kilomètres plus loin, elle prit la bretelle en s'interdisant de penser à la portée de son geste. Elle roula à toute allure, soulevant le foin séché en bordure de la route et recouvrant tout d'une poussière blanchâtre. C'était de la folie de rouler aussi vite.

Quelques minutes plus tard, elle immobilisait sa voiture de manière à obstruer l'entrée de la propriété. Elle demeura à l'intérieur, souhaitant être victime d'un autre cauchemar. Mais tout lui prouvait le contraire. La roseraie agonisante était là, de même que la haie de thuyas, mais aucune trace de John ni de sa jeep. Sa bêtise n'entraînerait aucune conséquence, personne ne saurait qu'elle était venue, se dit-elle. John était déjà reparti chez lui et ne reviendrait probablement pas de la journée. Elle pouvait circuler librement dans l'espace merveilleux, aller voir ses impatientes, qui étaient belles comme jamais.

Le hennissement de Princesse attira son attention. Sa jument avait grossi. Marise s'approcha pour caresser son museau. Elle était bien, tout à coup, elle respirait à l'aise. Heureuse d'être seule avec les bêtes, elle entra dans l'enclos, alla s'appuyer contre le mur du bâtiment et ferma les yeux.

– Merci d'être venue. Je ne t'aurai pas espérée en vain, fit une voix connue.

– John ! Vous étiez là ?

– Je suis toujours là, à espérer ta visite, Marise.

– Vous ne pouviez savoir que je viendrais aujourd'hui.

– Aujourd'hui ou un autre jour, c'est pareil. Je n'ai jamais douté que tu viendrais. Toi aussi, tu savais que ce n'était qu'une question de temps.

– J'ai été malade, et nous ne pouvions venir à la campagne.

– J'ai fait semblant de croire ceux qui m'ont donné la même explication, mais je savais qu'il y avait autre chose. Ta maladie venait de ton envie de me revoir. J'ai raison, n'est-ce pas ?

– Il faut que je parte. Vous dites n'importe quoi ! Je n'aurais pas dû venir, je n'aurais pas dû... Comment ai-je pu me laisser prendre ? Vous n'êtes qu'un sauvage !

– Les femmes ont un faible pour les sauvages.

Il était d'une vulgarité qu'elle ne lui avait jamais connue, mais il était tellement beau, tellement viril. Elle sortit de l'enclos et se dirigea vers la maison. John la suivit de près. Il n'allait pas la laisser partir avec son rêve. Elle devait rester, malgré sa manière maladroite d'essayer de la convaincre.

Des larmes de rage, de dépit mouillaient les joues de Marise. La vie devenait impossible, leur situation était sans issue. Pourquoi n'avait-elle pas tout simplement accepté sa lettre de démission quand il la lui avait remise ? Pourquoi l'avait-elle écouté jusqu'à ce qu'il accapare ses pensées, jusqu'à ce qu'il s'empare de sa raison ?

– Je vous déteste, lui cria-t-elle.

C'était devenu une habitude de s'asseoir dans l'escalier pour discuter. Un à côté de l'autre, ils reprirent leur souffle. Marise pleurait doucement. Ce qu'elle comprenait du flot de paroles de John, c'était qu'il n'avait plus rien à perdre. Son travail ne l'intéressait qu'à condition qu'il puisse l'exécuter en pensant qu'il faisait un peu partie de sa vie, de ses pensées. Depuis de longues semaines, il attendait qu'elle donne suite à leur entretien, mais, à présent qu'elle était là, les choses se compliquaient.

– Je n'ai jamais voulu ce qui se passe, John. C'est vous qui m'avez mis cette folie en tête. Si vous vous étiez contenté de me crier votre amour, je n'aurais pas à subir tout cela aujourd'hui. Pourquoi m'avoir mise face à ma vie d'une manière si brutale ? Je n'étais pas prête à entendre ça.

— Un jour ou l'autre, tu aurais vu clair. Si ça n'avait pas été moi, ç'aurait été un autre.

— Érik ne mérite pas ça. Je l'aime.

— Quelle belle excuse pour demeurer prisonnière !

— J'en ai assez entendu. Je pars à présent. D'ailleurs, je n'aurais jamais dû venir, jamais.

John redevint celui qui lui avait parlé longuement, ce dernier dimanche de mai. L'autre, celui qui l'avait accueillie tout à l'heure, n'existait plus. La tendresse, le charme avaient pris le dessus sur son arrogance.

— Viens avec moi, dit-il. Entrons là.

— C'est inutile d'insister, John. Je n'entrerai pas là avec vous.

— Cesse de te raconter des histoires. Toi aussi, tu as envie de moi. Sinon, pourquoi serais-tu venue ?

— J'aime Érik et je lui resterai fidèle. Vous entendez ?

Incapable de sentir sa peau nue qui touchait son bras, d'entendre sa voix tout près de ses oreilles, Marise se leva. Il fallait qu'elle parte immédiatement. John la pressa contre sa poitrine. Son souffle réchauffait son visage.

— Non, John. Il ne faut pas. Laissez-moi.

— Marise, je t'en supplie, viens avec moi.

Il la prit dans ses bras, entra dans la maison et referma la porte derrière eux. La voix de Marise devint sourde, inquiétante. Elle cria, et un bruit de verre cassé retentit dans la maison du bord de l'eau.

34

Érik rentra à la maison et alla immédiatement chercher Judith. Il avait besoin de sa présence pour combler le vide de sa demeure. Il espérait que Marise appellerait. À dix-sept heures, lorsque la sonnerie du téléphone se fit entendre, il se précipita sur l'appareil, mais c'était Fabienne au bout du fil.

Celle-ci devina aussitôt qu'Érik n'avait pas envie d'un long entretien. Se rendant compte de sa froideur, Érik s'excusa.

– Toi aussi, tu es inquiet, n'est-ce pas ?

– J'ai plutôt hâte de savoir quand elle reviendra.

– C'est dommage que Marise soit allée chez Hélène justement au moment où j'avais des choses intéressantes à partager avec elle.

– Quand elle apprendra que tu as retrouvé ta mère, elle aussi sera désolée de n'avoir pas été là pour fêter l'événement avec toi. Laisse-moi tout de même te dire combien je suis heureux de ce qui t'arrive.

Fabienne avait des projets plein la tête, même si elle avait parfois l'impression de rêver. Ses débordements de joie n'atteignaient plus Érik, qui l'écoutait à peine.

Lorsque vint le moment où Judith devait aller au lit, la fillette refusa de monter. Elle insistait pour que son père téléphone chez Hélène. Elle avait envie de parler à sa mère, de lui apprendre la nouvelle au sujet de Jeanne et de Fabienne. Ce motif était louable, mais Érik ne céda pas.

Quand il fut seul, Érik eut envie de parler à Yvonne. Il appela donc chez elle, mais n'obtint pas de réponse. Yvonne était sortie avec Alexandre.

C'était une femme transformée qui était au bras d'Alexandre ce soir-là. Son air réjoui et l'éclat de son regard donnaient à Alexandre lieu de croire qu'elle était heureuse de partir en voyage avec lui. L'homme gérait mal son émotion, et cela lui donnait des airs de jouvenceau. Le couple marchait dans les rues du Vieux-Montréal, perdu dans la foule, profitant d'une des dernières belles soirées de l'été. Souvent, les gens qui déambulaient dans les rues et les ruelles les séparaient, ou les obligeaient à marcher l'un derrière l'autre en se tenant la main pour demeurer en contact. Il n'était donc pas question, dans ces conditions, d'avoir une conversation sérieuse.

Il était vingt-trois heures trente lorsqu'ils revinrent à l'appartement. La sonnerie du téléphone s'entendait du corridor. Yvonne se pressa d'entrer. Alexandre entra aussi et, intimidé d'être là, il se retira sur le balcon. Quelque chose lui disait que leur moment d'intimité allait encore se dérober.

Lorsque Yvonne raccrocha, qu'elle vint vers lui, son visage révélait l'inquiétude qui l'habitait. Érik avait eu des nouvelles de Marise, et il avait besoin d'elle.

– Je peux être utile ? s'enquit Alexandre.

– Je ne crois pas. Érik ne m'a rien dit, sauf de venir.

Yvonne ne pouvait plus se consacrer à Alexandre, des choses importantes se passaient chez les Valcourt. Il ne leur restait donc qu'à partir chacun de leur côté.

35

Au téléphone, Marise avait demandé à Érik de venir la rejoindre dans un motel à quelques kilomètres de Granby. Sans fournir d'explications, elle avait insisté pour qu'il fasse vite. Depuis, elle était demeurée sur la chaise droite à côté de la fenêtre à regarder les taches brunâtres sur sa blouse. Le sang de John, incrusté dans les fibres du tissu, l'horrifiait. Plus que jamais, Marise avait mal à son âme, à son corps. Le destin lui imposait ses lois, lui interdisait les reproches. Se blâmer ne changerait rien au fait qu'elle s'était sauvée en laissant John étendu dans une mare de sang. Tout allait vite dans son esprit. Déjà elle voyait les gens qu'elle aimait impliqués dans son drame, et la réputation de son mari éclaboussée.

Érik l'avait appelée pour lui dire qu'il était tout près, qu'il arrivait et qu'il allait la ramener aussitôt. Marise hésitait à retourner à la maison avant d'être fixée sur l'état de John, mais en attendant il lui faudrait expliquer sa présence dans ce motel. Sa santé défaillante et le fait qu'elle se sentait incapable de continuer sa route en pleine nuit convaincraient sans doute Érik. De plus, au sujet de son retour prématuré, elle pourrait dire que Mike Nicholson était rentré et qu'elle n'avait pas supporté de se retrouver face à face avec lui. Érik ne douterait pas de cette explication. Le plus compliqué serait de le convaincre de la conduire à l'aéroport pour qu'elle puisse prendre le premier avion à destination de Toronto. Plus d'un an s'était écoulé depuis sa dernière visite à sa mère. Son désir soudain de la voir serait difficilement justifiable, à moins d'évoquer la sensibilité de Judith, à qui elle imposait sa lassitude depuis trop longtemps.

Des idées contraires à ses principes la harcelaient. Elle regrettait d'avoir appelé à l'aide, ce qui l'obligeait à s'empêtrer dans une histoire invraisemblable.

Un bruit sec à la porte la fit sursauter. Elle ouvrit, puis recula jusqu'au lit. Érik prit place sur la chaise qu'elle occupait avant son arrivée. Il n'avait encore rien dit. Partagé entre le désir de la prendre dans ses bras et celui de repartir comme il était venu, il se rendit vite compte que Marise avait besoin de son aide. Des tics nerveux agitaient ses mains, ses traits étaient tirés et ses cheveux, décoiffés.

L'air ambiant devenait irrespirable, et le silence persistant, intolérable.

– Est-ce que tu veux encore de moi, Érik? dit enfin Marise.

Pressé de quitter cet endroit, Érik se leva pour prendre le sac de voyage de Marise. Elle, restée assise sur le lit, le regardait, se demandant s'il était encore amoureux d'elle, et elle de lui. À cause de ses pensées agitées, il y avait si longtemps qu'elle n'avait pas posé son regard sur son mari. Tout à coup, elle lui en voulut de ne pas deviner son secret. Elle lui reprochait de n'avoir su garder la place qu'il avait prise dans sa vie.

– Tu ne m'as pas répondu, insista-t-elle.

– Marise, que veux-tu entendre de plus que tu ne sais déjà? Crois-tu que je serais ici si je ne t'aimais pas?

Érik demeurait calme, presque impassible. Cette attitude indisposa encore plus Marise, qui refusa la main qu'il lui tendait pour l'aider à se mettre sur ses pieds.

– Nous n'allons pas à la maison! dit-elle.

Un rapide coup d'œil autour de lui fit réagir Érik. Elle n'avait pas l'intention qu'ils restent là tous les deux!

– Je veux que tu me conduises à l'aéroport, continua-t-elle. Je m'en vais chez ma mère pour... pour... Je ne sais pas pour combien de temps. Je suis malade, Érik. Il faut que je parte.

Érik se rassit. La tête entre les mains, il fixait le tapis usé devant la porte. Il se dit qu'un dépaysement total donnerait peut-être les résultats que le repos et les médicaments n'avaient pas eus. Si elle lui donnait un jour ou deux, il la conduirait lui-même à Toronto.

Sa proposition la prit au dépourvu.

– Un jour ou deux?

– Le temps de prendre des arrangements. Marise, je t'en prie, fais un effort. Pourquoi agir aussi rapidement? C'est Hélène qui t'a conseillé de partir?

– Hélène? Non! Ce n'est pas Hélène. Elle ne sait rien. Elle...

Érik devint plus tendre. L'agitation de Marise mettait fin à toute discussion.

– Si nous rentrions à la maison, maintenant? Je suis terriblement fatigué, dit-il.

– Et ma voiture?

– Ne pense pas à cela, quelqu'un viendra la prendre.

C'était une nuit sans lune, trop fraîche pour un mois d'août. Marise s'enveloppa dans son chandail et monta dans la voiture. Elle s'adossa tout au fond du siège pour attendre Érik, qui rangeait ses bagages. Il n'était pas sitôt assis derrière le volant qu'elle lui posa de nouveau la question :

– Est-ce que tu veux encore de moi ?

Il ne voyait pas son visage, seule sa silhouette se dessinait devant le fond lumineux de l'enseigne du motel. Sa question prenait un sens nouveau, elle avait sa source dans le doute qui envahissait Marise.

– Le jour de notre mariage, j'ai choisi de vivre le meilleur et le pire avec toi, et ce, durant toute notre vie. J'espère que tu ne l'as pas oublié.

– Pour toute la vie..., murmura Marise.

Érik ne trouva rien à ajouter. Il était pressé de partir. Il voulait être à la maison avant le réveil de Judith. La pensée de rentrer donnait des sueurs froides à Marise, mais elle dut se résigner, car Érik n'irait certainement pas la conduire à l'aéroport comme elle le lui avait demandé. La tête contre la vitre de la portière, les yeux fermés, elle n'avait plus envie de rien, sauf peut-être de s'endormir et de ne se réveiller que dans dix ans... ou jamais.

Ils roulaient sur l'autoroute quand les clignotants d'une voiture de police s'allumèrent devant eux. Érik ralentit et se rangea sur le bord de la chaussée. Quand Marise ouvrit les yeux, son visage devint de cire.

– Qu'est-ce que c'est ? demanda-t-elle. Qu'est-ce que ce policier nous veut ? Allons-nous-en d'ici, Érik. Ne lui parle pas, je t'en prie. Allons-nous-en !

– Pourquoi s'en aller ? Nous n'avons rien à nous reprocher.

Érik baissa sa vitre et le policier se pencha pour regarder à l'intérieur.

– Il se passe quelque chose ? Est-ce que j'allais trop vite ? lui demanda Érik.

– On vient de signaler un accident avec blessés graves juste dans la courbe. C'est le second au même endroit ce soir. On examine la chaussée. Soyez prudents.

Marise s'était faite minuscule. Elle respira plus à l'aise quand le policier fut reparti.

Yvonne avait fini par s'endormir sur le canapé. Le jour se levait lorsqu'elle ouvrit les yeux. Rien n'avait bougé aux alentours et le ciel se colorait de rose foncé et d'orange. Ce spectacle d'une beauté surprenante lui rappelait que l'automne approchait. Elle se dirigea vers la cuisine pour faire du café quand, du haut de l'escalier, Judith appela ses parents.

– Je suis en bas, dit-elle.

Les yeux encore bouffis de sommeil, Judith apparut.

– Tante Yvonne ! Pourquoi es-tu ici ? Où est papa ?

– Il est allé chercher ta mère. Ils arrivent bientôt.

– Papa est allé à Sherbrooke ?

– Ton père t'expliquera. Va te recoucher. Il est trop tôt pour rester debout.

– Toi, tu es déjà debout.

– J'allais justement reprendre ma place sur le canapé.

– Viens avec moi dans mon lit, veux-tu ? Avant, maman venait dans mon lit quand papa se levait. Maintenant, elle ne vient plus jamais.

Oubliant le café qu'elle avait voulu se faire, Yvonne monta s'allonger auprès de la fillette.

36

Aussitôt après avoir accepté de s'occuper de Judith pendant quelques jours, Yvonne était rentrée à son appartement. Érik n'avait rien précisé au sujet du voyage qu'il prévoyait faire avec Marise, et elle ne lui avait posé aucune question. Il ne lui restait plus qu'à prévenir Alexandre que leur propre voyage serait retardé.

Ce matin-là, elle avait vu le camion de déménagement reculer dans l'entrée de la maison voisine. Les Travárez quittaient le pays, et Patricia, leur gouvernante, était libre de venir demeurer avec Judith. Quelques jours en sa compagnie auraient été un test concluant pour prendre une décision à son sujet le jour où Marise retournerait au travail. Yvonne avait quand même accepté de s'occuper de Judith pour qu'elle recommence ses classes sans ennuis.

Le reste de la journée s'annonçait tranquille. Aucun visiteur n'était attendu. Pourtant, à la porte principale, Brigitte s'apprêtait à sonner. Le visage plus rouge que d'habitude, elle tenait son sac à main à bout de bras et une carte postale serrée sur son cœur.

Elle était encore sur le pas de la porte de l'appartement d'Yvonne quand elle lui tendit la carte postale abondamment colorée.

– C'est de mon plus jeune fils. Il revient. Il sera là dans trois semaines. Il en a assez de manger de la misère. Il veut continuer ses études. Charles et moi sommes tellement heureux.

Le bonheur de Brigitte empêchait Yvonne d'exprimer ses interrogations. Charles savait-il au sujet de Fabienne? Brigitte aurait-elle le temps de régler son problème avant l'arrivée de son fils? Lorsque Brigitte prit place dans le fauteuil et qu'elle eut un sourire heureux, son regard parla de lui-même.

– La vie est bonne quand on lui fait confiance, n'est-ce pas? Tout s'arrange, pour l'instant.

Cependant, il existait tant de facteurs inconnus, tant de gens à affronter, dit-elle encore. Puis, le temps de remettre ses idées en place, Brigitte raconta qu'elle était allée au parc avec Fabienne, et ensuite au supermarché, afin d'acheter ce qu'il fallait pour préparer un repas spécial pour Charles et créer une ambiance propice aux révélations.

– Tout ne s'est pas passé comme prévu. Charles était déjà là quand je suis arrivée avec mes trois gros sacs d'épicerie. Il y était depuis un bout de temps, je crois. Il m'a demandé où j'avais dormi et pourquoi il y avait tant de courrier dans la boîte aux lettres.

Les questions de Charles ressemblaient étrangement à une gentille crise de jalousie. Brigitte avait laissé ses sacs sur le comptoir et s'était assise au bout de la table de façon à lui faire face. Elle lui avait dit que, le premier soir, elle avait dormi à la campagne avec Yvonne et qu'en revenant elle était restée chez elle.

– Il ne m'a pas cru, car il m'a demandé où j'avais trouvé le temps de cuisiner.

Charles avait fait son enquête. Sans le savoir, il avait ouvert la porte à un courant qui risquait de l'emporter.

Brigitte l'avait regardé de façon étrange, puis, sans réfléchir davantage, comme on saute d'un tremplin, elle lui avait dit avoir fait une tarte pour elle et lui, et une autre pour sa fille.

Elle déraisonnait, avait-il cru. Elle inventait une histoire pour le punir de sa jalousie et de ses soupçons. Charles s'était mis à rire, mais le sérieux de Brigitte lui avait soudainement fait peur. Sa femme était en train de lui parler un langage qu'il ne comprenait pas. Que voulait-elle dire ?

Brigitte s'était approchée de lui, le plus près possible afin de trouver la force de parler calmement comme elle se l'était promis, comme Fabienne le lui avait suggéré. Elle avait raconté ses quarante-huit dernières heures, et ses quarante dernières années. Et Charles avait découvert la femme qui s'était cachée derrière celle qu'il connaissait. C'était trop d'un seul coup. Pour assimiler un passé pareil, pour envisager un avenir si différent, il avait besoin de temps. Brigitte avait cessé de parler, et il était sorti sur la terrasse. À distance, elle avait observé ses réactions, elle l'avait regardé vraiment. Brigitte l'avait trouvé magnifique pour son âge. Une crainte affreuse avait suivi : et si elle allait le perdre, s'il la rejetait ?...

L'heure qu'elle passa à l'attendre lui parut aussi longue qu'une année passée sur une chaise sans bouger.

Charles voulait prendre le temps de se faire à l'idée que sa femme avait une fille ailleurs. Pour son équilibre, les événements devaient se produire étape par étape, sans chambardement imposé.

– J'avais seulement besoin de savoir s'il m'en voulait. Charles n'a pas encore appris à parler ce langage. Il a mis sa main sur mon épaule et il a sorti cette carte postale de sa poche de chemise.

– Charles va-t-il accepter la situation ?

Brigitte sourit de nouveau. Le vide de sa vie tout à coup rempli par un petit-fils à cajoler, par le bonheur de le voir sourire, lui ferait rapidement s'y habituer.

– Je n'en doute pas, mais il reste les garçons...

– Si ton autre fils pouvait se libérer avant l'affluence des touristes, ne crois-tu pas que ce serait l'occasion d'une réunion de famille ?

– Tu es merveilleuse, Yvonne ! C'est ça. C'est la solution. Charles demande du temps pour réfléchir. Trois semaines, c'est juste assez. Tout le monde fera connaissance en même temps si Pierre-Luc est là aussi. Il ne refusera pas. Je le connais.

Brigitte n'avait plus rien à dire à Yvonne, pas plus qu'elle n'avait le temps de passer chez Fabienne. Elle se proposait de se rendre directement au centre Victor-Paré pour discuter avec Charles. L'espérance rendait sa démarche plus légère.

Yvonne la regarda monter dans sa voiture en imaginant la surprise de Charles quand il verrait sa femme se présenter à son bureau.

37

Brian vint rejoindre Érik dans la salle de conférences de la Valross. À cause de l'impact qu'il aurait sur leur avenir personnel et sur celui de la Valross, cet entretien serait différent de tous ceux qui les avaient réunis dans cette pièce jusqu'à ce jour.

Depuis qu'il avait décidé de conduire Marise à Toronto, Érik avait imaginé un nouveau plan, dont la réalisation nécessitait l'assentiment de Brian.

– Tu me sembles sérieux à faire peur, dit Brian en entrant.

– C'est plus sérieux que tu ne l'imagines, Brian. Le temps est venu de jouer cartes sur table. Je veux connaître ton opinion au sujet du contrat de Vancouver.

– Tu la connais déjà.

– Serait-elle la même si je t'annonçais que je prends ma retraite plus tôt que prévu ?

– Qu'essaies-tu de me dire, Érik ? Aurais-tu envie de partir au moment où Marise va revenir ?

– Marise ne reviendra pas au travail, je le sais. C'est difficile à expliquer, et je n'ose plus parler de ce que nous vivons à la maison ces temps-ci. Brian, je commence à désespérer de la situation.

– Pourtant, il y a quelques jours, tu disais...

– Je sais, j'ai été rassurant pour vous laisser profiter de votre bonheur. Maintenant, c'est autre chose. Il faut agir, notre vie de couple en dépend.

– Où est-ce que j'interviens là-dedans? s'enquit Brian.

Érik fut bref et précis. Il annonça à Brian son intention d'abandonner la course pendant que la conjoncture s'y prêtait. Mis à part le contrat de Vancouver, qui restait à conclure, la Valross fonctionnait à merveille. Mais il y avait Vancouver...

– Je peux aller là-bas pour tout annuler, proposa-t-il.

– Tu n'y penses pas! Il y a des gros sous dans cette transaction.

– Je sais, Brian. Il y a des gros sous, et surtout beaucoup de travail et de risques pour un homme seul à la direction de la Valross. C'est pour ça que je t'offre de m'occuper de la rupture des négociations. Je ne crois pas que ce sera très compliqué, à cause de leur part de responsabilité dans le retard.

Brian s'était appuyé au fond de son fauteuil. Il se revoyait dix ans plus tôt, rêvant de diriger l'entreprise. Et maintenant qu'Érik demandait la permission de partir, il était triste de se rappeler ce temps-là. Toute une partie de leur vie n'allait pas se terminer ainsi?

– La vie suit son cours, Brian. Tu sais que je serai toujours là pour te donner un coup de main à l'occasion.

– Je sais, Érik. Je n'en attendais pas moins de toi. Ta décision est sûrement la bonne, surtout si elle sert à sauver Marise. Dis-toi que je serais mal placé pour te faire des difficultés. Quand comptes-tu prendre ta décision finale?

– Si Marise accepte de venir avec moi à Vancouver, nous prendrons le premier avion.

– Et si elle refuse?

– Si elle refuse...

Érik misait sur ce voyage, et surtout sur le fait de retourner sur les lieux de leurs premiers souvenirs amoureux pour faire réagir Marise. Il n'osait envisager un refus. Le cas échéant, il irait la conduire chez sa mère comme prévu, car il fallait penser à Judith, qui était très affectée par le départ de Frédérika.

– Il y a toujours une lumière au bout du tunnel, lui dit Brian en s'apprêtant à quitter la pièce.

Faisait-il référence aux retrouvailles de Fabienne avec sa mère? Érik en eut la certitude quand Brian lui demanda si Marise était au courant de ce qui leur arrivait.

– Elle le sait. J'aimerais pouvoir te dire qu'elle est consciente de l'importance de ce retour dans votre vie, mais tel n'est pas le cas pour le moment.

– Alors, elle n'est pas consciente du bonheur de Fabienne ni des bouleversements qui vont s'ensuivre.

Brian verbalisait ainsi son inquiétude devant les changements marquants qu'allait provoquer la venue de Brigitte Gaumond dans leur vie. Ses paroles spontanées invitaient Érik à émettre une idée. Sachant pertinemment que le fait de partager sa vie avec des étrangers cause souvent des frictions, Érik ne voulut cependant pas lui faire part de son opinion. Il lui tendit la main sans rien dire et se retira dans son bureau.

Incapable de se concentrer sur son travail, il appuya la tête sur le dossier du fauteuil. Son regard ainsi levé devait inévitablement se poser sur le tableau accroché au mur. Il s'appelait *Neige,* ce tableau qu'avait signé Évelyne. La maison du bord de l'eau sous des couches de neige disparut progressivement. Érik avait fermé les yeux, il écoutait la voix de ses souvenirs. «Je vous aime, Érik», avait dit celle qui ignora toujours qu'elle s'adressait à son père. À la veille d'un nouveau changement dans sa vie, et ce problème n'ayant jamais été vraiment réglé, Érik regrettait encore les années perdues. Marise avait deviné la vérité qu'il se cachait comme on cache un amour interdit. Que serait-il arrivé si Évelyne avait survécu, s'il n'avait jamais appris qui ils étaient l'un pour l'autre? Cette question resterait sans réponse, mais il n'oublierait jamais l'éclat de ses yeux tigrés. Le souvenir d'Évelyne Sinclair était son tourment lorsqu'il regardait Judith grandir dans l'aisance et le confort, lorsqu'il la voyait entourée, protégée.

«Chère petite», murmura-t-il. Érik faisait erreur en affirmant que Judith avait tout pour être heureuse. Sa mère l'abandonnait un peu plus chaque jour et, aujourd'hui, Frédérika s'en allait pour ne plus revenir.

Érik prit ses affaires et partit sans saluer personne.

Un énorme camion obstruait toujours la rue lorsqu'il arriva chez lui. Le va-et-vient chez ses voisins attira moins son attention que l'odeur qui s'était répandue dans l'air. Cette senteur ressemblait étrangement à celle des biscuits que fabriquait Marise pour les fêtes d'enfants. Érik chassa ce souvenir qui lui rappelait des temps meilleurs et passa saluer les Travárez avant leur départ.

À peine leur avait-il serré la main qu'il était déjà prêt à retourner chez lui, avec l'intention bien arrêtée de dormir au moins deux heures. Judith et Frédérika étaient assises l'une à côté de l'autre, appuyées à la clôture pour être à l'abri du vent. Érik les observa un moment avant de signaler sa présence.

– Papa, s'écria Judith. Viens voir. Maman a fait des biscuits pour le départ de Frédérika.

Les fillettes vinrent à sa rencontre. Judith tenait le plat, qui ne contenait plus que deux biscuits perdus parmi les miettes restantes. Érik tourna la tête vers la silhouette qui se tenait devant la porte-fenêtre. Étonnamment calme, différente de ce qu'elle avait été dernièrement, Marise lui souriait.

Judith en voulut un peu à son père de l'ignorer pour se diriger vers sa mère, qui avait ouvert la porte pour l'accueillir.

L'émotion les avait rendus muets. Un miracle s'était produit. Érik avait l'impression de retrouver sa femme après un long voyage, et Marise, celle de revenir de l'enfer. Ils entendaient les filles jaspiner allégrement. La situation était cependant fragile, et une seule parole pouvait la faire basculer. Érik s'assit sur le tabouret au bout du comptoir. De quoi aurait-il l'air avec sa proposition de partir, de fuir la réalité pour le monde de leurs souvenirs ? Comment dire à cette femme qu'il avait fait des projets en jugeant la situation irréversible ?

Son embarras était visible, et Marise ne pouvait le rassurer. Il ne devait jamais savoir ce qui s'était passé dans son esprit depuis le début de l'été. Il devait aussi ignorer que, ce matin-là, elle avait profité d'un moment où Judith était avec Frédérika pour téléphoner à leur maison de campagne.

Après des appels répétés toutes les cinq minutes, un déclic avait annoncé une présence au bout du fil. Son cœur s'était mis à battre plus fort et des sueurs avaient mouillé son front.

– John ! C'est bien vous, n'est-ce pas ? avait-elle osé timidement.

– Oui, madame Valcourt, c'est moi. J'attendais votre appel.

Il s'était adressé à elle avec respect, comme auparavant. Aucune raillerie n'avait transpiré de ses brèves paroles.

– John! Je me mourais d'inquiétude. Comment allez-vous?

– Je m'en suis tiré avec douze points de suture. Huit sur la tête et quatre sur la joue.

– J'ai eu si peur. Vous étiez là, allongé sur le plancher. Et tout ce sang partout. J'ai paniqué.

– Vous êtes partie.

Marise se remémorait l'incident. John la traînait de force à l'intérieur et elle se défendait. Elle l'avait repoussé brutalement vers le comptoir de la cuisine et il était tombé en emportant les verres dans sa chute. Sa tête avait heurté violemment le coin du comptoir.

– J'ai fui, mais qu'auriez-vous fait à ma place, John?

Il n'avait pas répondu tout de suite. Elle entendait le bruit de la chaise à ressorts dans laquelle il s'était installé. Ce bruit, qui l'incommodait tant quand elle s'asseyait elle-même dans cette berceuse, recréait l'ambiance des lieux. Elle l'imaginait avec un bandage autour de la tête, les yeux bleuis par le sang répandu dans les tissus de son visage. Elle n'éprouva aucune émotion; une seule chose comptait, il était vivant.

Dans le fond, elle n'avait que faire de sa réponse; connaître ses intentions importait davantage. La situation devait changer rapidement. La force lui manquait pour subir un nouveau traumatisme.

– Dès que j'aurai trouvé quelqu'un pour me remplacer, je dirai au patron que je déménage, dit-il. Vous avez assez souffert à cause de ma folie.

– John !

– C'est la dernière fois que nous nous parlons, alors écoutez-moi. Je vous aime réellement, madame Valcourt. Le pire, c'est que je ne ferai rien pour que ça change. C'est ça qui me fait vivre. Je vous aimerai ailleurs parce que nous n'avons pas de pouvoir sur ce qui est. Par contre, je peux vous laisser profiter de ce qui vous appartient.

– Ce qui nous appartient n'a plus le même attrait à présent ?

– Vous oublierez et vous serez encore contente de venir ici.

John était un brave homme, après tout, brave et malheureux, mais elle ne pouvait rien pour lui, car des temps difficiles s'annonçaient pour elle aussi.

– Pensez-vous vraiment ce que vous dites ? Je me suis rendue malade à force de réfléchir et de remettre ma vie, mon mariage et mes sentiments en question. Ce sera difficile de vivre avec ça dans la tête, lança-t-elle spontanément, laissant tomber la distance qu'elle avait souhaitée entre eux.

Leur conversation s'était prolongée. La situation était claire lorsqu'elle avait raccroché. La lumière entrait dans sa maison et les murs se coloraient. Elle avait vécu des mois sans entendre le chant des oiseaux, sans respirer à fond. Maintenant l'air frais pouvait oxygéner son sang et les oiseaux, célébrer la vie. Marise s'était sentie capable de faire plaisir à Judith en soulignant le départ de Frédérika.

Encore abasourdi, ne sachant que penser de ce qu'il voyait, Érik souhaitait que la fin des mauvais jours soit arrivée.

Marise alla rendre visite à Fabienne, mais lui, il préféra rester là avec Judith. Il avait besoin de réfléchir. Il monta à l'étage, se jeta à plat ventre sur le lit, et s'endormit.

Frédérika et sa famille partirent en laissant Judith seule sur le trottoir, désemparée et aux prises avec un sentiment d'abandon. La vie lui enlevait son amie, sa confidente. Elle aussi sentit le besoin de se réfugier dans sa chambre, de se jeter sur son lit. Des sanglots secouaient ses épaules, et un cri étouffé dans son oreiller réveilla Érik. Les pleurs de sa fille ne provenaient pas de son rêve, il le comprit en regardant par la fenêtre.

Le camion avait quitté les lieux et personne n'était plus dans la maison voisine. Judith se désespérait de vivre cette séparation toute seule. Quand il frappa à sa porte, les pleurs cessèrent. Judith vint se jeter dans ses bras. De nouveaux sanglots la secouèrent.

— Elle est partie, papa. Frédérika ne reviendra plus.

Son cri venait du fond de son jeune cœur blessé. Judith n'avait jamais réagi de la sorte. Son drame était réel, et des paroles d'encouragement n'y changeraient rien. Dans un mouvement de balancement, Érik la berça, et ses larmes cessèrent.

— Frédérika était la meilleure amie que je puisse jamais avoir, dit-elle.

— Bien sûr, ma chérie. Tu n'en auras jamais de pareille.

— Toi aussi, tu crois cela, n'est-ce pas?

– Tu auras d'autres amis, mais aucun ne la remplacera dans ton cœur. C'est souvent comme ça dans la vie. Les gens viennent auprès de nous, puis ils s'en vont. Il n'y a qu'une véritable amitié qui laisse sa marque.

L'image d'un jeune homme arrogant jouant au prince devant les filles était apparue dans l'esprit d'Érik Valcourt. La déchirure de sa fille ramenait le souvenir de son cousin Étienne Rivard, l'être qu'il avait le plus affectionné au cours de sa jeunesse et à qui il avait fait le plus de peine.

Judith s'était dégagée de son étreinte pour s'approcher de la fenêtre.

– Papa, regarde. Je crois que ce sont nos nouveaux voisins qui viennent voir la maison.

Un jeune couple se tenait sur la terrasse pendant que deux fillettes exactement pareilles s'amusaient avec un chien qui bougeait dans une peau trop grande pour lui. Le shar-peï indiscipliné aussi visitait sa nouvelle demeure.

– On dirait que ces demoiselles ont à peu près ton âge, dit Érik.

– Oui, mais je n'irai pas leur parler. Je dois m'exercer au violon.

– C'est ça, ma chérie. Si tu veux devenir une grande musicienne, tu n'auras plus le temps de parler à personne.

Judith posa un regard soupçonneux sur son père. Il était beaucoup trop conciliant pour être sincère. Elle descendit et, en faisant semblant de rien, elle s'approcha de la clôture. Elle était encore là quand sa mère revint de chez Fabienne.

Marise était lasse. La journée avait été éprouvante pour ses nerfs, et elle avait besoin de se reposer. Érik vit qu'elle avait pleuré.

– Est-ce que tu veux qu'on parle ou préfères-tu aller dormir ?

– Je vais m'étendre sur notre lit. Tu viens avec moi ?

Tout en montant derrière Marise, Érik se demandait si le moment était propice pour lui présenter son projet. Marise n'avait plus parlé d'aller chez sa mère ; c'était donc que des choses avaient changé. Elle serait peut-être prête à accepter sa proposition.

Elle s'était couchée sur le dos et fixait le plafonnier. Deux larmes mouillaient ses yeux. Elle était encore fragile, ses nerfs à fleur de peau ne supporteraient plus d'émotion. Érik se pencha au-dessus d'elle et l'embrassa tendrement. Elle passa ses bras autour de son cou et le serra très fort.

– Marise chérie, dit-il, si nous partions loin d'ici tous les deux ?

– Oui, Érik ! Partons. Tout de suite. Partons, juste toi et moi. Je t'en prie, fais vite. Emmène-moi ailleurs, ailleurs.

Ni l'un ni l'autre ne dirent plus rien. Quand Marise se fut endormie, Érik la recouvrit d'un drap et descendit.

38

Les Valcourt avaient pris le vol de dix heures quarante. Marise misait sur l'éloignement et la magie du merveilleux décor des Rocheuses pour mettre de l'ordre dans ses idées et dans ses sentiments. La poussée d'adrénaline qui avait suivi sa conversation avec John n'avait été qu'un feu de paille. Son moral déclinait, et la fatigue et les émotions menaçaient de reprendre le contrôle de ses nerfs fragiles. Cependant, elle s'accrochait. Cette énergie passagère l'avait convaincue que ses forces revenaient. Elle se plaisait à rêver au jour où elle serait totalement rétablie.

Érik jouait une carte importante pour que la vie reprenne son cours. Il allait lui donner toutes les chances nécessaires, leur bonheur en dépendait.

Ils étaient partis sans préciser la durée du voyage, laissant supposer qu'il pourrait être long. En quittant la maison, ils emportèrent l'image de leur fille à côté de Patricia, et d'Yvonne qui se tenait derrière.

Tout semblait parfait pour tout le monde ; eux s'en allaient, Judith s'amusait avec Patricia et Yvonne avait promis d'être là pour le premier jour de classe, et aussi pour parer aux coups durs. Pourtant, Yvonne hésitait à quitter des lieux où sa présence n'était plus requise. Elle flâna en se promenant autour de la piscine, inutilisée depuis le départ de Frédérika. Les premières feuilles se détachaient des arbres et volaient au vent, puis se déposaient ici et là comme si elles choisissaient leur lieu d'atterrissage.

– Est-ce que tu vas t'ennuyer si papa et maman restent partis très longtemps?

Judith avait surpris Yvonne, qui se croyait seule. Elle sut dissimuler le sentiment de vide qui s'était emparé d'elle, qui lui avait enlevé toute envie de sourire.

– Ils ne seront pas partis très longtemps; deux semaines, peut-être trois, tout au plus. Nous pourrons survivre, n'est-ce pas?

– Je sais pourquoi papa et maman sont partis.

Yvonne l'observa attentivement en se gardant bien de faire une supposition à voix haute. Si Judith avait déjà son idée sur le départ de ses parents, il était inutile de lui en suggérer d'autres avant de l'écouter.

– L'autre jour, j'ai entendu maman qui parlait à voix basse au téléphone. Elle disait qu'elle trouverait cela difficile de vivre avec ça dans la tête. J'ai pensé qu'elle était fatiguée d'être toujours malade. Alors, elle va revenir quand elle sera guérie.

– À qui maman disait-elle une telle chose?

– Je ne sais pas. J'étais entrée boire un verre d'eau quand je l'ai entendue.

– Ah bon! Et tu as conclu qu'elle en avait assez d'être malade et qu'elle a demandé à aller à Vancouver?

– Papa est en voyage d'affaires. Il ne l'a pas dit à maman parce qu'elle aurait été contrariée.

– Ça aussi, tu l'as entendu au téléphone?

– Non. C'est tante Fabienne qui en a parlé avec sa mère. J'ai tout compris. Papa va faire son dernier voyage pour le travail et maman va revenir en forme. Je les ai laissés partir sans dire un mot parce que je savais que tu serais proche. Si je m'ennuie très fort, tu viendras dormir avec moi à la place de Patricia, n'est-ce pas ?

– C'est comme ça que tu arranges les choses, petit monstre. On ne t'a jamais beaucoup résisté, à toi, hein ?

Judith eut un rire qui en disait long sur sa ruse et sa capacité de fabuler. L'imaginaire embellit la réalité, il garantit contre les attaques extérieures. Judith venait de démontrer sa fragilité en niant ce qui avait un pouvoir sur l'équilibre de sa jeune vie.

Judith avait ensuite manifesté le désir d'aller parler avec les jumelles, qu'elle entendait se chamailler à propos de la promenade du chien. L'heure du repas était arrivée, mais personne ne ressentait encore la faim, tous mettant sur le compte de l'émotion la crampe ressentie au creux de l'estomac. Yvonne refusa l'invitation de Patricia à partager le repas du midi. Elle devait parler avec Alexandre. Maintenant qu'elle savait Judith entre bonnes mains, plus rien ne l'empêchait de partir, à part peut-être la peur de l'inconnu et la crainte de s'abandonner à un sentiment qui l'emporterait plus loin qu'elle ne s'était permis d'aller jusque-là.

Patricia n'insista pas pour garder Yvonne, qui partit aussitôt. L'idée de s'arrêter chez Fabienne, comme elle le faisait souvent quand elle allait chez les Valcourt, ne lui vint pas à l'esprit, même si elle n'avait pas non plus envie de rentrer chez elle. Son instinct la guidant, elle se retrouva devant le centre Victor-Paré. Inconsciemment, elle souhaitait que Charles ne soit pas déjà sorti dîner. Quand elle reconnut sa voiture dans le stationnement, elle hâta le pas.

Charles était sur son départ quand il la vit.

– Yvonne ! Est-ce que je rêve ?

Charles Gaumond démontrait une joie évidente. Yvonne était heureuse de se retrouver en face d'un ami. Cela lui faisait du bien.

– Est-ce que tu as mangé ? demanda-t-il.

– Pas encore.

– Alors tu viens avec nous. Brigitte m'attend au restaurant. Faisons-lui la surprise.

– Tu crois que c'est la chose à faire ?

Il avait parfaitement saisi le sens de son observation. Se présenter ensemble devant Brigitte risquait de réveiller un doute dans son esprit. Charles était prêt à vérifier la solidité de sa relation nouvelle avec sa femme.

– Tu n'as pas à t'inquiéter. Les choses ont changé, tu sais. J'apprends à connaître ma femme depuis qu'elle se laisse découvrir. Je crois que nous sommes en train de redevenir amoureux. Brigitte est très belle quand elle sourit.

– J'ai compris ! Ma place n'est pas avec un couple qui a envie de se susurrer des mots doux à l'oreille. Je suis réellement heureuse pour vous deux, surtout pour toi, Charles.

– Je te remercie de m'avoir tenu tête. En fin de compte, tu avais raison.

– Je ne veux plus qu'on parle de tout cela, c'est chose du passé. Parle-moi plutôt de Fabienne.

– Je joue toujours à celui qui se fait tirer l'oreille en attendant nos fils. Je ne sais pas si je vais résister encore longtemps. Il paraît qu'elle a un joli petit garçon.

– J'en ai assez entendu. Va rejoindre Brigitte et soyez heureux.

Il n'avait pas remarqué qu'elle avait posé son regard sur le mur en face d'elle, ni qu'elle se mordait la lèvre. Yvonne était émue. Elle n'avait plus envie d'aller rendre visite aux autres, ni d'aller manger avec Charles, ni de se mêler aux foules anonymes. Yvonne avait envie de se cacher chez elle en attendant l'appel d'Alexandre.

39

La première journée de classe de Judith ne dura que le temps de faire connaissance avec les professeurs. À son retour à la maison, elle trouva un message de ses parents, dans lequel Érik disait que tout allait à merveille et qu'ils étaient installés dans un endroit magnifique.

Autour d'Yvonne, tout semblait respirer le bonheur, et elle ne savait comment gérer cet état nouveau. Elle se demandait si toutes ces années au service des autres ne l'avaient pas rendue incapable de survivre par elle-même. Son besoin de se sentir utile lui avait-il vraiment caché le vide de sa vie personnelle ? Une réponse lui vint : sa vie n'était pas vide, Alexandre était là, et ils partaient ensemble le lendemain.

Elle rentra chez elle, fit sa valise et se mit au lit. Le lendemain, à son réveil, Yvonne était prête à assumer son destin s'il était qu'Alexandre avait été mis sur sa route pour la cueillir avant que le bonheur lui tourne le dos à tout jamais. Ce matin-là, elle était comme une rose blanche prête à s'ouvrir.

L'heure avançait et elle hésitait encore à fermer sa valise, qui contenait des vêtements pour parer aux changements subits de température du mois de septembre. Au fond, protégée par un papier de soie, il y avait sa lingerie fine, que personne à part elle n'avait touchée, admirée. Dans les jours à venir, elle s'allongerait peut-être sur un grand lit, vêtue de ces dentelles qui feraient d'elle une autre femme. Yvonne ne refusait pas cette idée, mais, auparavant, Alexandre l'aurait accompagnée dans son monde, il l'aurait suivie sur sa route. La beauté du paysage de la région de Charlevoix attendrait, le temps qu'ils fassent un retour sur les lieux de sa vie passée.

Yvonne fermait tout juste sa valise quand Alexandre se présenta à sa porte.

— Tu es ravissante, Yvonne, dit-il. Elle baissa les yeux et sourit.

— Je suis heureux. Tu sais que ce matin j'ai sifflé sous la douche ? Ça ne m'était pas arrivé depuis...

— Depuis Maria ? Tu n'as pas à te cacher ni à te priver de parler d'elle. Je comprends très bien. Si tu as remarqué, je ne t'ai jamais repris les fois où tu m'as appelée Maria.

— J'ai fait ça, moi ?

— Tu as fait ça. Viens t'asseoir. J'ai une proposition à te faire.

— Un changement au programme ?

— Si tu veux. Il faut en discuter sérieusement avant d'entreprendre notre voyage.

Une demi-heure plus tard, la voiture emportant le couple roulait sur l'autoroute. Yvonne était joyeuse et émue à la fois. Alexandre lui avait fait confiance en acceptant de plonger dans l'inconnu et de l'accompagner sur les lieux qui avaient été les témoins de sa vie de jeune femme.

Le trajet se fit presque en silence, comme si la situation l'exigeait. L'automne est la plus belle saison, dit soudain Yvonne en mentionnant que sa belle-mère avait l'habitude de dire que la montagne s'enflammait en septembre. Alexandre l'écouta parler encore de Judith Rivard, cette femme qu'elle avait aimée plus que sa propre mère. Des bribes de leurs conversations antérieures revenant à son esprit, il se souvenait d'avoir entendu ce nom auparavant.

Avant d'arriver au rang des Mésanges, Yvonne pria Alexandre d'arrêter son véhicule.

– Nous sommes devant le cimetière. C'est là que tu m'emmènes?

– Ne t'ai-je pas dit que je t'emmenais là où est mon passé?

Alexandre n'affectionnait pas particulièrement ces endroits garnis de fleurs en plastique délavé. Il suivit Yvonne, qui marchait d'un pas ferme. Cet endroit lui était encore familier, même si elle n'y était pas venue depuis plusieurs années. Lorsqu'elle s'arrêta, elle dit :

– Ici dorment les êtres que j'ai aimés le plus au monde et ceux qui m'ont fait le plus de mal.

Elle s'était penchée au-dessus de la tombe de Judith Rivard et enlevait les feuilles mortes qui dissimulaient l'inscription. Ce qu'elle avait à dire sur la mère d'Étienne se résumait en quatre mots : amour, accueil, patience et respect.

Yvonne fit quelques pas et se retourna vers le sud, vers une petite croix blanche sans inscription plantée tout près d'une immense pierre tombale.

– Étienne repose ici, mais c'est à cause de celle qui est là-bas qu'il s'est enlevé la vie. Il n'avait pas accepté la mort de sa maîtresse.

Elle regarda longuement la croix blanche, et murmura que, à bien y penser, Lisa Sinclair et elle avaient eu en commun bien plus que ce que deux amies pourraient jamais avoir.

Alexandre ne savait comment se comporter devant ce spectacle animé par des fantômes. Il écouta Yvonne lire l'inscription de la grande pierre tombale érigée à la mémoire d'Évelyne. Elle n'avait rien dit à son sujet.

Il restait encore la tombe de Cyprien à aller voir.

– Yvonne, pourquoi m'imposes-tu ça ? Pour que je te questionne, que je t'offre ma sympathie ? Est-ce une épreuve que tu me fais passer ?

Elle lui avait tourné le dos. Alexandre agissait différemment des autres hommes qui s'étaient limités à la courtiser. Alexandre se permettait de la faire réfléchir aux conséquences de ses gestes et de ses silences.

– Je m'y prends peut-être mal, mais il fallait que je t'emmène ici pour que tu comprennes d'où je viens. Il y a encore une dernière chose que je veux que tu saches. Cyprien souffrait du même mal que Suzanne.

– Ton fils ?

– Quand tu parlais de la vie de Maria auprès de Suzanne, je reconnaissais la mienne. Sauf que moi, j'avais un mari absent de cœur et d'esprit. J'étais seule pour vivre cette épreuve.

– Yvonne, allons-nous-en d'ici. Je me sens observé. C'est de la folie d'être venus. Si tu cherches à prouver que tu ne peux plus être heureuse après avoir enterré tout ce monde, ça ne prend pas avec moi. La vie, c'est autre chose. Regarde-moi. Ai-je l'air d'un mort ?

– Non, Alexandre. Pourquoi me parles-tu comme ça ?

Il s'approcha et l'entoura de ses bras chauds. Yvonne éclata en sanglots. Pleurait-elle ceux qu'elle ne s'était pas permis de pleurer auparavant, ou pleurait-elle sur elle-même? Alexandre l'entraîna vers sa voiture, où ils restèrent un moment sans parler. Un oiseau passa devant le pare-brise, le frôlant de si près que son ombre se dessina sur les genoux d'Yvonne. Il n'y a pas que des oiseaux de malheur, pensa-t-elle.

Maintenant, elle pouvait continuer le pèlerinage amorcé. Alexandre n'était pas homme à abandonner à cause d'événements sur lesquels il n'avait aucune emprise. Sa clairvoyance l'avait magnifiquement servi tout au long de sa vie, alors pourquoi ne le ferait-elle pas encore? Il reprit la route comme s'il connaissait l'endroit où ils allaient.

Arrivés à la roseraie, ils marchèrent l'un à côté de l'autre jusqu'à la maison du bord de l'eau. Yvonne raconta comment elle avait connu Érik Valcourt, comment il l'avait sauvée de l'incendie pour ensuite l'aider à se bâtir une nouvelle existence. Alexandre l'écoutait. La dentelle d'or accrochée aux arbres et le rouge flamboyant qui lui servait de fond ne ressemblaient en rien au paysage enneigé dont elle l'entretenait.

– Quelqu'un habite ici, n'est-ce pas?

Yvonne regarda autour d'elle. John Pérusse devait être dans les environs, dit-elle. Les bêtes broutaient tranquillement dans l'enclos, mais il n'y avait aucun signe de sa présence sur les lieux.

John, qui les avait entendus parler et les avait vus venir jusqu'au bâtiment, ne pouvait rester à l'intérieur à se cacher ainsi. Il désirait discuter avec Yvonne du fils des Germain, à qui il pensait confier son poste. Il sortit et se retrouva face à face avec elle. Yvonne recula d'un pas, surprise par le bandeau qu'il avait autour de la tête et par son œil d'un bleu tirant sur le vert et le jaune.

– John ! Que vous est-il arrivé ?

Il avait oublié le bandage. La main sur la bande de coton devenue grisâtre, il cherchait une explication. Il avait fait une mauvaise chute, répondit-il enfin, en levant les yeux vers l'étage de l'écurie.

– Vous auriez pu vous tuer !

John approuva et regarda Alexandre. Yvonne les présenta, mais il parut indifférent. Ses préoccupations étaient d'un autre ordre.

– Je suis content que vous soyez venue, madame Yvonne. Je voulais vous demander si vous saviez ce qu'était devenu le plus jeune fils des Germain.

– Louis ?

– C'est ça, Louis. Si je me souviens bien, c'était un gars de confiance et un bon travailleur. Je pense qu'il ferait l'affaire pour me remplacer.

– Vous quittez votre emploi ? Est-ce sérieux ? Érik a tellement confiance en vous.

– Je lui souhaite de trouver quelqu'un qui méritera sa confiance.

Yvonne le regarda attentivement. John avait baissé les yeux, il faisait rouler des pierres sous son pied et se mordait la lèvre. Des soupçons s'installaient dans l'esprit d'Yvonne. Elle se remémorait leur dernière conversation au sujet des dessins de Judith, et son attitude négative. Elle ne l'écoutait pas converser avec Alexandre au sujet de Princesse, qui allait donner naissance à un poulain à la fin de mars ou au début d'avril. Elle mettait les parties du puzzle ensemble, et, tout à coup, les comportements de Marise s'expliquaient. Marise n'était pas allée chez Hélène à Sherbrooke, elle était venue ici, et c'était à cause d'elle que John cherchait un remplaçant. Et cette blessure ?

Marise était tellement perturbée le soir où Érik était allé à son secours...

Yvonne ne voyait plus que John. Elle aurait souhaité être seule avec lui. Mais John ne se laisserait pas questionner, il ne confirmerait jamais ce qu'elle avait deviné, Yvonne le comprit en croisant son regard.

— Est-ce qu'Érik est au courant de vos intentions de partir ?

— Je ne lui ai encore rien dit. J'attendais d'être certain de trouver quelqu'un. Le patron ne mérite pas d'ennuis.

Alexandre soupçonnait qu'il y avait entre Yvonne et John un code, une manière de communiquer qui lui étaient étrangers. Le ton de leur entretien en disait davantage que leurs paroles. Il n'était qu'un nouveau venu dans le monde d'Yvonne et, pour la conquérir, il lui restait un long sentier à parcourir.

Yvonne ignorait ce qu'était devenu Louis Germain après que son père l'eut chassé de la maison. John devrait se débrouiller seul pour trouver un autre remplaçant parce que, dit-elle, leur visite n'allait pas se prolonger.

Yvonne et Alexandre entrèrent dans la maison du bord de l'eau. Alexandre détailla l'intérieur en pensant à ce qu'Yvonne en avait dit. L'inconfort qu'il ressentit soudainement l'en chassa. Il sortit attendre Yvonne au bout de l'allée.

40

D'un commun accord, Yvonne et Alexandre avaient décidé de dormir à Québec, sans toutefois parler des arrangements pour la nuit. Alexandre s'était entretenu avec la préposée à la réception sous le regard d'Yvonne, qui se demandait pourquoi elle n'avait pas donné son avis. S'en remettait-elle complètement à son jugement? Alexandre était revenu avec deux clés. Yvonne ne fit aucun commentaire, se contentant d'apprécier sa délicatesse et son savoir-vivre.

Le souper à la chandelle qui avait suivi, la promenade dans les rues du Vieux-Québec, le digestif au Château Frontenac et la gentillesse d'Alexandre qui l'avait reconduite à sa porte, tout ça allait s'écrouler d'un coup. Quel mystérieux instinct avait conseillé à .Yvonne d'allumer le téléviseur pour le dernier bulletin d'informations?

C'est ainsi qu'elle apprit qu'on était sans nouvelles de l'avion disparu dans les Rocheuses au nord-est de Vancouver. Le nom des occupants, un couple québécois, ne pouvait être divulgué avant que la famille ne soit prévenue. Le présentateur spécifiait que le pilote, un homme très connu dans le milieu des affaires, comptait plusieurs heures de pilotage à son actif et connaissait bien la région pour y avoir vécu précédemment. On ignorait encore la cause de cette disparition.

La voix de l'homme se perdit dans le tourbillon qui entraînait Yvonne hors d'elle-même. Incapable de se tenir sur ses jambes, elle s'assit sur le lit.

– Érik et Marise, répétait-elle.

Pouvait-il exister une telle coïncidence ? Il n'y avait pas une chance sur cent qu'un autre couple répondant à cette description se trouve là-bas en ce moment.

Alexandre fut heureux d'entendre la sonnerie de son téléphone. Qui pouvait savoir qu'il était là à part Yvonne, à qui il ne pensait cependant plus parler ce soir-là ? La soirée qu'ils venaient de passer ensemble lui avait-elle inspiré un sentiment assez fort pour qu'elle l'appelle auprès d'elle ? Ses espérances s'évanouirent dès qu'il entendit sa voix.

– Alexandre, un malheur est arrivé, disait Yvonne. C'est horrible ! Érik et Marise...

– Qu'essaies-tu de me dire ? Tu as téléphoné à Montréal ?

– Aux informations, on parlait d'un avion disparu avec deux Québécois à bord...

– J'ai entendu la nouvelle. Ton cousin sait piloter un avion ?

– Érik est un excellent pilote. Il a souvent loué des appareils pour se rendre à des réunions de dernière minute. S'il lui est arrivé un accident, il faut s'attendre au pire.

Alexandre cherchait ses mots. Comment être convaincant quand autant d'éléments semblaient confirmer ses doutes ? Il fallait appeler Brian, suggérat-il. Peut-être était-il au courant.

Yvonne raccrocha et se leva pour aller ouvrir à Alexandre, qui venait la rejoindre tout de suite.

– Tu veux appeler chez Brian pour moi? Je n'y arriverai pas, ma main tremble et ma vue est embrouillée.

Brian Ross attendait un appel important. Il sembla complètement perdu quand Alexandre s'identifia. Yvonne saisit l'appareil.

– Brian, c'est Érik, n'est-ce pas?

Le silence de Brian Ross confirmait qu'un malheur était arrivé. Yvonne étouffait. Son visage devint d'une blancheur qui fit supposer à Alexandre qu'elle allait s'évanouir. Il lui retira l'appareil. Assise sur le lit, un oreiller sur les genoux, elle se berçait en pleurant. Le spectacle qui envahissait son esprit devait cesser. Quelqu'un pouvait-il lui dire qu'il y avait encore de l'espoir? Alexandre s'assit à ses côtés. Il était cette personne qui lui donnerait de l'espoir, puisqu'il venait de parler à Brian.

– On les a retrouvés. Ils sont mal en point, mais vivants tous les deux. Brian a demandé qu'on les ramène le plus vite possible.

– C'est grave, n'est-ce pas?

Les informations arrivaient au compte-gouttes. Il était difficile d'évaluer la situation. Érik et Marise étaient gravement blessés et ils avaient souffert du froid.

– L'accident s'est produit en montagne. L'avion a rasé la pointe des arbres avant de toucher le sol, et le choc a été moins dur. C'est ce qui leur aurait sauvé la vie.

Alexandre avait répété toutes les informations que possédait Brian. Frémissante, Yvonne serra sa main.

– Tu veux que nous rentrions tout de suite?

– Et ton voyage, tes vacances? Cher Alexandre, tu as déjà conduit toute la journée.

– Tu oublies que c'est mon métier de conduire. Deux heures de plus ou de moins, ça ne compte pas beaucoup pour un vieux routier comme moi. Prépare tes affaires, nous partons. Il y a une petite fille qui aura besoin de toi à son réveil.

– Judith! Pauvre petite, pauvre trésor.

Les pensées d'Yvonne voyageaient entre un paysage de montagnes enneigées, où des gens s'affairaient autour d'un petit avion en pièces, et une fillette. De songer ainsi au désarroi de Judith lui fit oublier sa propre peine.

– Je te rejoins en bas dans cinq minutes, dit-elle.

– Tu veux que je prenne tes bagages?

– J'y arriverai, merci, Alexandre.

Elle prononça encore son nom, comme si elle avait autre chose à lui dire. Il s'arrêta devant la porte et se retourna. Elle lui sourit et, de nouveau, elle dit «merci». Alexandre avait compris. Ce merci-là signifiait plus que l'autre.

Ils arrivèrent chez les Ross en moins de temps que prévu. Fabienne vint ouvrir.

– Yvonne, c'est affreux!

– Vous avez d'autres nouvelles?

Brian s'était avancé. Le temps n'était pas aux longues présentations. Alexandre le salua et resta à l'écart. Il se sentait de trop dans leur drame, inutile surtout. Il avait fait ce qu'il devait en ramenant Yvonne; à présent, il attendrait qu'elle manifeste un quelconque désir.

Brian avait parlé avec l'urgentologue qui avait reçu Érik et Marise pour les premiers soins à l'hôpital. Son diagnostic était peu encourageant. Ils ne pouvaient faire le voyage dans l'état où ils étaient.

– Mais alors, il faut y aller, Brian !

– Je me suis déjà informé. Il y a un avion demain matin à huit heures cinquante.

– Je vais avec vous. Je veux les voir.

– Et Judith ?

– Nous l'emmenons avec nous. L'école peut attendre. De toute façon, dans l'état où sont ses parents, elle ne ferait que penser à eux et n'apprendrait rien.

Yvonne avait beaucoup à faire. D'abord préparer d'autres bagages, puis aller chez les Valcourt, réveiller Judith et lui annoncer qu'elles partaient en voyage. Elle donnerait peu d'information à la fillette pour le moment. Lorsqu'ils arriveraient là-bas, Brian se rendrait au chevet des blessés et, ensuite, on aviserait.

Judith avait détaché sa ceinture de sécurité et relevé l'accoudoir pour être plus proche d'Yvonne. Elle sentait qu'on lui avait caché une partie de la vérité en lui disant que ses parents avaient demandé à Brian de l'emmener avec lui parce que leur retour était retardé. Pourquoi Yvonne venait-elle aussi ? Si ses parents n'étaient pas malades, ils pouvaient s'occuper d'elle.

De temps à autre, la fillette surprenait Yvonne en train d'essuyer une larme sous les verres fumés qui dissimulaient ses yeux bouffis.

– Tante Yvonne, pourquoi pleures-tu ? Pourquoi Brian ne rit-il pas comme d'habitude ?

– Nous sommes préoccupés. Nous avons hâte de savoir comment tout va se passer là-bas, et quand nous pourrons revenir.

– Nous reviendrons avec papa et maman, n'est-ce pas ?

Yvonne serra la main de Judith.

– Je te jure que nous allons les ramener, ma chérie. Sur ma tête et sur la tête de tous ceux que j'aime et que j'ai aimés, je te le jure.

41

Dix jours s'étaient écoulés quand Yvonne, Brian et Judith montèrent dans un avion de transport spécialisé. Un blessé sur une civière et un attirail médical sophistiqué s'y trouvaient déjà. Tout à fait à l'arrière de l'appareil qui s'apprêtait à s'envoler vers Montréal, une petite urne de marbre reposant dans une pochette de velours contenait des cendres humaines.

Brian et Yvonne surveillaient Judith, qui tortillait le coin du col de sa blouse dès qu'elle avait cessé de mordiller son pouce. À l'intérieur comme à l'extérieur de l'avion, qui survolait les nuages et traversait les spirales blanches en créant l'illusion qu'il naviguait hors de l'univers, tout semblait irréel.

Judith bougeait nerveusement sur son siège. Depuis de longues minutes, elle se taisait, elle ne s'intéressait plus à ce qui se passait autour d'elle. Elle glissa ses doigts dans la paume de la main d'Yvonne.

– Tu ne vas pas me laisser, n'est-ce pas, tante Yvonne? Qu'est-ce que je vais faire sans maman?

La réaction avait tardé, mais voilà que la fillette évaluait le vide de sa jeune vie. Durant les mois précédents, quand elle était privée de l'attention de sa mère, elle se disait que c'était une situation temporaire qui allait changer un jour ou l'autre, mais la vie en avait décidé autrement. Marise était partie. Laissée avec ses souhaits non réalisés, la fillette s'accrochait à cette autre femme, à Yvonne, qui l'adorait.

– Tu vas vendre ton appartement et venir demeurer à la maison. Toi non plus tu ne dois plus rester seule.

Yvonne se mordit la lèvre. Son cœur y était déjà, dans cette grande demeure. Il était prêt à réconforter Judith, mais aussi cet être sans défense qui, dans ses moments de conscience, se blâmait, se considérait responsable des événements qui avaient causé la mort de sa femme.

Érik avait-il entendu les propos de sa fille? Il bougea sur sa civière et tenta de dire quelque chose. L'infirmière se pencha au-dessus de lui et replaça sa couverture. Ensuite, elle posa sa main sur son épaule découverte.

– Allons, monsieur Valcourt, il faut cesser de vous accuser. C'était un accident.

Les membres inférieurs emprisonnés dans le plâtre, le crâne entouré de pansements, Érik avait l'aspect d'une momie. Sa ressemblance avec Évelyne après son accident ravivait des souvenirs chez Yvonne. Elle revoyait Érik, penché au-dessus de sa fille, lui disant qu'elle aurait toujours la meilleure place dans sa vie. Un grand cri traversait l'âme d'Yvonne, un cri muet qui la déchirait. Quelle délivrance ce serait si elle pouvait crier à la face de tous qu'il aurait, lui aussi, la meilleure place dans sa vie.

Judith, qui n'avait toujours pas obtenu de réponse à sa proposition, talonnait Yvonne pour l'obliger à parler.

– Aimerais-tu venir chez moi pour quelque temps? dit-elle enfin. J'irais te conduire à l'école et te chercher le soir.

– Si elle préfère, elle peut venir chez nous ; Fabienne et moi serions tellement heureux de l'accueillir à la maison.

Judith regardait tantôt Yvonne, tantôt Brian. Sa lèvre inférieure trembla. Des sanglots inattendus montaient dans sa gorge. Se levant brusquement, elle courut vers l'arrière de l'avion, vers l'endroit où elle trouverait les cendres de sa mère. Elle se rua sur l'urne en criant à tue-tête. Elle appelait sa mère, frappait sur tout ce qui lui tombait sous la main.

Yvonne prit ses mains dans les siennes. Elle serra Judith contre son cœur. Elle n'avait pas le droit de nier sa peine, de l'obliger à la contenir.

Les cris de Judith avaient rejoint Érik. Brusquement, cruellement, sa fille lui rappelait qu'il avait encore une tâche à accomplir.

– Judith, viens là, murmura-t-il.

Judith hésitait à le toucher, mais Érik sentit sa présence et tourna la tête. Des larmes mouillaient encore le visage de sa fille.

– Je suis là et... et je t'aime.

– Papa, guéris vite, je t'en prie.

Deux larmes coulèrent sur les joues d'Érik, qui avait fermé les yeux.

Le pilote annonça qu'on amorçait la descente. Tout le monde devait reprendre sa place. Judith demeura à côté de la civière jusqu'à la dernière minute permise. Chacun rangea ses affaires en pensant à ceux qui les attendaient à l'aéroport, et aux autres qui seraient déjà à la chapelle de l'hôpital où se déroulerait une courte cérémonie pour le repos de l'âme de Marise Brière. Parmi eux, il y aurait une vieille dame, la mère de Marise, qui repartirait avec le souvenir d'une petite urne contenant les restes de sa fille.

Brian avait laissé partir les autres pour suivre Érik. Il était heureux de ce moment d'intimité avec l'homme à qui il devait sa réussite. Il posa sa main sur son épaule.

– Érik, je voudrais te dire tellement de choses...

– Qu'est-ce que tu vas faire, Brian ? C'est un sale coup que je t'ai fait là.

– Ne t'inquiète pas, vieux. Si je ne réussis pas avec ce que tu m'as appris, alors je coulerai.

– Cher Brian.

– Tu sais que je suis là, que Fabienne est là, et les autres aussi. Nous ne te laisserons pas tomber ! Tu vas passer au travers.

Érik ferma les yeux. Brian crut lire dans son expression que plus rien n'avait d'importance pour lui.

– Tu n'as pas le droit de te laisser aller, Érik. Tu entends ? Ça ne te ressemble pas. Un gars comme toi sera sur pied d'ici un mois ou deux.

– Pourquoi, pour qui, Brian ?

– Pour toi, pour Judith, pour nous tous...

– Je suis fatigué. Je veux dormir.

L'infirmière manifesta sa présence et fit signe à Brian de le laisser se reposer.

– Juste un instant, s'il vous plaît. J'ai autre chose à lui dire. Écoute-moi, Érik. Tu as encore démontré que tu étais un vieux loup. C'est réglé avec Vancouver, et pour deux fois rien.

Mais la Valross n'existait plus dans le monde où Érik s'était réfugié.

Alexandre Leroux était présent à l'aéroport et à la chapelle. Se tenant à l'écart, il était inquiet. Yvonne avait-elle déjà oublié les beaux moments qu'ils avaient passés ensemble à Québec? Voulait-elle encore le voir?

Un autre homme s'était caché derrière la porte donnant sur l'ancien cloître des religieuses. Cet homme avait enlevé sa casquette pour saluer la femme du patron. Pour John Pérusse, rien n'avait changé, car, de toute façon, il avait décidé de ne plus revoir Marise, même si elle avait vécu. Pour lui, elle continuerait d'exister tant qu'il aurait la possibilité d'entrer dans la maison du bord de l'eau, d'ouvrir les draps et de l'imaginer endormie au milieu du lit.

John sortit sans attirer les regards, et Alexandre attendit Yvonne.

– Je suis malheureux pour vous tous, dit-il.

Sa présence obligeait Yvonne à s'interroger sur sa vie, sur leurs vies. Alexandre, quant à lui, avait eu beaucoup de temps pour réfléchir. Ce n'était pas par hasard qu'au travail il s'était réservé le plus long trajet aux États-Unis la semaine précédente, ni qu'il s'apprêtait à repartir vers la même destination le lendemain. Yvonne n'aurait eu qu'un mot à dire pour qu'il se fasse remplacer, mais le risque de subir son indifférence était trop grand pour qu'il ose lui demander si c'était ce qu'elle souhaitait.

– Je te rappelle à mon retour?

Yvonne perçut le doute que cette question exprimait, mais elle prit simplement sa main sans répondre vraiment. Judith la réclamait, et Fabienne les attendait pour les conduire à la maison.

42

La routine s'installait. Yvonne partageait son temps entre l'hôpital, son appartement et la maison d'Érik. Sa présence y était importante au moment où Judith revenait de l'école, parce qu'elle avait souvent une réaction violente. Judith refusait tout contact avec ses amis qui se réunissaient au parc en attendant l'heure du repas du soir. Elle craignait les questions, les remarques, tout ce qui lui rappelait sa condition. Son équilibre fragile exigeait l'attention de personnes positives, car Érik ne pouvait pas lui apprendre à survivre.

À l'hôpital, Érik passait des heures dans un fauteuil roulant, à fixer le plancher. Son regard triste avait fini par éloigner Judith, qui ne reconnaissait plus en lui le père affectueux qui la cajolait. Elle avait cessé ses cours de musique sans que personne dise quoi que ce soit. C'était dommage, pensait Yvonne, qui se souvenait du temps investi, du rêve que la fillette avait chéri avec une rare intensité. Judith avait entretenu un mystère autour de l'interprétation d'une pièce, prenant plaisir à faire languir tout le monde pour mieux jouir de son effet le jour où elle serait prête à l'exécuter en public. Son projet méritait qu'on en tire parti pour redonner un sens à sa vie.

Un soir, après le souper, Yvonne entra dans la chambre de Judith, qu'elle trouva assise sur son lit. Il était évident qu'elle avait pleuré. Yvonne vint s'asseoir tout près d'elle et attendit qu'elle lui parle. Les secondes allaient devenir des minutes quand, d'une seule phrase, la fillette résuma la situation.

– Elle ne reviendra plus jamais.

Au fond de son âme d'enfant, Judith mesurait le temps. Un temps indéfinissable sur lequel elle n'avait aucune emprise.

– Quand mes amies me disaient que j'étais la fille la plus chanceuse du monde, j'aurais dû les écouter. Je pensais que ce serait toujours comme ça.

Yvonne alla prendre, sur la commode, le violon resté muet depuis trop longtemps. Ses gestes lents exprimaient une sorte de vénération qui toucha Judith. Yvonne tenait l'instrument avec amour et, lorsqu'elle le lui tendit, la fillette n'eut d'autre choix que de le recevoir de la même manière.

– Tu pourras pleurer toutes les larmes de ton corps, ta mère ne les entendra pas. Là où elle est, elle ne peut entendre que ce qui est beau. C'est en jouant du violon que tu communiqueras le mieux avec elle, à présent. Dieu t'a donné un talent pour qu'il t'apporte du bonheur et de la joie. Ça, tu ne dois jamais l'oublier.

– Non, tante Yvonne. Je ne jouerai plus jamais du violon. C'était pour elle que je voulais être une grande artiste.

– Je n'ai rien d'autre à dire. Ta réponse t'appartient à présent. Tu as le choix : ou avoir confiance en toi et réussir, ou tout foutre en l'air.

– Tante Yvonne...

– Je suis très lasse, ma chérie. J'aimerais aller me reposer. Je vais dormir ici cette nuit. Patricia ne reviendra que demain midi.

Judith la laissa partir sans lui demander de l'embrasser comme les autres soirs. Yvonne avait le cœur gros. Peut-être avait-elle été trop dure avec Judith. Yvonne avait passé un après-midi particulièrement accablant avec Érik, et son attitude défaitiste l'avait incitée à intervenir. Judith ne devait pas tomber dans le piège du laisser-aller.

Cet après-midi-là, Érik s'était enfin décidé à parler à sa confidente des mauvais jours. Il avait raconté ce qui lui était revenu à la mémoire depuis l'accident.

Leur voyage avait commencé de façon inespérée. Marise semblait complètement remise. Sa jovialité était celle de leurs meilleurs moments. Quand il s'était absenté pour ses affaires, Marise avait trouvé à se distraire en visitant le lieu de leur rencontre, alors qu'elle n'était qu'une aspirante au championnat de ski alpin et lui, un millionnaire encore dans la trentaine.

La veille de l'accident, Érik l'avait retrouvée plus triste, distraite. Elle avait tenté d'amorcer une conversation qui avait pris l'allure d'une confidence. Elle avait parlé de la maison du bord de l'eau, vaguement du travail de John, puis elle s'était refermée. Érik lui avait servi un verre d'alcool et ils s'étaient mis au lit. Au milieu de la nuit, elle s'était assise dans son lit et avait crié. Cette fois encore elle avait rêvé que John montait Princesse et qu'elle l'avait fait descendre pour prendre sa place. Princesse s'était mise à voler au-dessus de la montagne...

Le lendemain, à son réveil, elle était allée marcher sans attendre Érik. Le ciel, d'une clarté rare, et l'air frais l'enivrèrent. En imaginant la montagne recouverte de neige, un besoin irrésistible de la vaincre monta en elle. Il était trop tôt dans la saison pour skier, cependant il était possible de monter là-haut, tout près des pics fiers, arrogants et d'une blancheur à faire détourner le regard.

Ils s'étaient retrouvés pour le petit-déjeuner. Marise avait fait part de son projet à Érik, mais il avait catégoriquement refusé sa proposition. Il n'était pas question de survoler la région parce qu'il n'avait pas piloté depuis plus d'un an. Marise avait insisté, disant qu'elle s'était déjà informée des possibilités de louer un appareil. C'était d'une telle simplicité pour elle qu'elle avait accusé Érik d'avoir perdu le goût de l'aventure en vieillissant.

Comme le temps devait se maintenir au beau, il avait cédé à son désir. Lorsque l'appareil avait pris son envol au-dessus des montagnes, Érik s'était dit que Marise avait eu raison d'insister. Il goûtait l'ivresse de contourner les pointes rocheuses, de descendre plus bas que les pics des grands glaciers, puis de remonter en frisant leur flanc, déclenchant ainsi de petites avalanches qui dévalaient la pente. Tout à coup, sa sensation de bien-être s'était transformée en inquiétude. Un bruit suspect s'était fait entendre. Il se passait quelque chose.

– Nous rentrons à la base, avait-il dit.

– Il y a un ennui ?

– Je ne sais pas. Nous avons le temps de rentrer.

Érik avait menti. Marise avait paniqué. La situation avait la même saveur que son rêve, qui tout à coup était d'une netteté épouvantable. Elle allait mourir, dit-elle. Son rêve le lui avait annoncé.

L'avion avait tourné vers la montagne, puis un long vide avait suivi. En s'éveillant à l'hôpital, Érik avait entendu le médecin dire que Marise venait de s'éteindre.

Marise était morte, sans lui parler, sans lui dire adieu, le laissant avec ses remords d'avoir cédé à son caprice. Érik se sentait responsable et n'acceptait pas qu'on essaie de l'excuser. Quand Yvonne lui avait dit que tout était de la faute du destin, que ce n'était qu'un accident bête, sa réaction avait été telle qu'elle n'avait plus osé parler.

Érik vivait avec la certitude que tout était de sa faute. Alors que son rôle avait été de protéger Marise, il l'avait tuée.

Quand Yvonne s'était décidée à le quitter, Érik lui avait demandé de ne rien dire à personne de ce qu'il lui avait révélé. Il s'attendait probablement à ce qu'elle réponde, mais elle était sortie de la chambre afin qu'il ne voie pas la peine qu'il lui causait en refusant son aide.

Lorsqu'elle était revenue auprès de Judith, c'est son attachement pour la fillette qui lui avait suggéré la fermeté à son égard. Judith était taillée dans de la glaise d'artiste, elle était fragile, maniable.

Après avoir parlé à Judith, Yvonne était allée se reposer dans la chambre d'amis, où elle réfléchissait à tout ça. Soudain, elle entendit un bruissement de tissu dans le corridor, puis des bruits de pas dans l'escalier. Elle sortit de sa chambre et vit, dessinée sur le mur par la lampe du salon, l'ombre de la fillette ; une ombre imprécise, alourdie par un objet allongé.

Quand le violon vibra, Yvonne en fut toute chavirée. La maison avait une âme, des notes inconnues volaient dans l'air. Une mélodie inédite jaillissait spontanément sous les doigts de Judith, qui s'adressait à Marise, dont la photo se trouvait sur le mur en face d'elle.

Yvonne recula jusqu'au lit et ne bougea plus. Si Judith venait la rejoindre, elle en serait heureuse, sinon elle comprendrait. Son morceau terminé, Judith alla se mettre au lit et s'endormit aussitôt. Yvonne l'entendit respirer régulièrement, calmement. Alors, elle eut envie de descendre. En haut de l'escalier, devant la chambre principale, elle s'arrêta et poussa la porte. Tout y était comme au départ du couple. La porte de l'armoire de Marise était restée entrouverte, à cause d'un cordon qui dépassait. Yvonne l'ouvrit complètement avec l'intention de replacer l'objet qui l'empêchait de fermer : un sac, le sac que Marise avait en main à son retour de Granby. À l'intérieur se trouvait encore la blouse de Marise, souillée, tachée de sang séché.

Yvonne sortit le vêtement froissé du sac et reconnut l'origine des taches. Seul le sang se transformait en ce genre de cerne brunâtre et résistant. « John Pérusse... », pensa-t-elle. John et son pansement autour de la tête. Et si ce sang était celui de John ?...

43

Érik était libéré de ses plâtres aux jambes. Plus aucune raison apparente ne l'obligeait à demeurer dans un fauteuil roulant, mais il n'était toujours pas capable de se tenir debout, et encore moins de se déplacer seul. Son attitude défaitiste le menait directement au but qu'il semblait s'être fixé : ne plus vivre, puisque Marise n'était plus là. Le mal dont il souffrait n'était pas du ressort de la médecine, avait dit le médecin.

Yvonne venait d'assister à une de ses séances de physiothérapie quand elle vit une silhouette familière venir vers elle. Alexandre Leroux lui souriait.

– Je néglige mes amis, n'est-ce pas ? dit-elle en s'approchant.

Yvonne voulait ainsi parer à des accusations. Pourtant, loin de la blâmer, Alexandre comprenait la situation.

– Tu es très occupée et, de mon côté, j'ai aussi beaucoup de travail.

– Tu as laissé des messages chez moi et je n'ai pas eu le courage de te rappeler. Ça, c'est impardonnable.

– Il y a un bouquet de roses qui sèche encore dans ma jeep, mais, à part ça, tout va bien.

Se rappelant soudain qu'ils se trouvaient dans un hôpital, Yvonne crut qu'il était arrivé un autre accident à Suzanne. Tel n'était pas le cas. Alexandre venait prendre des nouvelles de ses employés à la place de sa sœur qui ne pouvait venir elle-même. Yvonne brûlait de savoir si Alexandre s'était arrêté à la chambre d'Érik. C'était possible, après tout. Érik était un ami très cher à Yvonne. Qu'y aurait-il eu de déplacé à ce qu'il lui rende visite ?

– Est-ce que nous aurons un moment pour nous parler ? demanda Alexandre.

– Je te dois au moins ça, n'est-ce pas ?

– Il ne s'agit pas de devoir, Yvonne.

– Je me suis mal exprimée. Excuse-moi. Si tu savais... si tu avais la moindre idée de ce qui se passe autour de moi.

– J'ai été obligé de m'en faire une idée. As-tu oublié que je sors d'un dur moment, moi aussi ? Disons que je voudrais seulement que tu saches que j'existe encore.

– J'apprécie ta compréhension, Alexandre. Tu es gentil.

Cette rencontre obligeait Yvonne à s'interroger sur son comportement. Avait-elle oublié que le reste du monde continuait d'exister depuis le drame d'Érik et de Marise ?

– Tu as le temps pour un café ?

– Là, tout de suite ?

– Encore trop occupée, à ce que je vois.

– C'est que je suis déjà en retard. J'ai promis à Fabienne de me joindre à eux. C'est ce soir qu'elle fait connaissance avec le reste de sa famille et...

– Je vois. Alors ce sera pour un autre jour.

Alexandre partit aussitôt et Yvonne resta à le regarder. Elle s'en voulait d'avoir refusé son invitation. Fabienne l'attendait beaucoup plus tard, rien ne la pressait de rentrer. Mais tous ses gestes étaient dictés par la même raison : seul Érik comptait, même s'il ne manifestait aucune émotion quand elle était à ses côtés.

Qu'allaient-ils devenir tous si son projet n'était pas mis à exécution le plus tôt possible ? Il fallait ramener Érik à la maison, quitte à trouver du personnel pour s'occuper de lui. Le solarium pourrait être adapté à ses déplacements en fauteuil roulant.

Il y avait des jours qu'Yvonne ne s'était sentie aussi légère. Elle rentra et alla s'asseoir dans le solarium. Elle prit le temps de regarder dehors, ce qu'elle n'avait pas fait depuis longtemps. Les feuilles étaient tombées des arbres et s'entassaient près des clôtures. Le vent soufflait en rafales et les soulevait, les faisait tourbillonner un instant, puis les abandonnait ailleurs.

Yvonne délaissa sa rêverie. Par la fenêtre, elle aperçut Judith qui s'attardait sur le trottoir, devant la maison, avec les jumelles et un jeune garçon de deux ou trois ans son aîné. Elle souriait, et ses joues rougies par le temps frisquet de cette fin de novembre lui donnaient un éclat surprenant. Ce qu'elle avait encore grandi et mûri au cours des derniers mois !

Les autres avaient poursuivi leur route et Judith avait ouvert la porte en coup de vent.

– Maman ! Maman, tu sais pas quoi ? avait-elle crié.

Yvonne manifesta sa présence.

– J'avais oublié, tante Yvonne. J'avais oublié qu'elle n'était plus là. Je voulais lui dire... lui dire que Jean-Philippe aussi serait pensionnaire l'an prochain.

Yvonne accueillit la fillette dans ses bras. Elle sentait son souffle court.

– Il y a des habitudes difficiles à perdre, n'est-ce pas ?

– Je m'ennuie d'elle. Elle me manque tellement.

– La vie va changer, ma chérie. J'ai vu ton papa aujourd'hui et j'ai pensé qu'il était temps qu'il rentre à la maison. Qu'en penses-tu?

L'image de l'homme que Judith avait vu à l'hôpital ne cadrait plus avec le décor de cette maison. Elle s'en voulait de ne pas ressentir la même joie qu'Yvonne.

– Il va mieux, alors, dit-elle simplement, sans émotion.

– Tant qu'il sera là-bas, il ne guérira pas, mais ici, avec toi, on peut espérer même un miracle.

– C'est possible. Si tu le dis.

Le manque d'enthousiasme de Judith peina Yvonne. Avait-elle agi trop vite, pris des décisions qui ne lui appartenaient pas? Judith était montée à sa chambre sans livrer le fond de sa pensée. Yvonne baissa les bras. Elle espérait que le temps travaillerait pour elle, sinon...

Brian n'avait pas accompagné Fabienne chez les Gaumond. Il s'y présenterait, avec Yvonne, pour le digestif. Pour la première fois depuis la mort de Marise, il se retrouvait seul à la maison. Après avoir donné congé à la gardienne, il s'installa avec David pour le repas du soir. Puis ce fut l'heure du bain. Fabienne avait préparé les vêtements qu'il devait mettre à son fils pour qu'il impressionne sa nouvelle famille.

Il lui restait encore du temps avant de passer prendre Yvonne, du temps qu'il savait déjà comment utiliser. Il alla chercher, dans le tiroir du haut de sa commode, une boîte logée entre le coffre à bijoux et la paroi du meuble. Dans cette boîte, des photos commençaient à jaunir. Il souleva le couvercle, et la photo qu'il cherchait lui apparut. Sur un fond de neige, on les avait photographiés tous les trois ensemble. Un ami les avait pris sur le vif pendant qu'ils s'amusaient. Au premier plan, Marise était tout sourire ; à l'arrière-plan, on voyait Brian qui lui lançait des balles de neige. Quant à Érik Valcourt, une flamme nouvelle brillait dans son regard.

« Je l'avais déjà perdue », se dit Brian en laissant les autres photographies dans la boîte. Il n'avait plus le temps de les regarder, David le réclamait, et Yvonne devait surveiller son arrivée.

Chez les Gaumond, on n'attendait plus que les derniers invités pour servir le cognac. En entrant, Yvonne fut frappée de constater qu'il existait encore des gens souriants, et que Fabienne était de ceux-là.

Charles avait devancé Brigitte pour venir à sa rencontre.

– Viens ! dit-il. Enlève ton manteau et installe-toi pendant que je fais connaissance avec ce jeune homme.

– Je suis content de vous rencontrer, monsieur Gaumond, dit Brian. Je vous présente David, c'est son... c'est notre fils.

Brigitte était demeurée un peu à l'écart et attendait la réaction de son mari. Bouche bée, Charles montrait l'enfant du doigt.

– Il ressemble aux nôtres. Regarde-le, Brigitte !

Un grand jeune homme portant les cheveux longs, attachés en queue de cheval, s'approcha. Il allait tendre la main à Brian quand le petit David fit un mouvement et s'élança en avant. La surprise le rendant encore plus maladroit, Christian ne savait trop comment tenir ce poupon tout rond qui cherchait à mettre ses doigts dans ses yeux.

– Eh, fiston! Qu'est-ce que tu fais là? Regardez, il m'aime déjà.

Un rire collectif mit tout le monde à l'aise, sauf l'autre jeune homme, au bout de la table. Pierre-Luc Gaumond était vêtu comme un mannequin de couverture de magazine : pantalon serré autour des fesses et plus large à la hauteur des cuisses, et chemise de lin avec manches roulées aux coudes. Il avait le teint trop pâle pour une personne vivant au soleil à l'année. Le fils aîné de Brigitte et de Charles n'avait encore rien dit. Fabienne vint à lui avec Brian et leur fils. Elle vit que deux larmes embuaient son regard. En voulait-il à sa mère d'avoir révélé son passé, ou se passait-il des choses qu'il n'osait partager? Ainsi allumés par le reflet des larmes, les yeux de cet homme étaient magnifiques.

– J'aimerais que nous parlions, un de ces jours, dit Fabienne.

– Si tu veux, mais il faudra faire vite. Je repars bientôt.

C'était le moment de porter un toast, et Charles prit son rôle de chef de famille au sérieux.

– Je souhaite que nous soyons heureux tous ensemble, mes enfants.

Émue, Brigitte regarda Charles avec tendresse. Il avait dit «mes enfants» en parlant de tout ce beau monde, qui s'était réinstallé à la table de la cuisine avec un café arrosé.

44

Érik était revenu à la maison juste avant la période des fêtes. Tout comme Judith, il refusait qu'on lui rappelle que ce temps approchait.

Judith était souvent absente. Elle passait beaucoup de temps chez ses nouvelles amies, qui invitaient aussi Jean-Philippe à faire de la musique. Josée jouait de la flûte et Maude, du piano. Leur complicité musicale surprenait autant que les progrès de Judith.

Patricia voulut connaître l'avis d'Érik avant de garnir le sapin. Il lui avait répondu de faire comme elle l'entendait.

– C'est pour Judith, monsieur. C'est déjà assez triste comme ça, ce serait dommage qu'en plus elle passe un Noël sans sapin.

Érik l'avait regardée un moment, puis avait détourné son regard vers la cour. La neige s'agitait autour des arbres blanchis. Le vent tourbillonnant la montait en pics qu'il détruisait ensuite. Puis le manège recommençait, et il le regardait sans se lasser.

Yvonne n'était pas venue depuis la veille au matin. Elle avait des affaires à régler, avait-elle dit à Patricia. À son air, la gouvernante avait soupçonné qu'il se passait des choses dans sa vie. La cousine d'Érik en avait assez de subir son indifférence devant tous les efforts qu'elle déployait pour lui montrer le chemin. Elle devait réagir, et agir.

– Ne m'attendez pas avant deux jours, même trois. S'il me demande, dites que vous ne savez pas où je suis. D'ailleurs, vous n'aurez pas à mentir, n'est-ce pas?

– C'est bon, madame Yvonne. Je m'occuperai de Judith. Ne soyez pas inquiète.

– Je compte sur vous plus que jamais, Patricia. À partir de maintenant, je ne pourrai plus être ici aussi souvent. Mais je sais que vous êtes très bonne avec Judith et qu'elle n'est pas malheureuse avec vous.

– Et lui? avait demandé Patricia en montrant Érik, qui dans la pièce voisine ne semblait pas les entendre.

– Lui? Je ne sais pas. Je ne sais plus. Il me fait tellement mal.

– Allons, ne pleurez pas comme ça. Allez-vous-en. Ça va vous faire du bien de quitter cette maison. À quand remonte votre dernière nuit de sommeil complète? Vous en souvenez-vous?

– Je m'excuse, Patricia. Je n'arrive plus à me contenir.

– Ne vous en excusez pas, c'est compréhensible.

– Embrassez Judith pour moi, voulez-vous?

Depuis qu'Yvonne avait quitté la demeure d'Érik, plus de deux jours s'étaient écoulés sans qu'elle donne de nouvelles. Enfermée dans son appartement, elle réfléchissait. Il fallait sortir de cette épreuve, se refaire une vie. Elle eut envie de parler à Alexandre, mais celui-ci était devenu particulièrement distant ces derniers temps. Elle pensa alors à Suzanne, qu'elle avait négligée depuis l'accident. Noël lui fournissait l'occasion de la revoir. Sa première sortie serait pour aller la voir.

On annonçait de la neige abondante pour les deux jours suivants. Yvonne sortit dans le froid de décembre. L'air chatouillait ses poumons, et la vapeur blanche qui s'échappait de sa bouche léchait sa joue avant d'être emportée par le vent. C'était bon de sentir la vie autour de soi. Les gens pressés ne la dérangeaient pas. Au contraire, elle les regardait avec envie. Comme il devait être agréable de choisir un cadeau pour quelqu'un qui s'émerveillait encore, se dit-elle. Qu'allait-elle pouvoir offrir à Érik pour Noël ?

Dans une vitrine, une maman ourse en peluche trônait, entourée de quatre petits oursons. Cette famille au pelage blanc amuserait Suzanne. Yvonne se réjouissait déjà de la joie qui allumerait le visage de la fille d'Alexandre.

Tout respirait l'esprit des fêtes, là où habitait Suzanne. Les autres enfants qui s'y trouvaient auraient bien voulu que le paquet aux couleurs vives leur soit destiné. Ils savaient qu'il pouvait contenir des choses amusantes, ou délicieuses.

Suzanne frappa dans ses mains en apercevant Yvonne, et celle-ci se plut à croire qu'elle la reconnaissait. La joie de la jeune fille lui faisait du bien. Après avoir ouvert le paquet, Suzanne avait levé la maman ours dans les airs d'une main, et serré les bébés contre sa poitrine.

– Papa ! Regarde ! dit-elle.

Derrière Yvonne, Alexandre venait d'entrer dans la chambre, en compagnie d'une femme d'une quarantaine d'années, somptueusement vêtue d'un manteau de vison noir.

– Alexandre ! Je ne m'attendais pas à te rencontrer ici.

– Et moi non plus. Quelle belle surprise pour Suzanne !

Les deux femmes se regardaient furtivement. Ni l'une ni l'autre ne se sentaient à sa place.

– Je ne comptais rester qu'un instant, dit Yvonne. Je vous laisse avec Suzanne. Je vois que, vous aussi, vous avez des cadeaux pour elle.

– Yvonne, je voudrais te présenter Thérèse Labbé. C'est la sœur d'un de mes employés. Tu te souviens du gars que j'allais voir à l'hôpital quand on s'y est rencontrés ?

Elle se souvenait de sa rencontre avec Alexandre, sans pour autant avoir envie de prolonger sa visite. Yvonne s'excusa et lui dit qu'il pouvait toujours donner des nouvelles à une bonne amie.

– Si un jour cette bonne amie a un peu de temps, peut-être que je passerai.

– Alexandre, je voudrais que tu saches que... Et puis, non. Je vous laisse. Suzanne réclame votre attention à tous les deux.

– Je peux te souhaiter un joyeux Noël ?

– Bien sûr.

Alexandre s'approcha et posa ses lèvres chaudes sur sa joue. Il sentait bon, et il l'aimait encore. Yvonne s'enfuit. La pièce était trop étroite tout à coup.

45

La période des fêtes rapprocha un peu les gens. Le réveillon eut lieu chez les Ross, qui avaient insisté pour réunir famille et amis. Charles, Érik et Brian parlèrent affaires. Ce moment passé en compagnie d'Érik plut à Brian. C'était plus agréable que les courtes visites qu'il lui avait rendues depuis sa sortie de l'hôpital. Cependant, il s'inquiétait de l'état d'esprit de son ami, qu'il reconnaissait à peine. Érik n'était plus que l'ombre de l'homme qu'il avait côtoyé toutes ces années à la Valross.

Yvonne assista au réveillon, mais sans y prendre réellement part. On la vit discuter longuement à voix basse avec Christian Gaumond. À certains moments, la bonne humeur allumait son visage, mais, dès que son regard croisait celui d'Érik, tout signe de joie disparaissait brusquement.

Le lendemain, la vie avait repris son cours normal. Les décorations de Noël n'intéressaient plus personne. De sa place habituelle devant la verrière, Érik regardait la neige s'accumuler dans la cour.

Yvonne écourtait ses visites chaque jour davantage. De plus en plus songeuse, parfois complètement absente, la chère cousine dépérissait. Ce matin-là, Érik l'attendait avec impatience, car il voulait lui faire part d'une décision qu'il avait prise. Lorsqu'elle fut assise devant lui avec son café fumant, il lui annonça le congédiement de son personnel, à l'exception de Patricia. Il n'avait plus besoin d'une infirmière ni d'un thérapeute, dit-il. Leurs traitements ne lui servaient à rien, car il était décidé à accepter sa punition.

La main d'Yvonne trembla. Sa tasse bougea dans sa soucoupe. La dévouée cousine était différente, quelque chose de pathétique dans son regard annonçait une violente réaction. Elle s'efforçait de contenir les larmes qui montaient, qui l'étranglaient.

— Moi aussi, j'ai une nouvelle à t'annoncer, dit-elle. Je m'en vais, Érik. Je pars à l'autre bout du monde. Je ne peux plus supporter de voir dépérir l'homme que j'aime.

Des larmes lavaient son visage alors qu'elle laissait libre cours à ses émotions, qu'elle se libérait du secret qui avait fait d'elle une sangsue se nourrissant du bonheur des autres.

— Ne prends pas cet air, je t'en prie. Tu as parfaitement entendu. Je t'aime, Érik, et depuis le premier jour où tu es apparu dans ma vie. Je t'ai guetté comme un chien fidèle. J'ai été heureuse de te voir guérir. Puis j'ai été jalouse d'Évelyne, sur qui tu as pleuré. Aussi bien l'avouer, je ne vaux pas mieux que Lisa Sinclair. Les deux hommes qui ont compté pour moi sont ceux qu'elle-même a aimés. La vie me renvoie en plein cœur ce que toute ma vie j'ai reproché à cette femme.

En cet instant d'une intensité rare, elle avait mis fin au vouvoiement qu'ils avaient jusque-là conservé, à une époque où le tutoiement était pourtant utilisé avec une facilité déconcertante. Les barrières du langage venaient de tomber.

Érik s'était avancé sur le bout de son fauteuil. Avait-il envie de s'approcher d'elle, ou aurait-il préféré que cesse ce chagrin qui répandait autour d'eux le parfum désagréable de longues années de refoulement ? Yvonne ne lui parlait pas d'amour, elle lui criait sa vie de silence intérieur, son existence de femme ayant fait taire son cœur. Quand les mots manquèrent à Yvonne pour expliquer ce qu'elle attendait de lui, Érik ne s'en rendit pas compte. Il ne retenait que le principal de ses propos : elle l'aimait.

— Yvonne... Chère Yvonne ! Comment aurais-je pu deviner ? Pendant tout ce temps à nos côtés...

— Je me déteste d'avoir gâché ma vie. J'ai repoussé les hommes, et toi, tu me le reprochais.

— Il y a Alexandre Leroux.

— Alexandre a compris sans que j'aie à dire quoi que ce soit. Il a deviné ce que d'autres aussi avaient senti il y a longtemps déjà.

Elle faisait référence aux remarques de John Pérusse, qui, avant tout le monde, avait constaté qu'il se passait des choses dans son cœur. Il était toutefois inutile de le préciser à Érik maintenant qu'elle avait fini de se raconter des histoires, de s'étourdir.

— J'ai reporté sur d'autres l'amour que je ne pouvais te donner. J'ai envie de vivre enfin. J'ai cinquante-cinq ans, Érik. Le temps presse.

Tandis qu'il l'écoutait, des images du passé remontaient en lui au même rythme que celles qui concernaient l'avenir. Tout à coup, il avait peur. Yvonne était sérieuse. Elle avait loué son appartement à Christian Gaumond et elle allait partir.

– J'hésitais encore à entreprendre ce voyage, mais ton attitude me donne le courage qui me manquait. Si tu veux te laisser mourir à petit feu, c'est ton choix, mais je ne vais pas rester ici pour voir ça. Judith est emballée par sa musique, elle a de bons amis et Patricia l'aime. Fabienne et Brian seront toujours prêts à prendre la relève si quelque chose arrivait. Je n'ai plus rien à faire ici.

Elle avait parlé en regardant vers l'extérieur. Érik ne devait pas lire dans son âme. Un tremblement l'agita des pieds à la tête, et elle se leva pour partir.

– Vous ne restez... tu ne veux pas rester encore un peu ? Tout ça est tellement subit... Yvonne !

– Je m'en vais. D'ailleurs, je passais seulement. J'ai rendez-vous avec Brigitte et son fils. Nous devons mettre des choses au point au sujet de la location de mon appartement.

– Téléphone chez Brigitte. Demande qu'ils viennent plus tard.

– C'est inutile. Je reviendrai un autre jour. Je tiens à m'expliquer avec Judith. Et il y a aussi Patricia, qui m'a demandé si son mari pouvait travailler ici avec elle. Il est sans emploi présentement. J'ai promis de t'en parler, alors c'est fait. Tu lui donneras ta réponse toi-même.

Elle fila directement à son appartement, où, contrairement à ce qu'elle avait dit, personne ne l'attendait. Seule l'urgence de reprendre le contrôle de ses émotions l'appelait chez elle. La venue prochaine de son locataire lui procurait l'excuse nécessaire pour se lancer dans un travail libérateur. Ensuite, elle appellerait une agence de voyages et réserverait un aller simple pour n'importe où, la destination n'ayant peu d'importance. Le monde s'offrait à elle, tout était à découvrir.

Peu après quatorze heures, la sonnerie du téléphone se fit entendre. Elle hésita à répondre. Si c'était Érik, s'il la réclamait, que dirait-elle? Elle fut à la fois heureuse et déçue en entendant une voix grave, tout à fait différente de celle d'Érik.

– Alexandre? Est-ce que je rêve? dit-elle en s'asseyant sur le bout du fauteuil. Tu n'as plus donné de nouvelles depuis notre rencontre chez Suzanne. Je...

– Te croyais-tu rayée de ma vie?

– Je l'ai cru en effet.

– Je pense que nous avons des choses à nous dire. Si tu acceptais de manger avec moi ce soir, je serais le plus heureux des hommes.

La vie, qui les avait éloignés plusieurs fois déjà, tentait-elle de réparer ses erreurs? Yvonne se rappelait les bons moments passés auprès d'Alexandre. Il avait toujours eu une attitude appropriée devant ses comportements de femme aveuglée par mille et une choses, et surtout par sa propre volonté. Il serait intéressant de parler avec lui. Elle se rendait compte qu'elle avait un grand besoin de parler.

– Alexandre, je serais très heureuse de sortir manger avec toi.

– Je passe te prendre?

– Si tu veux. Je t'offre l'apéritif, alors.

Après avoir raccroché, Yvonne demeura près de l'appareil, espérant un autre appel. Sa joie de revoir Alexandre était altérée par le mutisme d'Érik. Allait-il la laisser partir comme ça, sans un mot, sans un geste?

358

Alexandre se présenta à sa porte avec une seule rose blanche. Yvonne sourit. Où était passé le temps des énormes bouquets ? L'air un tantinet moqueur d'Alexandre la rassura. Ils éclatèrent de rire.

– Tu es charmant. Je te remercie pour la rose et pour l'invitation. J'ignore encore ce qui t'a poussé à donner signe de vie justement aujourd'hui, mais j'accueille ta visite comme un cadeau. J'avais grandement besoin d'une présence auprès de moi, et te voilà.

– La sensibilité de ma belle dame ne s'éteint pas. Je vois que ces yeux-là ont pleuré, dit-il.

Croyant détourner la conversation, Yvonne lui offrit un verre, mais Alexandre la devina loin des politesses d'usage.

– Dis-moi, qu'est-ce que tu deviens ?

– Qu'est-ce que je deviens ?... Me croirais-tu si je t'avouais que j'ai décidé d'être heureuse ? Mais c'est une décision qui me demande énormément de courage.

Elle avait essuyé délicatement le coin de sa paupière. Sa respiration courte et saccadée l'aidait à retenir ses larmes. Alexandre bougea sur sa chaise. Il y avait tant à dire, et si peu de mots pour traduire les pensées.

– Veux-tu qu'on se fasse livrer une pizza ? J'enlèverais ma cravate et toi tes souliers à talons hauts, et...

– Où veux-tu en venir ?

– Je suis ici en ami, c'est comme ça que je veux te parler. Notre conversation risque d'être difficile, alors aussi bien ne pas se donner en spectacle devant un repas que nous ne mangerons pas. Je veux te parler de nous, de Suzanne, de Thérèse.

– Il y aura beaucoup trop de monde autour de la table, en effet. Aussi bien y aller pour une pizza, mais pas tout de suite, si ça ne te fait rien.

Elle lui servit une bière, comme elle en servait une à Érik quand il passait à l'improviste. En faisant ce geste, elle ne put s'empêcher de l'imaginer dans la pièce à la place occupée par Alexandre.

Alexandre commença à lui raconter ce qu'avait été son existence depuis leurs vacances ratées. Il avait suivi les événements à distance, passant tous ses moments libres auprès de Suzanne. Ces visites lui avaient permis de faire connaissance avec la femme qui l'accompagnait lors de leur dernière rencontre.

– Chaque mercredi, Thérèse venait au centre où se trouve Suzanne pour coiffer les clients. J'ai commencé à lui parler parce qu'elle était la sœur de Benoît, un de mes employés, mais avec le temps...

Alexandre avait baissé les yeux, comme s'il se sentait coupable de parler d'une autre femme devant Yvonne.

– Tu sais, dit-il, Thérèse est une femme charmante, mais la vie est drôlement faite. Je pense qu'au début je te cherchais en elle. Elle me rappelait les circonstances dans lesquelles nous nous étions rencontrés.

– Pourquoi te sens-tu obligé de me donner ces explications ? Après mon comportement des derniers mois, tu ne me dois rien, tu sais.

– J'ai pensé que tu méritais une explication. Et il y a autre chose. Je voulais te dire que maintenant je sais qu'on ne contrôle pas toujours ses sentiments.

Yvonne avait compris l'allusion. Alexandre lui en voulait de s'être consacrée entièrement à Érik et à Judith sans lui donner de nouvelles. Il lui en voulait surtout du silence qui confirmait ses soupçons au sujet des sentiments qu'elle entretenait pour son cousin.

– Alexandre !

Elle avait prononcé son nom comme on dit : « Si tu savais comme je suis malheureuse ! » Mais, encore une fois, il dut deviner ce qu'elle ressentait vraiment. Yvonne n'exprimait que son besoin d'évasion et de repos. Pourtant, la vérité était tout autre : Yvonne fuyait parce qu'elle avait peur.

– J'ai loué mon appartement en attendant de prendre une décision finale, dit-elle. Dans trois, quatre ou six mois, je verrai si je dois revenir ou pas.

La rose d'Alexandre semblait perdue dans son vase. Yvonne la fixait sans la voir, car ses pensées avaient quitté sa demeure pour aller rejoindre un homme assis dans un fauteuil roulant qui se préparait à prendre son repas du soir sans lui avoir fait signe. Deux larmes apparurent sur ses joues.

– Veux-tu qu'on parle encore, ou préfères-tu être seule ?

– Ce que je veux ? Est-ce que je sais vraiment ce que je veux ?... Sortons prendre l'air, veux-tu ? C'est peut-être ça qu'il me faut pour m'éclaircir les idées.

– Tu as vu le temps qu'il fait ?

La tempête qui s'était subitement abattue sur la région indifférait Yvonne. Elle voulait sortir, sentir le froid pincer ses joues, et bouger jusqu'à ce que ses pensées se dissipent. Il n'y avait que ça qui comptait.

46

Patricia était bouleversée. Elle ne savait plus que dire à Judith.

– C'est à cause de son père, dit-elle à Yvonne, qui, rentrait tout juste de sa promenade avec Alexandre. M. Érik est parti!

– Qu'est-ce que vous me racontez? Érik est parti? Comment? Où?

Patricia s'expliquait difficilement au téléphone. Elle la supplia de venir immédiatement.

Après cet appel de Patricia, Yvonne s'attendait à tout en arrivant sur place, sauf à se retrouver face à face avec l'inconnu qui l'attendait seul dans la cuisine.

– Je suis le mari de Patricia. Je m'appelle Marc. Elles sont dans la chambre de la petite fille.

Judith était assise sur son lit. La présence de Patricia et ses paroles d'encouragement ne lui étaient d'aucun réconfort. Elle avait pleuré, ses yeux enflés en témoignaient encore. Lorsqu'elle aperçut Yvonne, elle sauta du lit et se jeta dans ses bras en lui criant son désespoir.

– Il est parti, tante Yvonne.

– Je sais, ma chérie. Patricia me l'a dit. C'est pour ça que je suis là.

– Il a emporté deux grosses valises. Je suis inquiète. Où est-il allé?

Érik avait pris des bagages, voilà qui était rassurant. Il n'avait donc pas l'intention de faire des folies, et il fallait en convaincre sa fille.

– Ne pense pas à des choses terribles. Ton père avait peut-être simplement besoin de changer d'air.

– Mais pourquoi est-il parti sans me parler ? Je pense qu'il l'a fait exprès pour me faire de la peine !

– Érik est encore très perturbé. Il ne réfléchit pas aux conséquences de ses gestes. Tu veux me laisser discuter avec Patricia ? Ensuite nous verrons ce qu'il faut faire.

Judith n'était plus une gamine. Elle avait mûri de façon exceptionnelle au cours des derniers mois. La mort de sa mère, l'éprouvante attitude de son père, le fait de fréquenter des amis plus âgés qu'elle, tous ces éléments avaient contribué à la transformer en une jeune adolescente. Sa manière de parler aussi avait changé. Yvonne l'observa un moment, puis, en allant rejoindre Patricia qui était redescendue entretemps, elle s'interrogea. Elle croyait deviner où Érik était allé, et pourquoi. Si ses soupçons s'avéraient fondés, Judith était-elle prête à entendre les vérités du passé ? Le moment des révélations était-il venu ?

Patricia attendait Yvonne au pied de l'escalier. Elle l'entraîna vers le solarium, laissé affreusement vide par le départ d'Érik. Tout en marchant, elle raconta les événements des dernières heures.

– Monsieur était assis là, comme toujours, quand il m'a crié de descendre. J'étais inquiète. Vous savez, il a beaucoup pleuré après votre départ. Je suis venue juste là, à côté de lui, et il m'a dit que, si Marc voulait être engagé, il devait venir immédiatement.

Yvonne s'apprêtait à prendre place dans le fauteuil qu'elle occupait le matin même, mais Patricia l'obligea à retourner près de l'escalier.

– Il est venu jusqu'ici avec son fauteuil roulant. Et, tout d'un coup, il s'est jeté par terre et s'est assis sur la première marche. Il est monté jusqu'en haut à la seule force de ses bras. Je lui ai apporté son fauteuil, et il m'a demandé de le laisser seul.

Le récit de Patricia prenait forme dans l'esprit d'Yvonne. Elle connaissait suffisamment Érik pour deviner qu'il désirait entrer seul dans cette pièce qui avait vu Marise encore vivante et heureuse de partir en voyage. Ce qu'elle ne pouvait deviner, c'était le reste, ce dont Patricia n'avait pas été témoin. Son hésitation devant la porte, son scrupule à entrer dans la pièce parce que des traces de roues sur le tapis n'étaient pas de mise dans cette chambre construite pour le bonheur.

Il s'était passé de longues minutes avant que le ramdam commence. Après s'être introduit dans l'espace de rangement, Érik en était ressorti avec ses valises. En toute hâte, il les avait remplies, laissant derrière lui des armoires et des tiroirs ouverts. Revenu en haut de l'escalier au moment où Marc arrivait, il lui avait crié : «Vous tombez bien, jeune homme. Vous allez m'aider à descendre.» Devant l'hésitation de Marc, Érik avait piqué son orgueil : «Allez! Montez, et montrez-moi si vous avez quelque chose sous cette chemise.»

– On a réussi à le descendre et à le rasseoir dans son fauteuil roulant, puis il a fait deux appels. Le premier, à une compagnie de transport pour handicapés. M. Valcourt a discuté jusqu'à ce qu'on lui dise qu'on viendrait le prendre immédiatement.

– Pourquoi était-il si pressé ?

– Le minibus est venu juste avant l'arrivée de Judith ; je pense qu'il voulait éviter qu'elle le voie partir.

– Et le second appel ?

– Celui-là a été très court. Il s'est nommé, puis a dit qu'il serait là-bas à dix-huit heures. Ensuite, je n'ai entendu que des oui et des non, rien qui pouvait me donner un indice sur ce qu'il complotait. Juste avant de partir, il a dit qu'il téléphonerait bientôt.

Yvonne tentait de se représenter la situation, de deviner les intentions d'Érik. Elle interrogea encore Patricia, qui, soudain, se souvint d'avoir trouvé étrange qu'il emporte des draps.

– Vous vous souvenez des draps que j'avais trouvés dans la salle de lavage ? dit-elle.

– Les draps brodés ?

Érik était présent lorsque Patricia était venue vers Yvonne avec les draps de tante Judith et qu'elle lui avait demandé si elle devait les ranger avec les autres. Personne n'avait compris pourquoi Marise avait dissimulé ces draps qu'elle affectionnait particulièrement.

– Il m'a demandé d'aller les chercher, et il les a mis dans sa valise. Après, il a fait des chèques pour les six prochains mois et il est parti sans attendre Judith. Comme je vous l'ai dit, j'ai eu la nette impression qu'il a fait exprès de partir avant qu'elle arrive.

Yvonne ne parut pas choquée des révélations de Patricia. À présent, elle savait qu'Érik s'était réfugié dans la maison du bord de l'eau, et qu'en ne laissant aucun message pour Judith, il s'assurait de sa présence auprès d'elle.

– Quel manipulateur ! Il est à la maison du bord de l'eau.

Du haut de l'escalier, où elle se tenait depuis peu, Judith l'entendit. Elle dégringola les marches quatre à quatre, puis, avec une détermination qui n'avait d'égale que sa frustration, elle se dirigea vers le téléphone.

– Il n'a pas le droit de nous inquiéter comme ça! cria-t-elle.

– Non, Judith! Attends, nous avons à parler avant. Retourne là-haut, je te rejoins tout de suite.

Yvonne avait déjà décidé de dormir sur place. Elle donna congé à Patricia, puis monta.

Judith l'attendait impatiemment.

– Tante Yvonne, est-ce que papa va redevenir comme avant?

La fillette avait verbalisé l'inquiétude qui persistait depuis l'accident de ses parents. Tenaillée par la même incertitude, Yvonne s'assit dans la grande chaise où elle avait si souvent bercé la fille d'Érik et de Marise lorsqu'elle était toute petite. La tête appuyée au dossier, elle réfléchit encore parce que Judith écouterait religieusement sa réponse, et l'adopterait comme étant la manière dont il fallait voir les choses.

– Ton père a pris la bonne décision en partant d'ici. S'il s'est rendu à la campagne, c'est probablement parce qu'il s'est souvenu qu'autrefois il en a fait autant pour régler un autre problème. Si tu veux mon avis, nous avons toutes les raisons du monde d'espérer.

– Papa a été malade avant que je vienne au monde?

Yvonne choisit bien ses mots pour raconter ce dont personne n'avait jamais parlé devant Judith, pour décrire les circonstances ayant entouré sa première rencontre avec Érik, alors qu'ils ignoraient tout de ce que la vie leur réservait.

– Ton père avait besoin de se reposer et de réfléchir, alors il est venu dans cette maison qui lui rappelait son enfance. Il est resté des jours sans voir personne à part mon fils. Un soir, il est sorti, et une tempête l'a surpris loin de la maison du bord de l'eau. En revenant, il a aperçu quelqu'un d'étendu sur la route, une femme. Elle serait morte gelée s'il n'était pas passé dans le rang des Mésanges ce soir-là.

– Qui était cette femme ?

– Elle s'appelait Évelyne Sinclair.

– J'ai vu son nom écrit au bas de plusieurs toiles accrochées aux murs. Mes parents m'ont dit qu'elle était morte. Papa ne l'a pas sauvée, alors ?

– Il l'a emmenée avec lui et l'a soignée jusqu'à ce qu'elle retrouve la mémoire et retourne chez son mari. C'est plus tard qu'Évelyne a été victime d'un accident.

– Quand Évelyne est repartie, papa est revenu en ville et il s'est marié avec maman ?

– Ce n'est pas exactement comme ça que les choses se sont passées. Le temps n'était probablement pas encore venu pour eux de se marier puisque ton père a vécu encore quelque temps là-bas.

La confusion se lisait sur le visage de Judith. Qu'est-ce qui avait causé ce retard, qu'est-ce qui les avait empêchés de vivre ensemble ? Sa mère ne lui avait-elle pas dit qu'ils s'aimaient depuis très longtemps avant leur mariage ? Peut-être n'étaient-ils pas encore prêts, comme avait dit Yvonne. Cette explication parut la satisfaire, car elle demanda à Yvonne de lui raconter le reste. Yvonne se leva alors de sa berceuse et se dirigea vers le violon, comme elle l'avait fait quelques semaines plus tôt. Judith la regarda attentivement. Elle avait le pressentiment que le mystère entourant cet instrument allait enfin se dissiper.

– Évelyne s'était beaucoup attachée à ton père, continua Yvonne. Un jour, elle lui a confié que sa mère lui avait parlé de ce violon et l'avait convaincue qu'il pouvait parler. Sur le moment, Érik a pris la chose à la légère, mais, après l'accident d'Évelyne, il est monté au grenier et a sorti le violon du coffre. Il a dû le bousculer un peu, parce que quelque chose en est tombé.

Yvonne montra, à l'intérieur de l'instrument, l'endroit où un bout de papier avait été collé.

– C'est ainsi que ton père a su que Lisa avait dit la vérité. Le violon pouvait parler. À l'intérieur, il y avait le nom du vrai père d'Évelyne.

– Là, dans le violon? C'est une belle histoire, tante Yvonne, dit Judith en prenant l'instrument pour regarder de nouveau à l'intérieur.

Les pouvoirs du violon confirmés, Judith ne posa plus de questions. Elle se leva et, de quelques coups d'archet, remplit la maison de notes folles. Yvonne eut l'impression qu'elle s'en remettait à la musique pour traduire ses émotions, alors elle se garda de l'interrompre. Quand Judith aurait déposé le violon, elles pourraient continuer l'entretien.

Mais Judith avait trop sommeil pour parler encore. Une fatigue étrange l'envahissait, et elle alla se glisser sous les couvertures. Yvonne posa ses lèvres sur son front, puis éteignit la lumière et ferma la porte.

Dans le corridor, les traces du fauteuil d'Érik étaient encore visibles sur le tapis. Yvonne les suivit jusque dans la chambre. La photo d'Érik semblait lui parler. Que faisait-il en ce moment? À quoi pensait-il? La tempête l'avait-elle retardé ou était-il déjà installé là-bas ? Alors qu'elle se posait ces questions, qui avaient toutes les chances de demeurer sans réponse, la sonnerie du téléphone retentit. Yvonne courut à sa chambre, s'interdisant de répondre de là où elle se trouvait. Elle espérait tellement que ce soit lui.

Son propre souffle s'entendait dans le récepteur, mais, au bout du fil, personne ne parlait. Érik ne trouvait pas la manière de l'aborder.

– Érik ? C'est toi, n'est-ce pas ?

– Oui, c'est moi.

– Tu m'appelles de la maison du bord de l'eau ?

– Comment as-tu deviné ?

– À cause des draps. Patricia t'a dit.

– Oui. Et, te connaissant, j'ai conclu que tu étais là-bas. C'était la logique même.

– Et alors ?

– Tu as gagné. Je vais rester pour Judith.

Elle avait été directe. Toutefois, Érik ne fit pas de cas de sa perspicacité. Il espérait qu'elle avait aussi compris qu'il était maintenant prêt à combattre son invalidité.

– Il me faut du temps, Yvonne. Je ne sais pas comment vivre mon deuil, comment gérer ma culpabilité. J'ai tellement mal !

– Je souhaite que ce qu'on a souvent dit au sujet des pouvoirs exceptionnels de cette maison soit vrai. J'approuve ta décision. Je n'ai rien d'autre à te dire.

– Si seulement ta grande maison était encore là, et toi dedans. Si je te savais à deux pas de moi, tout serait tellement mieux.

– Pourquoi parles-tu de la sorte ? Veux-tu me torturer davantage ? Tu n'es pas seul là-bas. John est avec toi, j'espère.

– John est reparti chez lui après m'avoir aidé à m'installer. La tempête a effrayé le conducteur du véhicule de transport adapté et il a refusé de s'aventurer dans le rang des Mésanges. J'ai téléphoné à John pour qu'il vienne à ma rencontre avec la jeep. C'est lui qui m'a amené ici.

Pour la première fois, Érik avouait sa dépendance sans amertume. Il dit à Yvonne que la route était impraticable pour qui ne connaissait pas le rang des Mésanges. Au début du sentier menant à la maison, il s'était souvenu du soir où il avait porté Évelyne dans la tempête, mais son cas était différent, dit-il.

– John n'a pas eu à s'éreinter. Il est allé chercher Irving, qui m'a porté jusqu'à la maison. Cette solution lui est venue naturellement. Ça n'a pris que quelques minutes pour que je me retrouve devant un feu de foyer.

– Tu n'as pas encore dormi ?

– Depuis le départ de John, je réfléchis à la manière d'expliquer ma décision. Je manquais de courage pour téléphoner alors que toi, tu avais tout deviné.

– Il te fallait tellement de courage pour parler à Judith ?

– Je savais que Judith dormait à cette heure. C'est à toi que je voulais parler.

– Érik, qu'est-ce que je dois comprendre de tout cela ?

– J'aimerais bien pouvoir te répondre. Je sais seulement que j'ai besoin d'aide et de temps. John est prêt à faire de son mieux pour me donner un coup de main. Je reprends mes exercices dès demain. J'ai décidé de recommencer le traitement. On verra si mes jambes peuvent guérir. Le reste de ma vie dépend de cela.

Des larmes coulaient sur les joues d'Yvonne. La voix d'Érik, ses paroles, surtout, la touchaient.

– Tu ne dis rien?

– Que veux-tu que je te dise de plus que ce matin? Dois-je te répéter que je souhaite te voir redevenir l'homme que tu étais, pour ta fille, et pour...

– Et pour toi?

– C'est impossible de revenir en arrière. Je sais qu'à présent j'aurai à subir les conséquences de mes aveux.

– Tu m'as fait prendre conscience de certaines choses. À force de regarder par la fenêtre, j'avais oublié qu'autour de moi les autres continuaient d'exister. Ne regrette rien, Yvonne. Je t'en prie, ne regrette rien.

Il raccrocha sur ces mots, la laissant devant un appareil muet mais qui conservait encore quelque chose de lui. Il fallut qu'un bruit de pas attire son attention pour qu'elle se décide à déposer le récepteur. Elle vit alors Judith dans le cadre de la porte.

– C'est mon père, n'est-ce pas?

Yvonne interpréta ces paroles comme un reproche. Pourquoi, en effet, n'avait-elle pas pensé à appeler Judith pour qu'elle parle à son père? Elle bégaya quelques excuses, mais la fille d'Érik ne les écouta même pas.

– Le père d'Évelyne Sinclair, c'est mon père?

Le visage entre les mains, Yvonne semblait essayer de se protéger de la question, et surtout du ton sur lequel elle avait été posée. Les flammes jaillissant des yeux de Judith indiquaient qu'elle attendait une réponse franche et sans détour. Yvonne n'écouta que son instinct et, comme on lance un objet fragile qui ne résisterait pas à la chute, elle confirma ses soupçons.

Judith resta figée sur place, incapable de réagir. Yvonne vint vers elle pour la soulager du poids de sa révélation, mais Judith ne se laissa pas approcher.

– Je ne jouerai plus de ce violon. Je le déteste, dit-elle.

– C'est ton droit, Judith.

– Je vous déteste tous.

– Ça aussi, c'est ton droit. Tu peux juger ton père, ta mère, tous ceux qui ne t'ont rien dit. Tu as aussi le droit de m'en vouloir de t'avoir livré leur secret. Tu sais, Judith, au point où nous en sommes, je peux bien te le dire, j'avais des raisons de penser que la vie avait fait de toi une grande fille qui devait connaître la vérité pour comprendre son père. Depuis toujours, tu te le représentes comme un surhomme. Il est temps que tu te rendes compte que c'est un être humain. Érik a ses faiblesses et ses forces comme tout le monde.

– Pourquoi est-ce que c'est arrivé? J'aurais mis ma tête à couper que papa n'avait aimé que maman. Elle, elle n'a aimé que lui!

– Cher trésor! Un jour, tu comprendras que l'amour est le sentiment le plus bizarre qui existe. On en a besoin pour vivre et, d'un autre côté, il est la source de tous nos tourments. Regarde-moi. Je suis l'image de ce que l'amour peut faire d'une personne.

Judith posa tout à coup sur elle un regard tendre. Yvonne lui parlait de ce que l'amour avait fait d'elle, pourtant elle ne l'avait jamais vue embrasser un homme, ni même se blottir dans les bras d'un homme, comme le faisait sa mère. Yvonne ne devait pas parler de ce sentiment avec tristesse, car personne ne dégageait autant de bien-être à son seul contact.

– Je t'aime, tante Yvonne, dit la fillette.

Yvonne sourit, et ouvrit les draps de l'autre côté du lit. Judith s'y glissa naturellement. Elles continueraient leur discussion sous la couverture. Toutes lumières éteintes, car tel était le désir de Judith.

– Pourquoi est-ce que papa ne m'a jamais dit que j'avais une sœur?

– Je ne pourrais pas te répondre exactement. Disons qu'il redoutait une réaction négative de ta part, ou qu'il voulait oublier. Ton père n'avait que seize ans quand c'est arrivé. Il ne pouvait deviner les conséquences de son erreur.

Judith devint silencieuse. Une image était apparue soudainement dans son esprit. Jean-Philippe, ce jeune ami qui éveillait en elle un sentiment qu'elle n'avait jamais ressenti auparavant, avait à peine deux ans de moins que son père à l'époque. Si ce qui s'était produit entre son père et cette Lisa... si...

En attendant d'autres questions de Judith, Yvonne doutait d'elle-même, de sa décision. Avait-elle commis une erreur en révélant ce qui ne lui appartenait pas? Les meilleures intentions mènent parfois sur des routes parsemées d'embûches, se disait-elle lorsque Judith lui posa une question inattendue.

– Tante Yvonne, dis-moi, est-ce que tu as aimé seulement ton mari?

Yvonne remercia l'obscurité qui les enveloppait. Aurait-elle le courage et la discrétion de mentir, de nier ses sentiments? Elle pouvait bien sûr affirmer qu'elle avait aimé Étienne jusqu'à son dernier jour, mais que dirait Judith si elle lui apprenait que son père était l'autre amour de sa vie?

– Je sais que tu as quelqu'un dans ton cœur, dit Judith. C'est Alexandre!

– Alexandre est un ami très cher.

– Alors, il y a quelqu'un d'autre ?

– Celui que j'ai aimé en secret pendant des années s'est enfui quand je lui ai avoué mon amour. Mais je l'aime plus que jamais, dit Yvonne en essuyant discrètement ses yeux avec un mouchoir de papier.

Judith avait deviné les larmes d'Yvonne. Elle ne dit plus rien pendant un long moment. Son côté romantique de jeune fille prenant le dessus sur sa rancœur à l'égard de son père, elle voulut consoler Yvonne, et lui annonça qu'elle avait changé d'idée au sujet du violon de la vieille tante : elle en jouerait jusqu'à ce qu'il lui ait trouvé un amoureux ! Yvonne passa son bras autour de ses épaules, la serra contre elle.

– Dis-moi, Judith, qu'est-ce qui t'a fait deviner que ton père était aussi celui d'Évelyne ?

– Tu m'as bien dit qu'Évelyne était restée avec papa dans la maison du bord de l'eau, n'est-ce pas ? Alors, je me suis demandé pourquoi maman avait accepté que papa accroche ses tableaux partout. Il lui fallait une très bonne raison, sinon maman aurait été jalouse.

– Tu raisonnes comme une grande personne. Où as-tu pris cette intelligence des choses ?

– Tu as remarqué que je ne pleure presque plus à cause de maman. Pourtant, je pense à elle tout le temps. Le soir avant de m'endormir, j'essaie de l'imaginer comme quand elle était là. Souvent, il me vient des idées sur la vie et les gens.

– Tu es bien jeune pour analyser la vie des grands, ma chérie. Tâche de vivre ton adolescence, le reste viendra bien assez vite.

– Est-ce que c'est pareil pour toutes les petites filles ? Crois-tu qu'elles vivent toutes des épreuves un jour ou l'autre ?

– Petites ou grandes, toutes les filles vivent des difficultés, et les garçons aussi. C'est comme ça que les gens deviennent grands par en dedans.

– Grands par en dedans, répéta Judith.

Puis, se sentant gagnée par le sommeil, elle enfouit son nez au creux de l'oreiller.

47

Yvonne s'était installée chez Érik depuis que Christian avait pris possession de son appartement. La température se maintenant au froid malgré toutes les prévisions de réchauffement, février lui parut exceptionnellement difficile. Elle se surprenait à envier Brigitte et Charles, qui terminaient leurs préparatifs pour un voyage dans le Sud. Seul son très grand sens des responsabilités lui interdisait de revenir sur sa décision de ne pas les accompagner.

Cette escapade au Mexique représentait plus qu'une évasion loin du froid pour Brigitte. Elle comptait sur ces trois semaines auprès de Pierre-Luc pour se rapprocher de son fils, qui avait été troublé par ses révélations au sujet de Fabienne. Cependant, la réaction qu'aurait Charles lui inspirait une certaine inquiétude. Lui qui ne s'était jamais habitué à l'idée que son fils se travestissait, allait-il simplement admirer son talent, ou le juger durement? C'est pour cette raison qu'elle insistait tant pour qu'Yvonne les accompagne. Les rencontres des deux femmes étant plus fréquentes depuis le départ subit d'Érik, le sujet revenait régulièrement sur le tapis.

Cet après-midi-là, Fabienne, qui les recevait toutes les deux, insista à son tour. Elle aussi était d'avis qu'il serait profitable qu'Yvonne s'éloigne un certain temps et, surtout, qu'elle change de décor. Ses arguments ébranlèrent Yvonne, qui résistait de plus en plus difficilement à l'appel du Sud, et à la perspective de se trouver en bonne compagnie. Brigitte le sentit et renchérit avec une pointe d'humour :

– Tu as l'air si mal en point que je n'oserai plus me promener en ta compagnie quand je reviendrai avec mon teint basané.

– Brigitte, c'est cruel, ce que tu dis là. Tu oublies que j'ai des responsabilités envers Judith.

Brigitte et sa fille se lancèrent un regard entendu. Toutes deux savaient que la difficulté d'Yvonne à accepter de partir n'avait rien à voir avec le bien-être de Judith. La fillette était bien entourée. Patricia et Marc l'aimaient comme leur propre fille, et plusieurs autres personnes étaient toujours prêtes à intervenir. Yvonne devait donc trouver une autre objection.

– Si Érik rentrait, il faudrait que je trouve à me loger rapidement.

– Érik ne rentrera pas avant des mois. Mais supposons qu'il le fasse, croyez-vous vraiment qu'il vous chasserait dès son retour ? Allons donc, chère Yvonne ! Qu'est-ce que vous vous êtes mis en tête ?

Fabienne cachait une partie de la vérité en rassurant Yvonne de la sorte. Brian et Érik s'étaient entretenus au téléphone la veille. Les nouvelles étaient mauvaises et presque décourageantes quant à une réhabilitation rapide. Ses jambes ne reprenant aucune force, Érik était sur le point de perdre tout espoir de guérison.

Même si, en écoutant la mère et la fille, Yvonne abondait parfois dans le même sens qu'elles, elle résistait mal à l'envie de les accuser d'incompré-hension. À quoi bon partir quand ses pensées resteraient derrière et que son cœur s'inquiéterait davantage ? Elle en était là dans ses réflexions lorsque Charles arriva avec une grande enveloppe portant le logo de l'agence de voyages. Ne prêtant aucune attention à leurs commentaires, il ouvrit l'enveloppe et en retira des cartons qu'il brandit en souriant.

— C'est décidé, nous partons tous les trois, déclara-t-il. Prépare ton maillot, ma chère Yvonne, car celui de Brigitte est déjà prêt !

Yvonne reçut l'enveloppe comme s'il s'agissait d'un objet impossible à tenir. Jamais elle n'aurait cru Charles capable d'agir contre sa volonté. Estomaquée, elle était partagée entre le ressentiment et la reconnaissance.

— Charles, qu'as-tu fait ? Pourquoi avoir tout arrangé sans me consulter ?

— Il y a des semaines que nous te consultons, que nous te conseillons, et ça n'aboutit à rien, alors j'ai pris les grands moyens.

— Tu as pris les grands moyens comme dans le temps, n'est-ce pas ? Je te reconnais parfaitement. Seul maître à bord et tout le monde en route !

— Oh pardon ! Cette fois, j'ai consulté. D'abord, les intéressées. Mais j'ai aussi demandé un appui ailleurs.

À quoi faisait-il allusion ? Yvonne était intriguée par son air de vainqueur et sa grande assurance. Il s'approcha d'elle et prit ses deux mains dans les siennes. Dans le regard de Charles et dans celui des deux femmes souriantes, il y avait quelque chose qui semblait vouloir dire : « On a réussi un complot parfait. »

— Ne t'en fais plus. Il est tellement d'accord qu'il a tenu à payer le forfait, expliqua Charles.

— Il ?...

– Oui, «il»... Appelle-le comme tu voudras, ton cousin, le père de Judith... Érik veut que tu ailles te reposer. Il l'ordonne, si tu préfères.

Si l'idée de partir semblait inconcevable à Yvonne, celle d'accepter qu'Érik paye son voyage l'était encore davantage. Elle se sentait coincée, prisonnière d'une décision venue d'ailleurs. En outre, elle avait vu les dates sur le billet d'avion et elle ne trouvait pas raisonnable de ne revenir que la veille du concert de Judith. Elle résista vainement, car on avait tout prévu. Fabienne s'occuperait des costumes de Judith, et Patricia, du soutien scolaire. Carlos Santi les avait assurés de son aide. À titre de professeur de violon, il lui revenait de maintenir le moral; la réussite de son élève en dépendait.

– Érik a promis de téléphoner tous les jours, si cela peut te rassurer.

Yvonne baissa les bras.

– Bon! Rien n'a été laissé au hasard, alors je me rends. À bien y penser, je ne vois pas pourquoi j'ai hésité si longtemps. Je suis vraiment heureuse de partir avec vous. J'ose seulement espérer que ma présence ne vous causera aucun ennui.

Brigitte sourit et posa sa main sur son épaule. Tout n'avait-il pas été dit à ce sujet depuis que Charles et elle s'étaient retrouvés?

– Il faut arroser ça. Je vous offre quelque chose à boire? demanda Fabienne.

Brian, qui venait d'arriver pour célébrer lui aussi l'événement, offrit de préparer les consommations. Fabienne lui fit signe qu'elle devait s'absenter en vitesse. Il la regarda se diriger vers la salle de bains, et se tenir au cadre de la porte avant de la refermer derrière elle. Son attention se reporta ensuite sur leurs invités.

– À la santé des vacanciers, dit-il.

Fabienne était d'une pâleur inquiétante quand elle revint se joindre aux autres. Brigitte le remarqua aussitôt.

– Tu ne te sens pas bien? demanda-t-elle.

– J'ai dû attraper le virus de David. Ça passera.

La jeune femme refusa le verre que Brian lui tendait et se versa un verre d'eau du robinet.

Une demi-heure plus tard, quand chacun fut parti de son côté, les Ross s'installèrent dans le vivoir.

– Je te trouve encore pâle, dit Brian. Tu devrais te reposer avant que David se réveille.

– David est réveillé. Tu ne l'entends pas?

– Je vais le chercher.

– Attends, j'ai une question à te poser auparavant.

Les yeux foncés de Fabienne brillaient d'un éclat exceptionnel. Elle était souriante, probablement heureuse de ce qui arrivait à sa mère et à Yvonne, pensa Brian pendant qu'elle se blottissait contre lui. Mais Fabienne n'allait pas lui parler du bonheur des autres quand la vie faisait des merveilles pour elle.

– Je suis allée chez le médecin ce matin. Ce cher homme m'a demandé ce que je penserais du fait d'avoir deux enfants en moins de deux ans, alors je te pose la question à mon tour. Qu'en penserais-tu?

– Fabienne, ma chérie! Je dirais que... que nous aussi nous aurons besoin d'une Patricia et d'un Marc avant longtemps. Pourquoi n'avoir rien dit devant ta mère et les autres?

– Tu devais être le premier à savoir. Les autres apprendront la nouvelle plus tard, après leur voyage, sinon ils sont capables de gâcher leurs vacances en s'inquiétant à mon sujet.

Fabienne devait avoir raison, pensa Brian, heureux de conserver leur secret encore un moment.

Le jour du départ des voyageurs arriva enfin. Pour les autres, les dernières semaines de l'hiver allaient sembler s'éterniser. À la campagne, où ses effets se ressentent davantage, la blancheur des champs, la neige ramassée en bulles sur la rivière, les montagnes bleutées par les reflets du soleil étaient un ravissement pour l'œil. Tout cela, Érik le regardait de loin, à l'abri du froid et du vent, n'écoutant que le crépitement du feu dans l'âtre. Ses disques préférés et ceux de Marise n'avaient pas quitté leur coffret, la radio restait muette, et le téléviseur ne diffusait que des images silencieuses qu'il ne regardait même pas. Ses espoirs de guérir s'étiolaient malgré sa persévérance à poursuivre les exercices. Son moral fléchissait lentement. Pourtant, Érik s'obstinait à refuser toute aide extérieure à part celle de John Pérusse, qui l'aidait avec fermeté et dévouement.

Érik tenait sa parole et s'entretenait souvent avec Judith. Il lui avait cependant fait promettre de ne plus insister pour le voir. Puisque, à l'approche du spectacle, Judith multipliait ses exercices de violon, leurs entretiens étaient écourtés. Érik ne manquait pas de lui faire part de la fierté que lui inspirait son talent, mais Judith était volontairement distante avec lui, comme pour le punir. Le solo qu'elle allait interpréter lors du concert de Pâques aurait dû être un hymne à la joie, mais il s'annonçait fade et sans intérêt, à cause du stupide orgueil de son père. Après les révélations d'Yvonne au sujet de son passé et d'Évelyne, tout restait encore à être dit entre le père et la fille.

Érik savait que le nom de Judith Valcourt était sur toutes les lèvres. On disait qu'elle était un prodige, et tout le monde avait hâte de la voir se produire. Pendant ce temps, lui continuait de traîner ses béquilles et sa déchéance, et s'entêtait à demeurer seul avec John à des centaines de kilomètres de son monde.

Depuis qu'il était là, une routine s'était installée dans sa vie, presque un rituel. Le matin, John passait pour une séance d'exercices, puis sortait s'occuper des bêtes et de l'entretien en général. Il ne rentrait qu'à l'heure des repas pour manger avec Érik. Le soir, après une dernière série d'exercices, c'étaient les préparatifs pour la nuit. Les deux hommes parlaient peu. Érik préférait garder le silence, et John ne se serait permis aucune familiarité avec son patron.

Avant de rentrer chez lui, John se rendait auprès de Princesse, qui allait bientôt donner naissance à son poulain. Avant de s'engager dans l'allée, il passait une dernière fois près de la petite maison enneigée et s'arrêtait pour regarder à travers la fenêtre. Il y voyait toujours le même spectacle. Érik demeurait près du lit, comme s'il était incapable de se résigner à se glisser seul sous les draps. Cette vision le choquait. Son patron avait tous les droits parce qu'il était chez lui, mais, depuis qu'il était là, il lui volait ses doux moments de paix. John n'avait pu recréer ses instants d'intimité avec celle qui habitait toujours son esprit, son cœur, ses sens. La présence d'Érik l'empêchait de se retrouver avec Marise, qu'il sentait encore présente dans la maisonnette.

Ce soir-là, poussé par une force inconnue, John entra de nouveau pour s'informer si son patron n'avait besoin de rien. Il fut surpris de l'accueil chaleureux qui lui fut réservé. Érik avait fait un souhait, et voilà que John se présentait pour le réaliser. Sans préambule, il lui demanda :

– John, savez-vous faire un lit comme le font les femmes ?

La question surprit John. Pourquoi Érik la lui avait-il posée ? Sa manière de faire le lit jusqu'à maintenant ne le satisfaisait donc plus ?

Érik précisa ce qu'il voulait.

– J'aimerais que vous enleviez ces draps fleuris et que vous en mettiez d'autres, sans faire un pli, en retournant le drap de dessus par-dessus la douillette.

– Je crois pouvoir faire ça.

– Alors ouvrez cette valise. Vous y trouverez un sac.

John s'exécuta. Il retira le sac de la valise et le déposa sur la table sans regarder à l'intérieur ; au toucher, il avait deviné qu'il contenait les draps avec lesquels il devait refaire le lit. D'un seul geste, il dépouilla le lit de ses draps et couvertures, ne laissant en place que les taies d'oreiller. Érik n'avait pas bougé. Son fauteuil roulant nuisait à John, mais Érik tenait à surveiller chacun de ses gestes.

– Beau travail, John ! Très beau travail, dit-il quand tout fut terminé.

Les draps brodés étant revenus à leur place dans le lit ancien, John se retira à l'écart. Silencieux, tout comme Érik il fixait le lit. De temps en temps, les flammes qui s'élevaient dans l'âtre teintaient les draps d'agréable façon, mais les deux hommes étaient indifférents au mouvement des couleurs ; le lit était devenu invisible à leurs yeux. Dans l'esprit d'Érik, des moments heureux revivaient. Dans l'imaginaire de John aussi il en surgissait de semblables. Sans même se rendre compte qu'il avançait vers le lit, ayant oublié la présence d'une autre personne dans la pièce, John pleurait doucement.

Ses premières paroles ne rejoignirent pas Érik dans le monde où il s'était réfugié. Mais, peu à peu, Érik s'aperçut que des mots pareils à ceux qui montaient en lui sortaient de la bouche d'un autre. John parlait de Marise. Sans pudeur aucune, il décrivait ses lèvres ardentes, son parfum irrésistible, il parlait de ses reins humides, de sa fougue quand elle se cabrait à la recherche de l'amour.

– Ce qu'elle est belle! dit-il encore.

En tournant la tête, Érik vit John à côté du lit, un genou posé par terre, et cette scène lui fit horreur. Il fit pivoter son fauteuil roulant et se retrouva face à lui. Les mâchoires crispées, des sueurs mouillant ses cheveux trop longs et sa barbe de plus d'un mois, il empoigna John, qui était à peine lucide. Avec toute la force qu'inspire le sentiment d'avoir été trompé, il le frappa, le souleva, le coucha sur le lit et le frappa encore et encore.

– Espèce de salaud, de traître! Comment oses-tu parler de ma femme comme ça? Tu la connais donc si bien? Je vais te faire ravaler tes paroles.

Des taches de sang maculaient les draps brodés; ils avaient perdu la pureté, la virginité qu'ils avaient encore quelques instants auparavant. Telles des bêtes après un combat, les deux hommes respiraient d'un souffle rauque. Un silence chargé d'émotion suivit. Puis John se ressaisit lentement. Érik reprit ses sens et frotta ses poings douloureux. Son regard se promenait entre John, qui saignait abondamment, et tout ce qui l'entourait, et qu'il voyait différemment maintenant.

– Vous êtes debout, patron! s'écria John en essuyant ses yeux. Vous êtes sur vos jambes.

John en oubliait les coups qu'il avait reçus, il riait aux éclats. Son rire mêlé de sanglots accompagnait celui d'Érik. Ni l'un ni l'autre ne savaient que faire, que dire. Ni l'un ni l'autre n'avaient la force d'entretenir une rancune inutile. Érik avait réussi à se mettre debout, et John s'était libéré de son obsession. Rien d'autre ne comptait plus.

Érik repoussa son fauteuil roulant et s'appuya sur le lit. S'il rêvait, se dit-il, il devait se réveiller, sinon c'est le plancher qui accueillerait ses membres meurtris. Mais ce n'était pas un rêve. Il avança un pied puis l'autre sous le regard de John, qui était prêt à intervenir. John remarquait à peine que du sang s'écoulait de ses narines et tachait davantage sa chemise. Peu importait tout cela, le patron marchait de nouveau; il s'était même rendu jusqu'au lavabo et lui rapportait une serviette pour stopper l'hémorragie.

Seul le feu de l'âtre éclairait la pièce. Érik insista pour que John s'allonge sur le canapé, mais lui resta debout. Son ombre couvrait entièrement le mur derrière lui. Il écoutait John raconter son histoire, et surtout celle qu'il avait tirée de son imaginaire pour survivre. Pour John, Marise était vivante. Dans ses fantasmes d'homme, elle revivait. Le drame de la femme d'Érik Valcourt semblait avoir peu compté pour lui. En avait-il même été conscient? se demandait Érik en l'écoutant, et en faisant le lien entre les réactions de Marise et les événements des mois qui avaient précédé sa mort. Quand ses forces l'abandonnèrent, il s'effondra. Vivre ainsi à reculons lui pesait trop. John offrit son aide pour tout remettre en place, mais il refusa.

– J'ai toute la nuit pour réparer les dégâts et pour foutre ces draps à la poubelle, dit Érik.

– Que faisons-nous maintenant ? Vous retournez chez vous ?

La logique avait parlé par la bouche de John, cependant il était trop tôt pour décider quoi que ce soit. Érik avait du mal à digérer tout ça. Il haussa les épaules. John se dit qu'il devait se satisfaire de ce geste, alors, après avoir rajusté sa chemise, il enfila son manteau et sortit.

– John !

John se retourna et croisa le regard d'Érik. Tout n'avait pas été dit entre eux, mais le moment n'était pas propice à d'autres explications. John ne répondit pas à l'appel de son nom et referma la porte derrière lui. En s'éloignant, il entendit un bruit venant de l'intérieur de la maisonnette et le nom de Marise. Érik donnait enfin libre cours à sa peine.

John revint presque aussitôt. Il était à bout de souffle. Il trouva Érik assis sur le matelas dénudé.

– Il faut appeler le vétérinaire, cria-t-il. C'est Princesse ! Le poulain s'en vient. Il ne faut pas qu'on le perde. Ça va mal, patron ! Vite, appelez le vétérinaire et venez m'aider si vous le pouvez.

48

La nouvelle venait d'être confirmée. L'avion en provenance de Montréal était retardé de plusieurs heures à cause d'ennuis mécaniques. Les agents de voyages se préparaient à ramener les clients à l'hôtel pour un temps encore indéterminé.

Le contretemps tombait à un très mauvais moment pour Yvonne. Les trois derniers jours lui avaient paru interminables ; ses pensées étaient ailleurs, loin des vagues qui roulaient sur la plage. Un paysage tout blanc revenait constamment à son esprit et, comme une obsession, l'amenait invariablement à prononcer un nom cher à son cœur. Charles et Brigitte avaient renoncé à la convaincre qu'ils rentreraient à Montréal à temps pour le concert de Judith. Alors que Brigitte se blâmait d'avoir insisté pour qu'elle les accompagne, Charles ne voyait en ce retard qu'un embêtement comme tant d'autres. Il se disait heureux d'avoir réussi à distraire Yvonne pendant trois semaines.

Si Charles se préoccupait d'Yvonne, c'était pour contrer ses émotions à lui, pour être capable de laisser son fils sans que des larmes viennent taquiner ses paupières. Son opinion au sujet de Pierre-Luc était totalement différente depuis qu'il avait reconnu son talent. Son fils était un artiste, un vrai. Tant de choses obscures parce que non dites avaient été réglées au cours de ce voyage. Parfois, la discrétion d'Yvonne lui avait interdit de s'approcher du trio ; père, mère et fils avaient du temps à rattraper. Elle prétextait alors avoir envie d'une marche solitaire, les laissait seuls et parcourait la plage en réfléchissant à son propre avenir.

Il était dommage que les circonstances ternissent cette fin de voyage, un voyage qui avait été magnifique, avec du soleil à ne plus savoir qu'en faire. Brigitte et Yvonne étaient superbes avec leur teint basané, et Charles avait fait bien des envieux en étant le serviteur de deux jolies femmes. Il s'était d'ailleurs surpassé pour suivre leur rythme et s'adonner à la danse et à certaines compétitions sportives. Mais, à présent, ils étaient tous les trois bien loin de ces beaux moments. Le regard d'Yvonne en témoignait. Elle avait promis à Judith d'être de retour pour son concert. Pour elle, maintenant, plus rien ne comptait, sauf de trouver un endroit où téléphoner.

Quand à l'autre bout du fil une jeune voix lui répondit : «Résidence des Valcourt, bonjour», elle sourit enfin.

– Judith, ma chérie.

– Tante Yvonne ! Où es-tu ? Tu veux que Marc aille te chercher à l'aéroport ?

Comment lui apprendre qu'un retard l'empêcherait sans doute d'assister à son concert ? Judith avait investi tellement d'efforts dans la préparation de sa performance. Tellement d'émotions s'étaient éveillées en elle quand elle s'exerçait au violon. Ce concert avait été sa planche de salut, son évasion. C'était aussi une manière pour elle d'exprimer sa reconnaissance envers qui la protégeait. Il était inconcevable pour Judith qu'Yvonne n'occupe pas une place dans la toute première rangée quand elle entamerait la pièce qu'elle avait composée pour Marise.

– Nous sommes encore au Mexique et nous partirons bientôt. Je voulais simplement savoir si tout allait bien, si tu te sentais d'attaque.

– J'ai un trac fou. M. Santi dit que les grands artistes aussi ont le trac. Je pense que ça va aller. J'ai tellement travaillé, il faut que je réussisse.

Une question revenait constamment à l'esprit d'Yvonne. Judith l'avait-elle devinée ? Est-ce pour cela qu'elle lui dit que la maison ressemblait à un jardin fleuri ? Les préoccupations de la fille d'Érik étaient-elles les mêmes que les siennes ?

– Papa m'a fait parvenir une lettre et dix gerbes de fleurs. Il est fou, n'est-ce pas ?

– Dix gerbes de fleurs ? C'est magnifique ! Tu vois comme ton père t'aime. Même à distance, il sera avec toi ce soir.

Le silence de Judith lui fit croire qu'elle ne partageait pas son opinion. Yvonne parla encore, mais Judith ne l'entendit pas, car elle revint plutôt sur ses paroles précédentes.

– Papa m'aime même à distance, alors, après le concert, nous irons là-bas. Il faudra bien qu'il nous reçoive.

– Je suis parfaitement d'accord, ma chérie, parfaitement d'accord. Écoute, Judith, je ne sais pas comment tu vas prendre la nouvelle, mais il faut que je te dise la vérité. Il est possible que nous soyons en retard pour le concert. L'avion qui vient nous chercher est encore à Montréal.

– Tante Yvonne !

– Tu es une grande fille à qui on ne doit pas mentir, c'est pour ça que j'ai confiance en toi. Même si je ne suis pas dans l'auditorium, je serai avec toi de tout mon cœur. Tu fermeras les yeux avant de monter sur scène et tu imagineras que nous sommes tous là, que...

– Que papa est venu et que maman est là aussi?

– Tu n'auras pas à tout imaginer, ta mère sera là. Elle sera tout près de toi et tout ira bien, merveilleusement bien.

– Je t'aime, tante Yvonne. Viens-t'en vite!

Yvonne raccrocha. Les paroles de Judith résonnaient encore dans ses oreilles. Elle se sentait légère et libre. Charles et Brigitte vinrent à sa rencontre. On l'attendait pour partir. Brigitte lui prit le bras et l'entraîna vers le minibus.

Le retard des voyageurs préoccupait ceux qui les attendaient. Patricia avait très mal accueilli la nouvelle. Judith n'avait pas besoin d'une autre déception, maugréa-t-elle en s'enfermant dans la chambre où elle dormait avec Marc.

– Il paraît qu'il reste des places de libres pour le concert. J'ai envie de téléphoner à M. Brian et de lui demander qu'il invite des gens.

Marc reconnut le sens de l'organisation de sa femme et sa sensibilité devant les malheurs des enfants. Il se chargea d'appeler Brian. Quand il raccrocha, tout était arrangé. Judith verrait des visages familiers.

– Elle étonnera tout ce beau monde, dit Marc.

– Nous avons oublié quelqu'un. Attends que je retrouve sa carte. La voilà. Alexandre Leroux. C'est son numéro au travail, mais, s'il n'est pas là, on lui fera sûrement le message.

– Tu crois que c'est une bonne idée de l'inviter? Que dira Mme Yvonne si elle arrive et qu'elle le voit?

– Elle dira que nous avons bien fait.

Patricia téléphona donc. Elle fut surprise de reconnaître la voix d'Alexandre au bout du fil, et surtout de l'entendre dire qu'il avait déjà son billet.

– Vraiment? demanda-t-elle.

– Je ne pouvais manquer ce concert. Yvonne m'en a beaucoup parlé.

À leur dernière rencontre, le couple avait effectivement discuté des performances de Judith. Mais, en fait, pour Alexandre ce concert était surtout un prétexte pour se retrouver au même endroit qu'Yvonne Rivard pendant une heure, pour pouvoir la regarder de loin sans que personne n'y trouve à redire. Alexandre Leroux était de nouveau seul depuis que son amie lui avait franchement avoué ne pas être prête à sacrifier sa liberté pour se lier au père d'une fille comme Suzanne, à un chef d'entreprise qui travaillait beaucoup et s'absentait si souvent. Tout comme Yvonne, elle préférait que leurs relations demeurent seulement amicales.

L'heure de partir approchait. La fébrilité était palpable autour de Judith, qu'on avait parée, comme une duchesse, de ses plus beaux atours. Le parfum des fleurs envoyées par Érik se répandait dans toutes les pièces et incommodait Fabienne, qui, de temps à autre, disparaissait brusquement et s'enfermait dans les toilettes.

Judith avait insisté pour que Jean-Philippe vienne la rejoindre à la maison, et personne n'aurait osé lui refuser la compagnie du jeune musicien. Pourtant, ce n'était pas le musicien que Judith appelait auprès d'elle, c'était le garçon qui la regardait de façon tellement agréable, et qui, depuis le départ d'Yvonne, s'était tenu à ses côtés, l'avait encouragée. Sa présence avait comblé le vide de sa vie familiale. Elle pouvait passer de longs moments à discuter avec lui, dehors, sans jamais se plaindre du froid. Quand elle rentrait, elle répétait chaque fois qu'il était si gentil.

Lorsqu'il sonna à la porte, Judith courut ouvrir.

– Entre. Je suis prête.

Jean-Philippe tenait sa main devant son menton pour cacher un gros bouton malencontreusement apparu ce jour-là. Mais Judith le remarqua à peine. Elle ne voyait que ses yeux brillants qui admiraient ses cheveux tressés à la française et garnis de minuscules fleurs blanches, et sa robe qui révélait une poitrine déjà ronde, jusque-là dissimulée sous des vêtements amples.

– Tu es belle, dit-il.

La voix de Jean-Philippe avait détonné au mauvais moment et il se sentit ridicule. Judith n'y fit pas attention ; son ami était là, et elle voulait qu'il monte avec elle à sa chambre.

– Je veux vérifier si je serai à l'aise pour jouer du violon avec cette robe. Jean-Philippe va le voir tout de suite, dit-elle à Patricia, qui interrogea Fabienne du regard.

D'un signe de tête, Fabienne approuva le projet de Judith, qui monta en courant, oubliant sa tenue de jeune fille. Fabienne annonça alors qu'elle allait chez elle pour se préparer à son tour. Patricia la raccompagna jusqu'à la porte.

– C'est pour quand ? s'enquit-elle.

– Pour ce soir, voyons !

– Je parlais du bébé.

– Comment as-tu deviné?

Patricia sourit. Il était inutile qu'elle explique ce qui sautait aux yeux. Sa surprise passée, Fabienne éclata de joie. Elle était heureuse de partager son bonheur avec quelqu'un en attendant de pouvoir apprendre la nouvelle à sa mère, à Charles, à Yvonne et aux autres.

– Même s'ils sont en retard, nous maintenons la fête qui a été prévue pour Judith, dit-elle pendant qu'elle mettait son manteau.

Patricia la regarda s'en aller. Là-haut, Judith donnait un concert privé pour Jean-Philippe. Marc s'approcha de sa femme.

– Les Ross sont des gens charmants, n'est-ce pas, dit-il.

– Oui, très charmants. Et quand Judith sera pensionnaire, ils auront besoin d'une gouvernante, eux aussi...

Il tombait quelques flocons. Le mois de mars avait pourtant été assez clément, et tout le monde avait cru que l'hiver était terminé. Dans le stationnement de l'auditorium, les voitures commençaient à s'aligner pendant que, à l'intérieur, parents et amis des artistes en herbe prenaient les meilleures places. Parmi eux se trouvait une personnalité connue. Les commentaires élogieux de Carlos Santi avaient amené son frère Alberto à ce concert. Évidemment, Judith Valcourt était l'artiste à surveiller, mais le vieux chef d'orchestre gardait toujours l'esprit ouvert : «Chaque talent est à découvrir», se plaisait-il à dire.

Fabienne et Patricia se tenaient auprès de Judith pendant que Brian faisait le guet. Tous attendaient les voyageurs. Christian était là aussi. Il avait fait suivre les appels de la maison et pourrait les prendre au moyen du téléphone portatif de Brian.

On exigea le silence, puis la salle fut plongée dans l'obscurité. Au même moment, venant de l'arrière, une sonnerie se fit entendre. Christian s'éloigna un peu pour répondre.

– Ici Érik Valcourt. Je voudrais parler à Judith. Serait-il possible d'aller la chercher ou de lui apporter un appareil?

– C'est impossible, monsieur. Ils ne me laisseront pas la déranger. Votre fille est très concentrée sur sa musique.

– Vous avez raison. C'est un caprice de ma part. Excusez-moi.

Érik avait déjà raccroché lorsque Brian arriva pour prendre l'appareil des mains de Christian.

– C'était le père de Judith. Il voulait lui parler mais j'ai refusé. Qu'en penses-tu?

– Tu as bien fait. Aujourd'hui, il faut penser à Judith avant tout. Pour le moment, ça va, mais après, quand il faudra ramasser les morceaux, il ne sera pas là pour le faire.

– Tu es dur avec ton ami, Brian.

– J'ai surtout beaucoup de peine. Érik me déçoit terriblement.

Le portier fit signe aux deux hommes que le spectacle débutait. Deux belles jeunes filles en tout point pareilles s'avançaient sur la scène. À la surprise de tous, Maude et Josée allaient interpréter la pièce d'ouverture. Judith manifesta son étonnement par un cri de joie qui s'entendit depuis la salle. Fabienne la serra sur son cœur.

– Tes amies aussi ont voulu que cette soirée soit mémorable.

– Elles sont gentilles. Je me demandais pourquoi elles insistaient tant pour répéter cette pièce hier, murmura Judith.

Lorsque la quatrième interprète eut terminé son morceau, les applaudissements fusèrent et le mouvement de la foule dissimula l'entrée de plusieurs personnes qui avaient attendu une telle occasion pour prendre place.

Le tour de Judith arriva enfin. Seule au milieu de la scène, elle leva les yeux au ciel, puis les ferma. Elle connaissait parfaitement sa pièce, car sa tête et son cœur en étaient remplis depuis des mois. La plus jeune interprète de la soirée posa son violon sur son épaule et leva son archet. Tout à fait à l'arrière de la salle, deux hommes essuyèrent une larme au même moment, mais pour des raisons totalement différentes.

«Berceuse pour un ange», avait annoncé Judith, qui venait tout juste de trouver un nom pour sa pièce. La mélodie qu'Yvonne avait entendue des dizaines de fois prit alors son envol. De temps en temps, quelques reniflements violaient le silence recueilli de l'assistance. Après le crescendo final, les gens se levèrent d'un bloc. Les applaudissements ramenèrent Judith à la réalité, et quand elle ouvrit les yeux, elle vit Yvonne à la place qu'on lui avait réservée, entre son professeur et Fabienne. Brian aussi était dans la même rangée. Christian, lui, avait pris place avec Charles et Brigitte, quelques rangées derrière.

Personne ne semblait penser à Alexandre. Il s'était levé et était allé s'appuyer contre le mur, complètement à l'arrière de la salle. Il était fortement partagé entre l'envie de partir et celle de s'avancer vers Yvonne, qu'il avait vu entrer ; Yvonne, qui était plus belle que jamais. C'est à ce moment-là qu'il reconnut la silhouette qui se faufilait le long du mur, dans le noir. Le spectacle étant terminé, les artistes descendaient de la scène pour recevoir les félicitations des spectateurs. Judith était bien entourée. Son professeur levait les bras dans les airs sous le regard de son frère qui souriait d'agréable façon. Alexandre se demanda s'il avait sa place auprès de ces gens. Yvonne apprécierait-elle sa présence à un tel moment ? Incapable de prendre une décision, il se rassit et l'observa en silence. Les gens qui sortaient s'interrogeaient sur l'attitude étrange de cet homme solitaire qui semblait si triste.

Le groupe de Judith fut le dernier à quitter les lieux. Le voyant venir, Alexandre se leva brusquement et, comme un fuyard, se dirigea vers la sortie. Yvonne le reconnut, cependant, et elle hâta le pas.

– Alexandre, dit-elle en haussant la voix.

L'homme ne se retourna pas. Il poussa la porte et se perdit parmi les gens qui regardaient tomber la neige. Surprise de son attitude, Yvonne n'écoutait plus ceux qui la questionnaient sur son voyage. Judith aussi était quelque peu distraite. Elle avait à peine eu le temps de le saluer que Jean-Philippe était reparti avec ses parents et les jumelles. En dépit des compliments qu'on lui faisait et des gens qui l'entouraient, il y avait un vide. Elle marchait derrière Yvonne, qui cherchait Alexandre, et buta contre ses talons. Yvonne s'était arrêtée brusquement et regardait en direction de la clôture qui entourait le stationnement.

– Je vois une jeep par là, dit Judith. Ça doit être la sienne.

Comme la neige les aveuglait, elles marchaient tête baissée. Soudain, elles entendirent une voix tout près. C'était Alexandre qui avait interpellé Yvonne. Il se tenait à côté de son véhicule en marche.

— Je tenais à féliciter cette jeune demoiselle, dit-il.

— Alexandre !

— Et à toi, Yvonne, je voulais souhaiter tout le bonheur que tu mérites.

Il était tout à fait normal qu'Alexandre félicite Judith pour sa performance remarquable. Cependant, la tristesse qu'Yvonne percevait dans sa voix la désola. Elle voulut le remercier de ses bons mots, mais il avait tourné la tête vers la clôture, vers l'autre jeep. Elle en fit autant et aperçut un homme vêtu d'un manteau d'agneau, portant la barbe et les cheveux longs, qui se tenait devant la porte du vieux véhicule tout noir. Un bouquet de perce-neige dans une main et des mitaines dans l'autre, il attendait.

— Érik ! balbutia Yvonne. La jeep... Érik ! C'est Érik et il est debout. Judith, regarde qui est là.

Judith n'avait pas attendu qu'on le lui dise pour courir vers son père. Elle avait reconnu sa silhouette. Elle se jeta à son cou et l'embrassa si fort qu'il dut s'appuyer contre la vieille bagnole.

— Ma chérie, comme je suis heureux, comme je suis fier de toi.

— Tu étais là ?

— J'ai dû faire vite. Cette pauvre vieille chose refusait d'avancer. À un moment donné, j'ai cru ne pas arriver à temps, alors j'ai tenté de joindre Brian par téléphone. Quand on m'a dit que je ne pouvais te parler, je me suis fait remorquer jusqu'ici.

– Papa! C'est merveilleux. Tu es de retour, et tu marches... Tu marches de nouveau.

Le père et la fille pleuraient de joie. Yvonne était demeurée auprès d'Alexandre. Chaque partie de son corps lui faisait mal. Tout allait trop vite. Quelques heures auparavant, le soleil du Sud brûlait sa peau, et voilà que la neige tombait sur elle, sur un décor fantastique qui lui ressemblait, qui ressemblait à cet homme vêtu comme à l'époque où elle l'avait connu. Elle pleurait doucement. Tout en la regardant, Érik mit un bras autour des épaules de Judith, puis il fit un pas vers elle en ouvrant l'autre bras, comme pour l'inviter à venir s'y blottir. Yvonne hésita, mais Alexandre la conduisit jusqu'à Érik.

– Tâchez de la rendre heureuse, dit-il. Je ne connais personne qui le mérite plus que cette femme.

Érik reprit le bouquet de perce-neige qu'il avait déposé sur le capot de la jeep. Il le tendit à Yvonne, qui sourit à la vue de ces fleurs vigoureuses capables de braver la neige et le froid.

– Maintenant cela ne dépend plus que d'elle. Si elle le veut, ma maison est la sienne. Le temps fera le reste.

Judith ne comprenait rien à ce qu'il disait, mais ne voulait retenir qu'une chose : son père et Yvonne revenaient à la maison avec elle.

Alexandre, qui avait rebroussé chemin, croisa la meute humaine qui se dirigeait vers le couple et le jeune prodige. Ils étaient tous extrêmement émus.

– Monsieur Leroux, venez fêter avec nous, lui dit Fabienne.

Alexandre refusa l'invitation, prétextant devoir se lever tôt le lendemain. Yvonne avait mal en dedans.

Alexandre ne méritait pas qu'on lui fasse encore de la peine. Elle le regarda quitter le stationnement, puis, respirant l'arôme des perce-neige à moitié gelés, elle eut la certitude que, dans son cœur, ces fleurs n'avaient jamais d'égales.

– Nous allons tous à la maison, dit Brian.

– Désolé, cher ami. Ta secrétaire t'a trahi. La réception a lieu chez l'artiste. Le traiteur a été averti. Il ne me manque qu'un moyen de transport. J'en ai déjà demandé beaucoup à cette vieille jeep.

Patricia monta avec Brian et Fabienne pendant que Marc approchait avec la voiture d'Érik, dans laquelle on avait amené Judith à son concert. Érik, Judith et Yvonne prirent place ensemble à l'arrière. Pendant toute la durée du trajet, Judith babilla sans cesse. Yvonne bénissait cette enfant d'avoir tant à dire. Une boule dans la gorge l'étouffait. Elle frémissait malgré la chaleur d'Érik qui la pressait contre lui. Elle avait peur de ne pas s'habituer au bonheur.

On laissa Érik, Yvonne et Judith entrer les premiers. Puis, tranquillement, les autres suivirent. Une ambiance indéfinissable habitait la maison. Il y avait de la joie, de l'euphorie et de l'incertitude. Pour plusieurs, ce qui faisait le bonheur d'Yvonne paraissait étrange : on n'avait encore jamais vu Érik portant la barbe et les cheveux longs. Cela fit d'ailleurs dire à Christian qu'il ressemblait à un imprésario.

– Voilà un jeune homme perspicace, dit Érik en s'approchant d'Yvonne. Et je crois que nous ne serons pas trop de deux pour suivre cette jeune demoiselle autour du monde. Judith, je suis fier de toi, et je suis certain que, du haut du ciel, ta maman l'est aussi.

Érik prit ensuite le temps d'aller parler à chacune des personnes présentes et de les serrer dans ses bras pour les remercier, pour leur dire sa joie d'un pareil retour.

— J'ai mis du temps à comprendre combien vous m'étiez précieux, tous, mais la vie s'est chargée de me le rappeler. Maintenant, nous allons célébrer le talent, l'amitié et la vie !

Il leva son verre et s'approcha d'Yvonne. Elle était si belle qu'il ne put s'empêcher de poser tendrement ses lèvres sur les siennes.

— Tu as raison de célébrer la vie, mon cher Érik, dit Brian. Tu es bien vivant, et ma Fabienne...

Fabienne vint tout près de son mari et, comme deux enfants, ils annoncèrent ensemble la venue d'un autre bébé. Émus, Brigitte et Charles ne trouvaient pas les mots pour exprimer leur joie. Ils les étreignirent pendant que Christian entamait un air de circonstance. Reprenant la parole, Érik en profita pour leur apprendre à tous une autre naissance.

— Princesse aussi a donné la vie ! Elle a eu une pouliche exactement comme elle. Le vétérinaire voulait l'abattre, mais John et moi l'avons sauvée. La pouliche est ton cadeau, ma chérie. Un jour, tu la monteras.

— Qui montera Princesse ?

— Personne ne montera plus jamais la jument de Marise. J'ai acheté la terre de John Pérusse pour que Princesse y vive en liberté avec des dizaines d'autres chevaux. John a l'intention de faire de l'élevage sur une plus grande échelle. Un jour, on verra les cerfs et les chevaux vivre ensemble dans nos champs.

Lorsque les invités commencèrent à quitter la maison, Judith distribua des fleurs à chacun. Puis elle monta à sa chambre, et Érik la suivit. Ce n'est qu'à ce moment qu'elle remarqua qu'il avait vieilli et qu'une de ses jambes pliait difficilement.

– Est-ce que tu as mal, papa?

– Plus maintenant, ma chérie, plus maintenant. Va dormir. À partir de demain, nous avons du temps à rattraper.

– Tu crois que maman est heureuse, ce soir?

– Elle est sûrement très heureuse. Marise ne désirait que notre bonheur quand elle était avec nous, elle ne peut avoir changé depuis.

Au rez-de-chaussée, Yvonne regardait tomber la neige à travers la vitre du solarium. Elle attendait Érik. Son bouquet de perce-neige était irrécupérable, mais elle le conserverait en le glissant entre les pages d'un livre, se dit-elle. Délicatement, elle prit le bouquet et le posa sur sa joue.

– Je l'ai cueilli ce matin, dit Érik, qu'elle n'avait pas entendu venir.

– Sur le versant sud du rocher.

– Exactement. Tu n'as rien oublié, n'est-ce pas?

– Toi non plus, tu n'as pas oublié. Je t'ai souvent raconté que j'y allais chaque printemps avec Cyprien.

– Et que tu lui disais que les perce-neige annonçaient l'arrivée du printemps, et que l'été suivrait. Yvonne, si nous nous donnons du temps, ce sera bientôt l'été pour nous deux. Es-tu prête à attendre encore un peu?

– Ma porte te sera toujours ouverte. Je t'attendrai le temps qu'il faudra.

– Chère cousine!

Érik lut dans son regard que, désormais, elle ne voulait plus entendre ces mots sur ses lèvres.

DU MÊME AUTEUR

Entre mer et lagune, Libre Expression, 1997
Le Retour des perce-neige, Libre Expression, 1998; coll. Zénith, 2004
Neige, Éditions pour tous, 1994; réédition, Libre Expression, 1998, coll.
 Zénith, 2004
Fleurs de baies sauvages, Libre Expression, 2000; coll. Zénith, 2004
À la croisée des cœurs, Libre Expression, 2004

COLLECTION ZÉNITH

Michel Arseneault
Un rêve pour la vie – Une biographie de Lucille Teasdale et Piero Corti

François Barcelo
Les aventures de Benjamin Tardif I – Nulle part au Texas
Les aventures de Benjamin Tardif II – Ailleurs en Arizona
Les aventures de Benjamin Tardif III – Pas tout à fait en Californie

Arlette Cousture
Ces enfants d'ailleurs, tome 1 – Même les oiseaux se sont tus
Ces enfants d'ailleurs, tome 2 – L'envol des tourterelles

Pauline Gill
Les enfants de Duplessis

Gilles Gougeon
Taxi pour la liberté
Catalina

Florence Nicole
Fleurs de baies sauvage
Le Retour des perce-neige
Neige

Paul Ohl
Black – Les chaînes de Gorée

Jean O'Neil
Cap-aux-Oies
Promenades et tombeaux

Francine Ouellette
Les Ailes du destin – L'Alouette en cage
Le Grand Blanc

Lucie Pagé
Mon Afrique

Bernadette Renaud
Un homme comme tant d'autres, tome 1, Charles
Un homme comme tant d'autres, tome 2, Monsieur Manseau
Un homme comme tant d'autres, tome 3, Charles Manseau

Fernand Seguin
La bombe et l'orchidée et *Le cristal et la chimère*

Louise Simard
La Route de Parramatta
Thana – La fille-rivière
Thana – Les Vents de Grand'Anse